Vi Keeland

Mr Summer

GOLDMANN

Buch

Niemand würde glauben, dass der unnahbare Workaholic Beckham Cross auch seine weichen Seiten hat. Doch eine davon ist die Liebe zu seiner Großmutter Louise, bei der er nach dem Tod seiner Eltern aufgewachsen ist. Umso fassungsloser ist Beck, als er erfährt, dass Louise samt Bucketlist auf Weltreise gegangen ist. Hinterlassen hat sie ihm nur den Kontakt ihrer Freundin und Reisebegleitung Eleanor. Doch nützliche Infos bekommt Beck von dieser Eleanor nicht, dafür macht sie sich über seine Sorgen lustig und schickt Fotos von Fallschirmsprüngen und Tauchgängen mit Haien. Kurzerhand besteigt Beck ein Flugzeug zu den Bahamas – jemand muss die alten Damen schließlich zur Vernunft bringen. Spätabends angekommen, lernt er an der Hotelbar Nora kennen. Sie ist sexy, aber angetrunken, sodass er ihr eindeutiges Angebot ablehnt. Als er am nächsten Morgen seine Gram überrascht, muss er feststellen, dass Eleanor keineswegs die streitlustige Seniorin ist, die er erwartet hat, sondern Nora von letzter Nacht. Und sie ist nach seiner Abfuhr nicht gerade Becks größter Fan …

Weitere Informationen zu Vi Keeland
sowie zu lieferbaren Titeln der Autorin
finden Sie am Ende des Buches.

Vi Keeland

Mr Summer

Roman

Übersetzt von
von Babette Schröder

GOLDMANN

Die amerikanische Originalausgabe erschien 2023
unter dem Titel »Something unexpected«.

MIX
Papier | Fördert gute Waldnutzung
FSC® C014496
FSC www.fsc.org

Penguin Random House Verlagsgruppe FSC® N001967

1. Auflage
Deutsche Erstveröffentlichung Januar 2025

Umschlaggestaltung: UNO Werbeagentur, München
Umschlagmotive: FinePic®, München
Redaktion: Antje Steinhäuser
MR · Herstellung: ik
Satz: KCFG – Medienagentur, Neuss
Druck und Bindung: GGP Media GmbH, Pößneck
Printed in Germany
ISBN: 978-3-442-49509-2

www.goldmann-verlag.de

Für meine Sarah und ihre unerschütterliche Liebe
zu ihrer Großmutter und zu Harry Styles.

1. Kapitel

Nora

»Das darf doch nicht wahr sein …«, murmelte ich vor mich hin und rief dann über meine Schulter. »He, schönen Dank auch, dass du mir die Rechnung dagelassen hast!«

Der Barkeeper kam zu mir herüber. »Ist alles in Ordnung?«

Ich seufzte. »Ja. Nur eine enttäuschende Tinder-Bekanntschaft.«

Daraufhin meldete sich eine tiefe Stimme vom anderen Ende des Tresens. »Ach, was für eine Überraschung. Vielleicht sollten Sie es mal mit einer seriöseren App probieren …«

Ich musterte ihn mit zusammengekniffenen Augen. »Wie bitte?«

Ohne den Blick zu heben, ließ der Mann die Eiswürfel in seinem Glas kreisen. »Was war das Problem? Sah er nicht so gut aus, wie sein Foto vermuten ließ? Sie müssen schon etwas Nachsicht mit den Männern haben. Ihr Frauen seid schließlich die Königinnen der Täuschung. Wir gehen mit einer langhaarigen Frau ins Bett, die einen tollen Teint und volle Lippen hat, und wenn wir am nächsten Morgen neben ihr aufwachen, erkennen wir sie kaum wieder. Das liegt an dem ganzen Make-up, den Haarverlängerungen und diesem ganzen Mist zum Aufpolstern.«

Im Ernst? »Wenn Sie nicht so unhöflich wären und eine Person ansehen würden, wenn Sie mit ihr sprechen, hätten Sie vielleicht bemerkt, dass ich keine Haarverlängerungen habe, sehr wenig Make-up trage und von Natur aus an den richtigen Stellen gepolstert bin.«

Das schien seine Aufmerksamkeit zu erregen. Er hob den Kopf und ließ den Blick kurz über mein Gesicht gleiten, bevor er an meinem Ausschnitt hängen blieb. Jetzt konnte ich ihn zum ersten Mal richtig sehen. Mit einem solchen Gesicht hatte ich ganz sicher nicht gerechnet. Nachdem er sich darüber mokiert hatte, dass womöglich das Aussehen meines potenziellen Dates nicht meinen Erwartungen entsprochen habe, dachte ich, er spräche vielleicht aus Erfahrung. Aber dieser Typ hatte ganz sicher noch keine Frau enttäuscht. Er war jünger, als seine brummige Stimme vermuten ließ, und hatte dunkelbraunes Haar, das einen Schnitt vertragen könnte. Dennoch wäre ich nur zu gern mit den Fingern hindurchgefahren, wäre er mein Tinder-Date gewesen. Er hatte einen markanten Kiefer mit einem Bartschatten, eine römische Nase, gebräunte Haut und aquamarinblaue Augen, die von den dichtesten schwarzen Wimpern gesäumt waren, die ich je gesehen hatte.

Schade, dass er ein Idiot war.

Als sich unsere Blicke endlich trafen, hob ich eine Augenbraue. »Wer von uns beiden ist hier wohl oberflächlich?«

Um seine Mundwinkel zuckte ein Lächeln. »Ich habe nie gesagt, dass ich schöne Dinge nicht zu schätzen weiß. Nur, dass Sie einem Mann eine Chance geben sollten.«

Ich schüttelte den Kopf. »Nicht, dass es Sie etwas angehen würde, aber der Grund, warum der Kerl nicht meinen Erwartungen entsprach, war der, dass an seinem Finger deutlich der Abdruck seines Eherings zu erkennen war. Wahrscheinlich hatte er ihn zwei Sekunden vorher abgenommen. Sein Aussehen spielte dabei keine Rolle.«

»Dann entschuldige ich mich.« Er gab dem Barkeeper ein Zeichen. »Die nächste Runde geht auf mich.«

Ich zeigte auf den halb ausgetrunkenen, teuren Scotch, den der Tinder-Typ zurückgelassen hatte – ohne Bargeld. »Wie wär's, wenn Sie stattdessen den da übernehmen?«

Er lachte. »Alles klar.«

Ich nippte an meinem Wein und ärgerte mich immer noch über den Idioten, mit dem ich drei Tage lang gechattet hatte. Schließlich rief ich wieder zu Mr Arrogant hinüber. »Hey, was benutzen Sie denn?«

»Wie bitte?«

»Welche App? Sie sagten, ich sollte eine seriösere Dating-App benutzen.«

»Oh.« Er zuckte die Achseln. »Ich benutze keine.«

»Verheiratet?«

»Nein.«

»Freundin?«

»Nope.«

»Sie schlendern also einfach durch … den Supermarkt und tun so, als würden Sie einkaufen?«

»So ähnlich.« Er grinste. »Ist Tinder Ihre App?«

»Das kommt drauf an, wonach ich suche.«

»Wonach haben Sie denn heute Abend gesucht?«

Ich dachte einen Moment über die Frage nach. Seien wir ehrlich, ich hatte den Typen vor drei Tagen auf Tinder entdeckt und ihn in der Bar in der Lobby meines Hotels getroffen. Ich denke, es war klar, was wir beide erwartet hatten. Aber es ging eigentlich nicht nur ums Körperliche – wenigstens mir nicht. »Nach einer Möglichkeit zu vergessen«, antwortete ich.

Die arrogante Maske des Mannes mochte ein kleines bisschen verrutscht sein. Doch dann klingelte sein Telefon, und er wischte über das Display, um das Gespräch anzunehmen.

»Sag ihnen, ich komme in fünf Minuten nach«, wies er die Person am anderen Ende an. »Ich muss hoch in mein Zimmer, den Prospekt und meine Notizen holen.« Er beendete das Gespräch und nickte dem Barkeeper zu. »Ich muss gehen. Kann ich die Rechnung aufs Zimmer schreiben lassen?«

Der Barkeeper nickte. »Natürlich.«

»Zimmer zwei zwölf.« Der arrogante Typ griff in seine Tasche und holte ein Bündel Bargeld heraus, warf ein paar Scheine auf den Tresen und deutete auf mich. »Schreiben Sie ihre Drinks bitte auch auf mein Zimmer.«

»Alles klar.«

Ich hob mein Weinglas hoch. »Schade, dass Sie gehen müssen. Vielleicht sind Sie ja doch nicht so ein Idiot.«

Wieder zuckte ein Lächeln um seinen Mund. »Ich habe das Meeting angesetzt, also kann ich schlecht fehlen. Aber ich bedaure es aufrichtig.«

Ich grinste. »Na klar …«

Als er aufstand und ich feststellte, dass er gut über eins achtzig groß war und sein Körper in dem gut sitzenden Hemd bestens zur Geltung kam, fragte ich mich allerdings, ob ich es nicht auch bedauerte.

Eine Dreiviertelstunde später sagte ich dem Barkeeper, er solle meinen Platz freihalten – obwohl ich die einzige Person in der Bar war –, und ging zur Toilette. Als ich beim Händewaschen gähnte, fand ich, dass es an der Zeit sei, ins Bett zu gehen. Doch bei meiner Rückkehr saß ein Mann auf dem Stuhl neben mir. Und zwar nicht irgendein Mann – der arrogante, unglaublich gut aussehende Typ von vorhin.

Ich setzte mich auf meinen Platz, vor dem nur ein frisches Glas Wein stand. »Wie war Ihr Meeting?«, fragte ich.

»Interessiert dich das wirklich?«

»Nein, ich wollte nur höflich sein. Solltest du vielleicht auch mal versuchen.« Ich drehte mich zu ihm um und versuchte zu ignorieren, dass er aus der Nähe noch besser aussah. Ich hatte einen Blick bislang nie als sexy beschrieben, aber seiner war genau das. Sexy und verführerisch. Zudem roch er verdammt gut. »Weißt du, nur weil du attraktiv bist, heißt das nicht, dass du unhöflich sein darfst. Vielleicht funktioniert das bei deinen Supermarktbekanntschaften, bei mir jedenfalls nicht.«

Er hob eine Augenbraue. »Du findest mich also attraktiv?«

Ich rollte mit den Augen. »Du hättest dich auf den Teil konzentrieren sollen, in dem es um unhöfliches Auftreten ging. Offenbar hast du nur attraktiv gehört.«

»Hast du deshalb den Tinder-Typen gewählt? War er höflich?«

»Er war nett, ja. Außerdem war er witzig und hat mich zum Lachen gebracht.«

Er griff nach seinem Drink. »Nett und witzig hat dir einen verheirateten Kerl gebracht, der dich mit der Rechnung hat sitzen lassen. Vielleicht solltest du es mal mit attraktiv und unhöflich versuchen?«

Ich lachte. Da hatte er nicht ganz unrecht. »Hast du auch einen Namen? Oder ist es dir lieber, wenn ich bei Mr Arrogant bleibe? So habe ich dich nämlich für mich genannt.«

Mr Arrogant streckte mir die Hand hin. »Beck.«

Als ich sie ergriff, hob er meine Hand an seine Lippen, und ein Kribbeln überlief meinen gesamten Körper. Doch das würde ich für mich behalten.

»Macht man das so im Supermarkt? Einer Fremden die Hand küssen und sie dann zu sich nach Hause einladen?«

»Mein Zuhause ist fast fünftausend Kilometer weit weg.«

»Oh. Du hast es also nicht darauf abgesehen, den Platz des Typen einzunehmen, den ich vorhin in die Wüste geschickt habe?«

Er grinste. »Wenn du Ersatz suchst, ich bin hier. Aber ich möchte wenigstens zuerst wissen, wie du heißt.«

Ich lachte. »Nora.«

Er nickte. »Freut mich, dich kennenzulernen, Nora.«

»Was führt dich ans Ende der Welt, Beck?«

»Ich hab Verwandte besucht. Und du?«

»Ein Mädelsausflug. Wir sind nur für ein paar Tage auf der Durchreise.«

Becks Telefon vibrierte auf der Theke. Er beugte sich vor, um das Display zu checken, und schüttelte den Kopf. »Da bin ich nur einen halben Tag weg, und schon ist im Büro die Hölle los.«

»Gehst du nicht ran?«

»Das kann bis morgen warten.«

»Was machst du, dass du so begehrt bist?«

»Mergers & Acquisitions. Ich vermittle Firmenfusionen und -übernahmen.«

»Klingt toll, aber ich habe keine Ahnung, was das eigentlich bedeutet.«

»Das kommt drauf an. Manchmal helfen wir Unternehmen gleicher Größe dabei, sich zu konsolidieren und sich zu einem starken Unternehmen zusammenzuschließen. Manchmal helfen wir einem starken Unternehmen, ein schwächeres zu übernehmen.«

»Möchte das kleinere Unternehmen übernommen werden?«

»Nicht immer. Es gibt freundschaftliche Übernahmen und feindliche. Das, worum es heute Abend bei allen Anrufen ging, ist keine freundliche Übernahme.« Er nippte an seinem Getränk. »Was machst du?«

»Bildbände.«

»Diese dicken Bücher mit Reisefotos oder Mode aus verschiedenen Jahrzehnten oder was auch immer?«

»Ganz genau.«

»Als Autorin oder Fotografin?«

»Beides. Obwohl es mir immer noch surreal vorkommt, dass ich meinen Lebensunterhalt mit etwas verdiene, das mir so viel Spaß macht. Ich habe Journalismus studiert und wollte eigentlich Schriftstellerin werden. Die Fotografie war immer mein Hobby, aber jetzt schreibe ich die Texte und mache die Fotos für meine Bücher.«

»Wie bist du dazu gekommen?«

»Nach dem Studium kontaktierte ich eine Agentin, weil ich ihr einen Thriller anbieten wollte, an dem ich gerade schrieb. Damals betrieb ich zum Spaß ein Blog. Ich fotografierte Menschen, die in New York auf der Straße lebten, und schrieb unter jedes Foto eine kleine Geschichte über die jeweilige Person. In der Signatur meiner E-Mail gab es einen Link zu dem Blog. Der Agentin gefiel mein Thriller zwar nicht, aber sie bemerkte den Link zu meinem Blog und sah sich alles an. Daraufhin fragte sie mich, ob ich nicht stattdessen einen Bildband machen wollte. Ich sagte zu, und in den nächsten acht Jahren arbeitete ich an fünfundzwanzig Bildbänden über Wohnungslose in verschiedenen Städten. Letztes Jahr habe ich eine neue Reihe über Graffiti und Graffiti-Künstler in verschiedenen Städten begonnen.«

»Das klingt wesentlich unterhaltsamer als Fusionen und Übernahmen.«

Ich lächelte. »Da bin ich mir sicher. Ich finde, ich habe ziemlich viel Glück mit meinem Beruf. Ich verdiene meinen Lebensunterhalt mit etwas, das ich gern tue, und kann überallhin reisen. Außerdem habe ich dabei wunderbare Menschen kennengelernt, und ein Prozentsatz aller Buchverkäufe geht an Unterkünfte für Bedürftige.«

Becks Blick glitt über mein Gesicht. »Was versuchst du zu vergessen, Nora?«

Ich brauchte eine Sekunde, bis ich begriff, dass er sich auf das bezog, was ich über den Tinder-Typen gesagt hatte. »Will nicht jeder ab und zu das Leben vergessen?«

»Vielleicht.« Er strich sich über die Unterlippe. »Aber normalerweise gibt es einen konkreten Anlass – eine schwierige Beziehung, Stress im Job, finanzielle Schwierigkeiten oder familiäre Probleme.«

Ich strich mit dem Finger durch das Kondenswasser an meinem Glas, während Beck auf meine Antwort wartete. Ich drehte mich zu ihm um. »Willst du wissen, warum ich Tinder mag, anstatt Männer im Supermarkt oder in einer Bar kennenzulernen?«

»Warum?«

»Weil ich dort leicht Männer finde, die mich mit Vergnügen vergessen lassen, aber sich nicht genug für mich interessieren, um nach dem Grund zu fragen. Alles, was ich von ihnen will, ist Sex.«

Beck deutete mit dem Glas auf mich und hob es dann an die Lippen. »Verstanden.«

Während er trank, fiel mir die klobige Uhr an seinem Handgelenk auf – eine Audemars Piguet, keine Rolex. Ich fand, dass die Armbanduhr viel über einen Mann aussagt. Für die meisten Männer ist eine Uhr ein Statussymbol. Sie prahlen damit, dass sie es sich leisten können, ihr Handgelenk mit einer Uhr im

Wert eines Kleinwagens zu schmücken. Ihnen ist klar, dass andere das erkennen, weil Rolex eine der beliebtesten Luxusmarken der Welt ist. Audemars Piguet hingegen sagt Menschen, die sich nicht mit Uhren auskennen, eher nichts und ist in der Regel sogar noch teurer. Die meisten Männer tragen eine Rolex für andere, aber eine Audemars Piguet trägt man für sich selbst. Mr Arrogant stieg eine Stufe in meiner Achtung.

Das Zweite, wonach ich einen Mann gern beurteilte, war seine Getränkebestellung. Becks Glas hatte bereits vor ihm gestanden, als ich von der Toilette zurückkam, darum wusste ich nicht, um was es sich bei der bernsteinfarbenen Flüssigkeit handelte. Vermutlich um irgendeine Art von Whiskey.

»Ist das ein Scotch?« Ich deutete auf den Tumbler vor ihm.

Er hielt ihn mir hin. »Whiskey. Möchtest du probieren?«

»Nein, aber ich war einfach neugierig, was es ist.«

Er legte den Kopf schief. »Warum?«

»Ich weiß nicht. Ich habe nur festgestellt, dass ein bestimmter Männertyp auch eine bestimmte Art von Drinks bestellt.« Mein Blick wanderte zu seinem Handgelenk. »Uhren können auch viel über eine Person aussagen.«

»Meine Uhr und die Whiskey-Marke, die ich trinke, verraten dir also, wer ich bin?«

Ich zuckte die Schultern. »Vielleicht.«

Er leerte den Rest seines Glases und gab dem Barkeeper ein Zeichen, der sofort reagierte.

»Welche Marke, sagten Sie, ist das?«, fragte er.

»Er heißt Hillcrest Reserve und stammt aus einer Destillerie etwa fünfzehn Kilometer entfernt von hier, die bereits in dritter Generation geführt wird.«

Beck schob sein Glas über die Theke. »Danke. Ich nehme noch einen.«

Als der Barkeeper sich entfernte, sah Beck mich an. »Anscheinend heißt er Hillcrest Reserve.«

Ich runzelte die Stirn. »Wusstest du das nicht, als du ihn bestellt hast?«

Er schüttelte den Kopf. »Nein. Ich habe gefragt, ob es einen Whiskey aus einer kleinen Destillerie aus der Gegend gibt. Wenn ich reise, teste ich gern lokale Lebensmittel und Whiskey. Ich lebe in Manhattan. Dort bekomme ich in jeder Bar einen Macallan für zweihundert Dollar pro Schluck. Aber einen Hillcrest Reserve bekomme ich dort nicht.«

Ich lächelte. »Das gefällt mir.«

»Aber du wirkst überrascht. Offenbar entspricht meine Auswahl nicht dem Typ Mann, für den du mich gehalten hast.«

»Nicht ganz.«

»Was dachtest du denn, was ich trinke?«

Ich grinste. »Den Macallan für zweihundert Dollar pro Schluck, den man überall bekommt.«

Beck lachte. »Und was für ein Typ von Mann bestellt den?«

Ich nahm einen Schluck von meinem Wein und setzte das Glas ab. »Der Typ, der in Manhattan lebt, in einem Unternehmen arbeitet, das Fusionen und Übernahmen managt, und einen schicken Anzug und eine Rolex trägt. Also im Grunde jeder Wall-Street-Trottel, der an einem Freitagnachmittag zur Happy Hour vor dem Cipriani steht.«

Beck warf lachend den Kopf zurück. Ich hatte den Kerl gerade beleidigt, und er war amüsiert. »Ich schätze, ich habe einen ziemlich beschissenen ersten Eindruck gemacht.«

Ich verzog keine Miene. »Du hast mir gesagt, ich solle mir eine *seriösere* App für meine Dates suchen.«

»Ich fand, du verdienst etwas Besseres.«

»Blödsinn. Du bist nur nett, weil du weißt, dass ich auf Sex ohne Verpflichtungen aus war, und meinst, du hättest vielleicht Chancen.«

»Bin ich aus dem Rennen?«

Ich nahm mir einen Moment Zeit, um ihn noch einmal zu mustern. *Verdammt, er sieht wirklich toll aus.* »Ich überlege nur, weil du so gut aussiehst.«

Ein laszives sexy Lächeln breitete sich auf seinem Gesicht aus. »Deine Direktheit gefällt mir.«

»Und mir gefällt dein Kinn.«

Seine Augen funkelten. »Mein großer Schwanz wird dir noch besser gefallen.«

Ich biss mir auf die Unterlippe. Das Gespräch hatte eine unerwartete Wendung genommen und näherte sich nun eher dem Inhalt meiner Tinder-Chats an – womit ich mich eindeutig wohler fühlte, als darüber zu sprechen, warum ich mein Leben für eine Weile vergessen wollte. »Woher weiß ich, dass du kein Serienmörder bist?«

»Woher wusstest du, dass der Loser von Tinder keiner war?«

Gutes Argument. Ich nippte an meinem Wein. »Wie alt bist du?«

»Alt genug, um zu wissen, was ich mit dir anstellen sollte, und jung genug, dass ich dafür keine Pille schlucken muss.«

Ich schmunzelte. »Ist das so? Du weißt, was du mit mir anstellen solltest?«

Er lächelte selbstbewusst. »Absolut, ja.«

Die Luft zwischen uns knisterte. Aus irgendeinem Grund wusste ich, dass dieser Mann sein Versprechen halten konnte. Vielleicht lag es an seinem selbstbewussten Auftreten, oder daran, dass ein derart gut aussehender Mann meiner Überzeugung nach viel Übung haben musste. Letzteres hätte mich abgeschreckt, wenn ich auf mehr als eine Nacht aus gewesen wäre, aber für eine Nacht spielte es keine Rolle, solange es meinem Zweck diente.

Ich sah in seine zu blauen Augen. »Dann sag es mir.«

»Was?«

»Was du mit mir anstellen würdest.«

Das verruchte Grinsen, das über sein Gesicht glitt, brachte mich fast dazu, meine Bitte zurückzunehmen. Aber auch nur fast.

Beck führte sein Glas an den Mund und trank einen Schluck, bevor er sich zu meinem Ohr vorbeugte. »Ich würde zuerst mein Gesicht in deiner Muschi vergraben, bis du auf meiner Zunge kommst. Dann würde ich dich nehmen, als würde ich dich hassen.«

O Gott! Ich krümmte doch tatsächlich unwillkürlich die Zehen. *Wow!*

Er rückte von mir ab und sah mich mit hochgezogener Augenbraue an.

Ich war hin- und hergerissen und überlegte, ob ich verrückt war, wenn ich diesen Mann mit auf mein Zimmer nähme. Während ich darüber nachdachte, blickte ich zufällig nach unten.

Heiliger Strohsack. Seine Hose spannte sich um seinen Schenkel, und an seinem Bein war eine deutliche Ausbuchtung zu erkennen. Eine *sehr lange, sehr dicke* Ausbuchtung.

Ich glaubte an Zeichen, und dieses Zeichen konnte ich nicht übersehen. Also kippte ich den Rest meines Weins hinunter, holte eine meiner zwei Schlüsselkarten vom Hotel aus der Handtasche und schob sie dem Mann neben mir hin.

»Zimmer zwei neunzehn. Gib mir zehn Minuten Vorsprung, damit ich mich frisch machen kann.«

2. Kapitel

Beck

»Wo bist du? Ich war gerade in deinem Büro, und es ist dunkel. Das Franklin-Meeting beginnt in zehn Minuten.«

Ich schaltete mein Handy auf Lautsprecher und legte es auf den Waschtisch im Bad, damit ich mich fertig rasieren konnte. »Ich bin in Idaho.«

»Idaho?«, fragte Jake. »Was zum Teufel machst du da?«

»Anscheinend ist Sun Valley ein beliebter Ort, um von den Klippen zu springen. Ich bin hier, um unsere Großmutter zur Vernunft zu bringen. Sie hat mich blockiert, sodass ich sie nicht mehr anrufen kann.«

»O mein Gott. Lass die Frau in Ruhe. Sie lebt ihr Leben und tut, was sie tun will.«

»Hat sie dir gegenüber jemals erwähnt, dass sie einen Wingsuit-Sprung machen will?«

»Nein, aber ich habe ihr wahrscheinlich auch nicht gesagt, dass ich letztes Jahr gern mit der Krankenschwester rumgemacht hätte, die sie im Krankenhaus betreut hat. Auf Familienfeiern erzählt man sich nicht alles.«

Mein Bruder machte sich um nichts Sorgen. Vielleicht, weil er erst dreiundzwanzig war und sich noch für unbesiegbar hielt. Zehn Jahre und eine Ehe zuvor hätte ich mir wahrscheinlich auch weniger Sorgen gemacht. »Ich glaube, die Freundin, mit der sie unterwegs ist, ist ein bisschen labil und treibt sie zu diesen verrückten Sachen.«

»Wie kommst du darauf?«

»Zum Beispiel, weil sie mir gestern geschrieben hat, ich sollte mal den Stock aus dem Arsch nehmen.«

»Grams Freundin schickt dir Nachrichten?«

»Gram hat mir für Notfälle ihre Nummer gegeben, kurz bevor sie mich blockiert hat.«

»Lass mich raten, und du hast sie benutzt, um diese nette alte Dame zu belästigen, weil du Gram nicht erreichen konntest?«

»Nette alte Dame?« Ich zog die Haut an meinem Hals straff und rasierte eine saubere Linie. Als ich an der Kurve meines Kinns entlangfuhr, schnitt ich mich. *Verflucht. Dieser blöde, billige Hotelrasierer.* Ich nahm ein Stück Toilettenpapier, um die Blutung zu stoppen. »Die nette alte Dame hat mir auch gesagt, ich sei ein grauer Streusel auf einem Regenbogen-Cupcake.«

Jake lachte. »Mann, sie hat dich voll durchschaut, und dabei ist sie dir noch nie begegnet. Du musst dich entspannen. Gram will nur ein bisschen Spaß haben. Wenn ich an ihrer Stelle wäre, würde ich lieber drei Monate leben, als ein Jahr auf den Tod zu warten.«

Ich runzelte die Stirn. Auf diese Debatte würde ich mich nicht erneut einlassen. Vor drei Wochen hatte man unserer Großmutter mitgeteilt, dass ihr Bauchspeicheldrüsenkrebs zurückgekehrt sei. Es war das dritte Mal innerhalb von zehn Jahren, und der Krebs hatte nun auch Metastasen in der Lunge und der Speiseröhre gebildet. Die Ärzte sagten, dass erneute Chemo und Bestrahlung ihre Lebenserwartung wahrscheinlich nur von drei auf neun Monate verlängern würden. Sie sagten aber auch, dass eine einprozentige Chance bestünde, dass der

Krebs durch die Behandlung wieder in Remission gehen und sie noch deutlich länger leben könnte. Gram hatte sich diesmal gegen eine Behandlung entschieden, was wir alle unterstützt hatten, auch wenn mir aus egoistischen Gründen lieber gewesen wäre, sie würde die Chance nutzen, auch in zehn Jahren noch da zu sein.

Doch dann beschloss sie, eine verrückte Reise mit einer Frau zu unternehmen, die keiner von uns kannte, und in letzter Zeit kam es mir so vor, als sei sie auf einer Selbstmordmission.

»Ich muss Schluss machen. Ich weiß nicht, wann sie sich auf den Weg machen, und ich brauche unbedingt einen Kaffee, bevor ich mich mit Gram streite.«

»Was soll ich wegen des Meetings unternehmen?«

»Regele du das.«

»Normalerweise gefällt dir nicht, wie ich die Dinge regele.«

»Überrasch mich. Bis dann.« Ich beendete das Gespräch und rasierte mich zu Ende. Wenig später ging ich auf der Suche nach Koffein in die Hotellobby. Nachdem ich mir einen Becher Kaffee eingeschenkt hatte, drehte ich mich auf der Suche nach Milch und Zucker um. Und blickte in wunderschöne grüne Augen, die mich mit ihren Blicken durchbohrten.

Mist.

Nora. Die schöne Blondine von gestern Abend.

Sie saß kaum eineinhalb Meter entfernt an einem Tisch.

»Wie ich sehe, hast du den Weg zum Kaffee gefunden«, sagte sie. »Doch irgendwie hast du dich gestern Abend auf dem Weg in den zweiten Stock offenbar verlaufen?«

Ich schob die Hände in die Hosentaschen und kam mir wie ein Idiot vor. »Was das angeht …«

Hinter mir unterbrach eine vertraute Stimme das Gespräch. »Guten Morgen, mein Schatz.«

Ich drehte mich um und stand vor meiner Großmutter. Ich hatte angenommen, sie habe mit mir gesprochen, doch als sie mich sah, runzelte sie erstaunt die Stirn.

»Beckham? Was machst du denn hier?«

»Ich bin gekommen, um dich zur Vernunft zu bringen.«

»Moment …« Nora blieb der Mund offen stehen. »Beck wie in Beckham, Louises mürrischer Enkel?«

Ich drehte mich zu ihr um. »Du kennst meine Großmutter?«

»Ja … Wir reisen seit zwei Wochen zusammen.«

»Du bist Eleanor Sutton? Ich dachte, du hättest gesagt, du heißt …« *Verdammt. Das konnte doch nicht wahr sein.* Ich schüttelte den Kopf. »Nora … ist die Abkürzung für Eleanor?«

Ich hatte angenommen, Eleanor sei siebzig und keine blonde Sexbombe Mitte zwanzig.

Gram winkte zwischen uns beiden hin und her. »Ihr kennt euch?«

Ich wollte meiner Großmutter nicht erklären, dass ich ihrer Freundin gesagt hatte, ich wollte sie ficken, als ob ich sie hassen würde, und dann nicht erschienen war, um mein Versprechen einzulösen. Darum wusste ich nicht, wie ich reagieren sollte. Zum Glück war Nora eher auf Zack als ich.

Sie setzte ein gezwungenes Lächeln auf. »Wir haben uns gerade an der Kaffeebar kennengelernt.«

Meine Großmutter trat vor und küsste mich auf die Wange. »Hallo, Sweetheart. Es ist immer schön, dich zu sehen. Aber wenn du gekommen bist, um mir eine Standpauke zu halten, hast du den Weg leider umsonst gemacht und kannst gleich wieder umkehren. Reisende soll man nicht aufhalten.«

Ich musste unwillkürlich lächeln. »Wie ich sehe, bist du ganz in deinem Element. Wie geht's dir, Gram?«

»Wenn die blöden Ärzte mir nicht gesagt hätten, dass der

Teufel zurück ist, würde ich gar nichts merken. Vielleicht ein bisschen müder als sonst, aber wir sind ja auch viel unterwegs.«

»Das freut mich zu hören. Kann ich dir einen Kaffee bringen?«

»Ich glaube, wir müssen uns auf den Weg machen.«

»Also ...« Nora runzelte die Stirn. »Ich habe dir vorhin eine Nachricht geschickt, Louise. Wahrscheinlich hast du sie noch nicht gelesen. Wegen des starken Winds wurde der Sprung heute Morgen abgesagt. Das Unternehmen wird mich mittags informieren, ob es nachmittags einen Sprung gibt, aber falls ja, dann nicht vor vier Uhr.«

»Nun denn ...« Meine Großmutter drehte sich zu mir um. »Ich atme, und ich bin voll geschminkt. Du kannst uns also zum Frühstück ausführen, am besten irgendwohin, wo es Kahlua für meinen Kaffee gibt.«

Ich lächelte. »Alles klar.«

»Ich glaube, ich bleibe hier«, sagte Nora. »Ich muss einiges erledigen.«

»Du musst doch was essen. Da kannst du dich genauso gut von meinem Enkel einladen lassen. Außerdem kann er dir dann vielleicht zeigen, dass er gar nicht so ein Idiot ist, wie es in euren Nachrichten den Anschein hatte.«

Es sah so aus, als ob Nora sich dennoch zurückziehen wollte, aber es war schwer, meiner Großmutter etwas abzuschlagen.

»Komm.« Gram deutete in Richtung Lobby. »Eigentlich wären wir jetzt bei unserem Sprung, also kannst du nichts zu tun haben, was nicht eine Stunde warten kann.«

Nora zwang sich zu einem Lächeln. »Klar. Also, gehen wir.«

»Ich nehme Eier Benedict und einen Kaffee mit einem Schuss Kahlua«, sagte Gram zu dem Kellner.

Er lächelte. »Ich fürchte, wir haben keinen Kahlua. Wir haben eigentlich gar keinen Alkohol.«

»Kein Problem.« Meine Großmutter tätschelte ihre Handtasche. »Ich habe welchen hier drin. Sie können ja so tun, als würden Sie nicht sehen, wie ich unsere Getränke aufpeppe. Ich wollte Ihnen dieses Geschäft nicht vorenthalten, aber ich erwarte, dass Sie mich auch nicht um mein Vergnügen bringen.«

Der Kellner lachte. »Ich weiß von nichts.«

Nora bestellte als Nächste. Während sie sprach, konzentrierte ich mich auf ihre Lippen. Heute Morgen unter der Dusche hatte ich mir diese Lippen um meinen Schwanz vorgestellt und mich dabei um mich gekümmert. Es war nicht leicht gewesen, mich gestern Abend anständig zu verhalten, vor allem nachdem ich begriffen hatte, wie nah mein Zimmer bei ihrem lag. Doch als ich an der Bar die Rechnung bezahlt hatte und sah, wie viele Gläser Wein Nora getrunken hatte, konnte ich das nicht. Manche Frauen mochten es bereut haben, mit mir zusammen gewesen zu sein, aber nie, weil sie nicht mehr in der Lage gewesen wären, Nein zu sagen.

»Sir?« Ich blickte auf und sah in das erwartungsvolle Gesicht des Kellners.

Noras verschmitztes Grinsen deutete daraufhin, dass sie wusste, wo ich mit den Gedanken gewesen war.

Ich räusperte mich. »Für mich die Eier Benedict und einen Kaffee mit Milch, bitte.« Nachdem der Kellner gegangen war, legte ich meine Serviette auf den Schoß. »Woher kennt ihr beiden euch eigentlich? Ich kann mich nicht erinnern, dass du Nora vor dieser Reise schon mal erwähnt hast.«

Gram tätschelte Noras Hand. »Sie wohnt in meinem Haus.«

»Wenigstens ergibt der Blog jetzt einen Sinn.« Grams Gefährtin hatte von Anfang an über ihre Reise gebloggt und

Videos von meiner Großmutter bei allen möglichen verrückten Dingen aufgenommen. Die Seite hieß *Lebe, als würdest du sterben*.

»Wie meinst du das?«, fragte Nora.

»Na ja, ich hatte angenommen, du wärst älter. Ich kenne nicht allzu viele Leute im Alter meiner Großmutter, die bloggen.« Ich sah Gram an. »Nichts für ungut.«

Nora verschränkte die Arme vor der Brust. »Also, wenn sie nicht beleidigt ist, bin ich es. Es gibt keine Altersbeschränkung, etwas zu tun. Warum kann nur ein junger Mensch bloggen oder Fallschirmspringen?«

O Gott. Na, *das* war allerdings die Frau, mit der ich getextet hatte.

»Ich habe nicht gesagt, dass ältere Menschen diese Sachen nicht können. Ich habe nur gesagt, dass ich nicht viele kenne, die so etwas tun.«

»Hast du schon mal darüber nachgedacht, dass das an engstirnigen, jüngeren, altersfeindlichen Menschen liegen könnte, die ihre Verwandten davon abhalten, ihr Leben in vollen Zügen zu genießen? Dabei sollten sie sie vielmehr ermutigen! Ob du es glaubst oder nicht, deine Großmutter musste nicht erst einen Technikkurs besuchen, um herauszufinden, wie sie dich blockieren kann.«

Ich sah meine Großmutter an.

Sie grinste. »Sieh mich nicht so hilfesuchend an. Du hast dir dein Grab mit Eleanor geschaufelt, seit ich dir ihre Nummer für Notfälle gegeben habe.«

»Wo wir gerade von diesen wunderbaren Nachrichten sprechen«, sagte Nora. »Wenn du das nächste Mal unhöflich zu mir bist oder verlangst, dass ich eine Nachricht an deine Großmutter weiterleite – insbesondere eine, von der du genau weißt, dass sie sich darüber aufregen wird –, werde ich dich auch blockieren.«

Wenn eine Person so mit mir sprach, konnte ich es normalerweise kaum erwarten, sie zur Schnecke zu machen. Aber aus irgendeinem verrückten Grund ging mir die Vorstellung nicht aus dem Kopf, wie ich mit dieser Frau unter vier Augen stritt … und ihr dann ihre Meinung aus dem Kopf vögelte.

Ich grinste. »Zur Kenntnis genommen. Danke für die Warnung.«

Mein Einverständnis schien ihre Wut zu zerstreuen, und kurz erwog ich, sie darauf anzusprechen, wie viele Todesfälle es in den letzten Jahren beim Fallschirmspringen gegeben hatte, nur um mich wieder mit ihr zu streiten. Doch dann fing Gram an, von einem Schnorchelausflug zu erzählen, den sie geplant hatten, und bei dem Leuchten in ihren Augen wurde mir ganz warm ums Herz. Schnorcheln schien einigermaßen harmlos zu sein …

»Und wenn wir dann den Dreh raushaben«, sagte sie, »fangen sie an, sie anzufüttern.«

»Anzufüttern?«

Gram nickte. »Die Haie.«

So viel zum harmlosen Schnorchelausflug. »Im Ernst, Gram? Schwimmen mit Haien? Warum kannst du nicht einfach schnorcheln und dir die bunten Fische ansehen?«

»Warum sollte ich das tun, wenn ich zusehen kann, wie ein Riesenmonster mit fünf Zahnreihen die bunten Fische frisst?«

»Ich verstehe vollkommen, dass du reisen und etwas unternehmen willst, aber warum muss alles gefährlich sein? Bevor du es erfahren hast, hattest du nicht das Bedürfnis, so etwas zu tun …«

Gram sah mich nachdenklich an. »Ich habe erfahren, dass

ich *sterbe*. Es ist okay, es auszusprechen, Beckham. Ich werde sterben. Wahrscheinlich bin ich in ein paar Monaten nicht mehr da. Warum also nicht Dinge tun, die für einen Adrenalinstoß sorgen und mir Angst vor meinem eigenen Tod machen? Wenn ich zu Hause rumsitze, habe ich weiß Gott vor nichts Angst. Ich meine, was kann schon passieren? Dass ich über die Ampel gehe und von einem Taxi überfahren werde? Ich will mich lebendig fühlen. Und verdammt, wenn ich etwas früher als erwartet sterbe, weil die Flügel meines Wingsuits nicht genug flattern oder ein Hai meint, ich wäre ein netter Nachtisch, dann habe ich wenigstens einen tollen Nachruf.«

Ich wusste, wann ich besser den Mund halten sollte. Ich würde mit meiner Großmutter reden, wenn sie allein und nicht so störrisch war. Für den Moment wechselte ich das Thema und versuchte, es zu genießen, wie sie von all ihren bisherigen Unternehmungen erzählte. So verlief der Rest des Frühstücks friedlich.

Als wir zum Hotel zurückkehrten, sagte Gram, sie wolle sich eine Weile hinlegen. Sie behauptete, wegen der Aufregung vor dem bevorstehenden Wingsuit-Sprung letzte Nacht nicht gut geschlafen zu haben. Also begleitete ich sie zu ihrem Zimmer und fragte, ob wir zusammen zu Mittag essen könnten, nur wir zwei.

An ihrer Tür küsste sie mich auf die Wange. »Ich freu mich, so viel Zeit wie möglich mit dir zu verbringen. Aber du wirst mich nicht umstimmen können, Beck.«

»Dann hole ich dich um zwölf ab?«

Auf dem Rückweg zu meinem Zimmer klopfte ich an Noras Tür. Ich war ihr dankbar, dass sie für sich behalten hatte, was zwischen uns vorgefallen war. Und ich schuldete ihr eine Erklärung. Zudem war mir klar, dass ich größere Chancen hatte, zu Gram durchzudringen, wenn Nora auf meiner Seite wäre. So seltsam das Paar auch sein mochte, sie schienen sich gut zu verstehen.

Als Nora die Tür öffnete, machte sie ein langes Gesicht. »Ich hoffe, du meinst nicht, dass du die gestrige Nacht nachholen könntest. Du hast deine Chance vertan, als du mich versetzt hast.«

»Was das angeht …«

Sie wollte die Tür schon wieder schließen. »Ich brauche keine Erklärung. Dein Pech.«

Ich schob meinen Fuß in den Türrahmen. »Warte einen Moment. Vielleicht brauchst du keine Erklärung, aber ich würde dir gern trotzdem eine geben.«

Sie rollte mit den Augen. »Sag, was du zu sagen hast, und geh.«

»Du hast sechs Gläser Wein getrunken. Ich habe es gesehen, als ich bezahlt habe.«

Nora zuckte die Achseln. »War dir das zu teuer? Ich erstatte dir die Kosten nicht.«

»Ich beschwere mich nicht wegen des Geldes. Aber die sechs Gläser sind der Grund, warum ich nicht hochgekommen bin, sosehr ich es auch wollte. Und glaub mir, ich wollte es *wirklich* sehr. Vielleicht habe ich sogar zehn Minuten lang vor deiner Tür gestanden und versucht, mich davon zu überzeugen, dass ich kein Dreckskerl bin, wenn ich klopfe. Schließlich hattest du mich ja eingeladen. Aber am Ende wollte ich eine Frau, die zu viel getrunken hatte, einfach nicht ausnutzen.«

»Nur zwei von diesen Weinen waren meine. Vor meinem Date mit dem Tinder-Loser haben Louise und ich uns mit zwei Damen auf einen Drink getroffen. Ich hab ihr gesagt, ich würde die Rechnung übernehmen. Ich war völlig nüchtern, vor allem, wenn man bedenkt, dass ich schon ein paar Stunden dort gesessen hatte.« Sie legte den Kopf schief. »Und nebenbei gesagt, *ich wollte ausgenutzt werden.*«

Ich ließ den Kopf sinken. »Fuck.«

»Ist trotzdem gut gelaufen. Ich wusste natürlich nicht, dass du Louises Enkel bist – der mich angeherrscht hat, als würde ich für ihn arbeiten.«

Ich fuhr mir mit einer Hand durchs Haar. »Sie ist meine Großmutter. Ich mache mir Sorgen um sie.«

Nora stemmte die Hände auf die Hüften. »Weil sie zum ersten Mal in ihrem Leben etwas Gefährliches tut, oder?«

»Das stimmt.«

»Wusstest du, dass deine Großmutter zertifizierte Sporttaucherin ist? Sie war eine der ersten Frauen, die 1967 einen Kurs absolviert hat. Am liebsten tauchte sie nach Tiefseewracks.«

»Wovon sprichst du?«

»Wusstest du, dass sie mit dreiundzwanzig die Lava Falls befahren hat, eine der schwierigsten Wildwasserstrecken der Welt?«

»Wirklich?«

Sie nickte. »Deine Großmutter ist nicht so zartbesaitet, wie du denkst. Sie ist ein knallharter Typ. Wenn du dich von der Überzeugung verabschieden würdest, dass sie alt und gebrechlich ist und man sich um sie kümmern muss, könntest du das vielleicht erkennen.«

»Warum hat sie nie etwas gesagt?«

Nora schüttelte den Kopf. »Vielleicht weil du nie gefragt hast. Weißt du, wie sie und dein Großvater sich kennengelernt haben? Oder warum wir auf eine Ranch in Utah fahren, um einen Mann zu besuchen, den sie seit sechzig Jahren nicht mehr gesehen hat?«

Sie hatte ihren Standpunkt deutlich gemacht. Jetzt machte sie mich allmählich einfach wütend. »Weißt du, wer nach ihrer ersten Bauchspeicheldrüsen-OP jeden einzelnen Tag an ihrer Seite war? Oder als der Krebs zurückkam und es ihr während der Therapie monatelang schlecht ging?«

»Ich bezweifle nicht, dass dir deine Großmutter wichtig ist. Ich sage nur, dass du sie jetzt bei ihren Entscheidungen unterstützen musst, wie auch immer die aussehen.«

Ich schwieg einen Moment. »Warum tust du das?«

»Weil du an meine Tür geklopft hast.«

Ich schüttelte den Kopf. »Nein. Warum reist du mit einer Frau, die dreimal so alt ist wie du? Was springt für dich dabei heraus?«

Nora blähte die Nasenflügel. »Was für mich dabei *herausspringt*? Du kannst mich mal.«

»Menschen tun normalerweise nichts, ohne dass sie etwas davon haben.«

»Was willst du damit andeuten?«

»Ich deute gar nichts an. Ich frage nur, warum du diese Reise machst.«

Statt einer Antwort knurrte sie mich doch tatsächlich an. Kurz bevor sie mir die Tür vor der Nase zuschlug.

Ich blinzelte ein paar Mal, und dann schlich sich zu meiner eigenen Überraschung ein Lächeln in mein Gesicht. Wahrscheinlich musste ich meinen Kopf untersuchen lassen, aber Nora Sutton war verdammt sexy, wenn sie wütend war.

3. Kapitel

Beck

»Ich hoffe sehr, du bist nicht hergekommen, weil du eine Wiederholung von gestern Abend erwartest«, sagte Nora.

Ich nahm an der Bar neben ihr Platz und schüttelte den Kopf. »Die Zeitumstellung macht mir zu schaffen.«

Sie nickte und widmete ihre Aufmerksamkeit ihrem Wein.

»Wie war euer Wingsuit-Sprung heute Nachmittag?«, fragte ich.

Nora sah mich irritiert an. »Louise hat dir erzählt, dass wir dort waren?«

Ich schüttelte den Kopf. »Ich habe heute Nachmittag gegen drei Uhr zufällig aus dem Fenster geschaut und gesehen, wie ihr beide euch zum Auto geschlichen habt. Zwei Minuten später rief Gram an, um mir zu sagen, dass sie noch kein Nickerchen gemacht hätte und jetzt wahrscheinlich ein paar Stunden schlafen würde. Ich habe zwei und zwei zusammengezählt. Außerdem hab ich das Foto gesehen, das du auf deinem Blog gepostet hast. Es ist das erste Mal, dass du ein Foto von dir selbst hochgeladen hast. Warum?«

»Das war mir gar nicht bewusst. Aber vermutlich, weil der Blog von Louises Reise handelt.«

»Also, wie war euer Nachmittag?«

Nora grinste. »Es war unglaublich. Auch wenn es dir nicht gefallen hätte. Du scheinst eine Spaßbremse zu sein.«

Der Barkeeper kam, und ich bestellte den gleichen Whiskey wie gestern Abend.

»Du magst mich nicht besonders, oder?«, fragte ich.

»Stimmt. Ich finde dich arrogant.«

Ich wartete, bis mein Getränk kam, und nahm einen Schluck. Die Flüssigkeit brannte in meiner Kehle, aber es fühlte sich gut an. »Ich mag dich auch nicht besonders. Ich finde dich selbstgerecht und nervig.«

Nora führte lächelnd ihr Weinglas an die Lippen. »*Teile* von mir scheinen dir allerdings gut zu gefallen. Ich hab heute Morgen beim Frühstück deinen Blick bemerkt.«

»Ich habe auch das Bild angestarrt, das du auf deinem Blog gepostet hast. Aber du hattest einen hautengen, gummiartigen Anzug an. Die verdammten Vögel haben gestarrt. Das heißt nicht, dass ich dich mag.«

Lachend schüttelte sie den Kopf. »Tja, wir werden wohl einen Weg finden müssen, uns gegenseitig zu tolerieren, schließlich mögen wir beide deine Großmutter. Vielleicht sollten wir uns die Hände reichen und Frieden schließen.«

»Oder …« Ich wartete, bis sie mich ansah. »Oder wir entledigen uns der negativen Gefühle bei einem Hassfick.«

»Hassficken scheint ein Thema bei dir zu sein. Ist das dein Ding?«

»Bislang nicht. Aber du gehst mir ziemlich auf die Nerven, und trotzdem möchte ich dir am liebsten die Kleider vom Leib reißen.«

Nora sah mit einem Seufzer auf meinen Schritt hinunter. »Wie schade, dass du Louises Enkel bist. Denn ein Teil von dir gefällt mir auch ziemlich gut.«

Ich schmunzelte. »Vielleicht solltest du das Teil mal aus der Nähe betrachten. Ich hätte nichts dagegen.«

Sie lachte und trank ihren Wein aus, dann drehte sie sich zu mir um und streckte mir die Hand hin.

»Freunde?«

Ich nahm ihre Hand, aber anstatt sie zu schütteln, führte ich sie an meine Lippen und biss sanft in ihren Finger.

»Aua!«

Ich küsste die Stelle und grinste. »Wenn du darauf bestehst. Meine Idee gefällt mir allerdings besser.«

»Darauf wette ich …«

Da ich mich nicht total danebenbenehmen wollte, lenkte ich das Gespräch wieder auf sicheres Terrain. »Sag … ich habe dich noch nie dort gesehen. Wie lange wohnst du schon in Vestry?«

»Vestry?«

»Den Vestry Towers. Meine Großmutter sagte, du würdest im selben Haus wie sie wohnen.«

»O ja.« Sie schüttelte den Kopf. »Stimmt. Nicht allzu lange. Ungefähr ein Jahr vielleicht. Ich ziehe bald zurück nach Kalifornien. Da komme ich her. Ich bin zum Studium nach New York gegangen und danach nicht mehr zurückgekehrt.«

Wir schwiegen eine Minute lang. »Darf ich dich etwas fragen, ohne dass du sauer wirst?«

Sie lächelte. »Wahrscheinlich nicht. Aber frag trotzdem.«

»Ich hab dich vorhin gefragt, warum du diese Reise machst …«

»Nein«, unterbrach sie mich, »du hast mich gefragt, was für mich *dabei herausspringt*, als ob es für mich eine Art Spiel wäre.«

»Stimmt.« Ich nickte. »Vielleicht habe ich es etwas unglücklich formuliert. Meine Mitarbeiter würden sicher bestätigen, dass ich dazu neige, alles offen auszusprechen, was gelegentlich abschreckend wirken kann.«

»Mehr als nur gelegentlich, vermute ich.«

»Wie wäre es, wenn ich meine Frage so formuliere: Als du erfahren hast, dass meine Großmutter diese Reise plant, was hat dich dazu bewogen, sie zu begleiten?«

Nora blickte in ihr Weinglas. »Meine Mutter ist ziemlich jung gestorben, sie war nur ein paar Jahre älter als ich jetzt. Das hat meine Sichtweise verändert. Anstatt zu fragen, warum sollte ich das tun, frage ich mich jetzt, warum sollte ich es nicht tun. Das Leben ist kurz.«

»Mein Beileid, das tut mir leid.«

»Danke.«

»Darf ich fragen, wie sie gestorben ist?«

Plötzlich wirkten ihre Gesichtszüge angespannt, voller Schmerz, und ich bereute die Frage sofort.

»Es tut mir leid.« Ich hob eine Hand. »Das hätte ich nicht fragen sollen.«

»Schon in Ordnung. Man nennt es Rhabdomyosarkom, ein bösartiger Herztumor. Ist ziemlich selten.«

»Konnte man ihn nicht behandeln?«

»Manche können entfernt werden, manche nicht. Sie gehörte nicht zu den Glücklichen.«

Ich nickte. »Danke, dass du es mir erzählt hast.«

Sie trank ihren Wein aus. »Bin ich jetzt dran? Ich habe keine Frage, aber wenn du hörst, was ich sagen will, wirst du wahrscheinlich sauer.«

Ich lächelte. »Schieß los.«

»Hör auf, an den Entscheidungen deiner Großmutter herumzunörgeln. Es sind ihre Entscheidungen, und sie genießt sie.«

»Das habe ich gesehen. Sie hat übers ganze Gesicht gestrahlt, als ihr euch nach dem Sprung zurück ins Hotel geschlichen habt.«

»Der Gedanke, jemanden zu verlieren, ist beängstigend. Das ist mir klar. Aber ich verspreche dir, deine Großmutter hat keinen Todeswunsch. Sie will sich einfach nur lebendig fühlen, und dem Tod *auf ihre Weise* nahe zu kommen, gibt ihr dieses Gefühl.«

»Ich werde daran arbeiten.«

»Sie redet die ganze Zeit von dir, weißt du?«

»Oh-oh.«

Nora lächelte. »Überwiegend Positives. Obwohl sie dich am liebsten geohrfeigt hätte, als du ihr den Wingsuit-Sprung *verbieten* wolltest. Hast du denn noch nicht begriffen, dass du bei einigen Frauen genau das Gegenteil erreichst, wenn du ihnen etwas verbieten willst?«

Ich strich mir über die Lippe. »Einige Frauen also? Ich habe den Eindruck, meine Großmutter ist auf dieser Reise nicht die Einzige, auf die das zutrifft.«

»Vielleicht nicht.« Sie lächelte.

Ich beugte mich zu ihr. »Ich verbiete dir, Sex mit mir zu haben.«

Nora warf lachend den Kopf in den Nacken. Es war ein ziemlich spektakulärer Anblick.

»Deine Großmutter sagt, du seist eine ziemliche Nervensäge«, sagte sie kopfschüttelnd. »Ich verstehe allmählich, warum.«

»Was sagt meine Großmutter noch über mich?«

»Eine ganze Menge. Sie sagt, du bist klug, Jahrgangsbester in Princeton. Erfolgreich – nur ein Jahr nach dem College hast du dein eigenes Unternehmen gegründet und klug in Manhattan in Immobilien investiert. Du arbeitest zu viel, und das hast du offensichtlich von deinem Großvater geerbt. Du bist geschieden und hast eine bezaubernde kleine Tochter, die, glaube ich, sechs ist …«

Ich nickte. »Was noch?«

»Du stehst deinem Bruder nahe, der zehn Jahre jünger und so ziemlich das Gegenteil von dir ist. Obwohl er dich verrückt macht, hast du ihn eingestellt, weil du extrem loyal bist. Ach, und einmal hast du zusammen mit deiner Großmutter deinen kleinen Bruder von der Kita abgeholt. Du wolltest unbedingt den Kindersitz tragen. Und erst als ihr zu Hause ankamt, habt ihr gemerkt, dass du das falsche Baby mitgenommen hattest. Als ihr in die Kita zurückkamt, war bereits die Polizei da, weil die Mutter dachte, jemand habe ihr Kind entführt.«

Ich ließ den Kopf hängen. »Mein Gott, musste sie dir das erzählen? Bei den anderen Sachen bin ich so gut weggekommen.«

Sie grinste. »Ein anderes Mal, als ihr beide mit der U-Bahn gefahren seid, lief eine Maus durch den Waggon. Du wolltest wissen, wie sie hereingekommen ist, und deine Großmutter erklärte dir, dass das Skelett einer Maus es ihr ermöglicht, durch die kleinsten Ritzen zu gelangen. Anschließend hast du einen Monat lang auf dem Rücken geschlafen, bis sie herausfand, dass du Angst hattest, dich umzudrehen, weil dir eine Maus in den Hintern kriechen könnte.«

»Im Ernst? Warum hat sie dir das erzählt?«

Nora zuckte die Schultern. »Als wir eines Abends auf dem Bahnsteig standen und auf die U-Bahn warteten, lief eine Maus über die Gleise. Louise hat hysterisch gelacht und mir dann erklärt, warum. Sie hat nicht erwähnt, wie alt du damals warst, ich hoffe also, es ist nicht erst kürzlich passiert.«

»Klugscheißer.« Ich leerte mein Glas und gab dem Barkeeper ein Zeichen. »Ich bin hier eindeutig im Nachteil. Ich kenne keine Geschichten über dich.«

»Und dabei belassen wir es auch.« Sie lachte.

Der Barkeeper kam und zeigte auf mein Glas. »Das Gleiche noch mal?«

»Ja, bitte.« Ich sah zu Nora. »Noch einen Wein?«

Sie schüttelte den Kopf. »Nein, danke.«

»Nimm einen. Ich reise morgen früh ab, und im Moment gehe ich dir nicht einmal auf die Nerven.«

»Ich habe tatsächlich noch etwas zu tun, ich muss die Fahnen für mein nächstes Buch abnehmen. Die Deadline ist heute.«

Ich war enttäuscht. Auch wenn die Chance, in ihr Zimmer zu gelangen, gegen null ging, Nora war geistreich. Ich hörte gern, was über diese vollen Lippen kam, auch wenn ich mir noch immer gut vorstellen konnte, etwas anderes mit ihnen anzustellen.

Sie zog ihr Portemonnaie heraus.

Ich hielt sie auf. »Das geht auf mich, bitte. Das ist das Mindeste, nach allem, was du für meine Großmutter tust.«

Sie lächelte traurig. »Du verstehst das wohl nicht. Ich bekomme von Louise genauso viel, wie ich ihr gebe. Ich tue ihr weder einen Gefallen, noch empfinde ich es als Last. Wir tun nur Dinge, die wir beide tun wollen.« Sie steckte ihr Portemonnaie zurück in die Handtasche und stand auf. »Aber trotzdem danke für den Drink. Es war schön, dich kennenzulernen, Beck. Zumindest glaube ich, dass es das war?«

Ich lachte. »Ich habe immer noch deine Zimmerkarte, weißt du? Ich könnte dich deine Arbeit beenden lassen und dann zu Ende bringen, was wir gestern Abend begonnen haben?«

Nora beugte sich zu mir herunter und küsste mich auf die Wange. »Wahrscheinlich keine gute Idee, nachdem ich jetzt weiß, dass du Louises Enkel bist. Ich hatte vor, dich zu benutzen.«

»Ich habe kein Problem damit, benutzt zu werden …«

Sie lachte. »Gute Nacht, Beck. Vielleicht sehen wir uns ja mal wieder.«

4. Kapitel

Beck

»Gerade hatte ich mich daran gewöhnt, hier das Sagen zu haben …« Mein Bruder lehnte im Türrahmen von meinem Büro. »… da ist das Monster zurück.«

»Hast du etwa Anordnungen erteilt? Muss ich Konkurs anmelden?«

Jake stieß sich vom Türrahmen ab und trat unaufgefordert in mein Büro. Er stützte sich auf die Rückenlehne eines Besucherstuhls. Sein Blick fiel auf die vielen Pflaster an meinen Händen. »Was zum Teufel ist mit dir passiert?«

»*Bitsy*«, brummte ich.

Jakes Augenbrauen schossen in die Höhe. »Grams Hund hat dich gebissen?«

»Dieser Hund hasst mich. Der kleine Scheißer wartet, bis ich eingeschlafen bin, dann klettert er aufs Bett und weckt mich, indem er mir in die Finger beißt. Jede verdammte Nacht.«

Mein Bruder lachte.

»Das ist nicht lustig. Weißt du, du kannst ihn auch gern mal nehmen. Solange ich weg war, musste ich den Nachbarsjungen bitten, auf ihn aufzupassen.«

»Gram hat dich gefragt. Außerdem schaffe ich es manchmal nachts nicht nach Hause.«

Ich schüttelte den Kopf. »Wolltest du etwas? Ich habe eine Menge aufzuarbeiten.«

»Erzähl mir, wie es Gram geht?«

»Sie ist stur, dickköpfig und starrsinnig.«

Jake grinste. »Also alles ganz normal? Noch keine Anzeichen, dass der Krebs sie beeinträchtigt?«

Ich zog mein Sakko aus und hängte es über die Lehne des Schreibtischstuhls, bevor ich ihn herauszog, um mich zu setzen. »Ich glaube, sie könnte der erste Mensch sein, vor dem der Krebs zu viel Angst hat, um ein drittes Mal anzugreifen.«

»Hast du die Frau kennengelernt, mit der sie unterwegs ist? Die so zickig zu dir war?«

»O ja, allerdings.«

»So schlimm? Habt ihr euch wieder gestritten?«

»So ähnlich …«

Ich verschwieg, dass Grams Freundin zwar eine Nervensäge war, mich in den letzten Nächten aber auch in meinen Träumen begleitet hatte. Wenn mein Bruder das hörte, würde ich ihm glatt zutrauen, in ein Flugzeug zu springen und unsere Großmutter zu besuchen. Jake konnte mit seiner jungenhaften Art sowie der Statur und den Grübchen unseres Vaters jede Frau um den Finger wickeln. Noch dazu trug er Fünftausend-Dollar-Anzüge und eine auffällige Uhr.

Bei diesem Gedanken fiel mein Blick auf das Handgelenk meines Bruders. *Eine Rolex.* Wenn ich es mir recht überlegte, hätte er es bei Nora vielleicht doch nicht so leicht …

»Was habe ich hier verpasst?«, fragte ich und krempelte mir die Hemdsärmel hoch.

Mein Bruder setzte sich. »Ich wollte es dir nicht sagen, solange du unterwegs warst, aber unsere Controller haben entdeckt, dass jemand Geld unterschlagen hat.«

Ich zog die Brauen zusammen. »Wer?«

»Ginny Atelier. Macht Abrechnungen. Bei der Überprüfung der Bücher fiel ihnen auf, dass für einige Barschecks über niedrigere Beträge keine Quittungen vorlagen. Als man sie dazu befragte, brach sie in Tränen aus und gab zu, das Geld genommen zu haben.«

Verdammt. Musste es von allen meinen Angestellten ausgerechnet sie sein? »Hat sie einen Grund genannt?«

Mein Bruder nickte. »Sie behauptet, ihre Mutter sei krank und sie habe das Geld für Medikamente gebraucht, die ihre Versicherung nicht übernimmt. Ich habe bereits mit der Personalabteilung gesprochen. Die warten nur noch darauf, dass du die Kündigung bestätigst.«

Ich stieß die Luft aus und schüttelte den Kopf. »Vielleicht sollten wir sie nicht feuern.«

Mein Bruder machte große Augen. »Soll das ein Witz sein? Es ist eine herzzerreißende Geschichte, aber ich hätte nie erwartet, dass du sie nicht feuern willst.«

»Warum? Ich habe ein Herz …«

Mein Bruder sah mich aus schmalen Augen an. »Nein, hast du nicht. Du hast Leute gefeuert, weil sie dich schief angesehen haben. Irgendetwas stimmt nicht. Was ist los?«

Ich fuhr mir mit einer Hand durchs Haar und seufzte. »Diese verdammte Weihnachtsfeier und diese blöden Pfefferminz-Martinis. Nicht ohne Grund trinke ich sonst nur Whiskey und halte mich von Wodka fern.«

Jake lachte. »O mein Gott, du hast dich mit einer Angestellten eingelassen? Du bist so ein Arsch. Wie viele Vorträge hast du mir gehalten, dass ich meinen Stift nicht in Firmentinte tauchen soll?«

»Du bist ein Angestellter.«

»Und? Darf sich nur der Chef die kleinen Angestellten schnappen?«

»Du bist der Arsch.«

»Vielleicht.« Mein Bruder lehnte sich zurück und grinste von einem Ohr zum anderen. »Aber wenigstens habe ich keine der Angestellten gevögelt.«

Ich seufzte. »Ich will erst mit der Rechtsabteilung sprechen, bevor wir entscheiden, wie wir damit umgehen.«

»Alles klar, großer Bruder.«

Ich klappte den Laptop auf und hoffte, mein Bruder würde den Hinweis verstehen, dass das Gespräch beendet war. Doch natürlich tat er das nicht.

Ich runzelte die Stirn. »Was ist? Müssen wir noch etwas anderes besprechen? Falls nicht, ich habe eine Menge zu tun.«

»Nope. Ich koste nur noch etwas den Moment aus. Es kommt schließlich nicht oft vor, dass du Mist baust.«

Ich zeigte auf die Tür. »Raus jetzt. Oder du kannst dich anstelle von Ginny in die Schlange mit den Arbeitssuchenden einreihen.«

Normalerweise lese ich während Meetings keine Nachrichten. Aber dieses war verdammt langweilig, und es war Noras Name, der auf dem Display erschien. Also öffnete ich die Nachricht und sah ein Bild meiner Großmutter, die auf einem Delfin ritt. Sie sah aus wie Rose aus *Titanic*, denn sie breitete die Arme aus, während das Tier sie vorwärtstrug. Lächelnd tippte ich eine Antwort.

> *Beck:*
> Das entspricht eher dem Tempo meiner Großmutter.

Die Antwort erfolgte umgehend, sie war echt schlagfertig.

Nora:
Sei nett, sonst schicke ich dir keine Bilder mehr. Deine Großmutter genießt das Leben. Vielleicht solltest du das auch mal versuchen. Was machst du gerade? Sitzt du in einem stickigen, langweiligen Meeting?

Ich lachte.

Die Analystin hielt in ihrem Vortrag inne, und alle Köpfe drehten sich in meine Richtung. Offenbar hatte ich lauter gelacht, als mir bewusst gewesen war. Ich schüttelte den Kopf und deutete auf die Zahlen, die an die Wand projiziert waren. »Schön aufpassen.«

Nora hatte gesagt, dass sie und meine Großmutter nur Dinge unternahmen, die sie beide tun wollten. Also musste sie auch mit den Delfinen geschwommen sein.

Beck:
Hast du auch am Schwimmen teilgenommen?

Ich ignorierte das Meeting weiterhin und beobachtete lieber die auf und ab springenden Punkte.

Nora:
Vorweg … teilgenommen? Bist du neunzig? Wenn du wie ein junger Mensch reden würdest, könntest du dich vielleicht auch wie einer verhalten und Spaß haben.

Aber ja, ich bin heute mit den Delfinen geschwommen, und es war unglaublich.

Beck:
Kann ich ein Bild sehen?

Nora:
Du willst mich nur im Badeanzug sehen …

Ich lächelte auf mein Handy hinunter.

Beck:
Ich wollte nur sehen, was ich verpasst habe, weil ich mich wie ein Gentleman verhalten habe.

Nora:
Eine Menge. Glaub mir.

Ich bezweifelte nicht, dass sie die Wahrheit sagte.

Beck:
Was steht als Nächstes an?

Nora:
Wir bleiben noch ein paar Tage hier und fahren nächste Woche auf die Bahamas, um zu spielen und Sonne zu tanken. Danach geht es nach Montana für einen Ausflug in die Wildnis.

Beck:
Ein Ausflug in die Wildnis?

Nora:
Custer-Gallatin National Forest. Wir bleiben zwei Nächte auf einer Ranch, reiten ein bisschen aus und machen dann über Nacht einen Camping-Trip mit den Pferden.

Ich stutzte.

Beck:
Meine Großmutter ist in Manhattan geboren und aufgewachsen. Ich glaube nicht, dass sie ein erfahrenes Cowgirl ist.

Nora:
Darum die zwei Nächte auf der Ranch, um reiten zu üben, bevor wir aufbrechen.

Beck:
Wessen Idee war dieser Ausflug?

Nora:
Meine.

Beck:
Bist du eine erfahrene Reiterin?

Nora:
Ja, aber nicht auf Pferden …

Am Ende der Nachricht fügte sie ein zwinkerndes Emoji ein.

Nora:
Ich muss Schluss machen! Louise ist gerade reingekommen. Wir fahren anderthalb Stunden zu einer Dinner-Show.

Wenigstens klang das nach einer angenehmen Unternehmung.

Beck:
Viel Spaß, und sag meiner Großmutter bitte das Gleiche.

Nora:
Mach ich! Ich habe genug Ein-Dollar-Scheine, um Riesenspaß zu haben.☺

Ich rollte mit den Augen. Und ich hatte gedacht, sie würden sich eine Off-Broadway-Version von *Jersey Boys* oder so etwas ansehen.

Ein paar Minuten später war mein langweiliges Meeting zu Ende, und ich packte die Präsentationen ein, die ich erhalten hatte – als ob ich sie mir später ansehen würde, wenn sie nicht einmal während des Meetings meine Aufmerksamkeit erregen konnten. Als ich aufstand, meldete mein Handy den Eingang einer Nachricht. Wieder von Nora, also öffnete ich sie, bevor ich den Konferenzraum verließ.

Nora:
Hier ist dein Trostpreis. Versuch, heute Abend etwas Spaß zu haben, Mr Spießig.

Darunter befand sich ein Foto von Nora in einem gelben Bikini, die auf einem Delfin ritt.

Verdammt. Die Frau hatte Kurven. Volle Titten, die jeden Moment herauszurutschen drohten, und deutlich aufgerichtete Nippel, eine schmale Taille und die Art von Hüften und Schenkeln, die ich an einer Frau mochte – Kurven, die sich im Dunkeln gut anfühlten.

Ich überlegte, ob ich etwas antworten sollte, aber es gab nichts zu sagen. Stattdessen speicherte ich das Bild in meiner Galerie und dachte: *Oh, ich werde heute Abend allerdings Spaß haben – und zwar mit deinem Bild.*

»Vielleicht haben wir ein kleines Problem.«

Yates Bradley. Es war nicht das erste Mal, dass er vor meinem Schreibtisch Platz nahm und diese Worte sagte. Als ich ihn vor achtzehn Monaten als Klienten angenommen hatte, um sein weltweit agierendes Unternehmen für Babynahrung zu verkaufen, ahnte ich nicht, worauf ich mich einließ. Der Kerl war ein wandelnder PR-Albtraum, und zwei Geschäfte waren bereits geplatzt, weil bei der sorgfältigen Prüfung irgendwelcher Mist herausgekommen war. Jetzt standen wir zehn Tage vor dem Abschluss mit einem dritten Käufer, und ich hätte nicht gedacht, dass es noch mehr Leichen im Keller gab. Ich hätte es besser wissen müssen.

Ich lehnte mich in meinem Stuhl zurück und legte die Fingerspitzen aneinander. »Was ist jetzt los?«

»Meine Frau hat mich betrogen.«

»Es tut mir leid, das zu hören, aber das sollte keine Relevanz für Ihren Verkauf haben, falls Sie sich darüber Sorgen machen.«

»Es könnten … Dinge herauskommen.«

Ach du Scheiße. Was jetzt? »Was für Dinge?«

»Sie hat ihren Yoga-Lehrer gevögelt.«

Ich kam mir vor, als würden wir »Zwanzig Fragen« spielen, und ich müsste erraten, was mir ins Gesicht springen würde. »Mrs Bradley ist keine Angestellte oder Teilhaberin Ihres Unternehmens. Das ist zwar bedauerlich, aber ich sehe nicht, wieso das ein Problem für Ihren Verkauf sein sollte.«

»Na ja«, sagte er. »Sie hat mich zuerst betrogen.«

Jetzt wurde es interessant … »Zuerst? Heißt das, Sie haben sie ebenfalls betrogen?«

»Nur weil sie es verdient hat.«

Aus unserer Überprüfung, die wir bei jedem neuen Klienten durchführten, wusste ich, dass die jetzige Mrs Bradley nicht seine erste Frau war. Vor ihr war er bereits zweimal verheiratet gewesen, und bei beiden Scheidungen hatte er Abfindungen gezahlt, obwohl es Eheverträge gegeben haben musste.

»Machen Sie sich Sorgen um die Finanzen? Sie haben doch dieses Mal einen Ehevertrag abgeschlossen, oder?«

»Ja, ich heirate nie ohne Ehevertrag. Das ist so, als würde man mitten im Sturm ohne Schwimmweste in einem Ruderboot fahren.«

»Na, dann sollte ja alles okay sein.«

»Es sei denn, sie leakt die Bilder …«

Ach du Scheiße. »Was für Bilder?«

»Die von Miss Pain und mir.«

Ich schloss die Augen. »Bitte sagen Sie, dass das P-A-Y-N-E geschrieben wird und nicht Pain wie Schmerz. Dass es nicht das ist, was ich denke.«

Er besaß doch glatt die Dreistigkeit, ein empörtes Gesicht zu machen. »Es spielt keine Rolle, was ich in meinem Privatleben treibe. Alternative Lebensstile werden heutzutage immer mehr akzeptiert. Vielleicht ist es gar kein Problem.«

»Mr Bradley, Sie besitzen ein Unternehmen für *Babynahrung*. Ihre Kunden sind junge Mütter, von denen die meisten zum Zeitpunkt des Kaufs familienorientiert sind. Ein Eheskandal würde sich nur etwas auf Ihre Marke auswirken, aber Fotos, die Sie in einem BDSM-Umfeld oder etwas Ähnlichem zeigen, könnten Ihren Verkauf gefährden.« Ich lehnte mich vor. »Worüber reden wir hier genau?«

Mr Bradley holte sein Handy heraus, gab einen Code ein und hielt es mir hin.

Ich nahm es, auch wenn ich das Gefühl hatte, dass ich es nicht sehen wollte.

Er zeigte auf das Smartphone. »Da drin ist ein Ordner mit dem Namen Miss Pain.«

Na toll. Ich scrollte, bis ich ihn fand. »Da sind mehr als tausend Bilder drin. Hat Ihre Frau die alle?«

»Ich wusste nicht, dass in der Cloud ein Backup davon gemacht wird.«

Ich atmete tief durch und öffnete den Ordner. Die ersten Bilder waren kein allzu fürchterlicher Anblick. Die Frau, vermutlich Miss Pain, trug ein Lederoutfit. Yates war auf den ersten Bildern nicht einmal zu sehen … auf den folgenden allerdings doch.

Ich schüttelte den Kopf und murmelte eine Reihe von Flüchen. Selbst wenn ich mir die schlimmste, verfänglichste Situation für einen Hersteller von Babynahrung vorgestellt hätte, wäre ich darauf nicht gekommen.

Ich räusperte mich. »Sie sind auf den Knien, tragen ein Mützchen und eine Windel, während eine in Leder gekleidete Frau einen Stiletto in Ihre Haut bohrt, und Sie spazieren in mein Büro und sagen, wir hätten vielleicht ein kleines Problem? Das ist so, als würden Sie sagen, dass ein sinkendes Schiff ein kleines Loch hat, Mr Bradley.«

Er ließ die Schultern sinken. »Was soll ich tun?«

Ich schob das Handy über den Schreibtisch. »Gehen Sie nach Hause zu Ihrer Frau und bieten Sie ihr so viel Geld wie nötig, damit die Sache verschwindet.«

»Sie ist bereits ausgezogen und will nicht mehr mit mir sprechen. Ihr Anwalt will mich treffen.«

»Gut, dann vereinbaren Sie einen Termin.«

»Das habe ich bereits. Er wird in einer Stunde hier sein.«

»Hier? Warum kommt er hierher?«

»Weil ich nicht wusste, an wen ich mich sonst wenden sollte, und Sie haben all die anderen Probleme gelöst, die aufgetaucht sind.«

»Ich kaufe und verkaufe Unternehmen, Mr Bradley. Ich spiele nicht ›Whac-A-Mole‹.«

»Bitte …«

Ich schnaubte. »Gut. Aber ich spreche mit ihm allein. Gehen Sie nach Hause, ich rufe Sie an, wenn ich fertig bin.«

»Okay.«

»Und für diesen Mist bekomme ich ein Prozent mehr vom Verkaufserlös.«

5. Kapitel

Nora

»Weißt du was? Ich habe noch nie nackt gebadet …«

In der folgenden Woche saßen Louise und ich auf den Bahamas am Strand und betrachteten den Sonnenuntergang. Ich sog den Rest meiner Piña Colada durch den Papierstrohhalm und drehte mich mit einem Grinsen zu ihr um.

»Das sollten wir ändern …«

Meine Freundin machte große Augen und sah sich um. Außer uns war nur noch ein weiteres Paar am Strand. Anscheinend waren die meisten Leute hineingegangen, um zu duschen und sich für das Abendessen umzuziehen, bevor der beste Teil des Tages begann. »Mal sehen, ob sie bald gehen.«

Ich zuckte die Achseln. »Wen kümmert es, ob sie uns sehen?«

»Mein Körper sieht nicht so aus wie deiner, Liebes. Ich brauche eine Hand, damit meine Brüste nicht im Sand schleifen, und die andere, um meine Mumu zu bedecken.«

»Warum verdeckst du deine Mumu? Wir haben sie gerade erst aufpoliert. Zeig sie doch ruhig.«

Bei unserer Ankunft gestern Nachmittag hatten Louise und ich uns massieren und wachsen lassen. Sie erzählte mir hinterher, es sei die erste Erfahrung, die sie bislang bereut habe.

»Ich bin wie Bob Ross, besser mit einem kleinen Busch.«

Ich lachte. »Willst du noch einen Drink?«

Sie hielt ihr Margarita-Glas hoch. »Wenn wir strippen, sag dem Barkeeper lieber, dass ich einen Tequila Floater obendrauf brauche.«

»Alles klar.«

Ich ging zur Bar und kam mit zwei Drinks und zwei Tequila-Shots zurück. Es sah so aus, als würde das letzte Paar, das den Sonnenuntergang betrachtet hatte, zusammenpacken und gehen.

»In ein paar Minuten haben wir den Strand für uns allein.« Ich reichte Louise einen Shot. »Ich dachte, die könnten wir auch noch gebrauchen.«

Wir stießen mit den Shot-Gläsern an und leerten sie in einem Zug, dann setzten wir uns an den Strand und genossen unsere Cocktails, bis die Sonne hinter dem Horizont verschwand.

»Bist du bereit?«, fragte ich.

Sie stand auf. »Man lebt nur einmal.«

Als wir uns auszogen, fiel mir die Kamera aus der Tasche. Ich hob sie auf und wischte den Sand ab. »Dies ist wohl die erste Aktivität, die ich nicht für meinen Blog fotografiere.«

»Wirst du eingesperrt, wenn du so etwas veröffentlichst?«

»Das glaube ich nicht. Willst du damit sagen, ich soll es aufnehmen?«

»Vielleicht kannst du ein paar von diesen schwarzen Balken über meine Winkel und Ritzen legen? Aber lass uns das filmen. Wir wollen andere Menschen dazu bewegen, nicht zu Hause zu sitzen und auf ihre letzten Tage zu warten. Wir haben erklärt, wir würden das Gute, das Schlechte und das Hässliche teilen. Dies wird das Letztere sein.«

Ich lächelte. »Was immer du willst.«

Als wir beide ausgezogen waren und ich meine Kamera auf dem Liegestuhl aufgebaut hatte, reichte ich Louise die Hand. »Bist du bereit?«

»Ich war bereit, als ich auf die Welt kam, und werde auch so sterben. Also los.«

Kreischend liefen wir ins Wasser. Es war nicht kalt, aber überraschend, es an Stellen zu spüren, die normalerweise bedeckt waren. Als wir bis zum Hals im Wasser standen, ließen wir uns auf dem Rücken treiben.

»Das fühlt sich unglaublich an!«, rief Louise.

»Ich weiß. Es ist so befreiend.«

»Ich kann nicht glauben, dass ich das sage, aber das könnte bislang das Schönste sein, was wir gemacht haben.«

Ich seufzte. »Manchmal können die einfachen Dinge die schönsten sein.«

»Daran sollten wir denken, wenn wir den Rest unserer Reise planen. Es muss nicht immer um Dinge gehen, die uns Angst einjagen.«

»Dein Enkel wäre wahrscheinlich froh, wenn wir ein paar Sachen machen würden, bei denen du nicht dein Leben aufs Spiel setzt.«

»Das stimmt. Vielleicht sollten wir ihm nichts von den ruhigeren Aktivitäten erzählen. Sonst könnte er auf die Idee kommen, ich hätte auf ihn gehört.«

Ich lachte. »Gott bewahre.«

Louise und ich ließen uns eine ganze Weile treiben und blickten zu den Sternen hinauf. Ich fühlte mich frei und zugleich auf eine Weise mit den Elementen verbunden wie noch nie zuvor. Als unsere Haut allmählich schrumpelig wurde, fanden wir, es sei an der Zeit, aus dem Wasser zu gehen. Doch als wir zum Ufer sahen, stellten wir fest, dass wir nicht mehr allein waren.

Ich blinzelte. »Sind da Leute bei unseren Stühlen, oder sind wir abgetrieben?«

Als wir näher ans Ufer gingen, um besser sehen zu können, bedeckte Louise ihre Brüste. »Ich glaube, das Mädchen trägt meinen Hut!«

Drei Teenager, zwei Mädchen und ein Junge, durchwühlten unsere Sachen. Ich schrie und schob mich so schnell ich konnte durchs Wasser. »Hey! Finger weg von unseren Sachen!«

Eines der Mädchen zeigte auf uns, und die anderen beiden Rabauken sammelten alles ein, was wir auf den Stühlen zurückgelassen hatten.

»Lasst uns abhauen!«, schrie einer.

»Auf keinen Fall«, sagte der Junge. »Ich will ihre Titten sehen.«

Das Mädchen zerrte an seinem Arm. »Lass uns gehen, du Idiot! Sonst kriegen wir noch Ärger.«

Bevor ich das Ufer erreichen konnte, rannten alle drei den Strand hinunter. Ungefähr hundert Meter entfernt ragte eine Felsformation auf, wodurch der Bereich, in dem wir schwammen, so ruhig und geschützt war. Die Jugendlichen sprinteten über den Strand, bis sie die Felsen erreichten, und rannten dann ins Wasser, wobei sie die Kleider und Taschen, die sie uns gerade gestohlen hatten, über den Kopf hielten. Ich war knapp fünfzig Meter hinter ihnen, und als sie um die Ecke bogen und die andere Seite der Felsen erreichten, verlor ich sie aus den Augen.

Fluchend sprang ich zurück ins Wasser und schwamm so schnell ich konnte. Ich war schon immer eine gute Schwimmerin gewesen, darum ging das vermutlich besser, als im brusthohen Wasser zu laufen. Ich manövrierte um die Felsen herum und schaffte es, mich dicht an ihnen zu halten und erst aufzutauchen, als meine Knie auf der anderen Seite den Boden berührten. Dann richtete ich mich auf, bereit, die Verfolgung der drei dreisten Teenager zu Fuß fortzusetzen.

Nur dass ich nicht die drei dreisten Teenager sah, als ich stand.

Sondern eine Braut.

O. Mein. Gott.

Bitte mach, dass ich mir das nur einbilde.

Aber das tat ich nicht. Und jetzt blieb mir nichts anderes übrig, als weiterzumachen.

Ich trat auf den Sand.

Die Köpfe von fünfzig Personen in Anzügen und Kleidern drehten sich in meine Richtung.

Die Steel Drum verstummte abrupt.

Zwei große Männer in identischen Polohemden und Chinos liefen auf mich zu, vermutlich waren sie vom Sicherheitsdienst.

Ich musste mich im Bruchteil einer Sekunde entscheiden – umdrehen und versuchen, um die Felsen herum zurückzuschwimmen, oder abhauen und versuchen, an Land zu entkommen. Aus dem Augenwinkel sah ich, wie die drei Teenager auf der anderen Seite der Hochzeitsgesellschaft aus dem Wasser kamen. Vermutlich waren sie klug genug gewesen, erst mal die Lage zu checken, bevor sie sich hinauswagten. Da die Sicherheitskräfte keine Kleidung für mich hatten und nicht gerade glücklich aussahen, rannte ich zu den Teenagern.

»Sorry!«, rief ich den Hochzeitsgästen zu. Die Leute, die auf den Stühlen saßen, beobachteten weiter mich, anstatt die Trauungszeremonie zu verfolgen. Als ich an Braut und Bräutigam vorbeikam, winkte ich splitterfasernackt und rief »Herzlichen Glückwunsch!«.

Etwas weiter unten am Strand waren ein Dutzend runder Tische aufgestellt, wohl für den Empfang des Paars. In der

Mitte jedes Tisches stand ein Korb mit Blumen, der die im Wind wehenden Tischtücher an ihrem Platz hielt. Ich zog eines der Tücher heraus und wickelte es mir um die Schultern, dabei überprüfte ich, ob die Sicherheitskräfte noch hinter mir her waren. Zum Glück waren sie stehen geblieben. Einer hatte sich vorgebeugt und die Hände auf die Hüften gestützt, der andere bellte in ein Walkie-Talkie.

Falls ich die kleinen Scheißer, die unsere Sachen gestohlen hatten, jemals erwischte, würde ich ihnen den Hintern versohlen.

Vor mir rannten die Jugendlichen auf eine Treppe zu, also rannte ich weiter, auch wenn ich mit jedem Schritt weiter zurückfiel. Meine Lunge brannte. Als ich den asphaltierten Weg der Anlage erreichte, schaute ich nach rechts und links. Die Kinder waren nirgends zu sehen, aber drei weitere Sicherheitsbeamte kamen jetzt von links auf mich zu, also rannte ich in die andere Richtung.

Das Tischtuch verdeckte mich bei meinem Sprint nur sehr unzulänglich, und die Männer, die mich verfolgten, kamen immer näher. Als ich um eine Ecke bog und eine offene Tür sah, schlüpfte ich darum schnell hinein.

Es sah aus wie ein Lagerraum, aber ich hatte nicht vor, das Licht anzumachen, um es herauszufinden. Mit zitternder Hand tastete ich im Dunkeln an der Tür herum und suchte nach einer Möglichkeit, sie abzuschließen. Als ich sie entdeckte, drehte ich den Riegel nach rechts und beugte mich vor, um Luft zu holen. Zwanzig Sekunden später waren auf der anderen Seite der Tür Stimmen zu hören, und jemand drehte den Türknauf.

Ich schlug mir die Hand vor den Mund, um das Geräusch meines Atems zu dämpfen.

»Sie muss durch diesen Eingang ins Hotel gelangt sein«, rief einer der Männer. »An der Hauptlobby gibt es eine Toilette. Wahrscheinlich ist sie da drin!«

Ich lauschte mit dem Ohr an der Tür, bis ich keine Schritte oder Stimmen mehr hören konnte, und mein Herzschlag beruhigte sich. An der Wand tastete ich nach einem Lichtschalter und knipste ihn an. Wie schon vermutet war ich in einem Lagerraum gelandet. In den Regalen fanden sich Poolchemikalien, Reinigungsmittel und Gartengeräte. Auf dem obersten Regal in der Ecke lag ein Stapel schwarzer Stoffe. Ich riss ihn herunter und stellte erleichtert fest, dass es sich um eine Art Uniformhose handelte. Dahinter lag ein Stapel roter Stoffe, an die ich nicht herankam, aber ich zog einen Eimer mit Poolchemikalien heran und stellte mich auf ihn.

Polohemden mit dem aufgestickten Hotellogo. Ich schloss die Augen. *Gott sei Dank.*

Die Hosen waren alle einige Nummern zu groß, also riss ich mir das Haargummi aus den Haaren und benutzte es, um den überschüssigen Stoff damit zusammenzuhalten. Anschließend zog ich ein Polohemd heraus und nahm jeweils ein Exemplar für Louise mit. Dann entriegelte ich schnell die Tür und spähte nach draußen. Als die Luft rein war, schlüpfte ich hinaus und schlenderte mit gesenktem Kopf durch die Hotelanlage zurück zum Strand.

Ich dachte gerade, dieser nackte Albtraum hätte vielleicht ein Ende, als ich das Strandstück erreichte, an dem ich Louise zurückgelassen hatte … und sie dort mit der Polizei vorfand.

Mist. Ich rannte hinunter zu den Stühlen, in denen wir zuvor gelegen hatten. Dort saß Louise in eine Decke gewickelt, während ein Polizist ihr mit einer Taschenlampe ins Gesicht leuchtete.

»Was ist hier los?«, fragte ich. »Louise, geht es dir gut?«

»Sie verhaften mich wegen unzüchtigen Verhaltens.«

Ich sah den Polizisten an. »Ist das ein Witz? Ein paar Kids haben unsere Kleidung gestohlen, und Sie wollen sie verhaften?«

Er musterte mich von oben bis unten, dann blieb sein Blick an dem Logo auf meinem Poloshirt hängen.

»Arbeiten Sie hier?«

Verdammt. »Nein. Ich musste mir eine Uniform leihen, um zurückzulaufen, nachdem ich die Kids gejagt habe, die das eigentliche Verbrechen begangen haben.«

»Sie sind also die, die durch die Hochzeit geflitzt ist?«

»Geflitzt? Nein. Ich hatte keine Ahnung, dass da eine Hochzeit war. Das war keine Absicht. Ich habe versucht, im Wasser zu bleiben, aber …«

Der andere Polizist unterbrach ihn. »Ma'am, die Braut, an der Sie gerade nackt vorbeigelaufen sind, ist die Tochter des Bürgermeisters der Insel. Er will Anzeige erstatten.« Er hob das Kinn an. »Wenn Sie nicht noch wegen Uniformdiebstahls angeklagt werden wollen, würde ich an Ihrer Stelle den Mund halten.«

»*Uniformdiebstahl*? Ich habe sie mir geliehen, weil drei Teenies unsere Kleidung gestohlen haben. Warum jagen Sie die nicht?«

Der erste Beamte zuckte die Schultern. »Wenn Sie Ihre Kleidung anbehalten hätten, wie es das Gesetz hier auf den Bahamas vorschreibt, wären jetzt alle glücklich.«

Louise schürzte die Lippen. »Ich bin mir sicher, Ihre Frau wäre froh, wenn Sie Ihre Kleider anbehalten würden.«

Oh-oh. Jetzt hatte er Louise verärgert.

Der Polizist hob die Brauen. »Wie bitte?«

»Wenn Sie ab und zu Sex hätten, wären Sie beim Anblick von ein bisschen Haut sicher etwas entspannter.«

Ich schloss die Augen. Die Chancen, uns aus der Sache herauszureden, waren ohnehin gering gewesen, aber nun hatte sich das erledigt. Eine halbe Stunde später wurden wir auf der Polizeiwache vernommen.

»Was passiert, wenn Sie mit dem Ausfüllen des Berichts fertig sind?«, fragte ich einen der Polizisten, die uns hergebracht hatten. »Müssen wir eine Strafe zahlen?«

»Sie werden dem Richter vorgeführt. Der wird Ihre Kaution festlegen. Dann bringen wir Sie hierher zurück, und Sie können jemanden anrufen, der den für Sie festgesetzten Betrag hinterlegt. Wenn niemand kommt …« Ohne von seinem Computer aufzusehen, deutete er mit dem Daumen auf eine Tür. »Dann verbringen Sie die Nacht da hinten in der Zelle.«

»Aber wir können die Kaution doch selbst hinterlegen, oder? Zum Beispiel mit einer Kreditkarte?«

»Sie können Ihr eigenes Geld für die Kaution verwenden, aber sie muss im Büro unten in der Straße hinterlegt werden. Das können Sie also nicht selbst tun. Jemand muss hingehen und es für Sie erledigen.«

»Wir sind ganz allein hier.«

Der Beamte sah mich ungerührt an. »Sie können es bei Ihrer Botschaft versuchen. Aber die sind nicht so schnell, vor allem nicht an einem Wochenende.«

In den nächsten zwei Stunden wurden Louise und ich zu einem Nachtrichter gekarrt und dann zurück zur Wache gebracht. Die Kaution wurde auf jeweils fünfhundert Dollar festgesetzt. Ich rief bei der US-Botschaft an, um zu fragen, ob man uns bei der Hinterlegung der Kaution helfen könne. Der Mitarbeiter am Telefon sagte, man werde das klären und sich bei mir melden, konnte mir aber nicht sagen, wann das sein würde. Dann war der Polizist so freundlich, uns einen zweiten Anruf zu gestatten, den ich eigentlich nicht tätigen wollte.

Louise rief ihren Enkel an. Mir grauste bei der Vorstellung, wie er die Nachricht aufnehmen würde. Aber sie sagte, er habe Geschäftskontakte auf den Bahamas und könne wahrscheinlich jemanden finden, der uns helfe.

In der Zwischenzeit brachte man mich in eine überfüllte Zelle. Überall am Rand saßen Frauen auf dem Boden, eine ältere lag auf der einzigen Bank. Als der Beamte die Tür aufschloss und mich hineinführte, musterte mich die Gruppe von oben bis unten. Keine von ihnen schien sonderlich erfreut zu sein, mich zu sehen. In einer Ecke war ein Platz frei, aber als ich mich setzen wollte, rutschten die beiden Frauen, die dort saßen, zusammen und bedeuteten mir wortlos, meinen Hintern woanders zu parken. Das wiederholte sich noch zweimal, bevor ich feststellte, dass die Frau, die leise schnarchte, sich nicht wehren konnte, also setzte ich mich neben sie.

Zwanzig Minuten vergingen, bevor der Wachmann mit Louise zurückkam.

»Hey.« Ich stand vom Boden auf. »Geht es dir gut?«

Sie nickte. »Ich bin nicht zum ersten Mal im Kittchen. Und du?«

»Ich schon.«

»In den Sechzigern wurde ich verhaftet, weil ich auf vulgäre Art getanzt hatte. Ich glaube, ihr jungen Leute würdet das heute Twerken nennen.«

»Louise, willst du mir erzählen, dass du mit dem Hintern wackeln kannst?«

»Meine beste Freundin kam aus Ägypten. Sie ist schon gestorben. Gott hab sie selig. Aber ihre Mutter hat ihr Bauchtanz beigebracht, und sie hat es mir beigebracht. Nur wackelte ich lieber mit dem Hintern als mit dem Bauch.«

Die Frau, die die ganze Bank für sich allein beanspruchte, setzte sich plötzlich auf und hob das Kinn an. »Zeig mal.«

»Das ist wahrscheinlich keine gute Idee«, sagte ich.

»Doch, klar.« Louise ging in die Mitte der Zelle. Die meisten der Frauen dösten vor sich hin oder schliefen, aber alle, die die Augen geöffnet hatten, richteten den Blick auf die achtundsiebzigjährige Knastschwester. Louise streckte die Arme aus und schwang die Hüften vor und zurück. Der orangefarbene Gefängnisoverall schlabberte zwar um ihren Körper, aber es war zu erkennen, dass sie wusste, wie man sich bewegt.

»So fängt man an, wenn man Bauchtanz lernt«, erklärte sie. »Man schwingt von einer Seite zur anderen.« Nach etwa dreißig Sekunden hielt sie an, stellte die Füße etwas weiter auseinander und lehnte sich nach vorn. »Jetzt machst du die gleiche Bewegung, nur dass du dich statt von einer Seite zur anderen von vorn nach hinten bewegst.«

»Heilige Scheiße!«, rief eine der Frauen und zeigte auf Louise. »Wie in dem Video zu *Baby Got Back*!«

Ich wusste nicht, warum mich bei Louise Aster noch irgendetwas überraschte. Aber sie wackelte tatsächlich mit dem Hintern auf und ab und stellte damit sogar Miley Cyrus in den Schatten.

Als sie fertig war, schrien und johlten alle in der vollen Zelle, und ein Beamter kam, offenbar genervt, dass er von seinem Schreibtisch aufstehen musste.

»Was ist hier los?«

Eine der Frauen zwinkerte ihm zu. »Wir haben gerade von Ihnen gesprochen, Officer Burrows. Sie wissen doch, dass wir Mädels bei Ihrem hübschen Gesicht durchdrehen.«

Er schüttelte den Kopf. »Ja, aber nicht so laut.«

Die Frau klimperte mit ihren falschen Wimpern. »Ja, Sir, Georgie Porgie.«

Officer Burrows runzelte die Stirn, entfernte sich jedoch.

Zum Glück schien Louises Tanzvorführung uns einige neue Freundinnen beschert zu haben. Die Frau, die die Bank in Beschlag nahm, rutschte ein Stück und klopfte auf den Platz neben sich.

»Komm, setz dich her, Big Momma. Königinnen sitzen nicht auf dem Boden.«

Danach änderte sich die Stimmung in der Zelle. Sogar die schnarchende Frau neben mir wachte auf, als Louise allen erklärte, sie sei wegen unzüchtigen Verhaltens festgenommen worden. Frieda, die Frau auf der Bank, hatte offenbar das Sagen, und die anderen Frauen schienen das zu akzeptieren.

»Weshalb bist du hier, Frieda?«, fragte Louise.

»Ich habe bei mir zu Hause ein Kartenspiel veranstaltet.«

»Sind Kartenspiele auf den Bahamas denn verboten?«

»Nicht für euch. Aber den Einwohnern ist es verboten, um Geld zu spielen.«

»Das ist doch lächerlich.«

Sie zuckte die Schultern. »Es ist, wie es ist. Normalerweise lassen sie mich in Ruhe, aber hin und wieder, wenn sie bei der Polizei ein bisschen zusätzliches Geld brauchen, machen sie mir den Laden dicht. Sie beschlagnahmen das Bargeld auf den Tischen, verhaften aber keinen meiner Spieler. Sie wissen, dass keiner von denen wegen des Geldes einen Aufstand macht. Und wenn niemand kommt und das Geld einfordert, darf die Polizei es nach einer Weile behalten.«

Ich freundete mich mit einem jungen Mädchen an, das ein paar Minuten nach Louise hereingebracht worden war. Unsere Zellengenossinnen nannten sie alle Mad Dog, und ich fand heraus, dass sie die streunenden Hunde der Insel einsammelte. Mad Dog hatte kürzlich ihren Job verloren und konnte sich kein Hundefutter mehr leisten. Sie war verhaftet worden, weil sie welches gestohlen hatte. Eine andere Frau war verhaftet worden, weil sie in ein Haus eingebrochen war. Sie verdächtigte ihren Mann, sie zu betrügen, war ihm gefolgt, dann eingebrochen und hatte ihn auf frischer Tat ertappt. Die Frau, mit der er fremdging, hatte darauf bestanden, Anzeige zu erstatten.

Ich hatte keine Ahnung, wie lange wir dort drinnen saßen, denn es gab keine Uhr und die Polizei hatte mir meine Armbanduhr abgenommen. Doch als der Wachmann zurückkam, musste es wohl schon Morgen sein.

Officer Burrows schloss die Zellentür auf. »Eleanor Sutton und Louise Aster, Sie dürfen gehen.«

Ich stand auf. »Hat die Botschaft unsere Kaution gestellt?«

»Nope. Ein reicher, arroganter Kerl.«

Louise rollte mit den Augen. »Klingt ganz nach einem Freund meines Enkelsohns.«

Wie auch immer die Sache geregelt worden war, ich war froh, hier rauszukommen. Louise und ich verabschiedeten uns von unseren neu gewonnenen Freundinnen und wurden in einen Raum gebracht, in dem wir unsere Habseligkeiten abholen konnten. Offenbar hatten die kleinen Diebe meinen Tanga und Louises Handy fallen gelassen. Ich wusste nicht, ob die Person, die unsere Kaution hinterlegt hatte, auch auf der Polizeistation erscheinen würde. Wie sich herausstellte, tat sie das und sah alles andere als glücklich aus.

Als wir in die Halle traten, hielt Louise inne. »Beck, was machst du denn hier?«

6. Kapitel

Beck

»Im Ernst, Gram? Was zum Teufel?«

»Sprich nicht so mit mir – oder überhaupt mit irgendeiner Frau.« Grinsend drehte sie sich zu ihrer Gefährtin um. »Außer vielleicht im Schlafzimmer. Ich stehe auf ein bisschen Dirty Talk.«

Ich schloss die Augen. »Wo ist ein heißer Schürhaken, den ich mir in die Ohren stecken kann, wenn ich ihn brauche?«

»Ach, sei doch nicht so verklemmt. Was zum Teufel machst du überhaupt hier?«

»Du hast angerufen und mir gesagt, dass du verhaftet wurdest.«

Gram zuckte die Schultern. »Und? Ich habe dich gebeten, jemanden zu finden, der die Kaution für uns hinterlegt, nicht in ein Flugzeug zu springen.«

»Ich mache mir Sorgen um dich.«

»Also, das ist Energieverschwendung. Das brauchst du nicht.«

Ich streckte die Hände aus und deutete auf den Raum voller Polizisten. »Sieh doch, wo wir sind, auf dem Polizeirevier in einem fremden Land.«

»Auf den Bahamas, nicht in Nordkorea«, protestierte Gram.

Ich wandte mich an Nora. »Kannst du mir bitte helfen?«

»Wie? Sie hat recht. Es ist nicht Nordkorea.«

»Ich hätte mich im Flugzeug betrinken sollen«, murmelte ich.

Draußen führte ich Bonnie und Clyde zu meinem Mietwagen; meine Großmutter stieg vorne ein, Nora setzte sich auf die Rückbank.

Gram schnallte sich an. »Wir müssen auf dem Weg zum Hotel einen Zwischenstopp einlegen.«

»Wo?«, fragte ich.

»Im Gerichtsbüro. Da, wo du die Kaution hinterlegt hast.«

»Ich habe eure Kaution bereits hinterlegt.«

»Diese ist für Frieda.«

Nora beugte sich von der Rückbank vor. »Und für Mad Dog. Die sollte auch freikommen. Ach, und meinst du, wir könnten auch anhalten, um etwas Hundefutter zu besorgen?«

Ich blinzelte. »Wovon zum Teufel redet ihr zwei?«

»Ausdrucksweise!«, antworteten sie wie aus einem Mund.

Ich wischte mir durchs Gesicht. »Ich komme mir vor wie in einem Sketch von den *The Three Stooges*, in dem alle aneinander vorbeireden. Wer ist Frieda, und warum müssen wir ihre Kaution bezahlen?«

»Und Mad Dog«, mischte sich Nora wieder ein.

»Natürlich.« Ich rollte mit den Augen. »Mad Dog dürfen wir auch nicht vergessen.«

Es war erst halb sieben Uhr morgens, aber draußen waren es mindestens dreißig Grad. Ich musste das Auto starten, um die Klimaanlage einzuschalten. Ich war die halbe Nacht unterwegs gewesen und hatte nicht geschlafen, also ließ ich den Motor an und entschied, dass es schneller ging, wenn ich einfach tat, was sie sagten.

Als wir im Gerichtsbüro eintrafen, stiegen Moe und Larry von *The Three Stooges* – alias Louise und Nora – aus dem Auto und gingen hinein. Ich folgte ihnen, um sicherzustellen, dass sie sich nicht noch mehr Ärger einhandelten. Wäre ich nicht so erschöpft und wütend, wäre ihr Anblick durchaus komisch gewesen. Nora trug eine vorn zusammengebundene Hose, die aussah, als wäre sie selbst mir zu groß, und ein übergroßes Poloshirt, auf den der Name eines Hotels gestickt war. Und meine fast achtzigjährige Großmutter steckte in einem orangefarbenen Sträflingsanzug. Keine von ihnen schien darauf zu achten oder sich darum zu scheren.

»Hallo«, sagte Nora zu dem Beamten. »Wir möchten eine Kaution für zwei Freundinnen hinterlegen.«

Der Mann hinter dem Schreibtisch musterte sie. »Okay … Wie lauten die Namen?«

»Frieda«, sagte meine Großmutter mit Nachdruck.

»Und Mad Dog«, warf Nora wieder ein.

Der Mann sah mich an. Ich zuckte die Schultern. »Keine Ahnung.«

So verrückt es auch war, es dauerte nur etwa fünf Minuten, bis der Beamte herausfand, dass Frieda Frieda Ellington war – eine Frau, die schon verschiedentlich wegen illegalen Glücksspiels verhaftet worden war. Bei Mad Dog handelte es sich um Elona Bethel, die wegen Diebstahls von Hundefutter festgenommen worden war. Als das geklärt war, sagte der Beamte, die Kaution betrage siebenhundertfünfzig für Mad Dog und fünfzehnhundert für Frieda. Die zwei sahen sich an, dann drehten sie sich zu mir um.

Nora biss sich auf die Lippe. »Könntest du mir ein bisschen Geld leihen, bis wir wieder im Hotel sind? Ich habe vergessen, dass ich mein Portemonnaie nicht dabeihabe.«

»Ich brauche auch etwas Geld«, verkündete Gram. »Aber ich zahle es dir nicht zurück. Du bekommst bald sowieso genug von mir.«

Ich schüttelte den Kopf, mehr über mich selbst als über die beiden, und holte meine Brieftasche heraus. Als wir endlich fertig waren, stiegen wir wieder ins Auto.

»Danke, Beck«, sagte Nora. »Dafür, dass du uns aus der Patsche geholfen und mir das Geld geliehen hast, um der Frau zu helfen, die ich kennengelernt habe.«

Ich blickte in den Rückspiegel. »Wo hast du diese Mad Dog kennengelernt?«

Sie grinste. »Im Kittchen.«

Ich lachte. »Du hast gerade die Kaution für eine Frau bezahlt, die du nicht kanntest, bevor du eingesperrt wurdest?«

Nora schien das nicht weiter ungewöhnlich zu finden. »Sie war wirklich nett. Und sie rettet Hunde.«

Ich wusste, was ich davon halten sollte, und startete einfach den Wagen.

»In welchem Hotel seid ihr?«

»Paradise Found. Sorry, ich kann nicht einmal die Adresse für dich nachsehen. Mein Handy ist weg.«

»Weg?«

»Gestohlen. Von dreisten Teenagern.«

Ich unterdrückte ein Grinsen. »Klar.«

Paradise Found war ungefähr fünfzehn Autominuten von der Polizeistation entfernt. Ich hatte vor, mir ein Zimmer zu nehmen und ein paar Stunden zu schlafen. Dann würde ich entscheiden, was ich weiter tun würde. Doch als wir das Resort betraten und Nora und meine Großmutter an der Rezeption um neue Zimmerkarten baten, verschwand der Mann hinter der Rezeption und kehrte mit einem Herrn im Anzug zurück.

»Hallo, Ms Sutton, Ms Aster. Ich bin der Manager, Alan Harmon. Es tut mir leid, Ihnen mitzuteilen, dass wir Sie nicht länger in unserem Haus beherbergen können. Etwaig bereits im Voraus getätigte Zahlungen für die übrigen Nächte werden wir Ihnen erstatten.«

Gram stemmte die Hände auf die Hüften. »Warum können wir nicht bleiben?«

»Wegen des Vorfalls.« Der Blick des Managers fiel auf Noras Uniform, die sie offenbar im Hotel gestohlen hatte. »Wir haben uns erlaubt, Ihre Sachen für Sie zu packen. Sie stehen hinten. Kleinen Moment, ich hole sie rasch.«

»Das fasse ich nicht«, sagte Nora.

»Ich kann es ihnen nicht verdenken.« Ich schüttelte den Kopf. »Ihr wurdet wegen unzüchtigen Verhaltens auf ihrem Gelände verhaftet, und du trägst den Beweis dafür, dass du ihr Eigentum entwendet hast.«

»Nein.« Nora schüttelte den Kopf. »Das meine ich nicht. Ich verstehe, dass sie Grund haben, uns rauszuwerfen, aber sie haben unsere Sachen für uns gepackt? Das heißt, jemand hat meinen Vibrator angefasst.«

»Meinen auch«, fügte meine Großmutter hinzu.

Ich schloss die Augen. *Erst Dirty Talk und jetzt ein Vibrator.* Nachdem ich die ganze Nacht unterwegs gewesen war, schien sich nun auch der Tag ganz wunderbar zu entwickeln. Ich ignorierte ihre Worte und nahm mein Handy, um meiner Assistentin eine Nachricht zu schicken. Aber ich hatte nur einen Balken. Da es wahrscheinlich keine gute Idee war, nach dem WLAN-Passwort des Hotels zu fragen, entschuldigte ich mich und ging nach draußen.

Das Netz war hier auch nicht viel besser, aber wenigstens konnte ich Gwen eine Nachricht schicken und sie bitten, irgendwo ein gutes Hotel zu finden. Als ich zur Rezeption zurückkam, rollte der Manager gerade zwei Koffer um den Tresen herum.

»Wir haben auch noch zwei Einmachgläser«, sagte er. »Wir wollten nicht, dass sie zerbrechen, deshalb haben wir sie nicht mit in die Koffer gepackt. Ich hole sie schnell.«

Er kam mit zwei Einmachgläsern wieder heraus, beide waren mit kleinen Zetteln gefüllt.

»Sind das deine?« Ich sah Nora an.

Sie nickte. »Das eine gehört mir und das andere Louise.«

»Was ist das?«

»Das sind unsere Dankbarkeitsgläser.«

»Was zum Teufel ist das?«

»Jeden Tag nehmen wir uns fünfzehn Minuten Zeit, um die Augen zu schließen und uns an das Gute zu erinnern, das passiert ist. Wir schreiben mindestens eine Sache auf einen Zettel und legen ihn in das Glas. Wenn das Leben uns übel mitspielt, können wir die Zettel herausnehmen und uns erinnern, wie viel Gutes es in unserem Leben gegeben hat.«

Ich starrte Nora an.

Sie wandte sich an den Manager. »Sie werden es nicht in unsere Gläser schaffen.«

Gram hob den Zeigefinger. »Aber wir sollten über unsere Gefängnisfreundinnen schreiben!«

Mein Gott, es kam mir vor, als wäre ich mit den beiden in einer Art »Bizarro World« gelandet. Kopfschüttelnd nahm ich die Griffe der beiden Gepäckstücke. »Ist das alles?«

»Ich weiß nicht«, sagte Nora. »Woher sollen wir wissen, dass sie alles eingepackt haben?«

Der Manager legte sich eine Hand auf die Brust. »Ich war so frei, die Zimmer zu inspizieren, nachdem der Page fertig war. Ich kann Ihnen versichern, dass nichts mehr da war.«

»Haben Sie den Beistelltisch überprüft?«, fragte Gram.

Der Mann seufzte. »Ja, Ma'am.«

Da ich das Gefühl hatte, dass die beiden Damen drauf und dran waren, in der Lobby ihre Koffer zu öffnen und eine Bestandsaufnahme zu machen, schaltete ich mich ein. »Haben Sie eine Karte, Mr Harmon? Nur für den Fall, dass etwas fehlt, wenn wir an einem Ort sind, an dem die Damen es überprüfen können?«

Er reichte mir über den Tresen seine Visitenkarte. »Ich bin mir sicher, es wird alles in Ordnung sein, aber nur für alle Fälle, gern.«

»Wir haben auch einen Mietwagen hier«, sagte Nora.

»Hast du letzte Nacht geschlafen?«, fragte ich sie.

Sie schüttelte den Kopf.

»Steht der Wagen auf dem Parkplatz?«

»Ja.«

Ich sah den Manager an. »Kann der Wagen bis morgen hier stehen bleiben?«

»Natürlich.«

»Danke.«

Ich schaute zwischen Nora und Gram hin und her. »Dann kümmern wir uns morgen darum.«

Draußen verstaute ich das Gepäck im Kofferraum meines Mietwagens und setzte mich hinter das Lenkrad, als mein Handy vibrierte.

Gwen:

Drei Zimmer im Four Seasons gebucht. Sag Bescheid, wenn ich noch etwas tun kann.

Wenigstens etwas, das heute funktionierte.

Später am Abend saß ich in der Bar, beantwortete E-Mails auf meinem Telefon und trank bereits den zweiten Whiskey, als Nora hereinkam. Lächelnd ließ sie sich auf den Platz neben mir gleiten. Doch ich erwiderte ihr Lächeln nicht.

»Es tut mir leid wegen heute«, sagte sie.

»Was zum Teufel habt ihr euch nur dabei gedacht?«

Sie zeigte mit dem Finger auf mich. »Diese Ausdrucksweise würde deiner Großmutter nicht gefallen.«

»Sie muss ich respektieren. Dich … nicht unbedingt.«

Ihr fiel die Kinnlade herunter. »Warum nicht?«

»Tja, du bist nicht meine Großmutter. Alle anderen müssen sich den Respekt erst verdienen.«

Sie sah mich skeptisch an. »Es tut mir wirklich leid, dass du das Gefühl hattest, extra herkommen zu müssen.«

»Es tut dir also nicht leid, was ihr getan habt, sondern nur, dass ihr erwischt wurdet und ich die Reise machen musste?«

»Alsooo … Ja, das ist richtig.«

Ich drehte mich auf meinem Stuhl zu ihr um. »Meine Großmutter ist achtundsiebzig Jahre alt. Hieltest du es wirklich für eine gute Idee, dass sie sich auf den Bahamas in aller Öffentlichkeit nackt auszieht?«

»O mein Gott. Du bist so ein Idiot.«

»*Ich* bin ein Idiot?«

»Ja. Du hast ein Problem damit, wenn sich eine ältere Frau auszieht, aber nicht bei einer jüngeren.«

»Das habe ich nicht gesagt …«

»Wenn ich dir also sagen würde, dass ich mir einen ruhigen Strandabschnitt suche und mich ausziehe, wärst du damit einverstanden?«

»Das ist vielleicht das Einzige, was meine Stimmung im Moment heben könnte.«

Nora schürzte ihre Lippen. »Tja, dann solltest du dich wohl mit deiner Stimmung anfreunden.«

Der Barkeeper kam zu uns und deutete auf meinen Drink. »Möchten Sie noch einen?«

»Einen Doppelten, bitte.« Ich deutete mit dem Daumen auf Nora. »Setzen Sie es auf ihre Rechnung.«

Sie verdrehte die Augen. »Gut. Und für mich bitte einen Cabernet. Irgendeinen, den Sie offen haben.«

»Sehr gern.« Er ging.

»Hast du schon mal nackt gebadet?«, fragte Nora.

»Nicht, seit ich erwachsen bin.«

»Vielleicht ist das dein Problem. Du solltest ein bisschen Spaß haben.«

»Mir war nicht bewusst, dass ich ein Problem habe.«

»Oh, das hast du ganz eindeutig. Du bist verklemmt und altersfeindlich und hast einen Stock im Arsch. Jedes Mal, wenn deine Großmutter sich ein bisschen amüsieren will, verhältst du dich wie ein Idiot.«

»Du hast ein ziemlich freches Mundwerk. Redest du so auch mit deiner Mutter?«

Sie kniff die Augen zusammen. »Meine Mutter ist *tot*. Aber ich kann mit diesem *Mundwerk* sehr gut einen blasen.«

Obwohl ich noch immer stinksauer war, rührte sich bei ihren Worten etwas in meiner Hose. »Ich würde dich ja bitten, es mir zu zeigen, aber ich habe Angst, dass du dir im Gefängnis was eingefangen hast.«

Nora verzog die vollen Lippen zu einer schmalen Linie. Ich wartete auf eine Erwiderung, doch stattdessen fiel ihr Blick auf meine Lippen.

Macht sie sich über mich lustig? Versuchte sie, mich aus dem Konzept zu bringen, indem sie so tat, als wäre sie an mir interessiert, oder erregte sie unser Streit? Oder vielleicht bildete ich mir auch nur etwas ein. Ich hatte keine verdammte Ahnung, aber ich kannte einen Weg, es herauszufinden.

Ich beugte mich zu ihr vor. »Du bist eine echte Nervensäge.«

Ihre Augen weiteten sich und verengten sich dann zu wütenden Schlitzen. Sie starrte mich ganze zehn Sekunden lang wütend an, bevor sie sich zu mir beugte und ihre Lippen auf meine presste.

Ich brauchte ein oder zwei Herzschläge, um den Schock zu überwinden, doch dann saugte ich ihre Unterlippe in meinen Mund und biss fest zu.

»Aua …« Sie versuchte, sich zurückzuziehen, aber ich hatte sie mit meinen Zähnen ziemlich gut im Griff. »Das ist für die Beschimpfung«, knurrte ich und ließ nicht los. »Und jetzt gib mir deine verdammte Zunge.«

Das gefiel ihr ganz eindeutig. Sie packte mit beiden Händen mein Hemd, erhob sich von ihrem Hocker und drängte sich mit ihren großen Brüsten an mich. Dieselben Brüste, auf die ich mir vielleicht einen runtergeholt hatte, als ich an ihr Foto im Bikini gedacht hatte. Und sie gab mir ihre Zunge.

Verdammt, wer hätte gedacht, dass Lust und Wut zusammen Viagra ergaben. Ich war hart wie ein Stein und saß mitten in einer verdammten Bar. Irgendwo in meinem tiefsten Inneren wusste ich, dass ich mich zurückziehen und die Stimme der Vernunft sein sollte, aber das schaffte ich nicht. Stattdessen schob ich die Finger in ihr Haar und wickelte ein paar Strähnen um meine Faust. Als ich daran zog, stöhnte sie in meinen Mund.

Fick mich.

Ich brauchte mehr.

Mehr von ihr.

Alles von ihr.

Gerade wollte ich sie über meine Schulter werfen und in mein Zimmer schleppen, als mich ein Räuspern unterbrach. Benommen versuchte ich, mich zurückzuziehen, aber diesmal biss Nora mir in die Lippe. Ziemlich fest.

O Mann.

Sie mochte es aggressiv. Nun, das konnte sie haben …

»Du bist so eine Nervensäge«, brummte ich.

»Aber du willst mich trotzdem vögeln.«

»Ich würde dich gern erst übers Knie legen.«

»Oh, das hört sich gut an.«

Ich überlegte, sie gleich hier zu vögeln. Wahrscheinlich würde uns nur der Barkeeper stören. Sollte er doch zusehen. Ich gab mich wieder ganz dem Moment hin und ignorierte alles um uns herum. Noch nie in meinem Leben war die Chemie mit jemandem so stark gewesen.

Doch dann hörte ich wieder ein Räuspern. Und dieses Mal folgte eine Stimme, eine männliche Stimme.

»Mein Gott, Nora. Man wird dich eines Tages wegen unzüchtigen Verhaltens verhaften.«

Das katapultierte mich zurück in die Realität. Nora ebenfalls.

Wir drehten uns zu der Stimme um, und Nora blinzelte ein paar Mal. »Richard. Was machst du hier?«

»Offenbar dir beim Trockensex zusehen.«

»Ernsthaft, was zum Teufel?«

Ich hoffte inständig, dass dieser Typ nicht ihr Freund oder sogar ihr Ehemann war. Denn mit einem Steifen in eine Schlägerei zu geraten, wäre nicht gerade lustig.

»Du hast mich angerufen, schon vergessen? Damit ich dich auf Kaution aus dem Knast hole?«

»Und du hast gesagt, ich sollte mich selbst ficken.«

»Aber ich bin trotzdem gekommen … wie immer, wenn du mich um etwas bittest.« Der Typ sah mich zum ersten Mal an. Er hob herausfordernd das Kinn. »Wer sind Sie?«

»Beck Cross. Und Sie sind …«

Er deutete auf Nora. »Ihr Verlobter.«

»Ex-Verlobter«, stellte Nora klar.

Toll. Einfach toll.

7. Kapitel

Beck

Zwei Stunden später saß ich noch immer an der Bar, als der Typ von vorhin wieder hereinspazierte. Er und Nora waren verschwunden, nachdem er uns beim Knutschen gestört hatte.

»Was dagegen, wenn ich mich setze?«, fragte er.

Ich zuckte die Schultern. »Ich bin nicht auf Ärger aus.«

Der Mann grinste und nahm Platz. »Sieht aus, als hättest du ihn trotzdem gefunden.« Er überraschte mich, indem er mir die Hand hinstreckte. »Richard Logan.«

Das war echt beschissen, aber ich ergriff sie.

Der Barkeeper kam zu uns und legte Richard eine Serviette hin. »Was darf ich Ihnen bringen?«

»Ich nehme einen Wodka Tonic. Machen Sie einen doppelten.«

»Alles klar.« Der Barkeeper sah zu mir. »Wollen Sie auch noch einen?«

»Nein, danke«, sagte ich. Bei dem Kerl, der gerade neben mir saß, könnte es wichtig sein, einen klaren Kopf zu behalten. Noras Verlobter oder Ex-Verlobter – was auch immer er war – saß schweigsam neben mir, bis er seinen Drink bekam und ihn an die Lippen hob.

»Hast du schon einmal von Eisenhut gehört?«, fragte er.

Ich schüttelte den Kopf. »Ich glaube nicht.«

»Das ist eine Pflanze. Wunderschön. Groß, normalerweise tiefviolett oder blau. An einem einzigen Stiel sitzen ein ganzer Haufen helmförmiger Blüten. Sie wachsen wild und wiegen sich im Wind, geben einem ein Gefühl von Freiheit. In der chinesischen Medizin nutzt man den Extrakt, um Schmerzen zu lindern, aber wenn man zu viel davon nimmt, stirbt man.« Er trank einen Schluck von seinem Getränk und zeigte auf mich. »Das ist Nora. Wunderschön und fähig, alle deine Schmerzen zu lindern. Aber wenn du zu viel von ihr nimmst, bringt dich das innerlich um.«

Ich hob die Hand. »Wir sind nicht zusammen.«

Er lächelte halbherzig. »Das hat sie mir auch lange Zeit gesagt.«

»So ist das nicht.«

Richard zuckte die Achseln. »Wenn du meinst. Aber vergiss nicht, dass ich dich gewarnt habe.«

Ein paar Minuten vergingen. Da der Kerl mich noch nicht verprügelt hatte, hielt ich es für sicher, ein bisschen nachzuhaken – eigentlich interessierte mich zwar nur, was zwischen Nora und mir passieren würde, aber sie war schließlich mit meiner Großmutter unterwegs.

»Was ist ihre Geschichte?«

»Hast du einen oder zwei Monate Zeit?«

»So kompliziert?«

»Als wollte man sich in einer Teekanne aus Schokolade einen heißen Tee machen.«

Ich lachte. »Ihr wart verlobt?«

»Wir haben uns vor achtzehn Monaten getrennt.«

»Trotzdem hat sie dich angerufen, als sie verhaftet wurde …«

»Ich bin Anwalt. Wahrscheinlich der einzige, dessen Nummer sie auswendig kennt. Es war das erste Mal seit über einem Jahr, dass ich von ihr gehört habe.«

Ich nickte.

Er schüttelte den Kopf. »Hab mich gerade vor einem Monat auf jemand Neues eingelassen. Meine neue Freundin wird nicht gerade begeistert sein, wenn sie erfährt, dass ich sofort in ein Flugzeug gesprungen bin, als meine Ex anrief und sagte, sie brauche Hilfe.«

»Sorry …«

»Und was ist mit euch? Nora sagte, sie reist mit deiner Großmutter?«

»Sie sind Freundinnen. Seltsam, ich weiß. Aber sie scheinen sich ziemlich nahezustehen. Meiner Großmutter geht es nicht gut. Krebs. Das dritte Rezidiv. Sie hat beschlossen, sich nicht mehr behandeln zu lassen und die verbleibende Zeit zu genießen. Sie reisen zusammen und machen verrückte Sachen.«

»Tut mir leid, dass sie krank ist.«

»Danke. Sie fühlt sich allerdings gut. Wenn man sie sieht, ahnt man nicht, dass sie nicht gesund ist.«

»Ich habe sie tatsächlich vorhin kurz kennengelernt. Nora und ich sind auf ihr Zimmer gegangen, um zu reden. Das Zimmer deiner Großmutter ist gleich nebenan. Als sie uns im Flur hörte, steckte sie den Kopf heraus und Nora stellte uns vor. Ich habe mich schon gewundert, warum sie mit einer alten Dame unterwegs ist.« Er hob die Hand. »Nichts für ungut.«

»Schon okay.«

»So wie Nora ist, hat sie nicht erwähnt, dass die Frau krank ist. Sie bestand nur darauf, dass es ihre Freundin sei. Aber jetzt verstehe ich, dass sie zusammen reisen.«

»Wieso?«

Richard nippte an seinem Getränk. »Na ja, nach dem, was Nora durchgemacht hat.«

Ich sah ihn an. »Was hat Nora durchgemacht?«

»Mist. Ich dachte, du wüsstest es. Nora hatte vor ein paar Jahren ziemlich ernste gesundheitliche Probleme.« Er lächelte traurig. »Sie hat gesagt, dass ihr beide nichts miteinander habt. Offenbar hat sie nicht gelogen.«

»Weil ich es nicht wusste?«

Er holte seine Brieftasche heraus und warf zwei Zwanziger auf die Theke. Dann leerte er den Rest seines Drinks und stand auf. »Wenn du sie nackt gesehen hättest, hättest du die Narben bemerkt und Fragen gestellt.« Richard streckte seine Hand aus. »Ich werde den Nachmittagsflug zurück nach New York nehmen. Alles Gute für deine Großmutter und denk dran, Eisenhut killt dich.«

»Hey.«

»Was ist los, großer Bruder?« Nach seiner Frage stieß Jake ein genüssliches »Aaaah« aus, und ich stellte mir vor, dass er an meinem Schreibtisch saß und die Füße hochgelegt hatte.

»Wo bist du?«

»Es ist acht Uhr morgens. Ich bin im Büro.«

»Okay, aber wo genau?«

»In deinem Büro. Ich bin gekommen, um die Broschüre zu holen, die ich für das Meeting brauche, bei dem ich dich vertreten soll.«

»Nimm die Füße von meinem Schreibtisch, du Schwachkopf.«

»Woher zum Teufel weißt du, dass meine Füße auf deinem Schreibtisch liegen?«

»Du bist leicht zu durchschauen. Du genießt es zu sehr, den Herrn im Haus zu spielen.«

Jake lachte. »Es macht Spaß. Aber wie geht es Gram? Ich musste deine Nachricht zweimal abhören, weil ich sicher war, ich müsse mich verhört haben, als du sagtest, Gram sei *verhaftet* worden. Was zum Teufel ist passiert?«

»Sie war vorgestern Abend *nackt baden.*«

»Und das ist illegal?«

»Am Strand des Resorts, in dem sie gewohnt hat.«

»Ich kann nicht glauben, dass sie verhaftet wurde, weil sie ein bisschen Spaß hatte.«

Ich runzelte die Stirn. »Sie hat das Gesetz gebrochen.«

»Entspann dich, Bruder. Wir können nicht alle so korrekt sein wie du.«

»Jedenfalls rufe ich an, um dir zu sagen, dass ich nicht, wie ursprünglich geplant, heute Abend zurück sein werde.«

»Ah gut. Noch mehr Tage im Elfenbeinturm für mich.«

Ich seufzte. »Ich bitte Gwen, die Termine in den nächsten Tagen zu verschieben, sodass du mich nicht zu oft vertreten musst.«

»Noch besser. Ich kann wesentlich besser repräsentieren als tatsächlich Chef sein. Das liegt wahrscheinlich an meinem hübschen Köpfchen.«

»Oder daran, dass dein Kopf hohl ist … Wie auch immer, Gram hat in ein paar Tagen eine Anhörung, und ich möchte in der Nähe bleiben und dafür sorgen, dass alles gut geht. Sie weigert sich, mich einen Anwalt engagieren zu lassen, und irgendjemand muss sie davon abhalten, dem Richter zu sagen, dass er sie mal kann. Außerdem dachte ich, ich könnte sie vielleicht zur Vernunft bringen, solange ich hier bin.«

»Und ihre Reisegefährtin im Bikini sehen.«

Oder besser noch, mit ihr knutschen … Das behielt ich jedoch für mich. »Bis dann, Jake.«

»Bis dann.«

Nachdem ich aufgelegt hatte, schrieb ich ein paar E-Mails und begab mich dann auf die Suche nach einem Frühstück. Im Hotelrestaurant war nur ein Tisch besetzt, an dem eine gewisse wunderschöne Blondine saß, die ein dünnes Tuch um den Kopf gebunden hatte. Als ich näher kam, stellte ich fest, dass sie ein passendes Strandtuch aus dem gleichen hauchdünnen Stoff trug, und darunter einen Badeanzug. *Vielleicht sind vier Tage gar nicht so schlecht.*

Als ich den Tisch erreichte, sah ich mich nach ihrer Gefährtin um.

»Ist meine Großmutter hier?«

»Nein. Sie wollte ausschlafen. Ihr unterer Rücken macht ihr zu schaffen. Ich glaube, es sind Nierenschmerzen. Das hat sie seit ein paar Tagen. Sie hat ihren Arzt angerufen, und der sagte, das sei zu erwarten gewesen, und hat ihr etwas verschrieben. Das scheint zu helfen, macht sie aber müde, darum nimmt sie es jetzt nachts.«

Ich wies auf den leeren Platz ihr gegenüber. »Was dagegen, wenn ich mich zu dir setze?«

»Bitte. Ich gehe um Viertel nach acht zum Strandyoga, aber ich habe ein paar Minuten Zeit, dir Gesellschaft zu leisten.«

Die Kellnerin kam, und ich bestellte einen Kaffee und bat um die Speisekarte. »Ist dein Verlobter schon wieder abgereist?«, fragte ich, obwohl ich die Antwort bereits kannte.

»Ex-Verlobter, und ja. Allerdings meinte er, ich sollte ihn für die ganzen Umstände, die er auf sich genommen hat, eine Nacht in meinem Zimmer schlafen lassen. Als ich ablehnte, stritten wir uns und ich schlug ihm vor, nach Hause zu fliegen.«

»Ihr habt euch gestritten? Heißt das, dass du am Ende mit ihm geknutscht hast?«

Nora lachte. »Nein. Aber das ist lustig.«

»Siehst du? Ich bin nicht immer ein Idiot.«

Ihre Augen funkelten. »Nur die meiste Zeit.«

Ihr Ex hatte mich eindringlich gewarnt, mich von ihr fernzuhalten, und ich war neugierig, was sie über ihn zu sagen hatte.

»Warum steht ein Ex vor dem Verlobten, wenn ich fragen darf?«

»Du darfst. Der Hauptgrund ist wohl, dass er anmaßend und besitzergreifend war. Richard war lange mit einer Frau zusammen, die ihn betrogen hat und von dem anderen Mann schwanger wurde. Seitdem ist er davon überzeugt, dass alle Frauen gleich sind. Ich war beruflich viel unterwegs, und anfangs rief er mich ein paar Mal am Tag an, um zu fragen, wo ich sei. Schließlich hörte er damit auf, und ich dachte, er würde mir endlich vertrauen. Dann fand ich schließlich einen Apple AirTag im Futter meiner Handtasche versteckt. Ich überprüfte sein Handy, und er hatte mich getrackt.«

»Shit.«

»Er gab mir die Schuld und sagte, ich hätte ihn gezwungen, sich auf dieses Niveau herabzulassen. Ich hätte mich nicht genug bemüht, ihn davon zu überzeugen, dass ich ihn nicht betrüge.« Sie schüttelte den Kopf. »Ich finde, wenn man eine Bestätigung von jemandem braucht, der einem nie einen Grund zum Zweifeln gegeben hat, ist das sein Problem, nicht meins.«

Da hatte sie recht.

Die Kellnerin kam zurück und nahm meine Bestellung auf. Als sie ging, spießte Nora mit der Gabel ein Stück Melone auf und zeigte damit auf mich. »Was ist mit deinem Liebesleben? Hattest du in letzter Zeit Glück bei deinen Supermarktstreifzügen?«

»Ich war damit beschäftigt, meine Großmutter und ihre schöne, aber leicht nervige Freundin durchs ganze Land zu jagen.«

»Nur leicht nervig? Ich muss mich wohl mehr anstrengen.«

Ich lächelte. »Also, was steht heute auf dem Programm? Steckt ihr beide die Köpfe in das Maul eines Haifischs oder lasst ihr euch von einem Blinden mit einem Gewehr einen Apfel vom Kopf schießen?«

»Wir haben nichts vor, weil wir ja eigentlich bald abreisen wollten. Offensichtlich haben sich die Pläne geändert, weil wir für die Anhörung noch ein paar Tage hierbleiben müssen. Aber Louise liebt die Steeldrums, und ich habe in der Lobby ein Schild gesehen, dass das Hotel heute Nachmittag eine Strandparty mit Musik veranstaltet. Ich dachte, vielleicht könnten wir hingehen und ein bisschen Sonne tanken.«

»Glaubst du, du schaffst es, die Kleider anzubehalten, wenn du am Strand bist?«

»Es macht zwar nicht so viel Spaß, aber das schaff ich. Und was ist mit dir? Um wie viel Uhr geht dein Flug?«

»Ich enttäusche dich nur ungern, aber ich werde heute nicht abreisen. Ich bleibe bis nach der Anhörung hier, um sicherzugehen, dass meine Großmutter dem Richter nicht die Meinung geigt und wieder eingesperrt wird.«

»Ich würde ja gern sagen, das ist lächerlich und wird nicht passieren, damit du nach Hause fahren kannst und dir keine Sorgen machen musst, aber es ist ihr durchaus zuzutrauen. Wahrscheinlich ist es gut, wenn du bleibst. Und unter uns gesagt, ich glaube, sie hat dich gern um sich.«

Ich nickte und schwieg einen Moment.

»Also …« Nora nagte an ihrer vollen Unterlippe. »Wegen gestern Abend – was da passiert ist, bevor Richard aufgekreuzt ist.«

Ich rieb mir die Lippe. »Meinst du, als du gesagt hast, dass du toll blasen kannst, oder als du mich geküsst hast?«

Sie errötete. Der Alkohol hatte sie ganz offensichtlich mutiger gemacht. »Beides.«

»Was ist damit?«

»Also, ich wollte nur sagen, dass ich es nicht für eine gute Idee halte, wenn wir da weitermachen, wo wir aufgehört haben, vor allem, wenn du noch ein paar Tage bleibst.«

Das war enttäuschend, doch das ließ ich mir nicht anmerken. »Warum nicht?«

»Weil ich nicht auf der Suche nach einer Beziehung bin.«

»Ich auch nicht.« Ich legte den Kopf schief. »Klingt, als wollten wir beide dasselbe und als wäre es womöglich eine *sehr gute* Idee, wenn wir dort weitermachen, wo wir aufgehört haben. Obwohl, streich das. Ich war kein Gentleman. Vielleicht sollten wir von vorn anfangen. Du hast gesagt, dass du gut blasen kannst, aber ich hab dir nicht gesagt, dass ich gern mein Gesicht zwischen deinen Schenkeln vergraben würde, bis du schreist.«

Noras Augen weiteten sich kurz, doch dann wandte sie den Blick ab und räusperte sich. »Das ist zwar ein großzügiges Angebot, aber ich denke, es ist besser, wenn wir Freunde bleiben.«

Ich grinste. »Wir sind keine Freunde. Dafür mögen wir uns nicht genug.«

»Wir mögen uns nicht genug, um Freunde zu sein, aber wir mögen uns genug, um Sex zu haben?«

Ich nickte. »Ganz genau. Menschen können sich körperlich zueinander hingezogen fühlen, ohne die Persönlichkeit des anderen zu mögen.«

»Du magst also meine Persönlichkeit nicht?«

»Nicht besonders. Du belehrst mich gern. Daran gefällt mir

allein die Vorstellung, wie ich dich zum Schweigen bringe, indem ich dir etwas in den Mund stecke.« Ich lehnte mich vor. »Und ich glaube, die Vorstellung gefällt dir auch. Liege ich da falsch?«

Noras Brust hob sich ein wenig, und ihre Augen verdunkelten sich. *Ich liege eindeutig nicht falsch.* Doch dann wandte sie erneut den Blick ab, und als sie mich wieder ansah, hatte sie sich gefasst. »Ich mag Sex, aber ich mag keine unsauberen Sachen. Und das meine ich nicht im wörtlichen Sinne«, sagte sie. »Wenn es mir egal wäre, ob es kompliziert wird, hätte ich Richards Angebot, über Nacht zu bleiben, angenommen. Die Chemie zwischen uns hat gestimmt, als wir zusammen waren.«

Ich spannte den Kiefer an. Dabei war ich eigentlich kein eifersüchtiger Typ. Tatsächlich hielt ich mich in den meisten meiner lockeren Beziehungen an das alte Militärgesetz – *Frag nicht. Sag nichts.* Vermutlich hätte es mich alarmieren sollen, dass mich die Vorstellung ärgerte, sie könnte mit einem anderen Mann zusammen sein, doch Nora war ein kleines Risiko wert. Ich wusste allerdings schon, dass sie sich nicht zu irgendetwas überreden lassen würde – allein sie entschied, worauf sie sich einließ.

Nichtsdestotrotz waren wir uns jetzt zweimal begegnet und wären beinahe beide Male zusammen im Bett gelandet, also rechnete ich mir gute Chancen aus, wenn ich den Ball in ihrem Feld ließ.

»Ich bin da, wenn du es dir anders überlegst«, sagte ich.

Nora trank den letzten Schluck ihres Kaffees, wischte sich den Mund ab und warf ihre Serviette auf den leeren Teller. »Ich sollte jetzt zum Yoga gehen. Sehen wir uns später am Strand bei der Party?«

»Wahrscheinlich nicht. Ich muss noch was arbeiten.«

Sie stand auf. »Schade. Ich hatte mich schon darauf gefreut, zu sehen, was sich unter diesen makellosen Hemden verbirgt, die du so gern magst.«

»Drei-eins-neun«, sagte ich.

»Ist das ein spezielles Trainingsprogramm oder so etwas?«

Ich zwinkerte. »Das ist meine Zimmernummer. Komm vorbei, wann immer du willst, und ich zeig dir alles, was sich unter meinen Kleidern verbirgt.«

8. Kapitel

Nora

»Sieh an, sieh an, sieh an.« Ich schob meine Sonnenbrille auf die Nasenspitze, um den Mann besser mustern zu können, der sich meinem Liegestuhl näherte. »Was sagt man dazu? Der Anzugtyp besitzt auch ein Paar Shorts. Das hätte ich nicht gedacht.«

Becks Mundwinkel zuckten. »Die hab ich gerade in der Hotelboutique erworben. Die einzigen Shorts, die ich besitze, sind zum Laufen.«

»Was trägst du, wenn du an den Strand gehst?«

Er hob eine Augenbraue. »An den Strand?«

»Ach, herrje. Wann warst du das letzte Mal am Strand?«

Beck stemmte die Hände auf die Hüften und blickte aufs Meer hinaus. »Weiß nicht genau. Ist schon lange her.«

»Du weißt nicht, was du verpasst.«

Diesmal schob Beck die Sonnenbrille auf die Nasenspitze. Langsam ließ er den Blick über meinen Körper gleiten, von meinen Zehen zu meinem Hals, wobei er einen Moment bei meinen Brüsten verweilte, bevor er die Brille mit dem Finger wieder nach oben schob. »Vielleicht wäre es einfacher, wenn ich es nicht wüsste.«

Ich lächelte. »Hast du deine Arbeit geschafft?«

»Das Wichtigste.« Er sah sich um. »Wo ist Louise?«

Ich zeigte den Strand hinunter. »Sie nimmt eine Calypso-Tanzstunde.«

Er nickte. »Hört sich gut an. Darf ich mich setzen?«

»Ziehst du das T-Shirt aus?«

»Es ist heiß. Das hatte ich vor. Ist das ein Problem?«

»Nope.« Ich deutete auf seinen Oberkörper. »Nur zu. Mach es nur, bevor du dich setzt, damit ich einen guten Blick darauf habe. Was fair ist, ist fair.«

Beck lachte, griff jedoch nach dem Kragen seines T-Shirts und zog es sich über den Kopf.

O mein Gott. Verdammt, er war von Kopf bis Fuß eine Augenweide. Gebräunte Haut, kräftige Bizepse, Waschbrettbauch, ein V, bei dem mir das Wasser im Mund zusammenlief, und Brustmuskeln, an denen ich am liebsten geleckt hätte. Er streckte die Arme aus. »Und?«

Ich ließ mir nicht anmerken, wie beeindruckt ich war. »Nicht schlecht.«

Er grinste, und plötzlich tanzten seine Brustmuskeln und bewegten sich in rasantem Tempo.

Ich schlug mir eine Hand vor den Mund. »O mein Gott. So einer bist du.«

Beck lachte. »Ich war mir nicht sicher, ob ich es noch beherrsche. Das hab ich nicht mehr gemacht, seit ich sechzehn war. Ich habe es mir beigebracht, um die ältere Schwester meines Kumpels auf mich aufmerksam zu machen.«

»Hat es funktioniert?«

»Sie war dreiundzwanzig und ging mit einem Typen von der medizinischen Fakultät aus. Ich bezog meine Ratschläge, was Frauen betrifft, von Ronnie aus der Teenie-Serie *Jersey Shore*. Was glaubst du wohl?«

Ich lachte.

Beck setzte sich in Louises Liegestuhl neben mich. Sein Blick fiel auf mein Dekolleté, und an seinem Gesichtsausdruck erkannte ich, dass er meine Narbe bemerkt hatte. Als er den Blick hob, sah ich ihm an, dass er mit sich rang, ob er mich darauf ansprechen sollte oder nicht, also nahm ich ihm die Entscheidung ab.

»Ich hatte vor ein paar Jahren eine Herzoperation.«

»Dein Ex hat so etwas erwähnt. Als ich ihm von meiner Großmutter und dem Grund für die Reise erzählte, sagte er, in Anbetracht deiner gesundheitlichen Probleme könne er das verstehen. Darf ich fragen, warum du operiert werden musstest?«

»Rhabdomyosarkom«.

»Dasselbe, woran deine Mutter gestorben ist?«

Ich nickte.

»Tut mir leid. Ist jetzt alles gut?«

Ich hasste es, über Krebs zu sprechen, insbesondere an einem schönen Strand, also gab ich Beck meine Standardantwort für Fremde, die meine Narbe bemerkten. »Alles bestens. Ich war eine der Glücklichen.« Ich deutete auf die nicht allzu weit entfernte Hütte, die verschiedene Wassersportaktivitäten anbot. »Ich hatte überlegt, Jetski zu fahren. Hast du auch Lust?«

Beck sah mich skeptisch an. »Nein, danke.«

»Louise war auch nicht begeistert.«

»Das überrascht mich nicht, schließlich ist ihre Tochter so gestorben.«

Meine Augen weiteten sich, ich riss mir die Sonnenbrille von der Nase und setzte mich auf. »Was hast du da gerade gesagt?«

»Meine Mutter ist bei einem Jetski-Unfall gestorben, als ich elf war.«

Ich legte mir eine Hand aufs Herz. »O mein Gott. Ich hatte keine Ahnung. Ich habe Louise heute schon zum zweiten Mal gefragt. Heute habe ich auch noch gebockbockt – du weißt schon, mit den Armen geflattert wie ein Huhn.«

»Das ist sehr erwachsen.«

»Woher zum Teufel sollte ich das wissen? Sie hat erwähnt, dass ihre Tochter vor Jahren bei einem Unfall ums Leben gekommen ist, aber ich dachte automatisch an einen Autounfall.«

Beck schüttelte den Kopf. »Meine Eltern waren im Urlaub, um ihren fünfzehnjährigen Hochzeitstag zu feiern. Mein Vater saß am Steuer, als sie mit einem Boot zusammenstießen. Er hatte keinen Kratzer, aber meine Mutter erlitt ein Schädel-Hirn-Trauma.«

»Meine Güte. Sie ist also im Urlaub gestorben?«

»Sie hat anschließend tatsächlich noch drei Monate gelebt. Man flog sie in die USA zurück, aber sie ist nie wieder zu Bewusstsein gekommen. Ich war ein Kind, und es waren ein paar schreckliche Monate.«

»Es tut mir so leid.«

Beck nickte. »Danke. Ich wollte dich nicht runterziehen. Ich dachte nur, ich sollte es dir sagen. Das ist wahrscheinlich die einzige Sache auf der Liste, die meine Großmutter nicht abhaken wird.«

»Ja, natürlich. Wer könnte es ihr verdenken?« Ich schüttelte den Kopf. »Darf ich dir eine neugierige Frage stellen?«

»Was?«

»Ist dein Vater danach ebenfalls verstorben? Ich weiß, dass Louise dich und deinen Bruder nach dem Tod deiner Mutter aufgezogen hat. Ich dachte, weil dein Vater auch bei dem Unfall umgekommen wäre. Aber du hast gerade gesagt, dass dein Vater nicht verletzt wurde.«

»Das wurde er auch nicht. Aber er hatte starke Schuldgefühle. Anscheinend hatte er ein paar Drinks intus, als sie an dem Tag auf den Jetski gestiegen sind. Nicht so viel, dass er den Alkoholtest nicht bestanden hätte, der ein paar Stunden nach dem Unfall gemacht wurde, aber er ist nie darüber hinweggekommen. Er begann, stark zu trinken, und meine Großmutter nahm meinen Bruder und mich für ein paar Tage zu sich. Danach verschwand mein Vater für eine Weile, und wir kehrten nie wieder zurück. Das Letzte, was ich hörte, war, dass er zum vierten Mal verheiratet ist und immer noch trinkt. Ich glaube, er lebt in Florida.«

»Es tut mir leid, dass du das durchmachen musstest.«

»Meine Großmutter hat uns ein gutes Leben geschenkt.«

»Ich glaube, ich verstehe, warum du Louise unbedingt beschützen willst. Sie war sehr wichtig für dich.«

»Heißt das, dass du mit diesen verrückten Ausflügen aufhören wirst?«

»Nein, denn was du mir gerade erzählt hast, hilft mir zwar, deine Bedenken zu verstehen, ändert aber nichts daran, dass es bei Louises Aktivitäten nicht um dich geht. Sondern um sie.«

»Es muss mir nicht gefallen.«

»Nein, ganz bestimmt nicht. Aber du solltest ihr genug Respekt entgegenbringen, ihre Entscheidungen zu akzeptieren.«

Beck runzelte die Stirn. »Wie wäre es, wenn wir wieder gegenseitig unsere Körper abchecken? Das macht mehr Spaß, als mit dir zu reden.«

Ich starrte ihn wütend an.

Er starrte zurück.

»Weißt du, was ich glaube, was dein Problem ist?«, fragte ich.

»Nope. Aber ich nehme an, du wirst mich gleich aufklären.«

»Du bist ein Kontrollfreak, und du hasst es, nicht die Kontrolle darüber zu haben, was deine Großmutter tut.«

»Du sagst das, als wäre das etwas Schlechtes. Kontrollfreaks sind gute Anführer. Sie sind Perfektionisten und harte Arbeiter.«

»Sie sind kompromisslos und schlechte Zuhörer.«

Beck legte eine Hand an sein Ohr. »Sorry. Was hast du gesagt?«

»Halt einfach die Klappe und sieh hübsch aus, ja? Dafür bist du gut.«

»Ich kann viel mehr als das. Wie wäre es, wenn ich es dir zeige?«

Am liebsten hätte ich ihn geboxt. Aber gleichzeitig musste ich gegen meine Erregung ankämpfen. Warum zur Hölle erregte es mich so, wenn ich mich mit diesem Kerl stritt? Je angespannter der Moment war, desto überwältigender schien die körperliche Wirkung zu sein.

Und damit war ich nicht allein. Becks Blick fiel auf meinen Mund, und er leckte sich über die Lippen. Er sah aus wie ein hungriger Löwe, der sich auf mich stürzen wollte. Und ich war eine willige Antilope. Zum Glück störte das Klingeln meines Handys meine lächerlichen Gedanken. Ich zog es aus der Tasche und nahm das Gespräch an. »Hallo, Louise.«

»Hier oben ist ein hübscher bahamaischer Calypso-Tänzer ohne Partnerin«, sagte sie. »Und sie geben kostenlose Bahama-Mama-Drinks aus.«

Ich sah auf und begegnete Becks Blick. »Ein hübscher Tänzer und kostenlose Drinks? Klingt, als wäre es genau das, was ich brauche. Ich bin in ein paar Minuten da.«

Als ich fertig war, führte ich eine kurze Google-Recherche durch. Beck schwieg derweil und beobachtete mich.

»Ha!« Ich drehte mein Handy, um ihm das Display zu zeigen. »Es hat nichts mit dir zu tun.«

Beck blinzelte und beugte sich vor, um zu lesen. »Unter Stress, wie beispielsweise in einem Kampf, schüttet das menschliche Gehirn Testosteron, Cortisol und Adrenalin aus. Um diese Hormone auszugleichen, sehnt sich der menschliche Körper nach den Lusthormonen, die beim Sex ausgeschüttet werden.«

Er zog die Brauen zusammen. »Was zum Teufel hast du da gegoogelt?«

»Warum werde ich geil, wenn ich mich mit einem Vollpfosten streite?«

Wieder einmal zuckte sein Mundwinkel. Das tat er oft, wenn wir miteinander sprachen.

»Weißt du, was ich dazu sage?«, fragte er.

»Was?«

Er hob die Hände, verschränkte sie hinter dem Kopf und ließ wieder seine Muskeln tanzen. »Ich wette, ein bahamaischer Calypso-Tänzer kann das nicht.«

Schnaubend erhob ich mich aus meinem Liegestuhl. »Genieß den Rest des Nachmittags.«

Lächelnd lehnte er sich zurück, die Hände weiter hinter dem Kopf und machte es sich in seinem Liegestuhl bequem. »Oh, das werde ich. Ich verbringe ihn mit meinem Lieblingsmenschen.«

9. Kapitel

Nora

Am Abend ging ich in die Lobby, um mich mit Louise zum Abendessen zu treffen. Sie hatte mich in einer Nachricht wissen lassen, dass sie in einem schicken Lokal einen Tisch reserviert habe. Ich fragte nicht, ob Beck mitkäme. Als ich wissen wollte, was ich anziehen solle, schrieb sie, das königsblaue Kleid, das ich neulich Abend in einer hübschen kleinen Boutique gekauft hatte. Es war ein aufreizendes, schulterfreies Kleid mit einem eng anliegenden Mieder und einem Schlitz, den ich wahrscheinlich mit doppelseitigem Klebeband hätte schließen sollen, damit ich nicht wieder verhaftet wurde. Dazu trug ich hochhackige silberne Stilettos mit einem schmalen Knöchelriemen, die zu allem passten. Während ich auf Louise wartete, drehten einige die Köpfe nach mir um, und nach der letzten Woche in schmuddeliger Strand- und Urlaubskleidung gab mir das ein gutes Gefühl. Manchmal vergaß ich, wie gern ich meine weibliche Seite betonte.

Ich hatte mir eingeredet, ich hätte mich nur für mich selbst hübsch gemacht, aber als Beck aus dem Aufzug trat und mich dort stehen sah, rannte er in die Person vor ihm. Vielleicht hatte ich es doch nicht *nur* für mich getan.

Als er auf mich zukam, gab er sich gar keine Mühe, seine

Bewunderung zu verbergen. Seltsamerweise gefiel es mir, dass er keinen Hehl daraus machte, wie sehr er sich körperlich zu mir hingezogen fühlte. Zu viele Männer taten so, als seien ihre Interessen tugendhaft, dabei wollten sie nur Sex haben.

Beck trug einen dreiteiligen, ganz offensichtlich maßgeschneiderten Anzug. Er erfüllte mehr als nur ein paar der Punkte auf meiner Wunschliste. Das Wissen, dass sich darunter ein wohlgeformter Körper verbarg, verstärkte meine Lust, ihn auszupacken, nur noch mehr. Darum war ich froh, dass Louise uns begleitete. Die Willenskraft einer Frau ist begrenzt, zumal, wenn sie schon ewig keinen Sex mehr hatte.

»Du trägst meine Lieblingsfarbe«, bemerkte Beck. »Vielleicht sollte ich sagen, dass sie dir furchtbar steht, damit wir uns streiten können. Aber ich bin kein Lügner. Du siehst wunderschön aus.«

Ich wurde rot. »Danke. Du siehst aber auch nicht schlecht aus.«

Er hob einen Arm und schob seinen Hemdsärmel zurück, wobei teuer aussehende Manschettenknöpfe und seine noch teurere Uhr zum Vorschein kamen. »Bin ich zu früh?«

Ich schüttelte den Kopf. »Genau pünktlich. Louise sollte gleich unten sein.«

Er nickte. »Als sie mir schrieb, ich solle zum Abendessen einen Anzug tragen, hab ich erst überlegt, ihr zu sagen, dass ich den Zimmerservice vorziehen würde. Doch ich bin froh, dass ich es nicht getan habe, sonst hätte ich dieses Kleid verpasst.«

Mein Handy vibrierte in meiner Handtasche, während Becks Handy irgendwo in seinem Sakko surrte. Wir sahen uns an.

»Ist das ein Zufall?«, fragte ich.

»Ich weiß es nicht.«

Wir nahmen unsere Handys heraus und lasen gleichzeitig. Die Nachricht war an uns beide gerichtet.

Louise:
Entschuldigt die späte Nachricht. Ich lasse das Abendessen heute ausfallen. Ich bin ein bisschen müde. Falls ich Hunger bekomme, lasse ich mir was aufs Zimmer bringen. Viel Spaß euch beiden. Die Reservierung ist im Royal Bahamian hier im Hotel.

Verdammt. Ich schüttelte den Kopf. »Ich ruf sie an. Nur um sicherzugehen, dass sie wirklich nur müde ist und nicht mehr dahintersteckt.«

»Gute Idee.«

Louise meldete sich nach dem zweiten Klingeln. »Hallo, mein Schatz. Mir geht es gut. Es ist mein Alter, nicht der Krebs.«

Ich lächelte. »Woher wusstest du, warum ich anrufe?«

»Weil du so tust, als wärst du ganz und gar unbesorgt, aber tief im Inneren genauso eine Glucke bist wie mein Enkel.«

Ich hob den Blick und sah Beck an. »Ich bin nicht wie dein Enkel.«

Louise lachte. »Vielleicht könnt ihr euch beim Abendessen etwas anfreunden. Ich habe die Reservierung ändern lassen. Sie läuft auf meinen Namen. Versucht, es zu genießen.«

Ich seufzte. »Schlaf ein bisschen. Ich schicke dir morgen früh eine Nachricht.«

»Gute Nacht, Liebes.«

Ich beendete das Gespräch.

»Geht es ihr gut?«, fragte er.

»Ich denke schon. Sie klingt gut.«

Er nickte. »Warum hast du gesagt, dass du nicht wie ich bist?«

»Oh. Weil sie gesagt hat, ich wäre genauso eine Glucke wie du.«

»Darüber bin ich froh. Bevor ich hergekommen bin, dachte ich, du wärst ganz anders.«

Ich stützte die Hände auf die Hüften. »Wie denn?«

Er legte mir eine Hand auf den Rücken. »Warum essen wir nicht erst und heben uns den Streit für den Nachtisch auf. Wo ist das Restaurant?«

»Hier. Das Royal Bahamian. Ich habe heute Morgen auf dem Weg zum Strand das Schild gesehen.«

Er streckte die andere Hand aus. »Geh voran.«

Das Restaurant befand sich im hinteren Teil des Hotels, die Fenster waren offen, und einige Tische blickten aufs Wasser. Wir nannten dem Oberkellner Louises Namen, und er lächelte.

»Ah ja, unsere besonderen Gäste heute Abend.«

Beck und ich sahen uns an. Bevor ich fragen konnte, was das zu bedeuten hatte, wies er uns an, ihm zu folgen. Wir gingen in den hinteren Teil des Restaurants, und ich dachte, wir würden einen Tisch mit Meerblick erhalten. Doch dann drehte sich der Oberkellner um und führte uns eine versteckte Treppe hinunter. Als wir unten ankamen, öffnete er eine Tür und wir standen am Strand.

Unter einer Palme, die vom Passatwind stark geneigt war und ein Dach bildete, war ein Tisch für zwei Personen gedeckt. Weißes Leinen wehte in der leichten Brise, und eine gläserne Hurricane-Lampe bewahrte die Kerze in der Mitte vor dem Erlöschen. Ich sah mich um. Nirgendwo am Strand stand ein weiterer Tisch.

»Das ist für uns?«

»Ja, Ma'am. Ist es nicht zu Ihrer Zufriedenheit?«

»O doch. Es ist fantastisch. Es ist nur … sehr romantisch.«

Er lächelte und sah zwischen Beck und mir hin und her. »Ja, das ist es.«

»War unsere Reservierung nicht für drei Personen gedacht?«

Der Oberkellner zog verwirrt die Brauen zusammen. »Für drei?«

Ich sah zu Beck. »Bekommst du auch gerade das Gefühl, das ich bekomme?«

Er hob eine Augenbraue. »Dass meine Großmutter oben auf ihrem Zimmer Calypso übt und kein bisschen müde ist?«

»Sie hat mir auch gesagt, ich solle dieses blaue Kleid tragen. Jetzt weiß ich, dass das *deine* Lieblingsfarbe ist, eigentlich wollte ich ein rosafarbenes tragen. Das ist nämlich *meine* Lieblingsfarbe.«

»Ich muss daran denken, mich bei ihr für diesen Teil zu bedanken.«

Ich wandte mich an den Oberkellner. »Hätten Sie wohl einen anderen Tisch für uns? Vielleicht etwas drinnen?«

Er runzelte die Stirn. »Ich fürchte, nein. Wir sind heute Abend ausgebucht. Ihre Reservierung ist für die Taste of the Sea Experience. Das ist ein siebengängiges Degustationsmenü, das nur an diesem Tisch serviert wird.«

»Vielleicht will jemand mit uns tauschen. Das Pärchen an der Treppe mit der Frau im roten Kleid sah sehr verliebt aus. Ich könnte sie fragen, ob sie tauschen wollen.«

Der arme Kerl wirkte völlig überfordert.

Beck zog seine Brieftasche aus der Hosentasche, nahm einige Scheine heraus und reichte sie dem Mann. »Dieser Tisch ist wunderbar. Ich übernehme ab hier. Vielen Dank.«

Der Oberkellner konnte gar nicht schnell genug davonkommen.

Ich hob verwirrt die Hände. »Warum hast du das getan?«

»Weil du dich lächerlich machst.«

Ich schürzte die Lippen. »Wieso mache ich mich lächerlich?«

»Können wir uns einfach hinsetzen und essen? Es wird dich schon nicht umbringen.«

»Von mir aus.« Ich verdrehte die Augen. »Bringen wir es hinter uns.«

Beck und ich nahmen Platz, und beinahe sofort erschien ein Kellner mit der Weinkarte.

»Nimmst du deinen üblichen Whiskey?«, fragte ich.

»Ich trinke Wein. Such was aus, ich richte mich nach dir.«

Ich bestellte eine Flasche von dem Rotwein, den ich seit unserer Ankunft glasweise genossen hatte. Als wir wieder allein waren, war das einzige Geräusch das sanfte Plätschern der Wellen, die direkt neben unserem Tisch ans Ufer schlugen. Fasziniert beobachtete ich ein paar Mal, wie das Meer auf den Sand spülte und wieder zurücklief.

»Es ist wirklich wunderschön«, sagte ich.

»Ja.« Becks Stimme klang sanft, hatte aber einen gewissen Unterton. Ich sah auf, um herauszufinden, was es war, und bemerkte, wie er mich ansah. Er hatte nicht über die Insel gesprochen.

»Wie wäre es, wenn wir für heute Abend Frieden schließen?«, schlug ich vor. »Ein Waffenstillstand vielleicht. Kein Streit.«

»Was soll daran gut sein?«

Ich streckte meine Hand aus. »Bist du bereit für die Herausforderung?«

Beck nahm meine Hand, führte sie aber mit einem Lächeln

an seine Lippen und küsste sie. Die Wärme seiner Lippen übertrug sich auf mich und durchströmte meinen Körper.

»Klar.« Er zwinkerte mir zu. »Viele Wege führen nach Rom.«

»Nichts Rom.«

Sein Grinsen wurde breiter. »Ich liebe Herausforderungen.«

Der Kellner kam zurück und öffnete den Wein. Nachdem wir probiert hatten, füllte er unsere Gläser und verschwand. Beck sah mich über die Kerze hinweg an, während er sich mit dem Daumen über die Unterlippe strich – mir war aufgefallen, dass er das ziemlich oft tat.

»Worüber grübelst du?«, fragte ich.

»Wer sagt, dass ich grübele? Vielleicht genieße ich einfach nur still die Gesellschaft.«

Ich zeigte auf seine Hand, die jetzt an seinem Weinglas lag. »Du streichst dir mit dem Finger über den Mund, wenn du überlegst, ob du etwas fragen sollst. Du bist nicht gerade schwer zu durchschauen.«

»Das liegt vermutlich daran, dass ich es normalerweise nicht für nötig halte, meine Gedanken für mich zu behalten.«

»Und?« Ich streckte meine Hand aus, mit der Handfläche nach oben. »Dann spuck's aus. Warum jetzt damit anfangen?«

»Ich habe versucht, mich an deinen Anti-Streit-Pakt zu halten.«

»Ah …« Ich nickte. »Was immer du denkst, wird mich also … auf die Palme bringen?«

Er schüttelte den Kopf. »Ich versuche immer noch herauszufinden, warum du diese Reise unternimmst.«

Ich verdrehte die Augen. »Das schon wieder?«

»Der Altersunterschied zwischen euch beträgt mindestens fünfzig Jahre. Selbst du musst einsehen, dass das eine ungewöhnliche Paarung ist.«

»Neunundvierzig, und ich wusste nicht, dass es eine Altersgrenze für Freundschaften gibt. Außerdem tust du so, als würde ich deiner Großmutter einen Gefallen tun, indem ich mit ihr reise, als bräuchte sie eine Anstandsdame.«

»Sie wurde erst vor zwei Tagen verhaftet …«

»Wie auch immer. Sie braucht keine Anstandsdame, und an manchen Tagen denke ich, sie tut *mir* einen Gefallen. Nicht andersherum. Einiges von dem, was wir zusammen unternehmen, sind Dinge, die ich machen will, weißt du?«

»Was zum Beispiel?«

»Na ja, wir sind zum Beispiel hier auf den Bahamas, weil ich nach Exuma fahren will. Wir wollten eigentlich ein paar Nächte auf dieser Insel verbringen, um ein bisschen zu spielen und Spaß zu haben, dann wollten wir heute Morgen mit dem Boot auf eine andere Insel fahren.«

»Um was zu tun?«

»Um meinen Vater zu besuchen.«

»Ist er dort im Urlaub?«

Ich schüttelte den Kopf. »Er lebt dort. Ihm gehört ein kleines Hotel in Georgetown. Ich bin ihm noch nie begegnet.«

Beck zog die Brauen zusammen. »Was soll das heißen, du bist ihm noch nie begegnet?«

»Na ja, genau wie bei dir ist meine Mutter gestorben, als ich klein war. Ich war erst drei Jahre alt, als sie krank wurde. Ich erinnere mich nicht einmal an sie, ich kenne sie nur von Bildern. Sie war mit William verheiratet, von dem ich bis zu meinem achtzehnten Lebensjahr dachte, er sei mein leiblicher Vater. Es stellte sich heraus, dass der Mann, der mich allein aufgezogen hat, mein Stiefvater ist. Er hatte meine Mutter kennengelernt, als sie im fünften Monat mit dem Kind eines anderen Mannes schwanger war, und sich nie darum geschert, dass ich nicht sein Kind bin. William hat meine Mutter über alles geliebt. Bis heute. Er hat nie wieder geheiratet. Er ist der wundervollste Mensch, dem ich je begegnet bin. Als er mir die Wahrheit sagte, meinte er, er und meine Mutter hätten nie vorgehabt, es geheim zu halten, aber nach ihrem Tod wollte er mir nicht den einzigen Elternteil wegnehmen, den ich noch hatte.«

»Wow. Weiß dein leiblicher Vater, dass es dich gibt?«

»Ich denke schon«, erwiderte ich schulterzuckend. »Zumindest wusste er es mal. Meine Mutter hat ihm von der Schwangerschaft erzählt, und er schickte einige Schecks, um sie nach meiner Geburt zu unterstützen. Doch William sagte ihm, wenn er nichts mit meinem Leben zu tun haben wolle, bräuchte er auch keine Schecks zu schicken. Er könne ohne die Hilfe eines Fremden für seine Familie sorgen. Das war das letzte Mal, dass sie Kontakt zu Alex Stewart hatten. Vor etwa fünf Jahren habe ich einen dieser 23andMe-DNA-Tests gemacht und ein paar Treffer auf der Seite meines Vaters erhalten. Aber keine Verwandten ersten Grades wie Geschwister oder mein Vater oder so. Im letzten Jahr erhielt ich dann eines Tages eine E-Mail, in der mir mitgeteilt wurde, dass ich neue Verwandte hätte. Das passiert häufig, wenn man sich auf dieser Website angemeldet hat. Normalerweise ist es ein Cousin fünften Grades oder eine Urgroßtante. Aber als ich nachsah, stand da der Name meines Vaters und die Verwandtschaft war ein Elternteil. Er muss auch darüber informiert worden sein. Also weiß er wohl, dass ich noch auf der Welt herumlaufe.«

»Hast du jemals Kontakt zu ihm aufgenommen?«

»Nope. Und er seinerseits auch nicht. Aber ich habe im Internet über ihn recherchiert. So habe ich herausgefunden, dass er jetzt auf den Bahamas lebt. Anscheinend ist er Geschäftsführer einer großen Hotelkette geworden, und als er frühzeitig in den Ruhestand ging, kaufte er hier ein heruntergekommenes Hotel und brachte es auf Vordermann. Bei meinen Recherchen bin ich auf einen Artikel gestoßen.«

»Wenn du die E-Mail vor einem Jahr erhalten hast, warum hast du so lange gebraucht, um ihn zu besuchen?«

»Ich weiß es nicht so genau. Ich habe nicht das Gefühl, verlassen worden zu sein, wie manche Menschen, die ihre Eltern nie kennengelernt haben. Ich habe keine Fragen, auf die ich Antworten suche, und mache ihm auch keine Vorwürfe. Ich hatte wohl einfach nie das Gefühl, dass es dringend wäre.«

»Warum dann jetzt?«

»Es ist wohl einfach der richtige Zeitpunkt, denke ich.«

Beck nickte. »Und was hast du vor? Auf ihn zugehen und ihm sagen, dass du seine Tochter bist?«

Ich seufzte. »Ich habe keinen Plan.«

»Hört sich gut an.«

Ich lachte. »Halt die Klappe.«

Beck lächelte. »Weißt du, dass deine Augen geleuchtet haben, als du von deinem Stiefvater erzählt hast.«

»Er ist wirklich ein wunderbarer Mann. Manche Frauen haben Probleme, weil sie ohne Vater aufgewachsen sind oder ihr Vater ihnen kein gutes Vorbild war. Sie haben nicht gelernt, wie ein Mann eine Frau behandeln sollte, und dadurch später Schwierigkeiten in ihren Beziehungen zu Männern. Bei mir ist das Problem, dass niemand dem Standard gerecht werden kann, den William gesetzt hat. Er ist weise und fair, hart, wenn es sein muss, aber auch ein großer Teddybär.«

»Wenn meine Tochter erwachsen ist und mich nur halb so gut beschreibt, hätte ich das Gefühl, alles richtig gemacht zu haben.«

Ich nippte an meinem Wein und ließ den Blick über Becks Gesicht gleiten. »Ich wette, du bist ein richtig guter Vater.«

»Ich gebe mir Mühe. Ich hatte in Gram ein gutes Vorbild, und meine Ex war zwar nicht die beste Ehefrau, aber sie ist eine ziemlich gute Mutter. Es klingt so, als hätten wir beide Glück gehabt, dass die richtigen Leute eingesprungen sind, als wir sie brauchten.«

Überraschend stiegen mir Tränen in die Augen, und ich holte tief Luft, kämpfte gegen sie an und überlegte, was ich sagen könnte. »Es tut mir leid, dass Louise stirbt. Ich kann mir gar nicht vorstellen, dass William …«

Beck streckte die Hand aus, strich mir mit dem Daumen über die Wange und fing eine Träne auf. »Na, dieser Abend hat ja ziemlich rasant eine deprimierende Wendung genommen, stimmt's?«

Ich lachte und wischte mir mit meiner Serviette über die Augen. »Lass uns über etwas Lustigeres reden. Erzähl mir von deinem Bruder Jake. Deine Großmutter hat gesagt, ihr seid euch überhaupt nicht ähnlich.«

Beck schüttelte den Kopf. »Das ist ein Kompliment. Jake ist zehn Jahre jünger als ich, aber es kommt mir oft so vor, als wäre er mein Kind. Er arbeitet für mich.«

»Was macht er?«

»Keine Ahnung. Falls ich es herausfinde, sage ich es dir.«

Ich lachte. »Nein, wirklich.«

»Er ist für Marketing und Öffentlichkeitsarbeit zuständig. Das macht er tatsächlich ziemlich gut. Aber verrat ihm nicht, dass ich das gesagt habe. Er ist direkt nach dem College zu mir gekommen. Ich bin gut in persönlichen Gesprächen. Verschaff mir ein Meeting, und ich kann die meisten Kunden für uns gewinnen. Aber was Präsentationen angeht – Websites, Prospektgestaltung, Artikel in Zeitschriften unterbringen –, darin bin ich nicht gut. Jake hat etwas Jungenhaftes an sich. Er hat stets ein Lächeln im Gesicht, und immer ist sein Hemd zerknittert. Aber bei ihm funktioniert das.«

»Das ist lustig. Du hingegen bist grüblerisch, makellos gepflegt, und hast gar nichts Jungenhaftes an dir.«

Becks Augen glitzerten im Kerzenlicht. »Ich bin froh, dass du es bemerkt hast. Ich bin ein ganzer Mann, Süße.«

Ich spürte, wie meine Wangen heiß wurden. Zum Glück erschien in dem Moment der Kellner mit unserem ersten Degustationsgang – einem einzelnen hausgemachten Kartoffelchip mit Kaviar darauf. Absolut köstlich.

Ich wischte mir mit der Serviette den Mund ab.

»Sag mal, Beck, warum bist du geschieden?«

Er lehnte sich in seinem Stuhl zurück. »Das ist eine große Frage.«

Ich legte den Kopf schief. »Ich habe dir erzählt, was zwischen Richard und mir passiert ist. Ich finde es nur fair, wenn ich auch erfahre, warum ihr geschieden seid.«

»Na gut. Es ist nicht schön, aber das sind die meisten Scheidungsgeschichten wohl nicht. Ich habe eine Frau geheiratet, die ich während meines Graduiertenstudiums kennengelernt habe. Sie stammte aus Nevada und hatte nicht viele Verwandte an der Ostküste, nur einen Onkel, der als Professor an der Uni unterrichtete, an der wir studierten. Ein paar Monate nachdem wir uns kennengelernt hatten, erzählte mir ein Freund, er habe gesehen, wie Carrie mit Professor Burton geknutscht habe. Carrie und ich lachten uns schlapp darüber, denn Professor Burton war ihr Onkel. Ein paar Monate nach meinem Abschluss wurde Carrie schwanger. Wenn ich ehrlich bin, war ich noch nicht bereit, Vater zu werden, aber das Kind würde kommen, ob es mir nun gefiel oder nicht. Also fand ich, ich könnte mich auch ganz darauf einlassen. Sechs Monate nach Maddies Geburt kam ich früher von der Arbeit nach Hause und überraschte Carrie mit Professor Burton im Bett.«

Ich staunte. »Sie hat mit ihrem Onkel geschlafen?«

»Das habe ich auch gedacht. Es stellte sich aber heraus, dass der Typ gar nicht ihr Onkel war. Er war überhaupt nicht mit Carrie verwandt. Man hatte sie ein paar Mal zusammen erwischt, als er sie herumgefahren hatte. Darum erzählten sie den Leuten, er sei ihr Onkel, um keinen Verdacht zu erregen. Er ist einunddreißig Jahre älter als sie, also schien das logisch. Sie hatte seit dem ersten Uni-Jahr mit ihm geschlafen, und er versprach ihr, seine Frau für sie zu verlassen. Als er das nicht tat, trennte sie sich von ihm. Nachdem wir jedoch geheiratet hatten, änderte der Mann seine Meinung und verließ schließlich seine Frau. Dann war Carrie hin- und hergerissen zwischen dem bequemen Leben, das ich ihr bot, und dem Mann, den sie immer hatte haben wollen, aber nie haben konnte. Als er wieder aufkreuzte, dachte sie, vielleicht könnte sie beides haben. Ironischerweise reichte ich an unserem einjährigen Hochzeitstag die Scheidung ein.«

»Meine Güte. Was ist aus ihr und dem Professor geworden?«

»Sie sind jetzt verheiratet. Er ist gerade sechzig geworden, sie ist neunundzwanzig.«

»Wow. Das ist eine verrückte Geschichte. Dagegen wirkt Richard, der mich getrackt hat, ganz normal.«

Er lachte. »Ich bin froh, dass dir mein Leben vergleichsweise normal erscheint.«

Der Kellner brachte unseren zweiten Gang, und nachdem wir damit fertig waren, wurden uns die nächste Stunde lang alle fünf oder zehn Minuten neue Teller serviert. Jede Portion war winzig – nur eine Kostprobe – und doch war ich am Ende satt. Ich lehnte mich zurück und tätschelte meinen Bauch.

»Ich bin so satt. Aber es war alles köstlich.«

»Das war es. Und ich habe die Gesellschaft genossen. Sieht aus, als hätten wir es geschafft, uns an unseren Pakt zu halten.«

»Stimmt.« Ich lächelte. »Wer hätte gedacht, dass du so lange so angenehm sein kannst?«

»Klugscheißer.«

Als der Kellner das nächste Mal zurückkam, verlangte Beck die Rechnung, aber offenbar hatte Louise sie bereits im Voraus bezahlt. Wir gingen durch das Restaurant zurück und über den Flur zu den Aufzügen. Als wir an der Bar in der Lobby vorbeikamen, hörte ich ein vertrautes, kräftiges Lachen.

Beck und ich sahen uns an, dann drehten wir uns zum anderen Ende der Bar um, von wo das Geräusch gekommen war. Dort saß eine Frau mit zwei älteren Herren, die sich zusammen mit dem Barkeeper vor Lachen ausschütteten.

»Anscheinend geht es Louise besser«, sagte ich.

Beck schüttelte den Kopf. »Warum bin ich nicht im Geringsten überrascht?«

Gemeinsam gingen wir zu ihr. Als Louise uns sah, wurde ihr ohnehin schon breites Lächeln noch breiter.

»Da seid ihr ja. Wie war das Abendessen?«

Beck kniff die Augen zusammen. »Das wüsstest du, wenn du nicht zu erschöpft gewesen wärst, daran teilzunehmen. Apropos, du scheinst auf wundersame Weise wieder zu Kräften gekommen zu sein.«

Louise schien sich kein bisschen darum zu scheren, dass wir ihren Plan durchschaut hatten. »In der Tat. Gesellt euch zu uns. Lernt meine neuen Freunde kennen.«

Ich setzte mich, aber Beck blickte auf die Uhr. »Ich muss mich verabschieden. Ich habe in ein paar Minuten ein Gespräch mit einem Geschäftspartner in China.«

»Ah, okay.« Ich war enttäuscht, zwang mich aber zu einem Lächeln. So wenig ich es auch gewollt hatte, ich hatte Becks Gesellschaft genossen. Und zudem war er ein attraktives Gegenüber. »Schlaf gut.«

»Du auch.«

Nachdem er gegangen war, tranken Louise und ich noch ein Glas Wein mit den beiden Männern, die sie an der Bar kennengelernt hatte. Es stellte sich heraus, dass sie ein Paar auf Hochzeitsreise waren. Beide waren den Großteil ihres Lebens mit Frauen verheiratet gewesen und hatten sich erst in den letzten Jahren geoutet. Nachdem wir fertig waren, verabschiedeten sie sich, um noch am Strand spazieren zu gehen.

»Behaltet da unten bloß eure Sachen an«, sagte Louise. »Wir haben uns ein bisschen Ärger eingehandelt, als wir abends nackt baden wollten. Offenbar ist das hier verboten.«

Die Männer lachten. »Gut zu wissen.«

Ich sah ihnen hinterher. »Gott, stell dir vor, du musst dich dein ganzes Leben lang verstellen. Ich bin froh, dass sie einen Weg gefunden haben, so zu sein, wie sie sind, bevor es zu spät war.«

»Ich auch. Das Leben ist zu kurz, um etwas zu bereuen. Apropos, hast du das Essen genossen?«

Ich lächelte. »Dein Enkel ist sehr attraktiv, und heute Abend war er sogar ein guter Gesellschafter. Aber ich glaube nicht, dass es klug wäre, wenn wir etwas miteinander anfingen, und zwar aus mehr als nur einem Grund.«

Louise winkte ab. »Ich glaube, ihr zwei könntet euch gegenseitig guttun. Er muss sich ein bisschen entspannen, und du könntest jemanden gebrauchen, der sich um dich kümmert.«

»Er lebt in New York. Ich ziehe am Ende des Sommers

zurück nach Kalifornien. Außerdem ist es nicht der richtige Zeitpunkt, Louise.«

»Manchmal finden wir die richtige Person zur falschen Zeit. Und wir müssen einfach dem Schicksal vertrauen.«

10. Kapitel

Beck

Zwei Tage später fuhren wir zur angesetzten Anhörung von Gram und Nora ins Gericht. Ich war freudig überrascht, als alles reibungslos verlief. Beide verweigerten die Aussage, wir zahlten eine Geldstrafe und waren fünfzehn Minuten später wieder draußen. Mir fiel jedoch auf, dass Gram häufiger hustete. Gestern Abend beim Abendessen war es mir bereits einoder zweimal aufgefallen, jetzt war es noch häufiger und hatte sich in einen hartnäckigen, trockenen Husten verwandelt.

»Geht es dir gut?«, fragte ich sie, als wir aus dem Gerichtsgebäude traten. »Vielleicht sollten wir zu einem Arzt gehen?«

Gram räusperte sich und schüttelte den Kopf. »Wozu? Wir wissen doch, was mit mir los ist.«

Ich schürzte die Lippen. »Weil man dir vielleicht etwas geben kann. Ich weiß, dass du keine Behandlung willst, aber das heißt nicht, dass du keine Medikamente nehmen kannst, um eine Infektion oder so etwas abzuwehren.«

Nora nickte. »Beck hat recht. Du hast auch ein bisschen gekeucht. Vielleicht können sie dir einen Nebulisator oder Inhalator geben. Vielleicht auch einen Hustenstiller.«

»Gut. Aber wir gehen hier in eine Klinik und nicht in irgendein Krankenhaus zu Hause.«

Nora zuckte die Schultern. »Ist für mich okay.«

Ich sah meine Großmutter an. »Ich sage etwas, und du widersprichst mir sofort.« Ich warf einen Blick auf Nora. »Dann sagt sie das Gleiche, und es ist eine gute Idee.«

»Vermutlich weil deine Großmutter daran gewöhnt ist, dass du sie zu kontrollieren versuchst, also geht sie automatisch in die Defensive.«

Ich kniff die Augen zusammen. »Dich habe ich nicht gefragt.«

Nora rollte mit den Augen. »Lass uns einfach eine Klinik suchen.«

Zwei Stunden später saßen Nora und ich im Wartezimmer einer überfüllten Notaufnahme. Sie hatten Gram vor fast einer halben Stunde mitgenommen.

Die Empfangsdame schob das Glasfenster auf und lehnte sich an die Öffnung. »Eleanor Sutton!«

Nora stand auf und ging zu ihr. Ich folgte ihr. »Der Arzt und Ihre Großmutter möchten, dass Sie nach hinten kommen.«

»Es ist nicht ihre Großmutter«, sagte ich. »Es ist meine.«

Die Frau musterte mich von oben bis unten. »Sie sehen nicht wie eine Eleanor Sutton aus.«

»Das bin ich auch nicht. Aber die Patientin ist meine Großmutter, nicht ihre.«

Die Frau zuckte die Schultern. »Tja, sie hat aber nach ihr gefragt. Nicht nach Ihnen.«

»Vielleicht ist sie nicht angezogen oder so«, sagte Nora und legte mir eine Hand auf den Arm. »Lass mich nach hinten gehen und nachsehen, was los ist.«

Da mir keine andere Wahl blieb, nickte ich.

Fünfzehn Minuten später wurde ich gerade ungeduldig, als Gram und Nora wiederkamen. Ich stand auf.

»Ich dachte, ihr würdet mich auch nach hinten holen?«

Meine Großmutter warf mir einen genervten Blick zu. »Ach, komm runter, Beck. Der Arzt wollte nur sichergehen, dass Nora weiß, wie das Heimlich-Manöver funktioniert. An dem Tumor in meiner Speiseröhre bleibt leicht etwas hängen. Deshalb huste ich. Kleine Stücke bleiben stecken und reizen meinen Hals.«

»Können sie ihn verkleinern?«

Gram runzelte die Stirn. »Du weißt, dass ich mich nicht behandeln lasse.«

»Aber ... wenn es deine Lebensqualität verbessern würde ...«

Sie seufzte und hielt eine weiße Papiertüte hoch. »Er hat mir Alka-Seltzer gegeben und ein Mittel namens Simethicon, das meinem Magen hilft, Gas zu produzieren. Gas erhöht den Druck auf die Speiseröhre und kann helfen, das Essen herauszudrücken. Und jetzt lass uns hier verschwinden.«

Schweigend fuhr ich Bonnie und Clyde zurück zum Hotel. Ich war nicht so dumm, meine Großmutter zu einer Behandlung überreden zu wollen, wenn sie im Doppelpack unterwegs waren. Also wartete ich, und als ich sie in ihr Zimmer brachte, fragte ich, ob wir uns ein paar Minuten unterhalten könnten. Sie sagte, sie müsse auf die Toilette, würde mich aber in fünfzehn Minuten unten in der Lobby auf einen Kaffee treffen.

Doch es war nicht Gram, die erschien.

»Sie kommt nicht«, sagte Nora, als sie aus dem Aufzug trat.

»Warum nicht? Sie sagte, ich solle sie hier treffen.«

Nora nahm den Platz gegenüber von mir ein. »Ich glaube, ihre genauen Worte waren: ›Ich liebe diesen Jungen, aber manchmal ist er sturer als ein Maultier.‹«

»Sie hat dich also geschickt?«

»Nein, ich bin von mir aus gekommen. Ich wollte nicht, dass

du dir Sorgen machst, wenn du unweigerlich die Geduld verlierst und auf ihr Zimmer gehst. Sie ist nicht da.«

Mein Herz krampfte sich zusammen. »Wo ist sie hin?«

»Ich glaube, das willst du nicht wissen.«

Ich schüttelte den Kopf. »Wo ist sie?«

»Sie ist zu Frieda gefahren, um Karten zu spielen.«

»Frieda?«

»Eine der Frauen, die wir im Gefängnis kennengelernt haben. Sie veranstaltet ein Nachmittagsspiel und sagte Louise, sie könne jederzeit teilnehmen.«

»Wie ist sie dorthin gekommen?«

»Sie sagte, der Concierge würde ihr ein Taxi besorgen.«

Ich atmete tief aus. »Sie ist echt anstrengend. Danke, dass du es mir gesagt hast.«

Nora legte eine Hand auf meine. »Ich verspreche, dass ich auf sie aufpasse.«

Ich schnaubte verächtlich. »Toll. In tausend Metern Höhe, während ihr beide an Fallschirmen hängt?«

»Auch dann.« Sie lächelte und stand auf. »Ich fahre zu ihnen und spiele ein bisschen Karten.«

»In der illegalen Spielhölle, deren Betreiberin ihr im Gefängnis kennengelernt habt?«

»Sei nicht so eine Spaßbremse. Willst du mitkommen?«

Ich schüttelte den Kopf. »Ich glaube, ich verzichte. Ich muss sowieso was arbeiten.«

»Tja, ich lasse mir die Gelegenheit nicht entgehen, mich mit Louise zu vergnügen, solange ich noch kann.«

Nora entfernte sich, und es dauerte nur etwa zehn Sekunden, bis ich begriff, was sie gesagt hatte. »*Solange ich noch kann.*« Meine Brust schnürte sich zusammen. Mist. Sie hatte recht. Die Arbeit konnte warten. Ich war sowieso der Boss.

Ich stand auf. »Warte!«, rief ich Nora hinterher.

»Wer hat den bahamaischen Sonnenschein mitgebracht?« Eine Frau mit starkem Inselakzent hielt im Kartenausgeben inne und sah zu uns hoch. Sie trug ein buntes Kopftuch und einen leuchtenden pfirsichfarbenen Lippenstift.

Ich schaute hinter mich und versuchte herauszufinden, was sie meinte. Nora kicherte. »Ich bin mir ziemlich sicher, dass sie mich meint, Beck.«

»Das ist mein Enkelsohn.« Gram lehnte sich lächelnd in ihrem Stuhl zurück. Um der Dame mit dem bunten Kopftuch in nichts nachzustehen, hatte sie eine glitzernde Bluse angezogen und dazu passenden Lidschatten aufgetragen. »Gut aussehend, aber dominant.«

Eine der Frauen am Tisch wackelte mit den Augenbrauen. Sie musste auf die siebzig zugehen. »Ich mag sie dominant.«

Mein Gesicht verriet wohl, dass ich nicht so recht wusste, was ich von der Truppe halten sollte, denn alle lachten. »Entspann dich, Junge. Komm rein. Jeder Freund von Big Momma ist auch ein Freund von uns.«

»Big Momma?«

Nora beugte sich vor. »So nennen sie Louise. Alles klar, oder?«

Das würde ein toller Nachmittag werden.

Nora und ich setzten uns zu der Gruppe an den Tisch. Neben Frieda, der Chefin, saß ein Mann, den sie Sugar nannten. Die Frau, die es gern herrisch mochte, hieß Rowan, und dann war da noch ein Mann, den sie Slim nannten, der aber alles andere als schlank war. Meine Großmutter saß am Ende des Tisches und rauchte eine Zigarre.

Als sie meinen Blick bemerkte, zuckte sie die Schultern.

»Lass mich in Ruhe, Junge. Was schadet es? Krieg ich davon etwa Krebs?«

Ich schüttelte den Kopf, biss mir aber auf die Zunge. Sie schienen Blackjack zu spielen. »Dürfen wir mitspielen?«, fragte ich.

»Klar doch. Ich habe nichts dagegen, mir dieses hübsche Gesicht aus der Nähe anzusehen, Sonnenschein.« Die Frau streckte ihre Hand aus und beugte sich über den Tisch. »Frieda Ellington. Schön, dich kennenzulernen.«

Die Regeln aus Vegas galten hier offenbar nicht. Ein Gast durfte dem Geber niemals die Hand reichen. Ich ergriff sie. »Beck Cross.«

Nora lächelte. »Hallo, Frieda. Schön, dich zu sehen.«

»Du siehst ein bisschen besser aus als beim letzten Mal.«

Nora lachte. »Das hoffe ich doch. Wir wurden nach einem langen Bad im Meer verhaftet, und ich trug eine gestohlene Uniform, die mir vier Nummern zu groß war.«

Nora und ich nahmen die beiden freien Plätze ein. Sie befanden sich gegenüber, was mir entgegenkam. Frieda war nicht die Einzige, die heute die Aussicht genießen würde.

Ich zog meine Brieftasche hervor und öffnete sie, aber Frieda winkte ab. »Tagsüber spielen wir nur zum Spaß mit Freunden. Richtig spielen wir nur abends.«

»Ah. Okay.«

Sie nahm zwei Stapel Chips und schob sie mir über den Tisch zu. »Aber wir haben am Ende einen Jackpot. Der große Gewinner des Tages darf sich von jedem am Tisch eine Sache aussuchen. Das kann das Hemd sein, das du gerade trägst, oder eine Fahrt nach Hause. Wir halten es einfach.«

Ich blickte auf meine Armbanduhr. »Sie dürfen sich alles aussuchen?«

Sie lächelte. »Mach dir keine Sorgen um den schicken Wecker an deinem Handgelenk. Wir haben einen Höchstwert von fünfundzwanzig Dollar. Aber du solltest hoffen, dass nicht Rowan gewinnt. Sie ist bekannt dafür, einen Kuss zu fordern.«

Rowan grinste und zeigte mir ihre gelben Zähne. Vielleicht hätte ich doch lieber meine Uhr abgegeben.

11. Kapitel

Nora

Als wir am nächsten Tag auf Exuma ankamen, war ich ein Nervenbündel. Ich hatte ein anderes Hotel als das meines Vaters gebucht, weil ich nicht dort festsitzen wollte, falls die Begegnung nicht gut verlief. Ich wusste immer noch nicht, was ich sagen wollte, wenn ich ihn sah – vorausgesetzt, er war heute überhaupt im Hotel. Doch das schien zu den Dingen zu gehören, die man im Leben nicht planen kann. Was auch immer passieren würde, würde passieren.

Louise hatte mir angeboten, mich zu begleiten, aber ich musste das alleine machen. Nachdem wir in unserem Hotel eingecheckt hatten, entspannte sie ein bisschen am Pool. Beck konnte erst morgen nach Hause fliegen, darum hatte er beschlossen, uns auf der Bootsfahrt nach Exuma zu begleiten. Er war in seinem Zimmer und arbeitete, und ich sollte eigentlich gut sechs Kilometer die Straße hinunter zum Sunset Hotel fahren. Doch vor anderthalb Stunden hatte ich einen Boxenstopp an unserer Hotelbar eingelegt und bisher nicht den Mut aufgebracht, mich auf den Weg zu machen.

Als ich gerade mein zweites Glas Wein trank, schreckte mich eine tiefe Stimme auf.

»Schon zurück?«

Beck.

Ich stieß einen übertriebenen Seufzer aus. »Ich war noch gar nicht weg.«

»Soll ich dich fahren?«

Ich schüttelte den Kopf. »Nein. Draußen stehen Taxis. Und der Portier hat gesagt, wenn dort aus irgendeinem Grund keine stehen, kann er eins rufen, das in weniger als fünf Minuten hier ist.«

Beck beäugte mein fast leeres Weinglas. »Trinkst du dir Mut an?«

»Machst du dich über mich lustig, wenn ich Ja sage?«

»Nein. Ich habe zwei Finger breit Scotch in meinem Zimmer getrunken, bevor ich den Mut aufgebracht habe, nach meinem Zoom-Meeting wieder in die Bar zurückzugehen. An dem Abend, an dem wir uns kennengelernt haben. Du kannst etwas einschüchternd sein.«

Ich zog die Augenbrauen bis zum Haaransatz hoch. »*Du* warst eingeschüchtert von *mir*? Du lügst.«

Er deutete auf den freien Platz neben mir. »Möchtest du etwas Gesellschaft?«

»Gern.«

Beck setzte sich, und der Barkeeper kam. »Was kann ich Ihnen bringen?«

»Könnte ich bitte ein Wasser mit Kohlensäure haben?«

»Kommt sofort.«

Der Barkeeper zeigte auf mich. »Möchten Sie auch noch einen?«

»Was soll's. Warum nicht?«

Als er wegging, sah Beck mich an. »Heute trägst du deine Lieblingsfarbe und nicht meine.«

Ich blickte nach unten. Ich hatte völlig vergessen, was ich anhatte – ein zartrosa Sommerkleid. »Ich bin eigentlich eher ein Fan von Pink als von hellem Rosa. Aber das steht mir nicht so gut. Du hast ein gutes Gedächtnis.«

Beck tippte sich mit dem Zeigefinger an die Schläfe. »Schwer zu vergessen. Ich werde das Bild von dir in diesem blauen Kleid so schnell nicht mehr aus dem Kopf bekommen.«

Ich verbarg mein Erröten, indem ich die letzten Tropfen aus meinem Glas trank, bevor der Barkeeper mir nachschenkte. »Bist du schon fertig mit deiner Arbeit?«

»Noch nicht. Ich war auf dem Weg zum Business Center, um ein paar Dokumente abzuholen, die mir meine Assistentin zum Unterschreiben gemailt hat. Die Bar liegt auf dem Weg.«

»Ach, dann will ich dich nicht aufhalten. Ich komme schon klar.«

»Willst du ein Rollenspiel machen?«

»Wie bitte?«

Er schenkte mir ein laszives, sexy Lächeln. »Ob du es glaubst oder nicht, das war nicht anzüglich gemeint. Du bist nervös. Also tu so, als wäre ich dein Vater und sag, was immer du ihm sagen willst. Wir machen einen kleinen Probelauf.«

Ich biss mir auf die Lippe. »Das ist ja das Problem. Ich weiß nicht, was ich ihm sagen will.«

»Freestyle. Improvisiere.« Er hob das Kinn an. »Schließe für eine Minute die Augen. Atme ein paar Mal tief durch, schüttele vielleicht die Arme aus und lass die Schultern kreisen, und dann schieß einfach aus der Hüfte.«

Ich nickte. Warum eigentlich nicht? Also tat ich, was Beck vorgeschlagen hatte, und entspannte mich so gut ich konnte. Dann drehte ich mich um und sah ihm in die Augen.

»Hallo.« Ich lächelte. »Sind Sie Alex Stewart?«

Beck verzog keine Miene. »Der bin ich. Wie kann ich Ihnen helfen?«

Ich starrte ihn an, mein Kopf war komplett leer. »Ach, verdammt, Beck. Was zum Teufel soll ich diesem Mann nur sagen?«

»Ich weiß es nicht. Wie wäre es, wenn du ihn zuerst fragst, ob er sich an deine Mutter erinnert?«

»Oh. Ja … das ist eine gute Idee. Das ist ein Eisbrecher.«

Beck streckte die Hand aus. »Nur zu. Probiere es aus.«

Ich richtete mich auf meinem Stuhl auf. »Hi. Sind Sie Alex Stewart?«

»Der bin ich. Wie kann ich Ihnen helfen?«

Ich holte tief Luft. »Das mag eine seltsame Frage sein, aber erinnern Sie sich an eine Frau namens Erica Sutton?« Ich schüttelte den Kopf. »Sorry. Ihr Mädchenname war Erica Kerrigan.«

»Ja. Was ist mit ihr?«

»Also, sie ist … *meine Mutter.*«

»Okay …«

»O Mann. Glaubst du, er kapiert es nicht, wenn ich das sage? Meinst du, ich muss noch mehr sagen?«

Beck zuckte die Schultern. »Keine Ahnung. Aber wir können uns genauso gut auf das Schlimmste vorbereiten.«

»Du hast recht. Okay. Ich sollte noch eine Frage in petto haben. Erinnern Sie sich an eine Frau namens Erica Kerrigan?«

»Nein.«

Ich blinzelte ein paar Mal. »Was soll das heißen, nein?«

»Ich erinnere mich nicht an sie.«

»Nein, Beck. Du solltest sagen, dass du dich erinnerst, so wie beim ersten Mal.«

»Das ist Improvisation. Du musst spontan reagieren. Ich rate schließlich nur, was er sagen wird.«

»In Ordnung. Dann lass uns einfach weitermachen.«

Beck schlüpfte wieder in seine Rolle. »Ich erinnere mich nicht an eine Erica Kerrigan.«

»Wie können Sie sich nicht an sie erinnern? Sie haben sie geschwängert.« Ich schlug mir die Hand vor den Mund. »O Mist. Das sollte ich wohl nicht sagen, oder?«

»Ich denke, du solltest sagen, was du sagen willst. Wenn es dich aufregt, dass er sich nicht an eine Frau erinnert, die er geschwängert hat, dann lass ihn das wissen.«

»Okay. Was wird er wohl sagen, wenn ich ihn daran erinnere, dass er sie geschwängert hat?«

»Das weiß ich nicht.«

»Was würdest du sagen, wenn ein Mädchen zu dir käme und sagte, du hättest ihre Mutter geschwängert?«

»Ich denke, ich würde gern erfahren, warum ich es erst erfahre, wenn das Kind alt genug ist, um zu sprechen. Aber in deinem Fall ist das was anderes, denn deine Mutter hat ihm von dir erzählt. Es sollte also keine totale Überraschung für ihn sein.«

Der Barkeeper kam mit meinem Wein und Becks Wasser zurück. Ich kannte meine Grenzen. Zwei Gläser halfen mir, mich zu entspannen. Na ja, wenigstens normalerweise. Aber das dritte Glas wäre zu viel und würde mein Urteilsvermögen beeinträchtigen.

Ich seufzte und deutete auf mein Getränk. »Ich glaube, ich verzichte doch lieber. Wenn ich noch ein Glas trinke, werde ich entweder nicht mehr hinfahren oder ich sollte es nicht mehr tun.«

Beck schob mein Glas zurück und stellte seins vor mich. »Trink etwas Wasser.«

»Danke.«

»Wie wäre es, wenn ich dich hinfahre?«

»Oh, nein. Das ist nicht nötig. Es ist nur ein paar Kilometer entfernt. Ich kann ein Taxi nehmen.«

»Ja, aber der Taxifahrer wird dich nicht beruhigen, wenn er dich absetzt.«

Ich lächelte. »Das ist ein gutes Argument. Macht es dir auch bestimmt nichts aus?«

Beck schüttelte den Kopf. »Ganz und gar nicht.«

Das Sunset Hotel sah genauso aus wie auf den Bildern im Internet. In karibischem Grün gestrichen, mit strahlend weißen Fensterläden und Verzierungen, verströmte es eine entspannte Inselatmosphäre. Als wir anhielten, tanzten zwei Angestellte in geblümten Uniformen zu Reggae-Musik, die aus einem Lautsprecher über uns schallte. Der größere der beiden Männer öffnete mir mit einem Lächeln die Tür.

»Willkommen im Sunset Hotel.« Er reichte mir die Hand, um mir aus dem Auto zu helfen. »Wollen Sie heute einchecken?«

»Ähm … Nein. Hier gibt es doch eine Bar, oder? Ich wollte nur etwas trinken.«

»Unsere Bar ist der richtige Ort, um den Sonnenuntergang zu genießen.« Er deutete auf die offene Lobby. »Einfach hinten durch und die Treppe hinunter. Sie können sie nicht verfehlen.«

Beck ging um das Auto herum. »Willst du, dass ich dich begleite?«

»Oh, nein. Ich habe dich schon lange genug aufgehalten. Du musst doch arbeiten.«

»Das hat Zeit.«

»Das kann ich nicht von dir erwarten …«

»Du hast nicht gefragt. Ich habe es dir angeboten. Ich halte mich einfach im Hintergrund, falls du mich brauchst.«

Meine Handflächen waren feucht, und ich fühlte mich leicht benommen. Der Gedanke, jemanden in der Nähe zu haben, war beruhigend. Also nickte ich. »Okay. Danke.«

Beck warf dem Angestellten den Autoschlüssel zu. »Kann ich den eine Weile bei Ihnen lassen?«

»Aber sicher, Mister.«

Mit rasendem Herzen betrat ich das Hotel. Wahrscheinlich wirkte ich wie eine Kriminelle, so wie mein Blick von einer Person zur nächsten sprang. Beck legte eine Hand auf meine Hüfte, drückte sie sanft und beugte sich zu mir herüber: »Atmen, Süße.«

Ich nickte und atmete tief ein. Sobald wir die Lobby hinter uns gelassen hatten, führten Stufen hinunter zu einer Außenterrasse. Unten war die Strandbar zu sehen.

Beck und ich blieben stehen. »Bis jetzt war niemand alt genug, um dein Vater zu sein. Dann sind wir wohl noch nicht an ihm vorbeigekommen?«

Ich schüttelte den Kopf.

»Wie sieht er aus?«

»Oh.« Ich zückte mein Handy. »Ich kann es dir zeigen.« Ich tippte auf mein Handy und scrollte durch die Website des Hotels. »Er sieht aus wie ein alternder Surfer – sonnengebleichtes, schulterlanges Haar. Gebräunt. Sonnenbrille, die an einem Band um seinen Hals hängt.« Ich fand das Bild, das ich suchte, unter dem Menüpunkt »Über uns« und drehte mein Telefon, um es Beck zu zeigen.

Er lächelte. »Genau so habe ich ihn mir nach deiner Beschreibung vorgestellt. Danke. Wenigstens kann ich dir jetzt helfen, die Augen offen zu halten.« Er blickte zur Bar hinunter. »Wolltest du wirklich in die Bar gehen, oder wolltest du dich erst einmal umsehen?«

»In seiner Biografie steht, dass er oft barfuß hinter der Strandbar arbeitet.«

»Also gut. Bist du bereit?«

Ich schüttelte den Kopf. »Nein.«

Beck lachte. »Lass uns trotzdem hingehen.«

Wir stiegen die Treppe zum Strand hinunter. Über der Bar raschelte ein Dach aus Palmen im Wind. An drei Seiten standen hellblaue Stühle, auf einer ein paar Tische; an einem davon saß ein Pärchen in Badekleidung.

Als wir nur noch ungefähr dreißig Meter entfernt waren, blieb ich auf dem mit Holz ausgelegten Weg stehen. »Ich glaube, das ist er.«

Beck richtete seine Augen auf den Mann hinter der Theke. Er trug eine Sonnenbrille auf dem Kopf, die sein struppiges Haar zurückhielt, und hatte eine Zigarette zwischen die Zähne geklemmt, während er eine Bierflasche öffnete. Beck nickte. »Die Website hat jedenfalls nicht gelogen. Ich glaube, dasselbe Hemd hatte er auf dem Foto im Internet an.«

Ich konnte nicht aufhören zu starren. »Er ist so ganz anders als William.«

»Ja?«

Ich schüttelte den Kopf. »William ist sehr adrett. Er steht in aller Herrgottsfrühe auf und läuft jeden Tag acht Kilometer – in Shorts und einem Shirt mit reflektierenden Sicherheitsstreifen.«

»Kommst du klar?«, fragte er.

Ich schluckte und nickte.

»Wie wäre es, wenn du dich an die Bar setzt und ich mich an einen der Tische zurückziehe, damit ihr etwas für euch seid?«

Ich holte tief Luft. »Okay.«

Beck lächelte. »Du schaffst das.«

Der kurze Weg zur Bar kam mir eher wie ein wackeliger Steg vor. Als wir die Theke erreichten, zwinkerte Beck mir zu und ging weiter zu einem leeren Tisch. Ich wählte den Hocker, der am nächsten bei Beck stand und zugleich am weitesten vom Barkeeper entfernt.

Ich dachte, ich hätte eine Minute Zeit, mich zu sammeln, aber kaum saß ich, kam der Mann hinter der Theke bereits auf mich zu. Die Sonnenbrille, die auf seinem Kopf gesessen hatte, verdeckte jetzt seine Augen. Er lächelte freundlich.

»Hey, Schönheit. Was kann ich für dich tun?«

O Gott. Mir war übel, und ich hatte das Gefühl, mich übergeben zu müssen. Aber anscheinend merkte man mir das nach außen hin nicht an. Zumindest schien der Barkeeper es nicht zu bemerken. Denn er wartete, als ob ich antworten sollte, und nicht, als rechnete er damit, dass ich ihm auf die Theke kotzen würde.

»Ähm … ich nehme eine Piña Colada.«

»Alles klar.«

Ich beobachtete, wie er zum anderen Ende der Bar ging und ein paar Zutaten in einen Mixer warf. Ich suchte sein Profil nach irgendwelchen Ähnlichkeiten ab.

Vielleicht haben wir das gleiche Kinn? Wobei das bei dem Dreitagebart schwer zu sagen war.

Er hatte hohe Wangenknochen, aber die hatte meine Mutter auch gehabt, und niemandem außer ihr gebührte der Dank für mein gutes Aussehen. Als er auf den Knopf drückte und der Mixer zum Leben erwachte, sprang ich vor Schreck beinahe vom Stuhl. Ich musste mich zusammenreißen.

Viel zu schnell kehrte der Mann – mein Vater – zu meinem Platz am Tresen zurück. Er stellte den Cocktail vor mir ab, und ich hoffte, er würde einfach mit dem weitermachen, womit er vor meiner Ankunft beschäftigt gewesen war. Aber Fehlanzeige. Er stützte ein Knie auf irgendetwas hinter der Bar und lehnte sich zu mir vor.

»Ich hab dich hier noch nie gesehen. Bist du heute erst angekommen?«

Meine Hände zitterten. »Oh … ich wohne nicht hier. Ich bin nur auf einen Drink hergekommen.«

Er legte sich eine Hand aufs Herz. »Du wohnst nicht hier? Das tut weh. Es gibt keinen besseren Ort als das Sunset.« Er schob die Sonnenbrille zurück auf den Kopf, und zum Vorschein kamen vertraute hellgrüne Augen, die sich von seiner gebräunten Haut absetzten. »Was hat dein Hotel, was das Sunset nicht hat?«

In seine Augen zu sehen, war, als würde ich in den Spiegel schauen. Unsere Augen hatten die gleiche Farbe. Wenn man zehn Leute, die mich kannten, nach meiner Augenfarbe fragte, würde man fünf verschiedene Antworten bekommen. Sie waren nicht blau und auch nicht grün, sondern irgendetwas dazwischen. An einem bewölkten Tag könnte man sie sogar als grau bezeichnen. Als ich jünger war, wusste ich nie, welches Kästchen ich ankreuzen sollte, wenn in einem Formular nach der Augenfarbe gefragt wurde – doch als Teenager entschied ich mich für Grün und machte es mit meinem Führerschein und meinem Pass offiziell. Ich weiß nicht, wie oft ich hörte, dass jemand sagte, er habe noch nie eine solche Augenfarbe gesehen. Und ehrlich gesagt, ich auch nicht. Bis jetzt.

Aber ich war die Einzige, die es bemerkte. Denn während ich wie betäubt war und ihn nur anstarren konnte, schien der Mann mit meinen Augen auf etwas zu warten.

Mist. Was hatte er gefragt?

Etwas wegen des Sunsets?

»Tut mir leid, was hast du gefragt?«

»Was dein Hotel hat, was dieses nicht hat? Aber lass mich dir stattdessen sagen, was dieses hat, was deins nicht hat.«

»Okay …«

Er zeigte mit zwei Daumen selbstbewusst auf sich selbst. »Alex Stewart.«

Die Bestätigung seiner Identität traf mich wie ein Schlag. »Alex … Stewart?« Aus irgendeinem Grund kam es wie eine Frage heraus.

»Klingt hübsch aus deinem Mund. Und du bist?«

Mein Herz pochte, und auf meiner Stirn bildete sich ein Schweißfilm. Wusste er, wie meine Mutter mich genannt hatte? Sollte ich mir einen falschen Namen ausdenken?

Er stand so nah vor mir und beobachtete mich so aufmerksam, dass mir nicht viel Zeit zum Überlegen blieb. Also entschied ich mich für die Wahrheit und sagte es ihm vielleicht, ohne es ihm zu sagen.

»Ich heiße Nora Sutton.«

Ich hielt den Atem an und wartete darauf, dass sich etwas in seinem Gesicht regte – Überraschung, Schock, Verwirrung, oder auch ein vages Gefühl der Vertrautheit. Aber … nichts. Also legte ich etwas nach.

»Eigentlich heiße ich Eleanor Sutton. Ich wurde nach meiner Großmutter benannt. Aber niemand nennt mich Eleanor. Nicht seit meine Mutter gestorben ist. Na ja, außer meine Freundin Louise manchmal. Aber ich selbst nenne mich Nora.«

Er zuckte nicht einmal mit der Wimper.

Kein Blinzeln.

Ganz sicher blieb ihm nicht vor Schreck der Mund offen stehen.

Nichts …

Ich spürte eine große Leere in mir.

Mein eigener Vater erkannte mich nicht. Weder am Gesicht. Noch am Namen. Selbst wenn man fast dreißig Jahre lang keinen Kontakt zu seinem Kind hatte, wie konnte man seinen Namen vergessen, wenn man ihn einmal gehört hatte?

»Du bist also allein hier, Eleanor – Nora Sutton?«, fragte er.

Ich schüttelte den Kopf. »Ich reise mit einer Freundin.«

»Ist sie so hübsch wie du?«

O Gott. Flirtet er etwa mit mir? Als er vorhin zu mir gekommen war, hatte er mich mit Schönheit angesprochen. Das hatte ich damit abgetan, dass man das als freundlicher Barkeeper hier auf der Insel vermutlich so sagte. Aber jetzt begann sich die Leere, die ich in mir spürte, mit Wut zu füllen.

»Ja«, antwortete ich. »Und sie ist eher in deinem Alter.«

Meine Hand lag locker auf der Theke. Alex streckte seinen Arm aus und strich mit dem Finger darüber. Meine Wut erreichte den Siedepunkt.

»Bist du verheiratet, Alex?«

»Lass uns doch den Moment nicht verderben, Babe.«

Wie eklig. Dennoch brachte ich ein Lächeln zustande. Es war ein böses Lächeln mit zusammengebissenen Zähnen, aber ein Mann, der den Namen seiner eigenen Tochter nicht erkannte, war sicher zu unaufmerksam, um es zu bemerken.

»Hast du Kinder?«, fragte ich.

»Nein.«

»Warum nicht?«

»Ich wollte nie welche haben.«

Das war ein Schlag in die Magengrube. Meine Gefühle wechselten von traurig zu wütend und wieder zurück zu traurig wie bei einem Ping-Pong-Spiel.

»Wie lange bleibst du in der Stadt?«, fragte er.

»Nur die Nacht.«

»Wie wäre es, wenn ich dir die Insel zeige?«

Ich kniff die Augen zusammen. »Ist das ein Service, den du

anbietest? Jede Person, die hier vorbeikommt, bekommt eine kostenlose Tour über die Insel?«

Das Arschloch schien unser Geplänkel zu genießen. Er setzte ein schmieriges Lächeln auf.

»Nur die schönen. Also, was sagst du? Ich kann jemanden finden, der mich vertritt. Vor der Tür steht mein offener Jeep.«

»Nein, danke.« Ich stand auf. Das war ein Fehler gewesen. Ein Riesenfehler.

»Wohin gehst du? Du hast deinen Cocktail ja nicht einmal angerührt.«

»Irgendwohin, wo es bessere Gesellschaft gibt.« Ich wandte mich ab, blieb aber stehen und drehte mich noch mal um.

»Weißt du was? Du solltest mehr Respekt vor Frauen haben. Ein Mann in deinem Alter sollte auf eine Frau aufpassen, die allein an der Bar sitzt, und sie nicht ausnutzen.«

Alex verzog das Gesicht. »Ihr seid alle gleich. Hübsche Mädchen, die kostenlose Drinks erwarten und nicht bereit sind, im Gegenzug etwas dafür zu tun. So läuft das nicht, Babe.«

Meine Augen weiteten sich, und ich war so wütend, dass ich nicht mehr klar denken konnte. Ich griff nach der noch unangerührten Piña Colada und schüttete ihm den Inhalt des Glases ins Gesicht. »War nett, dich kennenzulernen, Alex Stewart.«

Bevor er sich das eiskalte Getränk aus den Augen wischen konnte, war Beck neben mir, sprang über die Theke und packte meinen Vater am Schlafittchen.

Oh, Mist.

Er sah aus, als wollte er ihn umbringen.

»Beck, nein!«

Wut sickerte aus seinen Poren. »Was zum Teufel hat dieser Kerl dir angetan?«

Ich wedelte mit den Händen. »Nichts. Lass uns einfach gehen.«

Als Beck den Griff um Alex nicht lockerte, lehnte ich mich über die Theke und fasste ihn an der Schulter.

»Beck, bitte. Es ist alles in Ordnung. Ich will nur hier weg.«

Er ließ meinen ahnungslosen Vater los und nickte ihm zu. »Du hast verdammtes Glück, Kumpel.«

Mein Vater stand wortlos da und wischte sich das Getränk aus dem Gesicht, während Beck zurück über die Theke sprang.

»Bist du sicher, dass alles okay ist?«, fragte er.

Ich schüttelte den Kopf. »Ich will einfach nur hier weg.«

Er legte einen Arm um meine Taille und lotste uns zurück durch das Hotel. Keiner von uns sagte ein Wort, während wir in die Lobby hinaufgingen und darauf warteten, dass der Parkservice Becks Mietwagen brachte. Schweigend stiegen wir ein und fuhren los, dabei umklammerte Beck das Lenkrad derart fest, dass seine Knöchel weiß hervortraten. Wir waren etwa eineinhalb Kilometer gefahren, als er auf dem Parkplatz eines mit Brettern vernagelten Waschsalons anhielt.

Er stellte den Schalthebel auf Parken und drehte sich mit angespanntem Kiefer zu mir um. »Was ist passiert? Bist du sicher, dass du okay bist?«

Ich hatte es geschafft, die Gefühle der letzten Stunde zu verdrängen. Aber jetzt stiegen sie alle auf einmal an die Oberfläche. »Er … hat mich angemacht«, sagte ich mit zitternden Lippen.

Becks Gesichtsausdruck war geradezu mörderisch, und er murmelte eine Reihe von Flüchen.

Ich kämpfte gegen das Brennen der Tränen an. »Ich habe ihm meinen Namen genannt – er hat ihn nicht einmal erkannt. Wie kann ein Mann nicht den Namen seines Kindes erkennen? Selbst wenn er ihn nur ein Mal in seinem Leben gehört hat. Mein Name ist Eleanor. Schließlich heiße ich nicht Katelyn oder Ashley.« Tränen traten mir in die Augen. »Wie viele Eleanors kennst du?«

Beck sagte kein Wort. Sein Blick folgte einer Träne, die mir über die Wange lief. Dann stieg er abrupt aus dem Wagen und kam auf meine Seite. Er öffnete die Beifahrertür und hielt mir die Hand hin. Als ich ebenfalls ausgestiegen war, schloss er mich in die Arme. Es erschreckte mich zu Tode, aber es war auch genau das, was ich brauchte. Mein unabhängiges Ich wollte sich von ihm freimachen und ihm sagen, dass es mir gut ging und es keine große Sache war. Aber der Teil von mir, den nur wenige kannten, brauchte das sehr.

Jeder Schmerz, den ich in den letzten elf Jahren wegen eines Vaters empfunden hatte, der mich nicht wollte, stieg an die Oberfläche. Und ich weinte. Und weinte. Schluchzend rang ich um Atem, während mir der Schnodder aus der Nase lief. Beck hielt mich so fest, dass ich morgen wahrscheinlich blaue Flecken haben würde. Aber das war mir egal. Als das Schluchzen endlich nachließ, rückte er von mir ab und sah mich an.

»Ist es jetzt raus?«

Ich lachte den letzten Rest meiner Gefühle weg. »Ja. Und es ist überall auf deinem Hemd.«

Beck lächelte. »Schon okay. Ich hab noch eins.«

Er lockerte seinen Griff, ließ mich aber erst los, als sich meine Atmung wieder normalisiert hatte.

»Willst du darüber reden?«

Ich schüttelte den Kopf. »Eigentlich nicht. Es gibt nicht viel mehr zu sagen als das, was du bereits weißt.«

»Das Angebot beschränkt sich nicht darauf, über das zu sprechen, was gerade passiert ist.«

Ich zwang mich zu einem Lächeln. »Danke. Aber ich glaube, ich bin okay.«

Beck stemmte die Hände auf die Hüften. »Was willst du tun? Willst du zurück ins Hotel?«

Ich schüttelte den Kopf. »Komm, wir betrinken uns in irgendeiner Spelunke.«

In Becks Gesicht erschien ein Lächeln. »Na, das ist mal ein Wort …«

12. Kapitel

Beck

»Wir sollten vielleicht ein paar Regeln aufstellen, bevor ich betrunken bin.« Nora hatte Schluckauf und legte eine Hand auf ihren Mund.

Ich hob eine Braue. »Bevor?«

Sie zuckte die Schultern. »Wie auch immer. Betrunkener? Ist das ein Wort? Klingt komisch. Betruuuuunkenerrrrrr. Bin ich eine Betrunkenere?«

Ich lachte. Nora und ich hatten eine Bar in der Nähe gefunden, allerdings keine »Spelunke«. Eigentlich hatte sie nicht einmal Wände. Etwa eineinhalb Kilometer von dort entfernt, wo wir angehalten hatten, wies ein handgemaltes Holzschild an der Straße auf eine Strandbar hin. Ich folgte ihm über einen holprigen Weg, bis wir einen Laden erreichten, der im Grunde nur aus einer metallenen Markise bestand, unter der ein Einheimischer mit einem Dutzend Schnapsflaschen stand. Er hatte ein paar alte Liegestühle in den Sand gestellt und spielte Musik aus einem etwa dreißig Jahre alten Ghettoblaster. Es war perfekt. Ich hatte einen Drink genommen, Nora zwei, und da sie nur halb so viel wog wie ich, war sie momentan vollkommen unbeschwert.

»Welche Regeln wolltest du aufstellen, Betrunkenere?«

Wieder meldete sich ihr Schluckauf, und sie wedelte mit dem Zeigefinger vor meinem Gesicht herum. »Kein Knutschen. Manchmal, wenn ich beschwipst bin, werde ich geil.«

»Ich dachte, ich hätte bereits deutlich gemacht, dass das nicht mein Stil ist. Schließlich bin ich am ersten Abend nicht auf deine Einladung eingegangen, weil ich dachte, du hättest zu viel getrunken. Und da wusste ich noch nicht einmal, dass du die Gefährtin meiner Großmutter bist.«

Nora saugte ihren Bahama Mama durch einen Strohhalm. »Um dich mache ich mir keine Sorgen.«

»Willst du damit sagen, dass du glaubst, du könntest dich in meiner Gegenwart nicht beherrschen, Eleanor?«

Sie runzelte die Stirn. »Eleanor. Wie konnte er sich nicht an ein Kind namens Eleanor erinnern?«

»Das ist sein Pech, Süße.«

»Danke, dass du das sagst.« Sie blickte auf den Ozean hinaus. »Ich verstehe nicht, dass ich das Gefühl haben kann, etwas zu vermissen, nachdem ich in meinem Leben doch so viel Liebe von William bekommen habe.«

»Ich denke, es ist ganz normal, dass man neugierig ist und wissen will, woher man kommt.«

Ich war auch neugierig, woher sie kam, doch das sagte ich ihr nicht. Aus irgendeinem beschissenen Grund wollte ich den Stiefvater kennenlernen, von dem sie so begeistert war. Das war nicht normal für mich. Wenn ich seit meiner Scheidung ein paar Mal mit einer Frau ausgegangen war und sie sagte irgendwann, ich solle ihre Eltern kennenlernen, ergriff ich die Flucht. Und jetzt war ich derjenige, der daran dachte.

Nora schüttelte den Kopf. »Ich habe es ihm nicht gesagt. William, meine ich. Er weiß nicht, dass ich mich bei 23andMe angemeldet und meinen Vater – ich meine, meinen Samenspender – gefunden habe. Ich wollte nicht, dass er das Gefühl bekommt, er habe mir nicht genügt. Denn das stimmt nicht. Er war ein toller Vater.«

»Dann braucht er es nicht zu wissen. Aber es hört sich so an, als wäre er ein Mensch, der es sowieso verstehen würde.«

Sie seufzte. »Verbringst du viel Zeit mit deiner Tochter?«

»Ihre Mutter und ich teilen uns das Sorgerecht. Maddie ist also abwechselnd eine Woche drei Nächte bei mir und eine Woche vier.«

»Wow. Du badest sie also und machst Abendessen für sie und den ganzen Haushaltskram?«

»Ich habe eine Babysitterin, die sie nachmittags von der Schule abholt und die sich unter der Woche auch meist ums Abendessen kümmert. Aber ich koche, wenn ich Maddie am Wochenende habe.«

Nora lächelte. »Erzähl mir von ihr. Nimmt sie Tanzunterricht und trägt ein Tutu? Ist sie genauso arrogant wie ihr Vater?«

»Maddie hat ihren eigenen Kopf. Sie interessiert sich weniger fürs Tanzen als für Pfadfinderinnenabzeichen.«

»Oh, sie ist Pfadfinderin?«

Ich schüttelte den Kopf. »Nope. Sie hat kein Interesse daran, bei den Brownies oder Pfadfindern mitzumachen, aber sie ist besessen davon, sich Abzeichen zu verdienen. Vor etwa einem Jahr hat sie einen Film über ein kleines Mädchen gesehen, das Pfadfinderin war und versuchte, ein Wildnis-Abzeichen zu bekommen. In der darauffolgenden Woche kam sie mit einem Buch mit allen Abzeichen aus der Bibliothek nach Hause. Es gibt einhundertfünfunddreißig dieser verdammten Dinger, kannst du dir das vorstellen? Und meine Tochter ist wild entschlossen, sich jedes einzelne davon zu verdienen. Louise hat ihr sogar einen kompletten Satz aller Abzeichen besorgt. Ich weiß nicht, wo sie die herhat. Ich würde ihr glatt zutrauen, einen Pfadfinderführer zu überfallen, um Maddie glücklich zu machen. Aber ich würde sie am liebsten umbringen, weil sie das Horn-Abzeichen nicht herausgenommen hat. Um das zu verdienen, muss man zehn Hornrufe spielen können. Der Zapfenstreich, von einer Sechsjährigen gespielt, ist ziemlich quälend.«

Nora hielt sich den Mund zu. »O mein Gott. Das ist saukomisch. Wer entscheidet denn, ob sie die Abzeichen verdient hat, wenn sie nicht bei den Pfadfindern ist?«

»Das bin dann ich.«

»Wie viele hat sie bis jetzt?«

»Ich glaube, wir sind jetzt bei siebzehn. Im Herbst werden wir campen, damit sie ihr Wildnis-Abzeichen machen kann. Ich habe aufblasbare Matratzen gekauft, aber mir wurde gesagt, dass wir in Schlafsäcken auf dem Boden nächtigen müssen. Auf diesen Teil freue ich mich nicht.«

In Noras Augen trat ein warmer Ausdruck. »Du bist wie William – äußerlich ein großer, harter Kerl, aber innerlich total weich.«

»Das würdest du nicht sagen, wenn du wüsstest, wie ich sie beim Erfindungs-Abzeichen enttäuscht habe.«

»Warum hast du sie enttäuscht?«

»Sie hat Einlagen erfunden, die man in die Schuhe steckt, um die Füße warm zu halten.«

Nora legte die Stirn in Falten. »Du meinst wie Socken?«

Ich verzog keine Miene. »Ganz genau. *Socken.*«

Wir lachten, und ich schüttelte den Kopf. »Wahrscheinlich sollte ich froh sein, dass sie ihr anderes Hobby aufgegeben hat, das sie hatte, bevor sie mit den Pfadfinderinnen-Abzeichen angefangen hat.«

»Was war das für ein Hobby?«

»Das Durchsuchen von Immobilienangeboten.«

»Ganz normale Immobilienanzeigen?«

»Ja. Sie hat sich stundenlang die Listen mit den Fotos angesehen. Manchmal entdeckte sie etwas, das wir zu Hause nicht haben, und ärgerte sich, wenn ich es nicht in unsere Wohnung einbauen wollte.«

»Was zum Beispiel?«

»Tja, sie wollte, dass ich eine Hundewasch-Station einbaue.«

»Das könnte zumindest nützlich sein.«

»Wir haben aber keinen Hund.«

Nora lachte. »O mein Gott.«

»Was du nicht sagst. Ein anderes Mal bat sie mich, ein Pissoir anzubringen. Ich weiß nicht, was sie damit vorhatte.«

»Sieht Maddie so aus wie du?«

»Sag du es mir …« Ich rief ein Selfie auf, das sie letzte Woche gemacht hatte, und hielt Nora das Display hin.

»Ach du meine Güte.« Sie nahm mir das Handy aus der Hand. »Diese blonden Locken.«

»Die hat sie von ihrer Mutter.«

»Aber sie hat deine aquamarinblauen Augen. Und deine schönen vollen Lippen. Sie ist wunderschön, Beck.«

»Danke. Sie hält mich auf Trab.«

»Das glaub ich dir sofort.« Sie reichte mir das Handy zurück. »Maddie klingt nach einem tollen Mädchen. Und übrigens, ihr Vater scheint auch ziemlich toll zu sein.« Nora hob ihren Drink, der zu drei Vierteln ausgetrunken war, und brachte einen Toast aus. »Auf gute Väter.«

Ich lächelte. »Und auf die kleinen Mädchen, die uns zu besseren Männern gemacht haben.«

Nora leerte ihren Drink und nahm noch einen. Danach begann sie zu lallen.

»Was hältst du davon, wenn wir zurück ins Hotel fahren?«, fragte ich.

Sie lehnte sich nah zu mir vor. »Willst du mit auf mein Zimmer kommen?«

Ich stöhnte und stand auf. »Ja. Aber das werde ich nicht tun. Ich denke, du hast für heute genug von Mistkerlen.«

Sie streckte die Hand aus. »Hilfst du mir auf?«

Das tat ich, und als sie aufstand, fiel sie nach vorn und schlang die Arme um meinen Hals. Dabei drängte sie ihre herrlichen Brüste an mich. »Wie wäre es, wenn ich dich einfach befriedige?«, flüsterte sie. »Dann würdest du mich nicht ausnutzen.«

In einem schwächeren Moment wäre ich dieser Logik vielleicht gefolgt. Aber Nora war ziemlich betrunken. »Nichts würde ich lieber tun, aber darauf muss ich ein anderes Mal zurückkommen.«

Zur Antwort leckte sie eine Linie von meinem Halsansatz bis zu meinem Ohr. Ich stöhnte erneut auf. »Ich muss dich unbedingt an einen sicheren Ort bringen. Zum Beispiel hinter eine Stahltür.«

Da ich auch getrunken hatte, fragte ich den Mann, der die improvisierte Bar betrieb, ob es in Ordnung sei, den Mietwagen bis morgen früh hier stehen zu lassen, und ob er uns ein Taxi rufen könne. Prompt zog er ein Holzschild mit der Aufschrift *Bin in fünf Minuten wieder da* aus seinem Rucksack und bat uns, ihm zu folgen. Dann fuhr er uns für acht Dollar zum Hotel.

Auf dem Weg durch die Lobby und mit dem Aufzug zu ihrem Zimmer legte ich einen Arm um Noras Taille. Sie brauchte drei Versuche, um mit der Zimmerkarte die Tür zu öffnen, aber schließlich schaffte sie es.

Ich wartete im Eingang, um mich zu vergewissern, dass sie klarkam.

»Bleibst du, bis ich eingeschlafen bin?«, fragte sie. »Ich werde dich auch nicht überfallen, versprochen.«

Es war keine gute Idee, sich mit dieser hinreißenden Frau in einem Zimmer aufzuhalten, in dem nicht viel mehr als ein Bett stand. Doch bei dem Versuch, eine ihrer Sandalen auszuziehen, taumelte sie, und ich war mir nicht so sicher, ob ich sie allein lassen sollte. Also ließ ich die Tür hinter mir ins Schloss fallen.

Nora setzte sich aufs Bett und hob ein Bein. »Kannst du mir den ausziehen?«

Ich schluckte, kniete mich aber ans Fußende des Bettes und öffnete ihr die Sandale. Sie grub ihre Finger in mein Haar und begann, meine Kopfhaut zu massieren. Es fühlte sich gut an, und ich stellte mir unwillkürlich vor, wie schön es wäre, wenn sie an meinen Haaren reißen würde, während ich mein Gesicht zwischen ihren Beinen vergrub. Als ich mich dabei erwischte, wie ich mich näher zu ihr vorbeugte, zog ich ihr schnell den Schuh aus und stand auf.

»Meinst du, du kommst zurecht? Ich muss wirklich gehen.«

Sie schmollte. »Warum?«

»Weil ich fürchte, nicht so ein Gentleman zu sein, wie ich gern glauben würde.«

»Ich zieh mich nur noch schnell um, dann kannst du mich zudecken und gehen.«

Nora torkelte zum Bad und verschwand für ein paar Minuten. Mit einem T-Shirt der LA Dodgers mit V-Ausschnitt, dessen Saum kaum ihren Hintern bedeckte, kam sie wieder heraus. Und ein Blinder hätte nicht übersehen können, dass sie ihren BH ausgezogen hatte.

Als sie das Zimmer durchquerte, wich ich ein paar Schritte

zurück, dann stieg sie ins Bett. Sie drehte sich auf die Seite, schob die Hände unter ihre Wange und schloss die Augen. »Du kannst mich jetzt zudecken.«

Ich schüttelte den Kopf und grummelte vor mich hin. Nichtsdestotrotz ging ich zum Bett, zog die Decke hoch und küsste sie auf die Stirn. »Die Dodgers sind übrigens Mist.«

»Sie sind das beste Baseball-Team.«

»Das sind die Yankees, Süße.«

Sie grinste albern. »Willst du darüber streiten?«

»Auf keinen Fall.« Ich lachte. »Gute Nacht, Nora.«

»Gute Nacht, Beck. Ich bin dir was schuldig.«

»Ich bezweifle, dass ich jemals so betrunken sein werde, dass ich zugedeckt werden muss.«

Sie lächelte. »Ich meinte nicht, dass ich dich zudecke. Ich meinte, ich schulde dir einen Blowjob.«

Als ich die Tür erreichte, konnte ich bereits ihr leises Schnarchen hören. Darum hörte Nora meine letzten Worte nicht mehr.

»Den werde ich mir schon sehr bald abholen, Süße.«

13. Kapitel

Beck

Es war schon zu lange her.

In der darauffolgenden Woche zwang ich mich, auszugehen, auch wenn ich überhaupt nicht in der Stimmung war. Doch als ich Chelsea Redmond in einem Kleid sah, durch dessen Seidenstoff sich ihre Nippel abzeichneten, war ich froh, dass sie so hartnäckig gewesen war.

Bei ihrer Rückkehr von der Toilette setzte sie sich neben mich an die Bar und beugte sich vor, um zu flüstern: »So wie du mich gerade angesehen hast, wirkte es, als wolltest du das Abendessen ausfallen lassen.« Sie schenkte mir ein sinnliches Lächeln. »Wenn du willst, ich hab nichts dagegen.«

Ich werde auf jeden Fall Sex haben. Gott sei Dank.

Nicht, dass ich daran gezweifelt hätte, dass Chelsea dazu bereit war. Wir waren schon ein paar Mal ausgegangen, und jedes Mal hatte der Abend auf dieselbe Weise geendet – damit, dass ich mit zu ihr gegangen war. Aber ich hatte mir Sorgen gemacht, dass mir nicht danach zumute wäre.

Ich war in letzter Zeit nicht in der Stimmung gewesen. Na ja, das stimmte nicht ganz. Vielmehr war ich nicht in der Stimmung gewesen, Sex mit einer anderen Frau zu haben. In den letzten Tagen hatte meine rechte Hand diese Aufgabe ziemlich häufig übernehmen müssen – gestern zweimal, nachdem Nora auf ihrem Blog Videos von einem Ausritt auf der Ranch gepostet hatte, die sie und meine Großmutter besuchten. *Auf und ab. Auf und ab.* Verflucht, daran durfte ich jetzt nicht denken, sonst würde ich zur Toilette gehen müssen. Außerdem war ich ein Dreckskerl, wenn ich so etwas tat, während ich mit Chelsea unterwegs war.

Die Kellnerin kam zu uns und teilte uns mit, dass unser Tisch fertig sei. Ich war froh, denn Chelsea war es ernst mit ihrem Angebot gewesen.

»Bleiben wir hier?«, fragte sie.

Ich sah ihr tief in die Augen, nahm ihre Hand, zog sie vom Stuhl hoch und schloss sie in meine Arme. »Ja, ich werde dich zuerst füttern«, flüsterte ich ihr ins Ohr. »Du wirst die Energie später brauchen.«

Chelsea rieb ihre Titten an mir und strahlte mich an. »Ich kann es kaum erwarten.«

Nachdem wir Platz genommen hatten, bestellten wir eine Flasche Wein, und ich hörte mir Geschichten über all die Berühmtheiten an, denen Chelsea seit unserem letzten Treffen begegnet war. Sie war Flugbegleiterin bei einer privaten Fluggesellschaft, die vor allem Menschen aus Hollywood beförderte. Ich interessierte mich nicht sonderlich für Promi-Klatsch, aber ich nickte und versuchte, meine Gedanken nicht zu sehr schweifen zu lassen. Als sie mir gerade eine Geschichte über einen Musiker erzählte, der einen Wutanfall bekommen hatte, weil es nicht die richtige Marke von Mineralwasser an Bord gab, surrte mein Handy auf dem Tisch.

Es lag mit dem Display nach unten. Nicht viele Leute würden mir an einem Freitagabend um neun Uhr eine Nachricht schicken. Mein Bruder Jake vielleicht – aber der würde höchstwahrscheinlich jetzt schon feiern. Also drehte ich das Handy um. Auf dem Display blinkte Noras Name auf.

Wahrscheinlich nur ein weiteres Video oder ein paar Bilder von Gram. Nora war die letzte Person, von der ich eine Nachricht öffnen sollte, während ich ein Date hatte. Seit ich von den Bahamas zurückgekehrt war, hatte ich genug Probleme, sie aus meinem Kopf zu bekommen.

Ich werde sie nicht öffnen.

Konzentriere dich auf dein Date – auf die willige und sehr geschickte Frau, die vor dir sitzt.

Ich richtete den Blick wieder auf Chelsea, auf die cremefarbene Haut an ihrem zarten Hals und auf all die Dinge, die ich in ein paar Stunden mit ihr anstellen würde. Doch dann summte mein Handy erneut. Und ich konnte mich nicht beherrschen, auf Noras Namen zu starren.

Chelsea deutete auf mein Handy. »Musst du da rangehen? Wer ist Nora?«

Ich wollte nicht, dass sie sich schlecht fühlte, also nutzte ich die Wahrheit zu meinem Vorteil. »Sorry. Sie ist die Frau, die mit meiner Großmutter reist.« Mir wurde klar, dass ich Chelsea nie erzählt hatte, dass meine Großmutter krank war, oder dass sie mich großgezogen hatte. So eine Beziehung hatten wir nicht. Also fügte ich hinzu: »Meine Großmutter hat gesundheitliche Probleme.«

»Oh, das tut mir leid. Warum gehst du dann nicht ran?«

Na toll. Jetzt drängte mich die Frau, der ich meine Aufmerksamkeit schenken sollte, dazu, mich bei der Frau zu melden, auf die ich mich nicht konzentrieren sollte. Ich schüttelte den Kopf. »Sorry. Es dauert nur eine Minute.«

Ich wischte über das Display und sah ein paar Bilder – meine Großmutter mit Cowboyhut auf einem Pferd, meine Großmutter, die ein Lasso über dem Kopf schwang, während sie mit einem Stier in einem Pferch stand, einige Aufnahmen, auf denen sie lachte und Marshmallows an einem Lagerfeuer röstete –, doch es war das letzte Bild, das mich umhaute. Nora saß auf einem Holzzaun, trug schwarze Chaps mit Fransen und einen passenden Cowboyhut. Sie strahlte von einem Ohr zum anderen, und ich konnte nicht aufhören, sie anzustarren. Als Chelsea mich unterbrach, war ich etwas gereizt.

»Was sind das für Bilder?«, fragte sie.

»Nur ein paar Bilder, wie sie ausreiten und so. Sie sind auf einer Ranch in Montana.«

»Ich dachte, du hättest gesagt, deine Großmutter sei krank?«

Ich hatte gesagt, dass sie gesundheitliche Probleme habe, nicht, dass sie krank sei. Aber ich hatte auch keine Lust, ihr zu erklären oder mitzuteilen, was los war. »Sieht aus, als ginge es ihr besser.«

Chelsea lächelte. »Wie schön. Darf ich mal sehen?«

Ich zog die Brauen zusammen.

Sie wies auf das Handy. »Die Bilder von deiner Großmutter.«

»Ah. Ja. Klar.«

Ich hatte keine Lust, sie ihr zu zeigen, aber ich wischte zurück zum ersten Bild und drehte das Handy so, dass sie es sehen konnte. Chelsea riss mir das Handy aus der Hand, wischte durch alle Bilder und blieb ebenfalls beim letzten hängen.

»Wer ist das?«

»Nora. Die Freundin meiner Großmutter.«

Chelsea sah zu mir hoch. »Sie ist wunderschön.«

Ich zuckte die Schultern und versuchte, das Gespräch auf ein anderes Thema zu lenken. Zum Glück kam in diesem Moment der Kellner und erledigte das für mich. Ich nahm Chelsea das

Handy aus der Hand, und als wir bestellt hatten, schien mein Date die Fotos ganz vergessen zu haben. Sie plapperte weiter von irgendwelchen Promis.

Aber die Bilder gingen mir nicht aus dem Kopf – nicht während des Essens und auch nicht danach, als Chelsea mich zu sich nach Hause einlud.

Eigentlich wollte ich unbedingt mit zu ihr gehen. Schließlich hatte ich schon ewig keinen Sex mehr gehabt. Doch der Zug war abgefahren. Es machte mich unglücklich, aber ich musste ablehnen.

»Ich muss früh aufstehen, also werde ich lieber nach Hause fahren.«

Chelsea sah genauso verwirrt aus, wie ich mich fühlte. »Ehrlich?« Sie schob die Unterlippe vor und schmollte. »Komm für ein oder zwei Stunden mit. Es ist doch erst halb elf.«

»Vielleicht ein anderes Mal?«

Sie zuckte die Schultern. »Na, es ist wohl ein gutes Zeichen, dass wir ausgegangen sind, auch wenn du nicht darauf aus warst, Sex zu haben. Ich dachte schon, du wärst nur an einer Sache interessiert.«

Mist. Jetzt dachte sie zu allem Überfluss, ich sei an mehr als nur an Sex interessiert, obwohl ich nicht einmal mehr daran interessiert war. Nach heute Abend würde ich die Sache ganz beenden müssen. Doch im Moment hatte ich keine Lust auf dieses Gespräch. Ich wollte nur noch nach Hause.

»Ich besorge uns ein Taxi und setze dich zuerst ab.«

Eine halbe Stunde später warf ich meine Schlüssel auf den Küchentisch. Bitsy, Grams Hund, begrüßte mich mit dem üblichen Knurren und Bellen und rannte dann den Flur hinunter zu Maddies Zimmer, obwohl meine Tochter erst in ein paar Tagen wieder hier sein würde.

Ich war nicht müde, also ging ich zum Schrank und schenkte mir zwei Finger breit Whiskey ein. Ich zog mir die Schuhe aus, legte die Füße auf den Couchtisch und griff nach der Fernbedienung. Beim Herumzappen fand ich nichts Interessantes, also schaltete ich den Fernseher wieder aus und nahm mein Laptop, um stattdessen meine Termine für morgen zu checken. Aber es erschien die letzte Website, die ich besucht hatte – Noras Blog.

Toll. Einfach toll.

Sie hatte ein weiteres Video gepostet.

Wahrscheinlich noch mehr vom Reiten. Denn die Stunde, die ich mir bereits das dreißigsekündige Video angeschaut hatte, in dem sie *auf und ab, auf und ab* hüpfte, war nicht genug. Die Frau war eine Bedrohung. Ich musste das Video ignorieren, meinen Suchverlauf aus dem Speicher meines Laptops löschen und ihre Website blockieren.

Ja, genau das werde ich tun.

Ich nahm einen großen Schluck Whiskey und starrte auf den Bildschirm.

Ach, wem will ich hier eigentlich etwas vormachen?

Ich hatte eine sichere Sache sausen lassen, um nach Hause zu gehen, weil ein Bild mich abgelenkt hatte. Auf keinen Fall würde ich mir dieses Video entgehen lassen. Also hörte ich auf, dagegen anzukämpfen und spielte es ab.

»Hallöchen.« Nora lächelte in die Kamera. »Na, wie klingt das? Mir gefällt das irgendwie. Es ist freundlicher als das Kinn zu heben und zu fragen *Was geht*, wie in New York, findet ihr nicht auch? Na egal … für diejenigen, die unseren Vlog zum ersten Mal sehen, willkommen zu *Lebe als würdest du sterben*, Folge 18 – eine Dokuserie über das außergewöhnliche Ende von Louise Asters Leben. Wenn Sie mehr über Louises Diagnose und Behandlungsentscheidungen wissen möchten …« Nora zeigte nach unten, und auf dem Bildschirm erschienen einige Wörter. »Klick einfach auf *Lebe als würdest du sterben*, Folge eins, die sich unten auf dem Bildschirm befinden sollte. Wenn ihr unsere Serie bereits kennt, wisst ihr, dass Louise intensiv ihr Leben genießt – jeden Tag so, als könnte es ihr letzter sein –, und das war an den letzten beiden Tagen nicht anders. Diese Woche sind wir in Montana auf der Sunny Acres Ranch, um Pferde zu reiten und Rinder zu treiben, etwas, das wir in New York City nicht allzu oft tun können. Wir hoffen, ihr findet diese neuen Videos inspirierend, und fangt an, so zu leben, als könnten es eure letzten Tage sein. Also, ohne weitere Umschweife – ach, Moment.« Sie hielt einen Finger hoch. »Bevor ich mit den Highlights weitermache, möchte ich euch zeigen, was Louise und ich heute im Souvenirladen gekauft haben.« Nora setzte die Kamera ab und hielt ihre Jacke auf. Sie trug ein rosa T-Shirt, auf dem stand: Der okayste Reiter der Welt.

Sie sprach mit einer Person im Off und winkte sie heran. »Hey. Ich möchte unseren Followern dein neues T-Shirt zeigen. Komm mal her.«

Meine Großmutter trat zu ihr, öffnete ihre Jacke und grinste wie ein Honigkuchenpferd. Ihr T-Shirt war ebenfalls rosa, aber auf diesem stand: *Rette ein Pferd. Reite einen Cowboy.*

Ich lachte. *Typisch.*

Danach gab es etwa zehn Minuten lang Aufnahmen von Gram beim Reiten, wie sie mit dem Lasso Stiere einfing, mit Pfeil und Bogen auf eine Zielscheibe schoss und ins Schwarze traf. Sogar ich musste lächeln. Es war verdammt inspirierend, das zu sehen, vor allem, wenn man ihr Alter kannte und wusste, wie sehr der Krebs ihrem Körper zugesetzt hatte.

Nachdem die Videos fertig waren, erschien Nora wieder auf dem Bildschirm.

»Ich habe eine Menge E-Mails von Leuten erhalten, die für eine Wohltätigkeitsorganisation spenden wollen, die Abenteuer am Ende des Lebens unterstützt.« Diesmal zeigte sie nach oben, und über ihrem Kopf blinkten Worte auf. »Also habe ich ein paar Links zu tollen Organisationen für diejenigen unter euch hinzugefügt, die etwas spenden wollen. Ihr könnt sogar im Namen eines geliebten Menschen spenden.« Sie winkte in die Kamera. »Das war's für heute. Schaut bald wieder vorbei, um weitere Abenteuer zu erleben, und denkt daran – lebt jeden Tag so, als wäre es euer letzter!«

Der Bildschirm blieb auf Noras lächelndem Gesicht stehen. Ich trank meinen Whiskey aus und genoss den Anblick. Ich nahm mein Handy in die Hand, um Nora zu antworten und zu hören, wie es Grams Husten ging. Ich hatte nicht auf ihre Fotos von vorhin geantwortet, also fing ich dort an.

Beck:
Tolle Bilder. Danke fürs Schicken. Wie geht es
Grams Husten?

Ein paar Sekunden später vibrierte mein Telefon.

Nora:
dhr's geehhts bessed

Ich stutzte und schrieb zurück.

Beck:
Wird zur Essenszeit Wein serviert?

Eine Minute verging, dann klingelte mein Telefon. Nora.

»Hallo?«

»Hey. Das tut mir leid. Mein neues Handy ist kaputt. Ich bin draußen, und es ist ziemlich dunkel. Aus irgendeinem Grund leuchtet es auf, wenn Nachrichten reinkommen, aber nicht, wenn ich eine Antwort schicken will. Ich habe geraten, wo die Tasten sind. Ist mir wohl nicht ganz so gut gelungen, oder?«

»Sagen wir es mal so: Ich dachte, du wärst betrunken.«

Nora lachte, und meine Brust brannte. *Ich muss von dem Wein beim Abendessen Sodbrennen bekommen haben.*

»Ihr Husten ist ungefähr gleich geblieben«, berichtete Nora. »Nicht besser, aber auch nicht schlechter. Er hält sie aber eindeutig nicht auf. Es fällt mir schwer, diese Woche mit ihr Schritt zu halten.«

Im Hintergrund lief Musik. Anfangs war sie ziemlich laut gewesen, aber jetzt wurde sie leiser. Vielleicht war Nora in einer Bar und nach draußen gegangen.

»Wo bist du?«

»Bei einem Lagerfeuer. Die Ranch, auf der wir wohnen, macht jeden Abend eines. Es ist ziemlich beeindruckend. Das größte Feuer, das ich je gesehen habe, und dann machen einige der Cowboys Musik.«

»Klingt nach Spaß.«

Sie lachte. »Ich wette, du würdest es schrecklich finden. Aber deine Tochter könnte sich hier bestimmt ihr Wildnis-Abzeichen verdienen.«

Im Hintergrund hörte ich eine Männerstimme. »Da bist du ja. Ich hab dich schon gesucht.«

»Warte mal kurz, Beck, okay?«

»Ja.«

Das Gespräch war gedämpft, aber ich konnte trotzdem hören, was sie sagten.

»Ist alles in Ordnung mit Louise?«, fragte Nora.

»Ihr geht's gut«, sagte der Mann. »Ich hab dich gesucht, weil ich dich fragen wollte, ob du mit zu einer Weide nicht weit von hier reiten willst. Das ist der beste Ort, um Sterne zu sehen in ganz Montana.«

»Oh, das klingt gut. Wann brecht ihr auf?«

»Wann immer du willst. Ich hatte gehofft, dass nur wir zwei reiten.«

»Oh …«

»Sorry«, sagte der Mann. »Ich hab nicht bemerkt, dass du telefonierst.«

»Ich bin in einer Minute fertig.«

»Keine Eile. Komm, wenn du Lust hast.«

»Danke.«

Ich ballte die Hände zu Fäusten. *Na toll.* Ich verspürte den Drang, den Cowboy ordentlich zu vermöbeln.

Nora meldete sich wieder. »Tut mir leid. Wo waren wir stehen geblieben?«

»Du sagtest, dass der Husten meiner Großmutter so ziemlich unverändert wäre, aber ich frage mich, ob du zu beschäftigt warst, um eine Veränderung zu bemerken.«

»Was soll das heißen?«

»Nichts.« Ich schüttelte den Kopf und hasste mich. »Ich sollte Schluss machen. Pass auf dich auf.«

»Gut. Einen schönen Abend, Beck.« Noras Stimme war von Sarkasmus durchzogen.

Egal. Ich beendete das Gespräch und warf mein Handy auf das Sofakissen neben mir. Dann goss ich mir noch mehr Whiskey ein – dieses Mal füllte ich das Glas zu drei Vierteln.

Obwohl ich schon die Hälfte hinuntergekippt hatte, kochte ich noch immer innerlich, als mein Telefon erneut vibrierte.

Nora:

Ich habe die Einladung des Cowboys abgelehnt. Ich dachte, ich lasse es dich wissen, du schienst um meine Sicherheit besorgt zu sein …

Ich wusste nicht, was mich mehr ärgerte – die Tatsache, dass Nora mich so leicht durchschaute, oder dass sich mein Kiefer entspannte, nachdem ich wusste, dass sie nicht mit einem Cowboy auf eine Weide reiten würde. Natürlich würde ich beides leugnen.

Beck:

Ich war nicht eifersüchtig, falls du das andeuten wolltest.

Nora:

Mmm-hmm …

Beck:

Echt nicht.

Nora:

Er war sowieso nicht mein Typ.

Beck:

Und warum nicht?

Ich nippte an meinem Drink und beobachtete, wie die Punkte auf und ab sprangen.

Nora:

Er hat mich heute gefragt, ob ich jemals daran gedacht hätte, in den Westen zu ziehen. Der Mann ist auf der Suche nach einer Frau.

Beck:

Alles klar. Ich vergaß, dass du nur auf etwas Unverbindliches aus bist.

Nora:

Am liebsten mit jemandem, dessen maßgeschneiderte Hosen nicht das dritte Bein verbergen können, mit dem er herumläuft.

Meine Mundwinkel zuckten. Offenbar brauchte ich nur eine kleine Streicheleinheit für mein Ego, um die eifersüchtige Bestie in mir zu beruhigen.

Beck:

Ich kann in fünf Stunden dort sein.

Nora:

LOL. Angesichts der Tatsache, dass ich mich seit diesem verheirateten Typen nicht mehr auf Tinder getraut habe, könnte ich vielleicht auf dich zurückkommen, wenn du dich weiterhin anbietest.

Ich fühlte mich von Minute zu Minute besser.

Beck:
Jetzt wird es interessant …

Nora:
Was ist mit dir? Hattest du in letzter Zeit irgendwelche Dates?

Beck:
Ich hatte tatsächlich heute Abend eins.

Ich beobachtete, wie die kleinen Punkte hüpften, anhielten und dann wieder anfingen.

Nora:
Wie spät ist es jetzt, ungefähr halb zwölf in New York? Ein bisschen früh, um von einem Date nach Hause zu kommen, oder?

Beck:
Ich hatte heute Abend einfach keine Lust

Nora:
Und warum nicht?

Beck:
War einfach so.

Nora:
Aha …

Dreißig Sekunden später erschien eine weitere Nachricht.

Nora:
Worauf hast du denn heute Abend Lust, Beck?

Ich war aufgeregter bei dem Gedanken an ein bisschen Sexting mit einer Frau, die zweitausend Meilen entfernt war, als bei der Aussicht, mit meinem eigentlichen Date heute Abend nach Hause zu gehen.

Beck:
Da ich ganz allein zu Hause bin und du mein Angebot, einen Flug zu nehmen, abgelehnt hast, könnten mir ein paar Fotos gefallen …

Nora:
Welche Art von Fotos?

Der Alkohol tat jetzt eindeutig seine Wirkung. Ich wollte nicht wie ein Mistkerl rüberkommen und ihr sagen, sie solle mir ein paar Nacktfotos schicken – auch wenn es genau das war, was ich wollte. Stattdessen ging ich es vorsichtig an.

Beck:
Das mit dem Bikini und dem Delfin war ganz nett.

Wieder sprangen die Punkte umher, dann blieben sie für ein paar Minuten stehen, bevor mein Telefon erneut vibrierte.

Nora:
Gute Nacht, Beck.

Ich seufzte. Ich hatte es wohl zu weit getrieben.

Eine halbe Stunde später war ich im Bad und zog mich aus, als mein Telefon erneut surrte. Eine Nachricht von Nora, und als ich sie öffnete, erschien ein Video.

Sie filmte sich seitlich vor einem Spiegel stehend und trug die gleichen Lederchaps mit den Fransen wie vorhin. Dann zoomte sie auf ihre untere Hälfte und drehte mir ihr Hinterteil zu.

Herrgott.

Meine.

Güte.

Sie hatte mir buchstäblich ihren Hintern zugewandt, denn sie trug jetzt nur einen Tanga unter den Chaps. Sie beugte sich vor und bot mir eine fantastische Nahaufnahme von zwei großen runden Kugeln, sah dann über ihre Schulter in die Kamera und zwinkerte mir zu, bevor das Video stoppte.

Ich drückte noch zweimal auf »Play«, bevor ich überhaupt merkte, dass ich eine weitere Nachricht erhalten hatte.

Nora:
Träum süß.

Ich schloss die Augen und versuchte, mich zu beruhigen, aber das machte alles nur schlimmer. Bei der Vorstellung meiner Hand, die einen Abdruck auf diesem schönen Hintern hinterließ, riss ich die Augen auf und suchte erneut nach der Play-Taste. Ich sah mir das Video noch einmal an, schluckte und schrieb eine Antwort.

Beck:

Von wegen süß. Ich werde mir vorstellen, was ich mit diesem Hintern alles anstellen würde, wenn er hier wäre.

14. Kapitel

Beck

Zweite Runde.

Eine Woche später hatte ich ein weiteres Date. Diesmal mit Claire Wren, einer Frau, mit der ich schon drei Mal ausgegangen war – drei Mal in den letzten vier Jahren und zwar immer am selben Tag, an unserem gemeinsamen Geburtstag.

Claire war IT-Sicherheitsexpertin mit eigener Firma. Sie hatte vor ein paar Jahren für mich gearbeitet, und irgendwie hatten wir herausgefunden, dass wir am selben Tag Geburtstag hatten – wir waren nicht nur am selben Tag geboren, sondern auch noch im selben Jahr. Ein paar Monate später war ich mit meinen Freunden etwas trinken gewesen, als sie mir per Textnachricht gratulierte. Schließlich stieß sie in der Bar zu uns, und am Ende des Abends feierten wir allein bei ihr zu Hause. Claire war geschäftlich sehr eingespannt – vielleicht die einzige Person, die ich kannte, die damals mehr zu tun hatte als ich –, und so trafen wir uns erst genau ein Jahr später am selben Tag wieder. Danach wurde es zu unserem Ritual. Sie schickte mir jedes Jahr an unserem Geburtstag eine Nachricht, und dann trafen wir uns zu unserer jährlichen Feier. Wir hatten sie nur ein Mal ausfallen lassen, weil ich außer Landes war. Heute Abend hätte ich fast unter dem Vorwand abgesagt, dass ich es nicht schaffen würde. Ich war irgendwie nicht in der Stimmung, doch dann hatte ich mich schließlich doch aufgerafft. Geburtstag allein zu feiern, war einfach traurig, genauso wie allein zu Hause zu sitzen und zu trinken, was ich in letzter Zeit viel zu oft getan hatte.

Claire bestellte uns an der Bar Martini-Cocktails, und wir hielten unsere Gläser hoch.

»Heute wurde eine kluge, gut aussehende, erfolgreiche Person geboren.« Sie lächelte. »Leider warst das nicht du. Sondern ich. Wer weiß, vielleicht ist das nächste Jahr ja dein Jahr. Alles Gute zum Geburtstag, mein Geburtstagszwilling.«

Ich lachte, stieß mit ihr an, und wir nahmen einen Schluck.

»Also … was ist in den letzten dreihundertvierundsechzig Tagen so passiert?«, fragte ich.

»Nicht viel. Ich arbeite pausenlos und habe mehr Geld als Freizeit.« Sie hob einen Finger. »O doch, es ist etwas passiert. Ich war etwa sechs Monate lang in einer festen Beziehung.«

»Was ist passiert?«

Sie zuckte die Schultern. »Er warf mir vor, dass ich meine Arbeit mehr lieben würde als ihn. Also stellte er mir ein Ultimatum: Entweder würde ich weniger arbeiten, oder es wäre aus.« Claire lächelte. »Wie sich herausstellte, hatte er recht. Ich liebte meine Arbeit tatsächlich mehr als ihn.« Sie nahm den Zahnstocher von ihrem Martini und zog mit den Zähnen die Oliven ab. »Und bei dir? Gibt es dieses Jahr eine besondere Frau in deinem Leben?«

Sofort dachte ich an Nora. Seit dem Abend meines letzten Dates, an dem sie mir das Foto von ihrem Hintern geschickt hatte, hatten wir nicht mehr miteinander gesprochen oder getextet. Mein Gefühl sagte mir, dass sie am nächsten Morgen fand, dass sie zu weit gegangen sei, und sich daraufhin zurückgehalten hatte. Und das war auch gut so. Ich musste die Verbindung zu ihr abbrechen. Obwohl das Stalken ihres Vlogs nicht gerade einen sauberen Schnitt darstellte – aber kleine Schritte. Ich war auf einem guten Weg. Heute Abend würde ein großer Schritt sein.

Ich schüttelte den Kopf und hob mein Getränk an. »Nope. Nur meine Tochter.«

Eine halbe Stunde später begann ich allmählich, mich zu amüsieren. Das Essen war gut und die Gesellschaft noch besser. Claire war klug und witzig. Das Gespräch wurde nie langweilig. Doch dann surrte mein Telefon, und Noras Name erschien auf dem Display. Ich beobachtete, wie er zwei- oder dreimal aufleuchtete, und kämpfte gegen den Drang an, das Gespräch anzunehmen.

Claire schaute irritiert von meinem Handy zu mir und wieder zurück. »Musst du da rangehen?«

Bilder von Nora überfluteten mein Gehirn – und nicht einmal das Foto von ihrem Hintern oder das Bikinibild, sondern von ihrem lachenden Gesicht. Es ging mir gehörig gegen den Strich, dass ich mein Date von ihr stören ließ. Also atmete ich tief durch und ergriff über den Tisch hinweg Claires Hand, als das Summen endlich aufhörte. »Nope. Ist nicht wichtig.«

Als wollte es meine Worte Lügen strafen, vibrierte mein Handy erneut. Ich versuchte, es ein zweites Mal zu ignorieren, aber jedes Mal, wenn ihr Name aufleuchtete, wurde ich unruhiger. Nora rief nicht oft an. Und schon gar nicht zweimal hintereinander. Ich löste meine Hand von Claires. »Es tut mir leid. Ich mach es kurz.«

»Natürlich. Lass dir Zeit.«

Ich nahm das Gespräch an. »Was ist los?«

»Beck …« Nur an dem einen Wort erkannte ich, dass etwas nicht stimmte.

Ich erhob mich von meinem Platz. »Was ist passiert?«

»Louise ist im Krankenhaus. Sie sagen, sie hatte einen Schlaganfall.«

»Wo seid ihr?«

»Wir sind in Tennessee. Memorial Hospital in Gatlinburg.«

»Ich komme so schnell ich kann.«

Ich beendete das Gespräch, kramte in meiner Tasche und warf ein paar Hundert-Dollar-Scheine auf den Tisch. »Es tut mir leid, Claire. Ich muss gehen.«

»Was ist passiert?«

»Meine Großmutter hatte einen Schlaganfall.«

Ich nahm das erstbeste Taxi, das ich ergattern konnte, und wies den Fahrer an, zum Flughafen zu fahren. Ich wusste zwar nicht einmal, ob heute Abend überhaupt noch ein Flug ging, aber ich musste es versuchen. Mithilfe meines Handys konnte ich unterwegs einen Platz in einem Flugzeug nach Knoxville ergattern, aber es würde knapp werden. Zum Glück war die Schlange an der Sicherheitskontrolle ausnahmsweise mal nicht so lang, und da ich außer meiner Brieftasche nichts bei mir hatte, schaffte ich es gerade noch zum Gate, als der letzte Aufruf verkündet wurde.

Zwei Stunden später landete ich in Tennessee und fuhr mit dem Taxi die vierzig Minuten nach Gatlinburg. Nora hatte mich unterwegs auf dem Laufenden gehalten, sodass ich direkt auf die Intensivstation ging, als ich am Krankenhaus ankam. Nora wartete auf dem Flur. Als ich ihren Gesichtsausdruck sah, blieb ich unvermittelt stehen.

»Ist sie …«

Nora schüttelte den Kopf. »Nein. Nein. Es geht ihr gut. Na

ja, nicht gut. Aber im Moment ist sie stabil. Die Schwestern ziehen ihr gerade ein Nachthemd an. Sie sagten, es würde nicht länger als ein paar Minuten dauern, und sie würden mir Bescheid geben, wenn ich zu ihr kann.«

Ich fuhr mir mit einer Hand durchs Haar. »Was ist passiert?«

»Wir waren im Pool schwimmen. In der einen Minute ging es ihr noch gut und sie lachte, und in der nächsten hat sie plötzlich gelallt und unzusammenhängendes Zeug geredet. Zuerst dachte ich, sie hätte vielleicht etwas getrunken und es nicht erwähnt. Doch dann bemerkte ich, dass eine Seite ihres Gesichts ein wenig herunterhing, also habe ich den Notruf gewählt.«

»Und es war sicher ein Schlaganfall?«

Nora nickte. »Sie haben Scans gemacht. Einer der Tumore ist gewachsen und drückt auf die Blutversorgung.«

»Was machen sie? Ihn herausnehmen?«

Nora sah mich ernst an. »Sie hat eine Patientenverfügung. Eine Operation ist keine Option. Sie haben ihr Blutverdünner gegeben, wodurch die Durchblutung vorerst wiederhergestellt zu sein scheint.«

»Vorerst? Und dann?«

Die Türen zur Intensivstation öffneten sich, und eine Krankenschwester winkte Nora zu. »Sie können wieder hereinkommen.«

»Danke.«

Als ich ihr ebenfalls folgte, warf mir die Frau einen fragenden Blick zu.

»Das ist Louises Enkel Beck«, erklärte Nora. »Er ist gerade aus New York hergeflogen.«

»Wie schön. Zwei Enkelkinder an ihrer Seite.«

Ich sah Nora an, die mir mit großen Augen signalisierte, dass ich die Klappe halten sollte.

Als wir die gläserne Kabine erreichten, wies die Krankenschwester auf eine geschlossene Tür. »Sie können reingehen. Der Arzt kommt gleich, um mit Ihnen zu sprechen.«

»Danke.«

Als ich eintrat, schnürte sich mir die Kehle zu. Gram sah so winzig aus. So zerbrechlich. Und ich fand, auch *alt*. Da sie mir für diesen Gedanken aber in den Hintern treten würde, schob ich ihn rasch beiseite.

»Hat sie abgenommen?«

»Ich weiß nicht. Aber wir kamen vom Schwimmen, also waren ihre Haare nass und sie war ungeschminkt. Außerdem ist sie keine, die sich hinlegt und ausruht, darum ist es vermutlich ungewohnt, sie so zu sehen …« Nora schüttelte den Kopf, und ihre Augen füllten sich mit Tränen. »Ich weiß nicht. Ich hab ihr das silberne Glitzerstirnband aufgesetzt, weil Louise ohne ein bisschen Glitzer nicht Louise ist.«

Ich ging um das Bett herum und legte den Arm um Nora. »Es tut mir leid. Das war eine dumme Frage. Und ich bin mir sicher, dass sie das Stirnband sehr zu schätzen weiß.«

Nora schniefte. »Meinst du, sie kann uns hören?«

»Ich weiß es nicht. Das sollten wir wohl den Arzt fragen.«

Die Antwort auf diese Frage erhielten wir ein paar Minuten später, als der leitende Arzt der Intensivstation hereinkam. Er deutete auf die Tür. »Sprechen wir am besten draußen, in Ordnung?«

Dr. Cornelius stellte sich vor und kam gleich zur Sache. »Wie Sie wissen, hat Ihre Großmutter einen Schlaganfall erlitten. Es gibt zwei Hauptarten von Schlaganfällen: den ischämischen Schlaganfall, bei dem die Blutzufuhr zum Gehirn unterbrochen wird, normalerweise durch eine Verstopfung. Und es gibt den hämorrhagischen Schlaganfall, der durch eine Blutung im Gehirn verursacht wird. Louise hatte einen ischämischen Schlaganfall, verursacht durch einen Tumor, der ihre Halsschlagader blockiert hat. Ischämische Schlaganfälle haben eine wesentlich höhere Überlebensrate als hämorrhagische.«

Der Arzt musste mir meine Erleichterung angesehen haben. Er hielt eine Hand hoch. »Normalerweise können wir bei dieser Art von Schlaganfall den Verschluss entfernen und die Durchblutung des Gehirns wiederherstellen. Doch Ihre Großmutter möchte nicht, dass ihr Leben durch chirurgische Eingriffe verlängert wird. Zum Glück haben die Blutverdünner, die wir ihr gegeben haben, offenbar gewirkt.«

»Kann sie die Blutverdünner langfristig einnehmen?«

Er nickte. »Momentan erhält sie die Medikamente über den Magen, aber Blutverdünner können relativ unkompliziert in Tablettenform eingenommen werden.«

»Ach, das ist ja toll«, sagte Nora.

Aber etwas in seinem Ton sagte mir, dass ich nicht zu früh aufatmen sollte. »Was ist mit dem Tumor?«, fragte ich.

Dr. Cornelius lächelte traurig. »Ich habe bei Sloan Kettering in New York angerufen und mir die letzten Aufnahmen zum Vergleich schicken lassen. Es ist ein aggressiver Tumor. Wir können ihr Blut nicht unendlich verdünnen. Es ist sehr wahrscheinlich, dass er weiter wachsen und einen weiteren Verschluss verursachen wird.«

»Und was dann?«

Der Arzt sah mir in die Augen. »Den nächsten wird sie wahrscheinlich nicht überleben.«

Ich konnte mich an nichts mehr erinnern, was anschließend noch irgendjemand gesagt hatte – nicht einmal an die netten Worte, die Nora mir ganz sicher zugeflüstert hatte, als wir stundenlang ans Grams Bett saßen. Irgendwann kam die Krankenschwester zu uns, die die ganze Nacht nach Gram geschaut hatte.

»Hallo. Beim Schichtwechsel wird man Sie gleich rausschmeißen. Die einzige Zeit, in der keine Besuche erlaubt sind, ist von fünf bis acht Uhr morgens. Sie beide sollten nach Hause gehen und sich ausruhen. Der Körper Ihrer Großmutter hat viel durchgemacht, wahrscheinlich wird sie noch einige Stunden schlafen. Ich weiß, dass Sie bei ihr sein wollen, aber das Wichtigste, was ein Pfleger tun kann, ist, sich um sich selbst zu kümmern. Schlafen Sie etwas. Nehmen Sie ein gesundes Frühstück zu sich. Dann kommen Sie wieder.«

Ich schaute zu Nora hinüber, die erschöpft aussah. Ich musste nicht nur an mich denken. Also nickte ich. »Können wir überprüfen, ob Sie unsere beiden Nummern haben, falls sich etwas ändert?«

»Natürlich.« Die Krankenschwester ging zu einer weißen Tafel hinüber und nahm einen Marker in die Hand. »Sie können sie hier aufschreiben, dann können wir Sie gleich anrufen, wenn wir Sie brauchen oder sich etwas ändert. Ich werde auch dafür sorgen, dass Ihre Nummern in unserem Computersystem gespeichert werden.«

»Danke.«

Nora war mit dem Rettungswagen hergekommen, also riefen wir ein Uber, da keiner von uns ein Auto hatte. Als wir uns die Smoky Mountains hinaufschlängelten, ging gerade die Sonne auf. Ich hatte noch nie über den Namen nachgedacht, aber der dichte bläuliche Nebel unter uns war selbsterklärend. Die Gipfel der Berge leuchteten in orangefarbenen und violetten Schattierungen.

»Wow.« Ich sah hinaus. »Das ist wunderschön.«

»Wir sind die letzten beiden Tage aufgestanden, um uns den

Sonnenaufgang anzusehen.« Nora schluckte. »Jetzt bin ich so froh, dass wir das getan haben.«

Es war schwer vorstellbar, dass es in Zukunft einen Sonnenaufgang geben könnte, den meine Großmutter nicht mehr sehen konnte. Als mir klar wurde, dass das eher früher als später Realität sein würde, bildete sich ein Kloß in meinem Hals. Nora und ich schwiegen und starrten beide aus dem Fenster, bis der Wagen auf einem Plateau das Tempo drosselte und ein Hotel in Sicht kam.

»Da sind wir«, sagte sie. »Louise und ich haben immer zwei Zimmerschlüssel und geben uns zur Sicherheit gegenseitig einen. Ich habe also ihren Schlüssel, wenn du in ihrem Zimmer bleiben willst.«

»Ich glaube, ich frage mal, ob sie etwas frei haben. Falls sie dann …« Als ich merkte, was ich gesagt hatte, unterbrach ich mich. »Wenn … wenn sie dann rauskommt, ist alles so, wie sie es verlassen hat.«

Nora zwang sich zu einem Lächeln und nickte.

Wie sich herausstellte, war das Hotel ziemlich leer, und es waren noch viele Zimmer frei. Der Angestellte erinnerte sich an Noras Namen und wies mir ein Zimmer gleich neben ihrem zu. Bedrückt stiegen wir aus dem Aufzug.

Als wir Noras Zimmer erreichten, blieb sie an der Tür stehen. »Um wie viel Uhr willst du zurück ins Krankenhaus?«

»Versuch am besten, ein bisschen zu schlafen, okay? Ich fahre in ein paar Stunden allein zurück, und du kommst einfach nach, wenn du aufwachst.«

Sie schüttelte den Kopf. »Nein, ich möchte unbedingt mit.«

Ich blickte auf meine Uhr. »Wie wäre es mit zehn? Dann haben wir etwa vier Stunden Zeit.«

»Das ist gut.« Sie musterte mich von oben bis unten. »Ich

würde dir ja ein T-Shirt leihen, aber ich glaube nicht, dass dir etwas von mir passt.«

Ich zuckte die Achseln. »Die Dame an der Rezeption sagte, es gäbe ein Toiletten-Set im Zimmer. Mehr brauche ich nicht.«

»Okay. Du weißt ja, wo ich bin, wenn dir was einfällt.«

Ich nickte. »Schlaf ein wenig.«

Die Tür zu meinem Zimmer war schon fast geschlossen, als ich Nora rufen hörte. »Halt! Beck, warte!«

Ich trat zurück in den Flur. »Ja?«

Nora lächelte liebevoll. »Ich habe dir gar nicht zum Geburtstag gratuliert. Also herzlichen Glückwunsch nachträglich. Deine Großmutter hat es mir gesagt, und ich wollte dir eine Nachricht schicken, aber dann ging auf einmal alles drunter und drüber.«

»Danke. Bis später.«

Im Krankenhaus hatte ich gedacht, ich wäre zu aufgedreht, um zu schlafen, aber als ich das große Bett erblickte, musste ich herzhaft gähnen – allerdings wollte ich noch schnell duschen, bevor ich mich hineinlegen konnte. Also schälte ich mich aus dem Anzug, den ich seit gestern Morgen trug, und legte ihn ordentlich über die Lehne des Stuhls in der Ecke. Zum Duschen brauchte ich nicht einmal fünf Minuten, jetzt musste ich mir nur noch die Zähne putzen. Doch als ich wieder in dem kostenlosen Kulturbeutel kramte, stellte ich fest, dass sich darin keine Zahnpasta befand, sondern nur eine Zahnbürste. Ich überlegte, ob ich einfach aufs Zähneputzen verzichten sollte, aber nachdem ich unzählige Tassen Kaffee getrunken hatte, wäre das unangenehm.

Noras Zimmer war nicht nur nebenan, es gab auch eine Verbindungstür. Also zog ich den Hotelbademantel an und lauschte an der Tür, ob sie noch wach war. Dahinter vernahm ich eindeutig Bewegungen, und es klang, als würde der Fernseher laufen. Also klopfte ich leise.

»Beck?« Es hörte sich an, als stünde sie direkt auf der anderen Seite der Tür. »Hast du geklopft?«

»Ja. Sorry. Könnte ich etwas Zahnpasta von dir bekommen?«

»Ach, klar. Warte.«

Die Tür ging auf, und sie streckte mir eine Tube hin, hielt den Blick dabei aber auf den Boden gerichtet. Ich wollte schon nach der Zahnpasta greifen, aber es kam mir seltsam vor, dass sie den Kopf nicht hob.

»Nora?«

Nach einem Moment schaute sie auf. Ihr Gesicht war fleckig, und ihre Unterlippe zitterte.

Mein Herz hatte an einem seidenen Faden gehangen, und als ich sah, wie aufgelöst sie war, verlor ich den letzten Rest an Kontrolle.

»Fuck«, brummte ich und streckte den Arm nach ihr aus. »Komm her.«

Sie versuchte nicht einmal, sich zu wehren. Es war, als würde sich eine Schleuse öffnen. Nora stieß ein furchtbares, herzzerreißendes Schluchzen aus, klammerte sich an meinen Bademantel und verbarg das Gesicht an meiner Brust. Ihre Schultern bebten. Ich hob sie hoch, trug sie in ihr Zimmer, setzte mich auf die Bettkante und wiegte sie auf meinem Schoß.

»Ich bin noch nicht bereit, sie zu verlieren«, stieß sie hervor.

Ihre gebrochene Stimme zu hören, gab mir den Rest. Ich schmeckte Salz in meiner Kehle und war dankbar für den Kloß, der sich dort bildete, denn nur er bewahrte mich davor, ebenfalls die Fassung zu verlieren.

Ich strich ihr übers Haar. »Es wird alles wieder gut.«

Sie schluchzte noch lauter. »*Nichts* wird wieder gut. Die Welt wird sich einfach weiterdrehen, und alles wird so sein wie bisher. Und das ist nicht in Ordnung.«

Ich drückte sie fester an mich. »Das stimmt nicht. Es wird nicht alles so sein wie vorher. Weißt du, warum? Weil sie die Welt nicht so verlassen wird, wie sie sie vorgefunden hat. Louise hat Leben verändert.« Meine Stimme brach. »Sie hat dich und mich zu besseren Menschen gemacht.«

Ich wollte sie aufmuntern, aber was ich sagte, machte alles nur schlimmer. Nora weinte noch heftiger. Das Geräusch kam tief aus ihrem Inneren. Ich hatte nicht viel Erfahrung darin, jemanden zu trösten, außer bei meiner Tochter, also versuchte ich, was bei ihr am besten half, und wiegte Nora hin und her.

Es schien zu wirken. Mit der Zeit zitterten Noras Schultern weniger, und sie rang seltener um Atem. Nach einer Weile stieß sie einen tiefen Seufzer aus. »Danke.«

»Nichts zu danken, Süße.« Ich küsste sie auf die Stirn. »Wenn überhaupt, dann sollte ich dir danken. Meine Großmutter kann sich glücklich schätzen, jemanden zu haben, der sich so sehr um sie kümmert.«

Sie wischte sich über die Wangen. »Ich glaube, ich werde die Mini-Bar nach Wein durchsuchen und ein warmes Bad nehmen.«

Ich lächelte. »Klingt gut.«

Nora krabbelte von meinem Schoß und stand auf. »Danke, Beck. Deine Großmutter kann sich auch glücklich schätzen, dich zu haben.«

Ich nickte und stand auf. »Ich lasse die Tür einen Spalt offen, falls du reden willst, wenn du aus dem Bad kommst.«

»Ich glaube, ich komme klar. Aber danke.«

Es dauerte mindestens eine halbe Stunde, bis ich nebenan eine Bewegung hörte. Die Lampe in Noras Zimmer war an, und ein Lichtschimmer fiel durch den Spalt unter der Verbindungstür zwischen unseren Zimmern. Ich hörte ein Klicken, dann erlosch der Lichtstreifen. Also legte ich mich wieder hin und gab meinen schweren Augenlidern nach. Ich war gerade dabei einzuschlafen, als ich ein Knarren hörte.

»Beck?«

Ich stützte mich auf die Ellbogen. Die Vorhänge waren zugezogen, doch es war hell genug, dass ich Noras Silhouette erkennen konnte. Sie trug den Hotelbademantel, und ihr nasses Haar lag glatt am Kopf an, als hätte sie es gerade gekämmt.

»Ist alles okay?«

»Nein.« Sie hielt inne. »Ich will vergessen.«

Ich erstarrte. Das waren die Worte, die sie bei unserer ersten Begegnung benutzt hatte, an dem Abend ihres Tinder-Dates. Ich war mir relativ sicher, dass ich verstand, was sie damit sagen wollte, aber ich wollte letzte Zweifel ausräumen. »Worum bittest du mich, Nora?«

Zur Antwort löste sie den Gürtel um ihren Bademantel und ließ ihn von ihren Schultern gleiten. »Lass mich vergessen, Beck.«

Als ich nichts sagte, kam sie ein paar Schritte näher. Sie war vollkommen nackt, und da ich keine Wechselkleidung mithatte, war ich es auch.

»Ich habe nur ein Glas Wein getrunken«, sagte sie. »Und ja, ich bin emotional. Aber ich bin nicht so emotional, dass ich eine unüberlegte Entscheidung treffen würde. Seit wir uns begegnet sind, habe ich jede Nacht an dich gedacht. Bei der Erinnerung an den Klang deiner tiefen Stimme habe ich mich selbst befriedigt und mir vorgestellt, wie meine Nägel über deine schöne, gebräunte Haut streichen.«

O fuck.

Sie kam näher.

»Nora … das willst du nicht. Das hast du mir selbst mehrfach gesagt.«

Sie lächelte. »Nein, du irrst dich. Ich habe gelogen. Ich hab dir gesagt, dass ich dich nicht will, weil ich versucht habe, es mir selbst einzureden. Aber ich will dich so sehr, dass ich mich nicht einmal dazu zwingen konnte, mit einem anderen Mann zusammen zu sein. Gott weiß, dass ich es mit diesem Cowboy in der letzten Nacht in Montana versucht habe.«

All das Zögern und die Unsicherheit, die ich verspürt hatte, wurden plötzlich von einem neuen Gefühl verdrängt – Eifersucht. *Ein verdammter Cowboy.*

Ich zog die Decke zurück. »Hast du dich von ihm anfassen lassen?«

»Nein, aber fast. Ich habe überlegt, ihm einen zu blasen, und mir einzubilden, er wäre du.« Sie machte einen weiteren Schritt, sodass wir jetzt dicht voreinander standen. »Ich will dich, Beck. Ich will dich in meinem Mund haben.«

Ich stand auf, mein Schwanz war hart. Er und ich waren bereit, ihr zu zeigen, wem diese Lippen gehörten.

»Geh auf die Knie. Und du brauchst dir nichts mehr einzubilden …«

15. Kapitel

Nora

O Gott!

Noch nie in meinem Leben war ich derart erregt gewesen. Ich sank auf dem Teppich auf die Knie. Das war genau das, was ich wollte. Nicht denken. Dass man mir sagte, was ich tun sollte. So begehrt zu werden, wie ich es seiner heiseren Stimme anhörte.

Beck griff nach unten und strich mir über die Wange. »Leck ihn.«

Mein gesamter Körper kribbelte vor Erregung. Ich konnte es kaum erwarten, ihn zu befriedigen. Ich öffnete weit den Mund und ließ meine Zunge an der Unterseite entlanggleiten, bis die Spitze an meinen Gaumen stieß. Dann schloss ich die Lippen um ihn und saugte, während ich ihn langsam aus meinem Mund herauszog.

Beck gab einen Laut von sich, der wie eine Mischung aus Qual und Ekstase klang. Er griff nach meinem Hinterkopf und packte mein Haar.

»Gott. Dieser Mund. Er gehört mir, und ich werde ihn mir nehmen. Mach ihn weiter auf. Ich will tief in deinem Hals sein, Süße.«

Ich hätte ihm gegeben, was er wollte, aber es war sooo viel

besser, wenn er es sich nahm. Mit flacher Zunge saugte ich ihn wieder ein, hörte aber auf, kurz bevor ich ihn geschluckt hätte. Ich atmete tief ein, weil ich damit rechnete, dass dies für eine Weile mein letzter Atemzug sein würde, und sah auf.

»Fuck«, knurrte Beck. Er festigte den Griff um mein Haar. »Noch weiter. Du wirst mich ganz nehmen.«

Ich atmete durch die Nase ein und öffnete den Kiefer so weit es ging. Beck stieß zu und füllte meine Kehle so fest aus, dass ich sicher danach wund sein würde. Dennoch hielt ich mich an der Rückseite seiner Oberschenkel fest und genoss jede Sekunde, die er meinen Mund fickte. Er löschte jeden Gedanken, jede Erinnerung, jedes Gefühl aus, an das ich nicht denken wollte, bis nur Verlangen übrig blieb. *Pures, sinnliches, gieriges Verlangen.*

Beck schwoll in meinem Mund an und wurde unvorstellbar dick und hart. Sicher müsste ich nur meine Klitoris berühren und würde sofort kommen, aber ich wollte vielmehr, dass Beck kam, als dass ich selbst Erleichterung suchte. Seine Stöße wurden härter, und ich nahm an, dass ich gleich bekommen würde, was ich mehr als alles andere brauchte – doch dann zog sich Beck mit einem Knurren zurück. Er packte mich unter den Armen, hob mich hoch und setzte mich auf die Bettkante.

Ich versuchte, zu Atem zu kommen. »Warum hast du aufgehört?«

Beck sank auf die Knie. »Weil du meinen Namen nicht schreien kannst, wenn ich in deiner Kehle bin, und ich will, dass du meinen Namen schreist, wenn du das erste Mal kommst.«

»O mein Gott. Ganz schön egoistisch, oder?«

Beck grinste verrucht. »Lehn dich zurück und spreiz weit die Beine für mich.«

»Und wenn ich das nicht will?«

Statt einer Antwort öffnete er meine Beine und hob meine Knie auf seine Schultern. »Auf den Rücken, Nora«, sagte er streng.

Ich verdrehte die Augen, folgte jedoch seiner Aufforderung. Beck verschwendete keine Zeit und strich mit der Zunge über meine bereits geschwollene Knospe. Es war, als würden Funken sprühen, und Lust durchströmte meinen Körper. Er leckte an meiner Scham auf und ab, schob meine Knie weiter auseinander und vergrub sein Gesicht zwischen meinen Schenkeln. Ich verstärkte den Griff um sein Haar und zog ihn näher heran.

»Beck!«

»So ist es gut. Komm, Baby. Ich will jeden einzelnen Tropfen von dir trinken.«

Er drängte sein Gesicht noch stärker an mich und drückte die Nase gegen meinen Kitzler, während seine Zunge in mich hinein und aus mir herausfuhr. Es fühlte sich himmlisch an. Ich hätte nicht gedacht, dass es noch besser werden könnte, doch dann schob er zwei Finger in mich hinein und um mich war es geschehen. »O Gott.«

Er pumpte schneller, saugte an mir und ließ die Zunge kreisen.

Mein Körper begann zu zittern, und ich verdrehte lustvoll die Augen. »Beck. Hör nicht auf!«

»Keine Chance, Baby.« Seine gedämpften Worte vibrierten an meinem zarten Fleisch, und mein Körper begann von selbst zu pulsieren.

»Beck …« Als ich spürte, dass mein Orgasmus kam, bog ich ihm den Rücken entgegen.

Beck griff nach oben und drückte mich mit einer Hand wieder nach unten. Dann saugte er fest an meiner Klitoris.

Und ich kam.

O Gott!

O Gott!

Ich raste im freien Fall die Achterbahn hinunter. Mein Orgasmus ergriff meinen gesamten Körper, und ich stöhnte bei jedem atemberaubenden Moment und konnte meine Beine nicht mehr spüren. Als mein Körper sich allmählich wieder beruhigte, schnürte sich meine Kehle zu. Ich hatte bislang nie nach einem Orgasmus geweint, aber dieser war *so* gut.

Meine Atmung hatte sich noch nicht wieder normalisiert, als Beck sich auf mich legte. Sein Blick glitt über mein Gesicht. Aus irgendeinem Grund dachte ich, er würde überlegen, ob er mich küssen sollte. Ich wusste, dass manche Leute das nach dem Oralsex nicht mochten, und vielleicht mochte ich es normalerweise eigentlich auch nicht. Aber in diesem Moment war es mir egal.

»Du kannst mich küssen«, sagte ich. »Wenn es das ist, woran du denkst.«

Becks Augen funkelten. »Ist es nicht. Und ich hatte nicht vor, um Erlaubnis zu fragen. Aber trotzdem danke.«

Ich schlug gegen seine Bauchmuskeln. »Gott, du bist so ein Idiot.«

»Ein Idiot, dessen Namen du gerade gestöhnt hast, Süße.«

Ich rollte mit den Augen. »Willst du, dass ich es bereue?«

Sein amüsiertes Gesicht wurde ernst. »Ich möchte nicht, dass du unser Zusammensein bereust.«

»Das war ein Scherz.« Ich strich ihm über die Wange. »Ich werde nichts bereuen.«

Beck nickte. Es gefiel mir, dass er eine verletzliche Seite zeigen konnte, nachdem er gerade noch so dominant gewesen war. Er hatte keine Angst, Gefühle zuzulassen – eine Eigenschaft, die selten war bei einem willensstarken Mann.

»Ich wollte dich zwar nicht um Erlaubnis bitten, dich zu küssen, aber ich werde dich um Erlaubnis bitten, dich ohne Kondom zu nehmen.«

»Darüber hast du nachgedacht? Du willst ohne Kondom mit mir schlafen?«

»Wenn es okay für dich ist. Ich habe nur mit einer einzigen Frau ohne Kondom geschlafen, und ich hab mich erst kürzlich durchchecken lassen und war seitdem mit keiner anderen mehr zusammen.«

»Ich habe mich vor unserer Abreise auch gründlich untersuchen lassen.« Ich hielt inne. »Hast du keine Kondome dabei?«

»Doch. In meiner Brieftasche. Wenn es dir lieber ist, nehme ich eins.«

An diesem Gespräch gab es zwar einiges, über das ich nachdenken musste, aber nicht darüber, ob ich Beck vertraute. »Ich nehme die Pille. Ohne ist okay für mich.«

Er lächelte. »Danke.«

Beck ging auf die Knie hoch, hob mich hoch und legte mich in die Mitte der Matratze. Es gab nichts Erregenderes als einen selbstbewussten Mann, der wusste, wer er war und was er wollte – insbesondere einen, der außerhalb des Schlafzimmers nicht dasselbe unterwürfige Verhalten erwartete.

Beck glitt auf mich, verschränkte unsere Finger miteinander und hob meine Hände über meinen Kopf. Dann küsste er mich sanft und erkundete meinen Mund auf intime und sinnliche Weise. Es war ganz anders als der Kuss an jenem Abend in der Bar. Als er in mich eindrang, sah er mir in die Augen. Ich war immer noch so feucht, dass ich ihn trotz seiner Größe gut aufnehmen konnte.

»Fuck. Du bist so warm und eng.« Beck bewegte sich langsam vor und zurück und drang jedes Mal etwas tiefer in mich ein. Nachdem er ganz in mir war, schloss er kurz die Augen. »Du umschließt mich wie ein Handschuh. Das fühlt sich so verdammt gut an.« Er begann, sich stärker zu bewegen. Aus dem sanften Gleiten wurde ein tiefes Zustoßen, und die Stöße erfolgten härter und schneller. Dabei ließ er mich keinen Moment aus den Augen. Die Art, wie er mich ansah, machte mir eine Heidenangst, gab mir aber zugleich ein Gefühl von Sicherheit. Das hier sollte nur Sex sein, eine Möglichkeit, für eine Weile zu vergessen, aber es fühlte sich nach so viel mehr an – es war wunderschön.

Alles andere trat in den Hintergrund. Es gab nur Beck und mich, zwei Menschen, die tief verbunden waren, und das Geräusch unserer aneinanderschlagenden Körper ließ uns in unsere eigene Welt abdriften. Als ich stöhnte, presste Beck seine Lippen auf meine, und unser Kuss war heiß und voller Verlangen. Ich riss an seinem Haar, und Beck atmete kurz und flach. Wir waren beide kurz vorm Höhepunkt, aber mein Körper konnte nicht warten.

»O Gott. Beck! Ich komme …«

»Ich bin ganz bei dir, Süße. Komm auf meinem Schwanz.«

Seine Worte brachten mich um den Verstand. Mein Körper zog sich um ihn zusammen und begann, erneut zu pulsieren. Ich hörte, wie Becks Name gerufen wurde und nahm nur entfernt wahr, dass ich diejenige war, die ihn rief.

Beck hob mein Bein an, veränderte die Position und erregte mich derart, dass ich das Gefühl hatte, Sterne zu sehen. Als ich schließlich kam, sank er tief in mich hinein und rührte sich nicht mehr. Ich spürte eine Erschütterung tief in mir, war mir aber nicht sicher, von wessen Körper sie ausging.

Danach wartete ich, dass er auf mir zusammensank und sich

von mir herunterrollte. Doch das tat er nicht. Stattdessen küsste Beck mich sanft und glitt weiter träge in mich hinein und wieder aus mir heraus. Lächelnd strich er mir das Haar aus dem Gesicht.

»Hat es funktioniert? Konntest du für eine Weile vergessen?«

Ich grinste albern. »Wer bist du? Wie heißt du noch mal?«

Er küsste mich auf die Lippen. »Gut. Ich bin froh, dass du etwas entspannen konntest.«

Ein paar Minuten später stand Beck auf, um ins Bad zu gehen, und ich holte eilig meinen Bademantel. Ich war gerade dabei, ihn zuzubinden, als er mit einem Handtuch in der Hand zurückkam.

Er sah mich verwirrt an. »Was machst du da?«

»Ich, äh …« Ich deutete mit dem Daumen hinter mich auf die Verbindungstür zwischen unseren Zimmern. »Ich gehe zurück in mein Zimmer und versuche, etwas zu schlafen.«

Er musterte mich skeptisch. »Im Ernst? Eine Hure würde wahrscheinlich länger bleiben.«

»Hast du mich gerade als Hure bezeichnet?«

Er kam zu mir und stellte sich dicht vor mich. »Nein. Aber leg dich wieder ins Bett.« Er deutete auf die Kingsize-Matratze hinter sich. »In dieses da, falls ich mich nicht klar ausgedrückt habe.«

Ich stützte die Hände auf die Hüften. »Das klingt wie ein Befehl und nicht wie eine Bitte.«

Beck seufzte. »Ich bin müde. Und du hast meinen Schwanz schlaff gemacht. Können wir uns bitte nicht streiten? Denn das genieße ich nur, wenn es ein Vorspiel ist, und ich brauche zehn Minuten, um neue Kraft zu sammeln.«

»*Ich* habe deinen Schwanz schlaff gemacht?«

Beck hob mich auf seine Arme. Er ging zurück zu seinem Bett und ließ mich kurzerhand in die Mitte plumpsen.

»Was zum Teufel?«

Er stieg neben mir ins Bett. »Sei still und schlaf.«

»Ich soll still sein?«

Er legte einen Arm um meine Taille und zog meinen Hintern rücklings an sich. »Ich habe dir ohne Umschweife gegeben, was du wolltest. Jetzt gib mir, was ich will.«

»Was ich wollte, war Sex! Soll das heißen, es war eine lästige Pflicht?«

»Ich sage gar nichts, denn meine Augen sind geschlossen und ich werde jetzt schlafen. Jetzt lass mich kuscheln und schrei mich später deswegen an.«

Lass.

Mich.

Kuscheln.

Ich blinzelte ein paar Mal. Ich wusste nicht, was ich von alldem halten sollte.

Aber … es fühlte sich ziemlich gut an.

Sein Körper war warm, selbst durch den Bademantel, den ich angezogen hatte. Und seine Arme gaben mir das Gefühl, dass mir hier nichts Schlimmes passieren konnte.

Vielleicht würde ich einfach eine Weile bleiben.

Ich gähnte.

Ja. Nur zehn oder fünfzehn Minuten …

16. Kapitel

Nora

»Was machst du da?«

Beck saß auf dem Stuhl neben dem Bett und starrte mich an. »Ich beobachte dich beim Schlafen.«

Ich zog die Decke hoch. »Das ist gruselig, Cross.«

Seine Mundwinkel zuckten. »Wie hast du geschlafen?«

Ich überlegte. Ich fühlte mich ziemlich gut ausgeruht. Aber *Ach, Mist* – wir mussten doch zurück ins Krankenhaus. Ich stützte mich auf die Ellbogen hoch. »Wie viel Uhr ist es?«

»Neun.«

Ich zog die Brauen zusammen. »Morgens?«

Beck schien amüsiert. »Ja. Neun Uhr morgens.«

»Am Samstag?«

»Ja, am Samstag.«

»Ich habe also nur zwei oder drei Stunden geschlafen?«

Er zuckte die Schultern. »Ungefähr.«

»Aber ich fühle mich so ausgeruht, als hätte ich eine ganze Nacht geschlafen.«

Ein freches Lächeln umspielte Becks Lippen. »Das muss am Kuscheln liegen.«

Ich verdrehte die Augen, fragte mich jedoch, ob das stimmte. Doch das konnte ich nicht zugeben, denn erstens würde ich damit eingestehen, dass Beck recht hatte, und zweitens, dass ich unrecht hatte.

Also setzte ich mich auf und streckte mich. »Hast du schon geduscht?«

Er nickte. »Ja.«

»In Ordnung. Ich dusche schnell, um wach zu werden, wasch mir aber nicht die Haare, dann bin ich in ungefähr zwanzig Minuten fertig.«

»Lass dir Zeit. Ich habe in zehn Minuten eine Telefonkonferenz, die wahrscheinlich eine halbe Stunde dauert.«

Zurück in meinem Zimmer, ging ich direkt ins Bad. Entsetzt starrte ich mein Spiegelbild an.

»O mein Gott«, murmelte ich. Und ich dachte schon, er hätte mich bewundert, während ich schlief. Wahrscheinlich hatte er sich gefragt, wer die Verrückte in seinem Bett war. Ich war mit nassen Haaren in sein Zimmer gegangen, also waren sie von selbst getrocknet und standen jetzt in alle Richtungen ab. Meine Lippen sahen spröde aus, und obwohl ich mich ausgeruht fühlte, erzählten meine geschwollenen, geröteten Augen etwas anderes.

Stöhnend drehte ich in der Dusche das heiße Wasser auf. Ich würde mich noch mehr beeilen müssen, damit ich mir ein paar Minuten lang einen kalten Lappen auf die geschwollenen Augen legen konnte. Sobald mir das Wasser über den Körper lief, wachte mein Gehirn auf und bombardierte mich mit Fragen.

Was zur Hölle hast du getan – du hast mit Beck geschlafen?

Was hast du dir nur dabei gedacht?

Kannst du dich nicht beherrschen?

Herrgott, du hast einen Vibrator im Koffer. Warum hast du den nicht benutzt?

Alles ausgezeichnete Fragen, und auf keine einzige wusste ich eine Antwort.

Aber mein Magen schlug einen kleinen Purzelbaum, als ich daran dachte, was passiert war.

»Geh auf die Knie.«

»Leck ihn.«

Und als ich ihm sagte, er solle nicht aufhören …

»Auf gar keinen Fall, Baby.«

O Gott. Das war das Letzte, worüber ich jetzt nachdenken durfte. Was ich brauchte, war Kaffee.

Eine Menge Kaffee.

Ich stieg aus der Dusche, um mich anzuziehen, aber ein Klopfen an der Tür meines Hotelzimmers ließ mich innehalten. Ich zog den Hotelbademantel über und warf einen kurzen Blick durch den Spion. Vor der Tür stand ein Angestellter mit einem Servierwagen. Ich hatte nichts bestellt.

Lächelnd öffnete ich die Tür. »Hallo. Ich glaube, Sie haben das falsche Zimmer erwischt. Ich habe nichts bestellt.«

Der Wagen war wunderschön hergerichtet, mit einer weißen Tischdecke und einem Strauß wunderschöner pinkfarbener Blumen – es gab einen Teller mit einer Cloche, Orangensaft, Zeitungen und etwas, das wie eine Kanne köstlichen Kaffees roch. Ich war versucht, meine Meinung zu ändern und ihn hereinzubitten.

Der Kellner hob die Mappe vom Tisch und öffnete sie. »Sind Sie Ms Sutton?«

»Ja?«

»Die Bestellung wurde von Mr Cross in Zimmer drei fünfzehn aufgegeben. Er hat ganz klare Anweisungen gegeben, es nicht in sein Zimmer zu liefern, sondern in Ihres.«

»Oh.« Ich trat zur Seite. »Na, dann …«

Der Kellner rollte den Wagen in mein Zimmer. Ich kramte etwas Trinkgeld heraus, aber er winkte ab. »Das wurde bereits erledigt.«

»Ah. Okay, danke.«

Es war ein wirklich schönes Hotel, aber ich konnte nicht ganz fassen, wie prächtig alles auf dem Wagen aussah. Die Blumen mussten mehr gekostet haben als das Essen. Die ganze Zusammenstellung war Instagram-würdig.

»Soll ich Ihnen einen Kaffee einschenken?«, fragte der Kellner.

»Nein, vielen Dank.« Ich lächelte. »Das schaffe ich, auch ohne Koffein.«

Er machte eine kleine Verbeugung. »Sehr gut. Ich wünsche Ihnen einen schönen Tag.«

»Ihnen auch.«

Er war schon halb zur Tür hinaus, als ich ihn aufhielt. »Entschuldigen Sie?«

Er drehte sich um. »Ja?«

Ich deutete auf den Frühstückswagen. »Wird jedes Frühstück vom Zimmerservice so geliefert? Mit einem großen Blumenstrauß und all diesen Zeitungen?«

Der Kellner lächelte. »Nein, Ma'am. Nur Ihres.«

Ich stutzte. »Warum nur meins?«

»Der Herr, der die Bestellung aufgegeben hat, hat den Portier beauftragt, die Blumen und die Zeitungen zu besorgen. Er sagte, es dürften nur pinkfarbene Blumen sein.«

Ich nickte langsam. »Nur pinkfarbene?«

»In leuchtendem Pink.«

»Wirklich? Wissen Sie, wann die Bestellung aufgegeben wurde?«

Der Kellner holte die Mappe aus seiner Innentasche. »Sieht aus, als wäre sie um sechs Uhr fünfundvierzig aufgegeben worden. Wahrscheinlich hat der Concierge eine Weile gebraucht, um einen Blumenladen zu finden, der so früh geöffnet hat.«

Ich hatte keine Ahnung, was ich von dieser Information

halten sollte, also nickte ich nur. »Okay. Nochmals vielen Dank.«

Als ich allein war, schaute ich nach, was sich unter der Cloche befand – Eier Benedict und frisches Obst. Mir lief das Wasser im Mund zusammen. Dann stieg mir der Duft der Blumen in die Nase, und ich beugte mich hinunter, um an ihnen zu riechen. Ich war beeindruckt, wie viel Mühe Beck sich gemacht hatte. Nebenan hörte ich seine Stimme, er schien also noch in der Konferenz zu sein, aber um ihm zu zeigen, wie sehr ich seine Aufmerksamkeit zu schätzen wusste, konnte ich ihm zumindest etwas Koffein bringen. Ich schenkte zwei Tassen ein, nippte an einer und ging mit seiner in der Hand nach nebenan.

Beck saß am Schreibtisch, sein Laptop war aufgeklappt und ich hörte Stimmen, doch als ich eintrat, musterte er mich von oben bis unten. Langsam ließ er den Blick wieder nach oben wandern, und ich machte mir im Stillen Vorwürfe, weil ich nicht in den Spiegel geschaut hatte, bevor ich herübergekommen war.

Sogar die Art, wie er mich beobachtete, als ich ihm den Kaffee brachte, wirkte irgendwie dominant, genau so, wie er im Bett gewesen war. Sein Blick folgte jedem meiner Schritte, ohne dass er dabei den Kopf bewegte, woraufhin eine Gänsehaut meinen Körper überlief.

Ich stellte den Kaffee neben seinem Laptop ab und achtete sorgsam darauf, nicht ins Blickfeld der Kamera zu geraten. Beck blieb die ganze Zeit über kühl und zurückhaltend – sein Blick folgte mir, ohne dass er dabei eine Miene verzog. Also konnte ich einfach nicht anders. Es schien eine stumme Herausforderung zu sein.

Als ich wieder an der Tür war, löste ich den Gürtel meines

Bademantels, drehte mich um, öffnete ihn weit und zeigte mich ihm so, wie der liebe Gott mich geschaffen hatte.

Damit brachte ich ihn aus dem Konzept.

Beck machte große Augen, grinste und schüttelte den Kopf.

Zufrieden damit, dass er nicht immer derjenige war, der die Kontrolle hatte, ging ich etwas schwungvoller in mein Zimmer zurück.

»O mein Gott. Du bist wach …«

Als wir eine Stunde später die Intensivstation betraten, überraschte Louise uns beide. Sie sah tausendmal besser aus als noch vor ein paar Stunden. Vor lauter Erleichterung schnürte sich mir die Kehle zu, und ich ging zu ihrem Bett und umarmte sie. Beck tat das Gleiche.

»Dachtest du etwa, ich würde Harry verpassen?«

Beck sah mich an.

»Wir haben Freitagabend Karten für Harry Styles. Plätze in der dritten Reihe. Er tritt in New York auf. Wir fliegen nach Hause, um ihn zu sehen.«

»Harry Styles? Im Ernst? Ist der nicht was für Teenager?«

Ich verengte meine Augen. »Harry Styles ist für alle da.«

Schulterzuckend wandte Beck sich wieder an Louise. »Wie geht es dir?«

»Ich will hier raus, so geht es mir.«

Er blickte wieder zu mir. »Okay. Es geht ihr besser.«

Ein paar Minuten später kam eine Gruppe von Ärzten herein. Einer von ihnen war der Neurologe von gestern, Dr. Cornelius.

»Guten Morgen«, sagte er.

»Morgen.«

Er tippte etwas in sein iPad und wandte sich dann lächelnd an Louise. »Wie geht es Ihnen, Ms Aster?«

»Großartig. Ich bin bereit zum Auschecken.«

Dr. Cornelius wandte sich an uns. »Normalerweise frage ich die Familie, ob die Patientin wieder wie sie selbst wirkt. Das ist eigentlich ein wichtiger Teil meiner neurologischen Untersuchung. Aber irgendetwas sagt mir, dass die Antwort darauf Ja lautet.«

Beck grinste. »Ganz bestimmt.«

»Das ist ein gutes Zeichen. Ich bin vor etwa einer Stunde hier gewesen, um nach Ms Aster zu sehen. Wir haben besprochen, was geschehen ist, und etwas über ihren Zustand geredet. Aber ich bin kein Onkologe, deshalb wollte ich mit ihren Ärzten in New York sprechen und mich mit meinen Kollegen hier beraten, bevor wir einen Behandlungsplan erörtern.«

Beck nickte. »Okay …«

»Ms Aster hat zum Ausdruck gebracht, dass sie entschieden hat, die letzte Phase ihres Lebens zu genießen. Sie möchte keine Chemotherapie oder Bestrahlung, die ihr Leben nur begrenzt verlängern und die Qualität einschränken.«

»Damit bin ich nicht unbedingt einverstanden«, sagte Beck. »Aber es ist ihre Entscheidung.«

Dr. Cornelius nickte. »Wenn wir es mit einer schweren Krankheit zu tun haben, akzeptiere ich die Wünsche des Patienten normalerweise ungefragt. Meiner Meinung nach wird der Tumor, der auf die Halsschlagader drückt, jedoch wahrscheinlich einen weiteren Schlaganfall verursachen, wenn er nicht behandelt wird. Und zwar eher früher als später.«

»Wie bald?«, fragte Louise.

Der Arzt schüttelte den Kopf. »Das kann ich Ihnen nicht sagen. Aber es würde mich nicht wundern, wenn es eine Frage von Tagen wäre. Höchstens Wochen. Die Blutverdünner sind nur eine kurzfristige Lösung.«

»Gibt es irgendetwas, was man nicht invasiv tun kann?«, fragte ich.

Dr. Cornelius sah zu Louise. »Ich habe mit Ihrem Onkologen in New York, Dr. Ludlow, gesprochen. Er hält eine kurze Bestrahlung für das Beste. Unter Berücksichtigung Ihres Wunsches, sich keiner weiteren Behandlung zu unterziehen, die Ihre Lebensqualität einschränken würde, empfiehlt er eine nur zweiwöchige Bestrahlung, etwa zehn Sitzungen. Die meisten Tumore schrumpfen in den ersten Wochen und verursachen dabei die geringsten Nebenwirkungen. Wir können nicht mit Sicherheit sagen, ob es funktioniert oder wie lange es dauert, bis der Tumor wieder Probleme macht. Dr. Ludlow glaubt jedoch, dass der Tumor in zehn Sitzungen so weit schrumpfen sollte, dass es mindestens drei bis sechs Monate dauert, bis er wieder Probleme verursacht.«

Louise seufzte. »Die Bestrahlung hat mich beim letzten Mal so müde gemacht, dass ich nicht aus dem Bett gekommen bin.«

»Ja«, fügte Beck hinzu. »Aber da hast du gleichzeitig auch noch Chemo gemacht. Das hier ist doch nur eine Bestrahlung, oder?«

»Das ist richtig.« Dr. Cornelius nickte. »Ihr Onkologe würde nicht versuchen, die Krankheit zu heilen; er würde nur versuchen, Ihnen das Leben mit der Krankheit zu erleichtern, damit Sie mehr Zeit haben, es zu genießen.«

»Ich weiß nicht …«, sagte Louise. Sie sah mich an. »Was meinst du?«

Ich spürte Becks Blicke auf mir, versuchte aber, diesen Einfluss zu ignorieren. »Ich finde, das ist eine Entscheidung, die du dir gut überlegen solltest.«

Louise zuckte die Achseln. »Ich muss darüber nachdenken.«

»Natürlich.« Der Arzt nickte. »Aber wie ich schon sagte, die

Blutverdünner sind nur eine vorübergehende Lösung. Sie lassen sich also besser nicht allzu lange Zeit.«

Die Ärzte blieben weitere zehn Minuten und untersuchten Louises Augen und Kraft. Sie war in der Lage, die Finger des Arztes mit beiden Händen zu greifen, aber eine Seite war deutlich schwächer als die andere. Als sie fertig waren, fragte Dr. Cornelius, ob wir irgendwelche Fragen hätten.

»Wie lange muss sie hier im Krankenhaus bleiben, wenn es keine weiteren Zwischenfälle gibt?«, fragte Beck. »Sie sagten, es könne nur eine Frage von Tagen sein, bis ein weiterer Schlaganfall auftritt, also würde ich sie gern zurück nach New York bringen, um mit der Behandlung zu beginnen.«

Louise schürzte die Lippen. »Falls ich einer Behandlung zustimme.«

Beck ignorierte sie. »Wie schnell können wir sie in ein Flugzeug setzen?«

»Ich möchte sie heute überwachen und versuchen, Ms Aster heute Nachmittag aufstehen zu lassen. Wie wäre es, wenn wir das bei der Abendvisite besprechen?«

»Okay. Gut.«

Louise zog die Decke weg und schwang die Beine über die Bettkante.

»Moment mal«, sagte Dr. Cornelius. »Zum Aufstehen brauchen Sie eine Krankenschwester und einen Physiotherapeuten. Wahrscheinlich für den Anfang auch eine Gehhilfe.«

Bei dem Wort »Gehhilfe« zuckte ich zusammen, denn ich wusste, was jetzt kommen würde. Und ich hatte recht.

»Ich brauche keine verdammte Gehhilfe. Ich werde zwar unwillkürlich älter, aber ich bin noch lange nicht alt, mein Sohn. Ich sterbe nur. Ich komme gut allein zurecht.«

Der Arzt bemühte sich offensichtlich, ein Lächeln zu verbergen. »Wie wäre es, wenn wir einen Kompromiss schließen und die Krankenschwester und der Physiotherapeut Ihnen ohne Gehhilfe assistieren?«

»Gut.«

Als das medizinische Team Louises Zimmer verließ, schüttelte Beck den Kopf. »Er ist nur fürsorglich. Es wird dich schon nicht umbringen, wenn du ihn bei Laune hältst und für ein paar Minuten die Gehhilfe benutzt, um sicherzugehen, dass du fest auf den Beinen stehst. Du musst nicht immer die Kontrolle haben.«

»Ach, wirklich? Wann hast du das letzte Mal jemandem die Kontrolle überlassen?«

Ich grinste. Je mehr Zeit ich mit den beiden verbrachte, desto mehr wurde mir bewusst, wie sehr sie sich ähnelten.

Beck sah mich finster an. »Was grinst du so?«

Ich grinste nur noch breiter. »Wer, ich? Ich grinse nicht.«

Er grummelte etwas vor sich hin. Danach kam eine Krankenschwester herein, und Louise bat um Kaffee.

»Tut mir leid.« Sie machte ein bedauerndes Gesicht. »Heute gibt es nur koffeinfreien.«

»Das ist so, als würde man mit einem Regenmantel duschen. Sinnlos.«

Ja. Louise geht es tatsächlich gut. Zumindest vorläufig.

Ein paar Stunden vergingen, dann klopfte ein Typ in blauer Uniform an die Tür. Er war wahrscheinlich erst fünfundzwanzig und ziemlich süß. Er lächelte. »Ich bin Evan, der Physiotherapeut. Sind Sie bereit, die Straße zu rocken, Ms Aster?«

»Natürlich.« Louise hob wieder die Decke von ihren Beinen.

Evan hielt die Hände hoch. »Einen kleinen Moment, bitte. Wir brauchen zwei Leute, einen auf jeder Seite. Ich hole eine Krankenschwester.«

»Ich brauche keine zwei Leute.«

»Oh, ganz bestimmt nicht. Das sehe ich. Aber es ist eine dumme Krankenhausvorschrift und erspart mir Ärger.« Auf dem Weg nach draußen zwinkerte er Beck und mir zu. Er war jung, aber er wusste schon, mit Menschen umzugehen.

»Er hat sie durchschaut«, flüsterte ich Beck zu.

»Bestimmt hat er in ihrer Akte den Hinweis gelesen, dass sie eine schwierige Patientin ist.«

»Das habe ich gehört!«, rief Louise.

Der Gang über den Flur bewies nicht nur, dass Louise keine Gehhilfe brauchte, sondern auch niemanden an ihrer Seite. Anschließend wurde sie noch einmal zum CT geschickt. Da es hieß, dass das etwa eine Stunde dauern würde, gingen Beck und ich derweil in die Cafeteria, um etwas zu Mittag zu essen. Auf unserem Tisch stand eine traurig aussehende Nelke in einer billigen Vase, doch sie erinnerte mich an die Blumen auf meinem Tablett beim Frühstück.

»Danke für den Zimmerservice heute Morgen.« Beck nickte knapp. »Natürlich.«

»Ach ... natürlich? Jetzt verstehe ich. So ein fancy Frühstück macht sich immer gut, nachdem man die Nacht mit einer Frau verbracht hat.«

Er kniff die Augen zusammen. »Wovon redest du?«

»Habe ich das Beck-Cross-Spezial bekommen? Ist die Bestellung immer die gleiche? Eier Benedict, Kaffee, Saft, hübsche Blumen und ein paar Zeitungen ... Lässt du es nach Hause liefern, wenn du nicht im Hotel übernachtest? Ist es eine Standardbestellung, die du auf einer App eingerichtet hast, sodass du nur einfach auf noch mal bestellen gehen musst? Ach, und erkundigst du dich immer vorher nach der Lieblingsfarbe, um dem Ganzen eine persönliche Note zu geben?«

Beck legte den Kopf schief. »Was habe ich hier verpasst?«

Ich stocherte mit der Gabel in dem Salat auf meinem Teller herum. »Die Blumen, die du heute Morgen geschickt hast, waren wunderschön. Und sie hatten meine Lieblingsfarbe.«

»Und?«

»Ich sage nur, es ist ein geschickter Schachzug. Ich wette, die Frauen schmelzen am nächsten Morgen dahin.«

»Welche Frauen?«

»Die, denen du ein Frühstück mit Blumen in ihrer Lieblingsfarbe liefern lässt.«

Beck sah verwirrt aus. »Hast du dir den Kopf gestoßen?«

Ich verdrehte die Augen. »Vergiss es. Aber trotzdem danke für die Blumen. Sie waren wunderschön.«

»Gern geschehen. Nur damit du es weißt, ich habe dir Blumen geschickt, weil du in mein Zimmer gekommen bist und das Leben für eine Weile vergessen wolltest. Ich dachte, das bedeutet, dass du nicht gut drauf bist, und du hast gesagt, Pink würde deine Stimmung heben.« Er hielt inne und fing meinen Blick auf. »Das mache ich nicht andauernd. Das war nur für dich.«

In meinem Bauch flatterten kurz ein paar Schmetterlinge auf. Wer hätte gedacht, dass Beck so süß sein konnte?

Während ich noch versuchte, mich von seiner Antwort nicht beeindrucken zu lassen, beugte er sich vor und senkte die Stimme. »Ich hätte dich heute Morgen gern erneut mit meinem Schwanz gefüttert, um deine Laune zu heben, aber ich dachte, du brauchst deinen Schlaf.« Er blinzelte. »Eier. Das Nächstbeste.«

Und … schon ist der echte Beck zurück.

Da die Schmetterlinge nun unterhalb meines Bauches flatterten, fand ich, es sei Zeit für einen Themenwechsel.

»Ich glaube nicht, dass du Louise drängen solltest, sich bestrahlen zu lassen.«

Er stutzte. »Warum nicht?«

»Weil ich glaube, dass sie von allein zu dem Schluss kommen wird. Und falls nicht, sind Schuldgefühle, weil sie dich möglicherweise um etwas mehr Zeit mit ihr bringt, das Letzte, was sie gebrauchen kann.«

Becks Miene veränderte sich. Es sah aus, als hätte ich einen Pfeil abgeschossen und ihn direkt ins Herz getroffen. »So empfindet sie also?«

»So deutlich sagt sie das nicht, aber ja. Es hat sie viel Überwindung gekostet, die Entscheidung zu treffen, sich selbst an die erste Stelle zu setzen. Sie hat sich fünfzig Jahre ihres Lebens um eine Familie gekümmert – zuerst um deine Mom und dann um dich und deinen Bruder. Ich weiß, dass sie das um nichts in der Welt ändern wollte, aber jetzt hat sie die Entscheidung getroffen, es ist das, was sie jetzt will, Beck.«

Ihm stiegen Tränen in die Augen, und er nickte. »Okay.«

Während des restlichen Mittagessens war er still. Und das blieb so, bis Dr. Cornelius um vier Uhr nachmittags zurückkam.

»Ich habe gehört, Sie sind bereit, den New York Marathon zu laufen«, sagte er, als er eintrat.

»Nicht ganz.« Louise lächelte. »Aber ich bin bereit für ein Harry-Styles-Konzert.«

Dr. Cornelius setzte sich zu ihr auf die Bettkante. Er nahm Louises Hand. »Und, haben Sie schon über den Behandlungsplan nachgedacht, den Ihr Arzt in New York vorgeschlagen hat?«

Sie sah zu Beck hoch. »Ich werde es versuchen, aber wenn ich mich krank oder zu erschöpft fühle, breche ich das Ganze ab. Ich habe mich gegen eine Behandlung entschieden, um mein Lebensende zu genießen, und das werde ich tun – egal, ob es drei Tage oder drei Monate sind.«

Beck wandte sich an Dr. Cornelius. »Wie schnell kann ich sie in ein Flugzeug nach New York setzen?«

»Ich werde sie in Ihre Obhut entlassen, sobald Sie die nötigen Vorkehrungen getroffen haben.« Er deutete auf Louise. »Aber Sie müssen in New York direkt ins Krankenhaus fahren und sich dort zur weiteren Überwachung einweisen lassen. Gehen Sie nicht über Los und ziehen zweihundert Dollar ein, sondern fahren Sie vom Flughafen direkt zum Krankenhaus. Dann muss Ihr Onkologe entscheiden, ob die Bestrahlung stationär oder ambulant durchgeführt werden kann.«

»Gut«, sagte Louise.

Beck zückte sein Handy. »Ich kümmere mich um die Buchung und sorge dafür, dass sie direkt nach der Landung ins Krankenhaus kommt.«

Viereinhalb Stunden später stiegen wir in ein Flugzeug nach New York. Beck hatte einen dieser Caddys organisiert, um uns von der Sicherheitskontrolle zum Gate bringen zu lassen. Louise war schwach, und als wir abhoben, schlief sie bereits tief und fest neben ihm.

Ich saß ihnen gegenüber am Gang, beugte mich vor und flüsterte: »Danke, dass du mein Ticket nach Hause bezahlt hast. Das wäre nicht nötig gewesen.« Ich lächelte. »Wenn ich selbst bezahlt hätte, säße ich hinten irgendwo in der Holzklasse, nicht in der komfortablen ersten Klasse.«

»Kein Problem. Und danke, dass du dich so gut um meine Großmutter gekümmert hast, als sie krank war.«

Ich nickte. »Ich würde alles für Louise tun.«

Beck sah zwischen meinen Augen hin und her. »Das weiß ich.«

»Wenn wir zurück sind, musst du sicher arbeiten und hast an einigen Tagen deine Tochter. Darum habe ich überlegt, dass wir uns doch einfach abwechselnd um Louise kümmern könnten. Ganz gleich, ob sie im Krankenhaus ist oder nicht, ich würde gern für sie da sein.«

Beck lächelte traurig. »Das wäre toll. Danke. Du bist ihr wirklich eine gute Freundin.«

»Das beruht auf Gegenseitigkeit. Sie gibt mehr, als sie bekommt.«

Er sah mir wieder in die Augen, sagte jedoch nichts.

»Da wir gerade einen Moment freundlich zueinander sind und uns bedanken – was womöglich bei uns nicht anhalten wird –, möchte ich mich für heute Morgen bedanken. Ich habe das mehr gebraucht, als du dir vorstellen kannst.«

»Jederzeit.«

Ich schaute auf seinen Schritt hinunter und seufzte. In dieser edlen Anzughose sah die Ausbuchtung, die ich dort sah, total scharf aus. »So verlockend die Aussicht auf eine oder zwei weitere Wiederholungen auch sein mag, ich glaube, es war nur eine einmalige Sache. Ich hoffe, du verstehst das.«

Er grinste. »Wir werden sehen.«

17. Kapitel

Nora

»Oh, sorry. Ich habe Sie nicht gesehen.« Ein bezaubernder junger Mann lächelte, wobei Grübchen auf seinen Wangen erschienen, und deutete mit dem Daumen über seine Schulter. »Ich glaube, ich bin im falschen Krankenzimmer. Aber …« Schulterzuckend hob er einen der Starbucks-Becher hoch, die er in den Händen hielt. »Ich habe Ihnen einen Kaffee mitgebracht.«

Ich lachte. »Sie haben mir einen Kaffee gebracht, haben sich aber im Zimmer geirrt?«

»Eigentlich habe ich ihn für meinen Bruder mitgebracht, aber er wird ihn nicht so sehr zu schätzen wissen, wie ich es genießen werde, ihn mit Ihnen zu trinken.«

Ich war mir nicht sicher, ob es die freche Bemerkung über seinen Bruder war oder seine fröhliche, aufreizende Art, die mich aufhorchen ließ. »O mein Gott. Ich wette, du bist Jake?«

Seine Grübchen vertieften sich. »Du hast auch dein ganzes Leben lang nach mir gesucht?«

Ich stand auf und streckte ihm die Hand hin. »Ich bin eine Freundin deiner Großmutter. Nora Sutton.«

»O Mist.« Er stellte beide Kaffeebecher ab und überraschte mich, indem er mich herzlich umarmte. »Die Frau, die Wingsuit-Sprünge macht, aber nicht nach der Pfeife meines Bruders tanzt. Wie schön, dich kennenzulernen, Nora. Ich habe schon viel von dir gehört.«

Ich lachte. »Wenn es von Beck war, bin ich mir nicht ganz sicher, ob es so gut war.«

Er nahm seinen Kaffeebecher wieder in die Hand. »Im Ernst, nimm den anderen, wenn du willst. Ich habe ihn nur mitgebracht, um ihn milde zu stimmen, weil ich im Büro etwas vermasselt habe.«

»Danke. Ich glaube, ich nehme ihn. Der Kaffee hier ist grässlich, und wenn ich weiß, dass ich ihn Beck weggenommen habe, schmeckt er mir gleich noch besser.«

Jakes Grinsen war ansteckend. Die beiden Brüder ähnelten einander, beide sahen umwerfend aus, aber sie waren irgendwie doch sehr unterschiedlich. Beck hatte breite Schultern, markante Gesichtszüge und war makellos gekleidet. Er war zugeknöpft und souverän, während Jake schmaler war und etwas weichere Züge hatte. Zudem sah er aus, als könnte er einen Haarschnitt und eine Rasur vertragen. Doch ich würde meinen letzten Dollar darauf verwetten, dass Frauen genauso auf sein Aussehen abfuhren. Insbesondere auf diese Grübchen.

Er deutete mit dem Kinn auf das leere Bett. »Wo ist Gram? Hat sie sich schon aus dem Staub gemacht?«

»Sie haben sie vor einer Weile zur Bestrahlung nach unten gebracht. Normalerweise dauert das nur eine halbe Stunde, sie sollte bald zurück sein.«

»Wie geht es ihr heute?«

»Sie ist nicht gerade glücklich darüber, dass der Arzt gesagt hat, sie dürfe heute Abend nicht zum Harry-Styles-Konzert gehen.«

»Ich liebe Harry!«

Ich lächelte. *Ja, diese Brüder sind sehr verschieden.* »Jedenfalls ist es lustig, dass du fragst, ob sie sich aus dem Staub gemacht hat, denn sie will mich dazu überreden, sie für ein paar Stunden rauszuschmuggeln. Ich sage ihr immer wieder, dass ich das nicht darf. Die Krankenschwestern könnten uns erwischen.«

»Tja, wenn du eine neue Begleitung für das Konzert heute Abend brauchst …« Jake wippte auf den Fersen und schob die Hände in die Hosentaschen. »Ich kann meine Termine absagen.«

Ich war fast versucht, sein Angebot anzunehmen, allein weil es Beck bestimmt verrückt machen würde. Leider hatte ich ihm die Karten bereits gegeben, damit er sie im Internet für mich verkaufte. »Sorry. Ich glaube, die Tickets sind schon verkauft.«

»Verdammt.« Er grinste. »Nächstes Mal.«

Jake schlüpfte aus seinen Schuhen und sprang auf Louises Bett. Er streckte die langen Beine aus, machte es sich bequem und verschränkte die Hände hinter dem Kopf.

»Also … kennst du schon die Geschichte, warum Grams Hund Beck hasst?«

Ich lächelte. »Ich glaube nicht. Obwohl ich all die Bisswunden an seinen Fingern gesehen habe. Als ich ihn das erste Mal traf, trug er, glaube ich, vier Pflaster.«

»Genau. Der Hund hasst ihn. Er macht den Leuten gern weis, das liege daran, dass Gram mit Bitsy spricht und er nicht. Aber das ist ganz und gar nicht der Grund.«

»Und was steckt eigentlich dahinter?«

»Bitsy muss jetzt acht sein, aber er war erst etwa ein Jahr alt, als Beck ihn einmal vom Scheren abgeholt hat. Gram war übers Wochenende verreist und bat ihn, auf den Hund aufzupassen. Sie hatte Bitsy beim Hundefriseur abgegeben, und Beck sollte ihn abholen.«

»Hat er es vergessen?«

»O nein, er ist dort aufgekreuzt. Und er hat auch einen kleinen Hund mit nach Hause genommen. Es war nur nicht Bitsy.«

»O mein Gott. Hat er nicht auch einmal die falsche Babywippe genommen und dich in der Kita gelassen?«

Jakes Lächeln wurde breiter. »Ja, genau. Für einen Kerl, dem nichts entgeht, kann er manchmal ziemlich unaufmerksam sein.«

»Stimmt. Wie lange hat es gedauert, bis er gemerkt hat, dass er nicht Bitsy hatte?«

»Er hat den falschen Hund zwei ganze Tage lang in seiner Wohnung behalten und es nicht einmal gemerkt. Und falls du jetzt denkst: *Ach, alle Zwergspitze sehen doch gleich aus, das kann leicht passieren*, das stimmt nicht. Denn der Hund, den er vom Hundefriseur mit nach Hause genommen hat, war ein Yorkshire-Terrier.«

Ich lachte. »Willst du mich auf den Arm nehmen?«

»Nope. Er hatte keine Ahnung, dass der Hund, den unsere Großmutter seit einem Jahr besaß, nicht der war, den er entführt hatte. Ich war damals noch ein Teenager, lebte also noch bei ihr. Aber er kam ein paar Mal im Monat vorbei.«

»Was war mit dem Yorkie-Besitzer? Hat er es nicht bemerkt?«

»Der andere Hund hatte zufällig den gleichen Namen und war dort für das Wochenende untergebracht, sodass die Besitzer es erst feststellten, als sie ihren Hund abholen wollten. Als sie ahnten, was passiert war, versuchten sie, Louise zu erreichen, aber sie war im Auto unterwegs, und sie geht grundsätzlich nicht ans Telefon, wenn sie fährt. Also rief der andere Besitzer die Polizei. Gram und Beck mussten auf die Polizeiwache, weil der Yorkie-Besitzer Anzeige wegen Hundeentführung erstatten wollte. Das war der lustigste Quatsch, den ich je gehört habe.«

Ich kriegte mich nicht mehr ein vor Lachen, als ich mir vorstellte, wie Beck ein ganzes Wochenende lang einen Hund gestreichelt und gefüttert hatte, ohne zu merken, dass es nicht der richtige war. Jake lachte genauso herzlich wie ich. Und wie aufs Stichwort trat genau in diesem Moment Beck ins Zimmer.

»O verdammt.« Nachdem er ein paar Schritte hereingekommen war, blieb Beck stehen und schüttelte den Kopf. »Das kann nicht gut sein.«

Jake zeigte auf Becks Finger, an drei von ihnen waren Pflaster. Das brachte uns nur noch mehr zum Lachen. Mir liefen die Tränen über die Wangen. »Was ist los, Hundeentführer?«

Beck richtete den Blick gen Himmel und schüttelte den Kopf. »Du bist so ein Idiot, Jake.«

»Du hast Glück, dass du so schnell gekommen bist. Ich wollte ihr schon die Geschichte von den Bananen letzte Woche erzählen.«

»Was war mit den Bananen?«, fragte ich.

»Er lässt sich seine Lebensmittel liefern. Maddie mag Bananen, also hat er zehn bestellt, aber er hat nicht gesehen, dass sie in Sträußen verkauft werden. Darum bekam er siebzig Bananen. Er hat sie mit zur Arbeit gebracht, und ich habe sechs an einem Tag gegessen.« Jake rieb sich den Bauch. »Kann ich nicht empfehlen.«

Beck stemmte die Hände auf die Hüften. »Es ist erst halb fünf. Solltest du nicht noch bei der Arbeit sein?«

»Nein.« Er grinste. »Ich arbeite nur sechs Stunden am Tag. Zu viel Arbeit verursacht Stress, und der verursacht Falten. Ich bin zu hübsch, um so jung zu verschrumpeln.«

Beck schüttelte den Kopf.

Die Krankenschwester schob Louise im Rollstuhl herein. Als sie sah, dass wir alle zusammen auf sie warteten, leuchteten ihre Augen. »Alle drei auf einmal? Beiße ich heute etwa ins Gras, und niemand hat es mir gesagt?«

»Das ist gar nicht lustig, Gram«, erwiderte Beck.

Sie machte eine wegwerfende Handbewegung. »Ach … entspann dich, du Spaßbremse.«

Sowohl Beck als auch Jake küssten ihre Großmutter, und Beck beobachtete die Krankenschwester, als sie Louise ins Bett half. Der Mann war wirklich sehr aufmerksam, um es positiv zu formulieren.

Louise ließ sich nieder und sah mich an. »Du hast also endlich meinen Jake kennengelernt.«

»Das habe ich. Er hat mich bei Laune gehalten, während ich auf dich gewartet habe.«

Ihre Augen funkelten. »Er ist Single, weißt du.«

Kaum hatte sie es gesagt, wanderte ihr Blick zu Beck. Es war klar, dass sie ihn provozieren wollte. Beck schwieg und ging nicht auf die Spitze ein, doch sein angespannter Kiefer sprach Bände.

»Also, mein kleiner Jakey.« Louise streckte die Hand nach ihrem Enkel aus. »Du weißt, dass du immer mein Lieblingsenkel warst, oder?«

»Natürlich.« Er grinste und hob ihre Hand, um sie zu küssen. »Und du bist mein Lieblingsmädchen.«

»Gut«, sagte Louise. »Wie wäre es, wenn du mich heute Abend gegen neun hier rausholst? Da ist ein Mann mit einer Federboa, den ich aufsuchen muss.«

»Du wirst nicht zu Harry Styles gehen«, murmelte Beck. »Ich habe die Karten schon verkauft.«

Louise streckte ihm die Zunge heraus. »Ich weiß, dass du

Nora nur helfen wolltest, sie zu verkaufen, weil du Angst hattest, sie würde es sich anders überlegen und mit mir hingehen.«

Beck gab sich unbeeindruckt. »Ich versuche nur, auf deine Gesundheit zu achten.«

In den nächsten zwei Stunden wurde ich mit einer amüsanten Geschichte nach der anderen aus Jakes und Becks Kindheit unterhalten. Ich hatte Beck einmal gesagt, dass ich mich nie benachteiligt gefühlt hatte, weil ich mit nur einem Elternteil aufgewachsen war, und so, wie die drei miteinander umgingen, schien ich nicht als Einzige so zu empfinden.

Schließlich ertönte durch die Lautsprecher die Durchsage, dass die Besuchszeit in fünfzehn Minuten enden würde. Ich blickte auf meine Uhr und war überrascht, dass es schon fast sieben war.

»Tja …« Jake schlug sich auf die Schenkel. »Ich sollte besser aufbrechen. Ich habe heute Abend ein Doppelspiel.«

»Du hasst Baseball«, sagte Beck.

Jake grinste. »Wer hat etwas von Baseball gesagt? Ich habe zwei Dates. Mit der einen treffe ich mich um acht auf einen Drink, mit der anderen um Mitternacht im Club.«

»Und das wolltest du alles aufgeben, um mit mir zu Harry zu gehen?«, neckte ich ihn.

Jake nahm meine Hand und führte sie an seine Wange. »Ich würde mein rechtes Ei geben, um mit dir sonst wohin zu gehen, meine Schöne.«

»Vielleicht solltest du mit ihm ausgehen«, brummte Beck. »Wenn er ein Ei weniger hat, kann er sich vielleicht nicht mehr fortpflanzen.«

Nachdem Jake gegangen war, verabschiedeten Beck und ich

uns von Louise. »Ich komme morgen früh wieder«, versprach ich ihr.

»Oder … du könntest vor meinem Fenster parken, und ich springe gegen neun Uhr hinunter. Ich bin nur im ersten Stock. Ich glaube, das kann ich schaffen. Wir können Tickets klauen.«

Ich küsste Louise auf die Wange. »Ruh dich ein bisschen aus. Du machst das toll. Ich plane schon unsere nächsten Abenteuer.«

Beck und ich gingen zu den Aufzügen. »Bis jetzt verträgt sie die Bestrahlung gut«, sagte ich.

Er nickte. »Ihre Laune ist auch besser als erwartet. Aber ich glaube, das liegt zum großen Teil an dir. Du machst sie wieder jung.«

Ich lächelte. »Das ist süß. Aber ich bin mir ziemlich sicher, dass du und dein Bruder ihren Geist wachhalten.«

Die Fahrstuhltüren glitten auseinander, und Beck und ich traten ein. »Hast du schon gegessen?«, fragte er.

»Nein. Ich werde mir auf dem Heimweg etwas mitnehmen.«

»Lass uns doch zusammen was essen gehen. Mein Lieblingsitaliener ist nur einen Block von hier entfernt. Die machen da die besten Gnocchi mit Pesto, die ich je gegessen habe.«

Ich nagte an meiner Unterlippe. Das klang wesentlich besser, als vor dem Fernseher halb kaltes chinesisches Essen aus der Schachtel zu essen, aber … »Ich glaube, das ist keine gute Idee.«

Beck zog die Brauen zusammen. »Warum nicht?«

»Ich möchte nicht, dass du einen falschen Eindruck bekommst.«

Beck sah mich verwirrt an. »Ich wollte beim Abendessen Gesellschaft haben, ich bin nicht auf Sex aus.«

Der Aufzug hielt im Erdgeschoss. Beck bedeutete mir, als Erste in die Halle zu treten. Dann hielt er mir die Tür zur Straße auf. »Und? Kommst du jetzt mit oder esse ich allein?«

»Wenn zwei Freunde zusammen zu Abend essen, ist das wohl okay, oder?«

»Natürlich.« Er legte mir eine Hand auf den Rücken und führte mich nach rechts. »Außerdem hat mir ein Mal gereicht.«

Ich blieb auf der Stelle stehen. »Was hast du gerade gesagt?«

Er grinste. »Ach, also nur du darfst sagen, dass ein Mal genug war, und ich darf nicht beleidigt sein?«

»Ich habe nicht gesagt, dass ein Mal genug war, ich habe gesagt, dass es keine gute Idee ist. Das ist ein Unterschied.«

»Ach, ein Mal war also nicht genug?«

Ich warf ihm einen genervten Blick zu. »Halt einfach die Klappe und füttere mich.«

»Oh, und wie ich dich füttern werde ….«

Ein paar Minuten später betraten wir das Gustoso. Der Kellner, ein älterer Mann mit einem dichten silbernen Haarschopf, lächelte, als er Beck sah, und eilte herbei, um ihm die Hand zu schütteln.

»Ah … Beckham. Wie geht es dir, mein Freund? Es ist zu lange her.«

»Mir geht's gut, Enzo. Wie geht es dir?«

Der Mann tätschelte seinen Bauch, der sich über seine Hose schob. »Immer noch fett, also immer noch glücklich. Menschen sind nur dünn, wenn sie traurig sind, oder?«

Beck lächelte. »Du siehst gut aus. Wie geht es Allesia?«

»Gut. Sie hat heute Abend frei. Es ist ihr Buchclub-Abend. Obwohl ich glaube, dass Buch insgeheim das amerikanische Wort für Wein ist, denn sie kommt immer beschwipst nach Hause.« Enzo sah zu mir. »Aber genug von meiner Gattin. Sag mir, wer dieses schöne Wesen ist.«

»Das ist Nora. Nora, das ist Enzo Aurucci. Ihm gehört der Laden.«

Enzo hielt einen Finger hoch. »Nur noch zum Teil.«

Beck lächelte. »Das stimmt.«

»Gebt mir eine Minute. Ich mache euch den besten Tisch fertig.«

»Danke, Enzo.«

Ich sah mich in dem Restaurant um. Backsteinwände und antike Balken verliehen dem kleinen Laden eine warme Atmosphäre. Ein großer Kamin nahm die Hälfte einer Wand ein, und die gedämpfte Beleuchtung tauchte die gemütliche Einrichtung in ein romantisches Licht.

»Ich verstehe, warum es dein Lieblingsrestaurant ist. Es ist sehr romantisch. Gehst du hier auch her, um deine Konkubinen aufzuwärmen? Du musst oft herkommen, wenn man deinen Namen kennt.«

»Enzo und seine Frau sind Kunden«, erklärt Beck. »Ihnen gehörten ein paar Restaurants hier in der Stadt. Da sie sich zum Teil zur Ruhe setzen wollten, habe ich ihnen geholfen, an einen großen Konzern zu verkaufen. Jetzt sind sie im Winter für zwei Monate in Italien und arbeiten nur noch drei Tage die Woche. Ich war bis jetzt immer nur mit Jake und Gram hier. Es ist Grams Lieblingsrestaurant.«

»Oh …«

»Du denkst gern das Schlimmste von mir, stimmt's? Wenn ich dich zum Essen einlade, dann nur, weil ich Sex haben will. Ich bringe dich in ein Lokal, in dem das Essen meiner Meinung nach gut ist, und du denkst, man kennt mich, weil ich fünfmal die Woche Frauen herschleppe. Vielleicht hattest du recht … Ein Mal war genug.«

Jetzt fühlte ich mich schlecht. Ich hatte ihn nur ärgern wollen, aber ich hatte nicht darüber nachgedacht, wie meine Kommentare für ihn klangen. »Es tut mir leid. Ich bin eine Idiotin.«

Enzo kam zurück und führte uns zu einem Tisch. Es war ein geschwungener Tisch mit einer Bank, der zum Restaurant hin ausgerichtet war, sodass wir uns nicht gegenübersaßen, sondern nebeneinander. Enzo bestand darauf, uns seine Lieblingsgerichte zu servieren. Kurz darauf kehrte er mit einer köstlichen Flasche Wein und einem Korb mit warmem Brot zurück.

Ich sah zu Beck hinüber. »Immer wenn ich Paare sehe, die so nebeneinandersitzen, anstatt einander gegenüber, kommt mir das seltsam vor. Normalerweise liegt es wohl daran, dass es noch zwei andere Plätze gibt und das Paar sich für eine Seite entscheidet. Aber das hier kommt mir auch irgendwie seltsam vor.«

Beck deutete auf den knisternden Kamin auf der rechten Seite. »Wahrscheinlich sollen beide das Ambiente genießen können.«

»Ja, wahrscheinlich.«

Er nahm den Brotkorb auf und hielt ihn mir hin, bevor er sich selbst ein Stück nahm. »Ich habe heute Morgen mit dem Onkologen telefoniert. Er sagte, der Tumor bilde sich bereits etwas zurück, schon nach nur vier Behandlungen.«

»Ich weiß. Er war da, um mit Louise zu sprechen, kurz bevor du und Jake gekommen seid.«

»Er hat davon gesprochen, die Bestrahlung vielleicht zu verlängern …«

Ich legte meine Hand auf Becks Arm. »Meinst du, wir könnten zu Abend essen, ohne über Krankheit und Behandlungen zu sprechen? Nachdem ich die ganze Woche auf der onkologischen Station verbracht habe und kranke Kinder und Ähnliches gesehen habe, brauche ich etwas Fröhlicheres.«

»Ja.« Beck nickte. »Verstehe. Das ist eine gute Idee.«

Ich riss ein Stück von meinem Brot ab und tauchte es in die

Schüssel mit gewürztem Öl und Essig. »Danke. Nur fröhliche Themen. Also, worüber sollen wir reden?«

Beck zuckte die Schultern. »Wir können darüber reden, wie gut ich im Bett war?«

Ich lachte. Da ich ihn vorhin beleidigt hatte, war es vielleicht an der Zeit für ein Kompliment – eines, das mir leicht über die Lippen ging, weil es der Wahrheit entsprach. »Lass es dir nicht zu Kopf steigen, aber du warst tatsächlich sehr gut im Bett.«

Becks Lippen verzogen sich zu einem hämischen Grinsen. »Ich weiß.«

Ich stöhnte. »Du könntest wenigstens freundlich sein …«

»Nicht mein Stil.« Er lachte. »Aber ich habe eine ernsthafte Frage. Wenn du dich gut amüsiert hast und niemand anderes im Spiel ist, warum bestehst du dann so sehr darauf, dass es eine einmalige Sache war?«

Ich seufzte. »Ich ziehe in ein paar Monaten auf die andere Seite des Landes. Außerdem bin ich im Moment einfach nicht an diesem Punkt in meinem Leben. Ich will mich nicht binden.«

Beck senkte die Stimme und beugte sich schnurrend zu mir. »Wie wäre es, wenn ich dich fessele?«

Und einfach so verwandelte sich meine Stimmung von krankenhausbedingter Melancholie in Erregung, bei der sich die Härchen auf meinen Armen aufrichteten. »Sei brav …«, warnte ich.

Seine Augen funkelten. »Das ist genau das Gegenteil von dem, wozu ich Lust habe, wenn ich dir so nahe bin. Übrigens, dein Sommerkleid hat meine Lieblingsfarbe. Babyblau. Hast du es für mich angezogen?«

»Beck …«

»Dein Mund sagt, es war eine einmalige Sache, aber dein

Körper sagt etwas ganz anderes.« Er blickte hinunter auf meine Nippel, die sich nun durch den Stoff meines Kleides abzeichneten, dann wieder hinauf zu meinen leicht geöffneten Lippen. »Darf ich dich berühren?«

»Mich wo berühren?«

Er ließ eine Hand unter den Tisch und auf meinen Schenkel gleiten. Ich zuckte zusammen, doch es trieb auch einen Lustschauer durch meinen Körper. Beck strich mit den Fingern an der Innenseite meines Schenkels hinunter. »Sag mir einfach, dass ich aufhören soll, und ich werde es tun.«

Der geringste Kontakt mit diesem Mann machte mich verrückt. Aber wollte ich zulassen, dass er mich an einem öffentlichen Ort berührte?

Beck flüsterte mir ins Ohr. »Wo ist deine Abenteuerlust geblieben? Schließ die Augen. Keiner kann dich sehen. Das Tischtuch hängt tief genug, um dich zu verdecken.«

Er ließ die Finger unter mein Sommerkleid und ein Stück weiter meinen Oberschenkel hinaufgleiten. Seine Hand war noch ungefähr eine Handbreit von meiner Scham entfernt, doch es fühlte sich an, als würde er bereits an meiner Mitte entlangstreichen. Ich spürte ihn überall. Mein Atem ging so unregelmäßig wie mein Herzschlag.

»Das fühlt sich gut an, stimmt's?« Becks Stimme klang so angestrengt, wie sich meine Willenskraft anfühlte.

Ich schluckte und nickte.

Ohne Vorwarnung ließ er die Hand nach oben wandern und strich sanft an meinem Slip auf und ab. »Du bist schon feucht für mich.«

Ich konnte nicht glauben, dass ich das in einem Restaurant tat. Bislang hatte ich noch nicht einmal Sex in der Nähe eines Fensters gehabt.

»Öffne deine Beine ein wenig«, flüsterte Beck an meinem Hals. Sein heißer Atem trieb eine Gänsehaut über meine Haut.

Als ich nicht sofort gehorchte, drückte er seinen Daumen durch meinen Slip auf meinen Kitzler. »Lass dich von mir verwöhnen, ich lass dich alles vergessen.«

Mir stockte der Atem. »Es wäre mir überall lieber als hier.«

»Dann hättest du diese Woche auf meine Nachrichten reagieren sollen. Glaub mir, ich hätte mir einen Ort ausgesucht, an dem ich hören kann, wie du meinen Namen schreist, wenn du kommst, aber du hast mir das hier gegeben. Also spreiz die Beine, Süße.«

Wahrscheinlich würde ich mich morgen dafür hassen, aber ich wollte es einfach zu sehr. Schamlos ließ ich meine Knie unter dem Tisch auseinanderfallen. Ich starrte immer noch geradeaus, sah jedoch aus dem Augenwinkel, wie sich Becks Mund zu einem Lächeln verzog.

Die Luft zwischen uns knisterte, als er den Rand meines Höschens berührte und seinen Finger darunterschob. Er strich über die glühende Mitte, tauchte in sie ein und brachte meinen Körper zum Beben.

Ich hatte nicht aufgehört, in das Restaurant zu starren, und erst als Beck die Finger auf einmal nicht mehr bewegte, merkte ich, dass etwas nicht stimmte.

»Enzo kommt mit einem Teller«, sagte er.

»O mein Gott. Nimm die Hand weg.«

»Halt einfach still.«

Enzo kam lächelnd an unseren Tisch. »Meine Lieblings-Auberginen-Parmigiana. In dünne Scheiben geschnitten, wie es sich gehört. Mit meinem berühmten hausgemachten Ricotta zwischen den Schichten.«

»Das sieht wunderbar aus«, sagte Beck. »Danke, Enzo.«

Zu meinem Entsetzen fand Beck, dass dies der richtige Moment sei, einen Finger in mich hineinzuschieben. Ich drehte abrupt den Kopf zu ihm, und er lächelte – er hatte eine ruhige, kühle und völlig kontrollierte Maske aufgesetzt. »Sieht das nicht toll aus, Nora?«

Kaum hatte er es gesagt, schob er einen zweiten Finger in mich hinein. Und pumpte mehrfach hinein und heraus.

Ich schluckte und nickte, unfähig zu sprechen.

»Guten Appetit«, sagte Enzo. Wenn er ahnte, was unter dem Tisch vor sich ging, dann ließ er es sich jedenfalls nicht anmerken. »Ich bringe gleich mehr.«

»Danke, Enzo«, sagte Beck.

Der Restaurantbesitzer war kaum außer Hörweite, als ich mich mit dem Mann neben mir anlegte. »Ich fasse nicht, dass du das gerade getan hast.«

Zur Antwort tauchte er seine Finger noch tiefer in mich hinein. So verrückt es auch war, ich glaube, es machte mich an, dass man uns jederzeit erwischen könnte. Es fühlte sich an wie der Adrenalinrausch beim Sprung aus einem Flugzeug, nur besser. Und Beck öffnete noch nicht den Fallschirm. Seine Augen verdunkelten sich, während er weiter mit den Fingern in mich hineinpumpte. Es dauerte nicht lange, bis ich spürte, wie sich mein Orgasmus ankündigte.

»Beck …«

»Küss mich«, knurrte er mir ins Ohr. »Dann stört uns niemand, und man hört dich nicht, wenn du kommst.«

Die Finger des Mannes waren in mir, mitten in einem Restaurant, und ich sollte ihn küssen?

Beck sah das Zögern in meinem Gesicht. »Oh, verdammt noch mal. Gib mir deinen Mund.«

Ich beugte mich ein kleines Stück vor, und Beck presste seine

Lippen auf meine. Sobald wir miteinander verbunden waren, krümmte er die Finger in mir und ließ den Daumen um meinen Kitzler kreisen. Ein Orgasmus durchzuckte mich. Aus Angst, dass ich laut sein könnte, selbst wenn das Geräusch durch unsere Münder gedämpft würde, versenkte ich meine Zähne in Becks Unterlippe. Er stöhnte auf, und es durchfuhr mich wie ein heftiges Nachbeben.

Ein paar Minuten später keuchte ich immer noch. Beck fasste mir in den Nacken und drückte mich fest an sich. »Alles okay?«

Ich nickte.

Er strich sich mit der Zunge über die Unterlippe. »Du hast mich gebissen.«

»Tut mir leid.«

»Nein, tut es nicht.«

Das brachte mich zum Lächeln. »Vielleicht hast du recht.«

Wir lachten. Und es passte zu den verrückten zehn Minuten, dass wir danach einfach zu essen anfingen. Plötzlich hatte ich einen Bärenhunger.

Ich zeigte auf die Aubergine mit Parmesan auf meinem Teller. »Vielleicht ist es ein post-orgasmisches High, aber das ist das Beste, was ich seit … vielleicht jemals gegessen habe.«

»Es ist köstlich. Aber mir fällt etwas ein, das ich in letzter Zeit gekostet habe und das noch besser geschmeckt hat.« Er zwinkerte mir zu.

Danach brachte Enzo drei weitere Gerichte, von denen eines besser als das andere war. So gern ich auch wollte, am Ende konnte ich keinen Bissen von der Pasta auf meinem Teller mehr essen. Ich lehnte mich zurück und legte eine Hand auf meinen Bauch.

»Ich bin pappsatt. Zum Glück habe ich dieses Kleid an und keine Jeans.«

»Ich bin auch froh, dass du das Kleid trägst, aber das hat nichts mit dem Essen zu tun.«

Ich lachte. »Ich kann es immer noch nicht fassen, dass ich das getan habe. Schade, dass wir nicht mit dem Auto hergefahren sind. Mir ist jetzt nach Abenteuer zumute. Ich habe noch nie einem Mann in einem Auto einen geblasen.«

»Kein Auto ist also das einzige Hindernis, nicht deine Nur-ein-Mal-Regel?«

Ich biss mir auf die Unterlippe. »Ich glaube, diese Regel haben wir bereits gebrochen.«

Kurze Zeit später rollte Enzo einen Dessertwagen heran. Ich hatte gesagt, ich sei zu satt, aber er bestand darauf, dass ich wenigstens das Tiramisu probierte. Beck hatte ein Stück Käsekuchen und ein Cannoli genommen. Kopfschüttelnd beobachtete ich, wie er den letzten Bissen aß.

»Ich weiß nicht, wo du das hinsteckst.«

Er hob und senkte die Brauen. »Ich weiß, wo ich es gern hinstecken würde.«

Ich lachte. »Ich meinte das ganze Essen, das du verdrückt hast. Deine Portionen waren alle doppelt so groß wie meine, und du hattest noch Platz für zwei Desserts. Isst du immer so viel?«

»Nur wenn das Essen dermaßen gut ist. Wenn nicht, habe ich gerade genug, um satt zu werden.« Er lächelte. »Ich denke, das gilt auch für andere Dinge. Wenn es mir gut genug schmeckt, möchte ich es verschlingen.« Beck streckte die Hand aus und wickelte eine meiner Locken um seinen Finger. »Bist du bereit zum Aufbruch? Ich habe um zehn noch etwas zu erledigen, aber ich setze dich auf dem Weg ab.«

»Oh. Okay.« Die Eifersucht versetzte mir einen leichten Stich. Hatte er ein Date? Ich wollte keine gemischten Signale senden, also unterdrückte ich meinen Drang, ihn mit Fragen zu löchern. »Klar. Und du musst mich nicht absetzen. Ich kann ein Uber oder die U-Bahn nehmen.«

Beck zog ein Bündel Scheine aus seiner Brieftasche und steckte sie in die Mappe. »O nein, ich werde dich auf jeden Fall absetzen.«

Sein Tonfall klang etwas seltsam, aber er stand auf und reichte mir die Hand, um mir aus der Nische zu helfen, und so war das schnell vergessen. Jedenfalls, bis wir draußen standen.

Am Straßenrand wartete eine Super-Stretch-Limousine, an der ein uniformierter Fahrer lehnte. Als Beck auf ihn zukam, richtete er sich auf.

»Mr Cross?«

»Ja.«

Der Mann wollte die Hintertür öffnen, aber Beck schüttelte den Kopf. »Das mach ich schon. Vielen Dank.«

Ich sah Beck an. »Ist die für dich?«

»Für uns.«

»Ist das nicht etwas übertrieben? Ein Uber hätte auch gereicht.«

Seine Augen funkelten. »Vielleicht. Aber ein Uber hat kein Sichtschutzfenster. Du hast gesagt, du wärst abenteuerlustig, und das hier ist theoretisch gesehen ein Auto.«

Meine Augen weiteten sich, und mir fiel die Kinnlade herunter. »Willst du damit sagen, du hast das bestellt, damit ich …«

Beck tippte mein Kinn an. »Genau so. Schön weit aufmachen.« Er öffnete die Hintertür und bedeutete mir, einzusteigen.

»Bist du wirklich so verrückt?«

Er zwinkerte mir zu. »Ich ziehe es vor, abenteuerlustig genannt zu werden. Jetzt steig ein.«

18. Kapitel

Beck

»Gigi!« Maddie rannte zu Grams Krankenhausbett und kletterte hinauf. Sie trug ihr übliches Samstagsoutfit aus Shorts und T-Shirt und der grünen Pfadfinderschärpe mit den siebzehn Abzeichen quer über dem Oberkörper.

»Ruhig, Baby. Gigi geht es schon besser, aber du musst vorsichtig sein.«

Gram sah schon viel besser aus. Dazu trug auch bei, dass sie im Bett saß, bereits Straßenkleidung trug und ihr Gesicht komplett geschminkt war.

Gram runzelte die Stirn. »Hör nicht auf Captain Spaßbremse. Was geht ab, du Dreikäsehoch?«

Maddie zeigte auf die Augen ihrer Urgroßmutter. »Ich mag deinen Lidschatten. Der glitzert so schön.«

»Alles ist besser, wenn es glitzert. Wenn ich Glitzer zum Frühstück essen und den ganzen Tag glänzen könnte, würde ich es tun.«

Maddie ließ ihre kleinen Zähne aufblitzen. »Ich will auch glitzern.«

»Ja? Na, dann hol mir mal die Schminktasche vom Nachttisch, und wir stylen dich.«

Meine Großmutter mit meiner Tochter zu sehen, erinnerte

mich so sehr an meine Mutter und mich – sie hatte mich zwar nicht mit Glitzer geschminkt, aber sie hatte eine Art, ihre Erfahrungen weiterzugeben, die mir nicht das Gefühl gab, ein kleines Kind zu sein.

»Daddy hat gesagt, du kommst zu uns«, sagte Maddie.

Das war in den letzten Tagen ein Streitpunkt gewesen, seit Gram und die Ärzte über ihre Entlassung gesprochen hatten. Sie war zwei Wochen lang im Krankenhaus gewesen, es war also nicht verwunderlich, dass sie nach Hause in ihre eigene Wohnung wollte. Aber die Ärzte hatten gesagt, sie solle direkt nach der Entlassung nicht allein sein, da ihr schwindelig werden könne. Ich wartete darauf, dass diese Diskussion gleich wieder losgehen würde. Doch überraschenderweise war das nicht der Fall.

»Ganz genau, mein Herzchen.« Sie tippte mit dem Finger auf Maddies Nase. »Ich freu mich schon.«

Grams Lächeln wirkte genauso strahlend wie ihr Lidschatten. Und dass sie sich ohne weiteren Widerstand mit der Idee abgefunden hatte, bei mir zu wohnen, ließ den Gedanken in mir aufkommen, dass ich mir vielleicht Sorgen um sie machen müsste. Aber vielleicht spürte sie auch nur, dass sie tatsächlich noch etwas schwach war. Wie auch immer, ich hielt es für das Beste, einem geschenkten Gaul nicht ins Maul zu schauen. Also nahm ich am Fußende Platz und sah zu, wie Gram die Augenlider meiner Sechsjährigen mit lila Glitzer schminkte.

Als sie gerade fertig waren, kam eine Krankenschwester herein. »Hallo, Ms Aster.« Sie sah Maddie an und lächelte. »Oh, hallo. Wen haben wir denn da? Dein Lidschatten gefällt mir.«

Meine Tochter strahlte. »Ich bin Maddie. Ich bin sechs Jahre alt, und das ist meine Gigi.«

»Meine Güte, sieh dir all diese Abzeichen an. Sind das etwa alles deine?«

Maddie nickte. »Ich werde sie mir alle verdienen.«

Die Krankenschwester lächelte. »Na, wenn du so entschlossen wie deine Urgroßmutter bist, habe ich keinen Zweifel daran, dass du das schaffst.« Die Krankenschwester wandte sich an Gram. »Ich mache gerade Ihre Entlassungspapiere fertig. Noch ungefähr eine Viertelstunde, dann komme ich und entferne Ihren Port. Im Anschluss gehen wir Ihre Medikamente und Entlassungsanweisungen durch, und Sie können hier verschwinden.«

»Danke, Lena.«

Als sie hinausging, kam Nora herein. Ich hatte sie seit unserer berüchtigten Limousinenfahrt nicht mehr gesehen, obwohl ich die Situation seitdem eine Million Mal in meinem Kopf durchgespielt hatte. Ich war auch zweimal eingeknickt und hatte sie angerufen, aber jedes Mal ging der Anruf auf die Mailbox. Ich hinterließ keine Nachricht, denn ihre Botschaften an mich waren von Anfang an laut und deutlich gewesen.

»Hey.« Nora lächelte. »Wie geht's, Beck?«

Sie hatte ein anderes Sommerkleid an, und sofort dachte ich daran, was ich mit ihr unter dem Tisch angestellt hatte und wie ich sie hatte küssen müssen, um das Stöhnen zu unterdrücken, als sie auf meiner Hand kam. Dieses Geräusch war besser als ein Porno.

Nora ging lächelnd zu Maddie und Gram. »Du musst Maddie sein.«

Maddie nickte und zeigte auf ihre Augen. »Gigi hat mich geschminkt.«

»Das sehe ich. Das ist sehr hübsch.«

»Arbeitest du für meinen Dad?«

Nora schüttelte den Kopf. »Nein. Ich bin eigentlich eine Freundin von deiner Urgroßmutter.«

»Wie kommst du darauf, Maddie?«, fragte ich.

Sie zuckte die Schultern. »Weil ich dich immer nur bei der Arbeit mit Mädchen sehe.«

Es war lustig, ihre Kinderperspektive zu hören. Maddie hatte recht, dass ich die Frauen, mit denen ich ausging, nicht mitbrachte, wenn sie da war. Ich wollte ihr niemanden vorstellen, es sei denn, die Person blieb eine Weile. Und davon hatte es seit meiner Scheidung keine mehr gegeben.

Maddie sah Nora an. »Hast du einen Freund?«

»Maddie«, tadelte ich. »So etwas fragt man nicht.«

»Warum nicht?«

»Ich hab dir doch erklärt, dass manche Fragen privat sind.«

»Wie die, als ich die Frau gefragt habe, ob sie ein Baby bekommt?«

»O Mann.« Nora lachte.

Ich nickte. »Ja, sie war ungefähr sechzig und bestimmt nicht schwanger.« Ich wandte mich an meine Tochter. »Ja, solche Fragen – das haben wir doch besprochen. Man stellt Fremden keine Fragen nach dem Alter, Babys, Freund und Freundin, Geld oder Gott.«

Nora lächelte Maddie an. »Du solltest auf deinen Dad hören. Aber nein, ich habe keinen Freund.«

»Meine Freundin Lizzie sagt, dass hübsche Mädchen immer Freunde haben.«

Nora und ich sahen uns an. »Darf ich darauf antworten?«, fragte sie.

Ich streckte die Hände aus. »Bitte, gern.«

»Hübsche Mädchen haben ganz sicher nicht immer einen Freund. Und wenn ein Junge ein Mädchen nur mag, weil sie hübsch ist, ist er wahrscheinlich nicht der Richtige für sie.«

Maddie nickte. »Du bist hübsch.«

»Danke. Du auch.«

»Was ist das?« Meine Tochter zeigte auf das Einmachglas in Noras Hand.

Sie stellte es auf den Servierwagen. »Das ist ein Dankbarkeitsglas. Das hier gehört deiner Urgroßmutter, aber ich habe auch eins.«

»Was ist da drin?«

»Nun, das sind gute Erinnerungen. Wenn etwas Gutes passiert, schreiben wir es auf und legen den Zettel in das Glas. Dann können wir sie lesen, wenn wir einen schlechten Tag haben, und uns daran erinnern, wie viel Gutes wir in unserem Leben haben.«

»Daddy, ich will auch ein Dankbarkeitsglas machen!«

»Ich glaube, deines würde überquellen«, sagte ich. »Weil jemand, den ich kenne, ziemlich verwöhnt ist und nicht viele schlechte Tage hat.«

Die Krankenschwester kam zurück, um Grams Vitalwerte zu messen und ihren Port zu entfernen. Ich dachte, wir sollten ihr etwas Privatsphäre gönnen. »Maddie, am Ende des Flurs steht ein Automat. Willst du ihn ausprobieren?«

Ihre Augen wurden groß, und sie sprang vom Bett. »Schokolade!«

Ich sah zu Nora. »Willst du etwas haben?«

Sie schüttelte den Kopf. »Ich begleite euch trotzdem.«

Das Wartezimmer war leer. Maddie lief zum Automaten und leckte sich über die Lippen, während sie die Auswahl studierte.

»Ihre Mutter erlaubt ihr nicht, viel Zucker zu essen. Seit Maddies Geburt achtet Carrie zwanghaft auf ihr Gewicht und zählt alle Kohlenhydrate, auch die von Maddie.«

»Oh, das ist nicht gut.«

»Versteh mich nicht falsch, Zucker ist nicht gut. Aber ich

möchte nicht, dass meine Tochter zwanghaft über ihr Gewicht nachdenkt und eine Essstörung bekommt. Ich bin eher der Meinung, dass Mäßigung der Schlüssel zu einer guten Ernährung ist.«

»Ich auch. Wie du an den fünf Pfund Nudeln sehen kannst, die ich letzte Woche beim Abendessen gegessen habe.«

Ich musterte sie von oben bis unten. »Was auch immer du tust. Es funktioniert.«

»Übrigens, vielen Dank für das Abendessen.«

»Gern geschehen.« Ich zwinkerte ihr zu. »Danke, dass du mich nach Hause gefahren hast.«

Sie errötete.

Ich überlegte, ob ich noch mehr sagen sollte. Wer wusste, wann ich sie wiedersehen würde, wenn Gram entlassen wurde. Also musste ich es jetzt tun. »Ich habe dich letzte Woche ein paar Mal angerufen …«

Sie lächelte resigniert. »Ich weiß.«

»Weil du meinen Namen in deinen verpassten Anrufen gesehen hast oder weil du ihn auf dem Display hast aufleuchten sehen, bevor das Gespräch auf die Mailbox ging?«

Ihr Gesicht beantwortete meine Frage. Ich nickte. »Verstanden.«

Nora schüttelte den Kopf. »Es tut mir leid. Es ist nur … Es ist schwer, dir etwas abzuschlagen. Also ist es einfacher, der Frage auszuweichen.«

»Vielleicht bedeutet das, dass du nicht Nein sagen solltest.«

Maddie rannte zu uns und hüpfte auf und ab. »Daddy, kann ich Skittles haben?«

»Gut, aber du darfst nur ein paar davon jetzt essen. Den Rest hebst du dir für nach dem Mittagessen auf.«

»Okay, Daddy.«

Ich wandte mich an Nora. »Willst du etwas haben?«

Ihr Blick fiel für eine Millisekunde auf meine Lippen. »Nein, danke.«

Ich holte zwei Dollar fünfzig für eine Tüte mit Süßigkeiten für fünfundsiebzig Cent heraus, dann klingelte mein Handy. Ich reichte es meiner Tochter. »Mom ruft an.«

Maddie nahm den täglichen Anruf von meiner Ex entgegen, während Nora und ich aus dem Wartezimmer traten. »Meine Großmutter hat erzählt, dass du diese Woche jeden Tag gekommen bist und sie aufgemuntert hast. Sie lässt es sich nicht anmerken, aber ich habe trotzdem gesehen, dass sie niedergeschlagen war. Danke, dass du sie so oft besucht und sie aufgemuntert hast.«

Nora zuckte die Schultern. »Ich musste sie gar nicht aufmuntern. Wir haben nur über unsere Abenteuer gesprochen und jeden Tag ein oder zwei Stunden gelacht.«

»Na ja, trotzdem danke.«

Sie lächelte. »Gern geschehen.«

Unsere Blicke trafen sich. Ich konnte mich in diesem schönen Grün verlieren. Früher wollte ich sie, wenn wir uns stritten, doch jetzt wollte ich sie auch, wenn sie weich und verletzlich war.

Wenn ich ehrlich war, wollte ich sie in diesen Tagen so ziemlich die ganze Zeit. Zum Glück kam Maddie in dem Moment aus dem Wartezimmer und hielt mich davon ab, etwas zu sagen, was ich wahrscheinlich bereuen würde. Zu dritt gingen wir zurück in Grams Zimmer. Sie unterschrieb die Entlassungspapiere, und Nora und ich sahen ihre neue Medikamentenliste durch, auch wenn Gram sagte, dass wir das nicht müssten.

Ich hob Maddies Rucksack auf. »Alles klar, bist du bereit, von hier zu verschwinden und Gram mit zu uns zu nehmen?«

Nora runzelte die Stirn. »Zu euch? Ich dachte, Louise würde nach Hause gehen. Sie hat mich gebeten, ihr Gesellschaft zu leisten, damit sie nicht allein ist.«

Ich schaute zu meiner Großmutter, die ein verschmitztes Lächeln aufsetzte. »Oh. Ich habe wohl vergessen zu erwähnen, dass ich beschlossen habe, ein paar Tage bei Beck zu wohnen. Würdest du mir dort Gesellschaft leisten, Liebes?«

Ich roch den Mumpitz. »Das hast du also vergessen, ja?«

Gram versuchte nicht einmal, ihr Lächeln zu verbergen. »Muss an den ganzen Medikamenten liegen.« Sie wedelte mit der Hand um ihren Kopf. »Brain Fog.«

Von wegen Brain Fog.

Nora lächelte höflich. »Ich komme dich diese Woche mal besuchen. Vielleicht wenn Beck bei der Arbeit ist?«

»Das wäre schön. Aber könntest du auch heute mitkommen? Ich könnte etwas Gesellschaft gebrauchen.«

Jetzt war ich beleidigt. »Was bin ich, ignorierst du mich?«

Gram schüttelte den Kopf. Worüber regte ich mich überhaupt auf? Ich konnte Nora nicht dazu bringen, meine Anrufe zu beantworten. Gram wollte sie in meine Wohnung holen.

Aber Nora wirkte zögerlich. »Ich weiß nicht …«

»Du solltest mitkommen. Ich habe Grillgut für das Mittagessen besorgt, aber ich war heute Morgen im Laden so hungrig, dass ich genug für zwölf Personen gekauft habe, nicht für drei.«

Die Krankenschwester half Gram in einen Rollstuhl. »Ich bestehe darauf«, sagte Gram. »Außerdem möchte ich mit dir einige neue Ideen für unsere Reise besprechen. Was hältst du von der deutschen Autobahn?«

Meine Güte. Wir waren noch nicht einmal aus dem Krankenhaus heraus, und sie dachte schon an weitere waghalsige Unternehmungen.

Noras Augen funkelten. »Ich wollte schon immer mal auf das Oktoberfest in München.«

Meine Großmutter klatschte in die Hände. »Wir machen beides.«

»Ich hoffe, die Autobahn kommt vor dem Biertrinken-Marathon«, brummte ich.

»Was sagst du?«, fragte Gram. »Verbringst du den Nachmittag mit mir?«

Nora schaute zwischen mir und Gram hin und her. Sie war eindeutig nicht begeistert, aber sie lächelte. »Klar.«

»Das ist absolut unglaublich.« Nora ging auf die Terrasse hinaus und sah sich um. »Ist es überhaupt erlaubt, hier in New York City ein Barbecue zu machen?«

Ich lächelte. »An den meisten Orten nicht. Man muss drei Meter Abstand zum Gebäude und zu einem Überbau einhalten. Das war meine einzige Bedingung, als ich eine Immobilie zum Kaufen gesucht habe.«

»Bist du ein großer Barbecue-Fan?«

»Ich mache das gern. Als Kind sind meine Eltern jeden Sommer mit mir nach Montauk gefahren. Das Haus, in dem wir wohnten, hatte einen Holzkohlegrill, und mein Vater saß stundenlang draußen, schaute aufs Meer und briet Rippchen. Ich weiß nicht, ob es an der salzigen Luft oder am Rauch lag, aber diese Dinger waren das Beste, was ich das ganze Jahr über gegessen habe. Nachdem meine Eltern gestorben waren, erzählte ich Gram, wie sehr ich Barbecue liebte. Irgendwann, ich glaube, ich war etwa dreizehn, schenkte sie mir zu Weihnachten einen rauchfreien Elektrogrill. Das war zwar nicht das Gleiche, aber damit fing ich an. Ich schloss ihn am Küchenfenster an, damit ein Luftzug hereinkam – sogar im Winter – und grillte alles Mögliche für uns.« Ich zuckte die Achseln. »Ich finde, es hat etwas Friedliches, und das Essen vom Holzkohlegrill schmeckt einfach zu gut.«

»Das ist eine schöne Erinnerung.«

Heute hatte ich Würstchen, Rippchen und Hühnchen auf dem Grill. Ich zeigte auf das größte Würstchen. »Die habe ich für dich reserviert. Ich weiß, wie sehr du es groß und heiß magst.«

Nora verdrehte kichernd die Augen. »Weißt du, ich habe dich durchschaut. Du gewährst mir einen kurzen Blick auf deine weiche Seite und machst dann schnell einen schmutzigen Witz, damit ich nicht denke, dass du ein großer Softie bist.«

Ich hob eine Augenbraue. »Ich dachte, ich hätte dir schon gezeigt, dass es nichts Softes an mir gibt.«

»Siehst du? Schon wieder.« Sie wedelte mit dem Finger vor meiner Nase herum. »Aber ich durchschaue dich, Beck Cross. Du bist nicht der Typ, für den dich alle halten sollen.«

»Ach ja? Wer bin ich dann?«

»Jemand, der zum Harry-Styles-Konzert geht und es für seine Großmutter per Livestream überträgt, weil sie zu krank ist, selbst hinzugehen. Ich kann nicht fassen, dass du das nach unserer Limousinenfahrt gemacht hast.«

Ich ließ die Schultern hängen. »Sie hat dir davon erzählt?«

»Warum hast *du* mir nichts davon erzählt? Ich hätte dich begleitet.«

»Ich hatte nur eine Karte. Ich habe sie tatsächlich jemandem verkauft, einer Frau aus meinem Büro. Sie waren für ihre siebzehnjährige Tochter und eine Freundin gedacht, aber die Freundin wurde krank, also ging ihre Tochter allein, um sich mit ihren anderen Freunden zu treffen und sich in deren Bereich zu schleichen. Außerdem war ich mir nicht sicher, ob ich es länger als fünf Minuten dort aushalten würde, oder ob Gram wach sein würde, wenn ich anrief. Sie ist eine Nachteule, aber im Krankenhaus hat sich ihr Schlafrhythmus verändert. Darum rief ich eine Schwester an, um zu fragen, ob sie noch wach war. Als sie es bestätigte, dachte ich mir, ich schaue beim Konzert vorbei und zeige ihr den Schluss per Livestream.«

»Du bist ganz allein zu Harry Styles gegangen …«

Ich nickte. »Und ich glaube, das war mein letztes Harry-Konzert. Ich stand eingeklemmt zwischen Massen kreischender Teenie-Mädchen mit Federboas und zu viel Parfüm.«

Nora lächelte. »Das muss ein toller Anblick gewesen sein. Ich kann es mir lebhaft vorstellen. Du mit vor der Brust verschränken Armen wie ein Security-Typ in einem Meer aus Teenagern. Du musst so deplatziert ausgesehen haben wie eine Fliege auf einer Hochzeitstorte.«

Ich blinzelte. »Eine Fliege auf einer Hochzeitstorte?«

»Ja. Wer würde nicht eine große, fette Fliege anstarren, die auf einer makellosen weißen Torte sitzt?«

Ich lachte und wendete die Rippchen. »Wenn du das sagst.«

»Als ich Louise am nächsten Tag besuchte, konnte sie jedenfalls nicht aufhören, von ihrem ersten Livestream zu erzählen. Offenbar haben ein paar der Krankenschwestern mit ihr zugeschaut. Sie waren auch jung und hübsch. Wenn deine gerissene Großmutter nicht unbedingt uns verkuppeln wollte, hätte sie dich vielleicht mit einer von ihnen zusammengebracht. Sie waren ganz vernarrt in den süßen Enkel, der so etwas Aufmerksames tut.«

Mein Blick streifte Noras. »Ich hatte nichts damit zu tun, aber ich bin froh, dass Gram dich hergelotst hat.«

Noras Gesichtszüge wurden weich, aber sie fing sich schnell wieder und machte eine strenge Miene. »Hör auf, nette Dinge zu sagen. Davon bekomme ich Ausschlag.«

Maddie kam aus dem Haus gehüpft. »Nora, willst du das Abzeichen sehen, an dem ich gerade arbeite? Es heißt ›Digitale Führung‹. Ich mache eine Website, um es mir zu verdienen!«

»Tatsächlich? Ich habe auch eine Website. Es ist ein Vlog.«

»Was ist ein Vlog?«

»Ein Video-Blog. Und weißt du, wer der Star ist?«

»Wer?«

Nora beugte sich hinunter und stützte sich mit den Händen auf den Knien ab. »Deine Urgroßmutter.«

Maddie kicherte. »Gigi kann keine Website machen. Sie hat mir erzählt, sie versteht nichts vom Internetz, sie kennt nur das Netz, das über ihrer Mumu wächst.« Meine Tochter schaute mich an. »Das hätte ich fast vergessen. Daddy, was ist eine Mumu? Ich habe Gigi gefragt, aber sie hat gesagt, ich soll dich fragen, weil du es mir unbedingt erklären willst.«

Ich stöhnte, und Nora sah äußerst amüsiert aus. Aber sie stand auf und streckte ihre Hand aus. »Wie wäre es, wenn ich dir meine Website zeige und du mir deine?«

Maddie strahlte. »Okay!«

Ich beobachtete, wie die beiden Hand in Hand ins Haus zurückgingen. Irgendwie hatte ich schon wieder Sodbrennen und rieb mir über die schmerzhafte Stelle unter meinem Brustbein.

Denk nicht mal dran, Cross.

Sie will eine Beziehung noch weniger als du.

Außerdem war sie eine Nervensäge. Ständig gerieten wir aneinander. Wobei es eine meiner Lieblingsbeschäftigungen war, sie zum Schweigen zu bringen, indem ich ihr etwas in den Mund steckte.

Ich warf einen letzten Blick auf Nora und Maddie, die jetzt zusammen auf der Couch saßen, und zwang mich, mich abzuwenden.

Eine halbe Stunde später saßen wir alle um den Esszimmertisch und aßen zu Mittag. Ich hatte viel zu viel gemacht, aber zumindest schienen alle hungrig zu sein.

»Daddy, Gigi ist mit einer Frau namens Mad Dog befreundet!« Ihre Augen leuchteten vor Freude.

»Ich weiß.«

»Sie hat auf ihre Wand geschrieben.«

Ich sah Nora an, um eine Übersetzung zu erhalten.

»Mein Blog«, erklärt sie. »Es gibt einen Bereich, in dem die Leute neben jedem Video Anmerkungen und Kommentare hinterlassen können. Louise ist so etwas wie eine Berühmtheit geworden.«

»Wovon redest du?«

»Als ich die Seite kurz vor unserer Reise ins Leben rief, hatte ich nur einen regelmäßigen Besucher, der Kommentare hinterließ – meinen Vater William. Aber das Video, das ich neulich im Krankenhaus gemacht habe, hat fast zweitausend Kommentare bekommen.«

»Du machst Witze.«

Sie schüttelte den Kopf. »Nein. Ich weiß, dir passt nicht, was wir gemacht haben, aber Louise hat viele Menschen berührt.«

»Wie sind die Leute, die Kommentare abgeben, auf euch aufmerksam geworden?«

Nora zuckte die Schultern. »Auf unserer Reise haben wir viele Menschen kennengelernt. Wenn wir ihnen von Louises Geschichte erzählen und dass wir sie dokumentieren, um andere zu inspirieren, die mit einer unheilbaren Krankheit leben, verfolgen die Leute den Vlog und erzählen ihren Freunden davon. Als wir zum Beispiel auf der Ranch in Montana waren, haben wir einen Hufschmied kennengelernt. Wir sahen ihm dabei zu, wie er ein paar der älteren Pferde beschlug. Wie sich herausstellte, arbeitet seine Frau in einer Seniorenresidenz. Als wir ihm von unserer Reise erzählten, berichtete er seiner Frau davon, und am nächsten Tag brachte er sie mit zur Ranch. Sie hatte den Bewohnern in dem Heim, in dem sie arbeitete, einige unserer Videos gezeigt. Einige, die kaum noch rausgegangen waren, wandten sich an ihre Familien, um mehr zu unternehmen und Pläne zu schmieden, die sie bisher aufgeschoben hatten. Ich glaube, allein an dem Tag hatten wir hundert neue Follower. Wenn die Leute von Louise hören – oder besser noch, sie kennenlernen, sind sie unwillkürlich von ihr inspiriert.«

»Wow.«

»Du solltest dir mal meine letzten Vlog-Beiträge ansehen und einige der Kommentare lesen. Menschen von überallher feuern sie bei jeder Aktivität an. Louise und ich haben sogar überlegt, eine Stiftung zu gründen, weil so viele Leute angeboten haben, unsere Reise zu sponsern oder einfach Geld über Venmo zu schicken.«

Ich musterte Noras Gesicht. »Wie wäre es, wenn du mir nach dem Essen die Kommentare zeigst?«

Ihr aufrichtiges Lächeln war wunderschön. Wieder rieb ich mir übers Brustbein. Ich hätte was gegen mein Sodbrennen nehmen sollen. Nach dem Essen bestanden Nora und Maddie darauf, aufzuräumen, da ich schließlich gekocht hätte. Nora stellte mir ihren Laptop ins Wohnzimmer und führte mich kurz durch ihre Website, dann ließ sie mich mit der Seite mit den Videos allein. Natürlich tat ich so, als hätte ich ihre Videos nicht längst gestalkt – vor allem die, in denen sie im Bikini zu sehen war. Aber ich hatte schon seit ein paar Wochen nicht mehr reingeschaut. Darum wusste ich nicht, dass sie weiter gepostet hatte, nachdem Gram ins Krankenhaus gekommen war.

Ich scrollte ganz nach unten und sah mir das erste Video aus dem Krankenhaus an. Das Gesicht von Gram erschien auf dem Bildschirm. Ich erkannte den Hintergrund als die Intensivstation in Gatlinburg. Sie musste es aufgenommen haben, als ich einoder zweimal für einen Zoom-Anruf hinausgegangen war, denn die restliche Zeit waren Nora und ich dort zusammen gewesen.

Meine Großmutter sah gebrechlich und schwach aus, ganz anders als heute. Sie erzählte, was ihr zugestoßen war, und nannte Einzelheiten über den Tumor und den Schlaganfall, den sie erlitten hatte. Der letzte Teil rührte mich zu Tränen.

»Hört zu, ich hatte Spaß. Habe ein gutes Leben gehabt. Habe viel geliebt. Habe zwei Jungs großgezogen, auf die ich nicht stolzer sein könnte. Wenn dies also mein letztes Video ist, keine Sorge, ich werde nie tot sein – nicht einmal, wenn mein Herz aufhört zu schlagen. Denn man stirbt nie wirklich, wenn man in den Seelen der Menschen lebt, die man zurücklässt.«

Ich schluckte den Kloß in meinem Hals hinunter und las mir Tausende von Kommentaren durch – von Leuten aus ihrer Nacht im Gefängnis, von Leuten von der Ranch, die sie in Montana besucht hatte, ihrem Fallschirmsprunglehrer, Leuten, die selbst krank waren. Es gab ziemlich viele Beiträge von Menschen außerhalb des Landes.

Womöglich verstand ich zum ersten Mal wirklich, was die zwei taten. Warum Nora so angetan von Gram war und ihr Leben komplett zurückgestellt hatte, um mit einer neunundvierzig Jahre älteren Frau zu reisen. Meine Großmutter war das Leben selbst. Und für viele, die ihren Alltag bestritten und dabei zu leben vergaßen – mich womöglich eingeschlossen –, war sie eine Inspiration.

Nora trocknete sich die Hände an einem Geschirrtuch ab. »Louise legt sich hin. Heute war ein anstrengender Tag für sie.«

Ich stand auf. »Alles klar, ich helfe ihr.«

Nora schüttelte den Kopf. »Ich mach das schon. Genieß die Videos.«

Ich nickte. Aber das letzte Video hatte mich schwer getroffen, und ich klappte den Laptop zu. Selbst der Gedanke, zurückzuscrollen und meine Stimmung mit einem Bikini-Video zu heben, reizte mich nicht. Stattdessen wollte ich noch ein Bier trinken. Als ich gerade auf dem Weg in die Küche war, klopfte es an der Tür.

Als ich öffnete, stand davor eine Nachbarin, die mit ihrer Tochter im Haus wohnte. Sie und Maddie waren im gleichen Alter und hatten sich angefreundet. Sie trafen sich oft an den Tagen, an denen Maddie bei mir war.

»Hallo«, sagte die Frau.

»Hallo.«

Sie sah mich an. »Ist Maddie fertig?«

Ich zog die Brauen zusammen. »Fertig für …?«

»Oh, das tut mir leid. Ich dachte, du wüsstest Bescheid. Maddie hat Arianna angerufen und gefragt, ob sie zum Spielen vorbeikommen könnte. Der Anruf kam von deinem Handy, also dachte ich, du wärst damit einverstanden. Sie sagte, ihre Urgroßmutter sei gerade aus dem Krankenhaus nach Hause gekommen und brauche Ruhe.«

Meine Tochter kam mit ihrem Rucksack durch den Flur gerannt.

»Maddie, du hast Ariannas Mutter angerufen und gefragt, ob du rüberkommen kannst, ohne mir Bescheid zu sagen?«

»Das hat Gigi mir gesagt. Sie meinte, sie braucht Ruhe.«

Da meine Tochter sich stundenlang allein beschäftigen und still sein konnte, und meine Großmutter das wusste, war hier etwas faul.

Ariannas Mutter unterbrach meine Grübeleien. »Wir freuen

uns, wenn sie mitkommt. Arianna und ich gehen zur Märchenstunde in die Bücherei und dann ein bisschen in den Park.«

Maddie machte eine flehende Geste. »Bitte, Daddy, darf ich mit? Ich liebe das Bücher-Ei.«

Ich zerzauste ihr das Haar. »Es heißt die Bücherei, und wie kann ich Nein sagen, wenn du dich mehr auf die Bücherei als auf den Park freust?«

Maddie hüpfte auf und ab. »Danke, Daddy!«

»Ich bringe sie gegen …« Ariannas Mutter sah auf ihre Uhr. »… sechs zurück. Ist das in Ordnung? Dann haben wir auch noch Zeit, ein Eis zu essen.«

Ich lächelte. »Wunderbar. Vielen Dank.«

Kaum hatte ich die Tür geschlossen, kam Nora den Flur herunter. Sie schaute nach links und rechts. »Wo ist Maddie?«

»Sie ist gerade zu einer Spielverabredung gegangen, die offenbar meine Großmutter arrangiert hat.«

Nora schüttelte den Kopf. »Vermutlich hat sie mich deshalb gerade aus ihrem Zimmer geworfen, aber sie hat mich gebeten zu bleiben, bis sie aufwacht – für den Fall, dass sie Hilfe braucht, um zur Toilette zu gehen.«

Ich blinzelte. »Wirkt sie, als bräuchte sie Hilfe, um zur Toilette zu gehen?«

Nora lachte. »Ganz bestimmt nicht. Sie versucht schon wieder, uns zu verkuppeln.«

»Ich habe das Gefühl, dass wir alle nur Marionetten in Louises Puppentheater sind.«

»Und ich falle jedes Mal darauf herein.« Sie seufzte. »Ich sollte gehen.«

»Nein. Bitte, bleib.«

»Du hast gerade gesagt, dass sie meine Hilfe nicht braucht.«

Ich schwieg für einen Moment und überlegte, ob ich ehrlich

sein sollte. Nora war scheu, wenn es um mich ging, fast wie ein misshandelter Hund, der von einer neuen Familie adoptiert wurde. Sie ließ mich an sich heran, wenn sie Lust dazu hatte, aber Gott bewahre, ich ging von mir aus auf sie zu. Dennoch entschied ich mich für die Wahrheit.

»Sie braucht keine Hilfe. Aber ich möchte, dass du trotzdem bleibst.«

»Beck …«

»Können wir nicht Freunde sein?«

»Das letzte Mal, als wir ein paar unschuldige Stunden miteinander verbracht haben, endete das damit, dass du mich in aller Öffentlichkeit befriedigt hast und ich mich auf der Heimfahrt revanchiert habe.«

Ich grinste. »Das ist eine verdammt *tolle* Freundschaft, oder?«

Nora lachte. »Ich dachte, wir hätten bereits entschieden, dass wir keine Freunde sind. Ich glaube, deine genauen Worte waren *›dafür mögen wir uns nicht genug‹*.«

»Ich habe meine Meinung geändert.«

Sie machte ein skeptisches Gesicht. »Das ist doch Unsinn.«

Ich geriet ein wenig in Panik, weil ich das Gefühl hatte, dass sie nicht bleiben würde, ganz gleich, was ich sagte. Also musste ich größere Geschütze auffahren.

»Nur ein Drink. Die Videos und all die Kommentare, die die Leute auf deiner Pinnwand hinterlassen haben, haben mich berührt. Ich habe keine Lust, allein zu sein. Außerdem möchte ich mit dir über etwas reden.«

Nora sah zwischen meinen Augen hin und her, als ob sie meine Aufrichtigkeit prüfen wollte. Dann nickte sie. »Okay. Aber es wird kein einziges Kleidungsstück ausgezogen.«

Mir fielen tausend Möglichkeiten ein, diese Frau zu befriedigen, ohne ihr ein einziges Kleidungsstück auszuziehen. Aber das behielt ich für mich. Stattdessen behandelte ich sie wie jede andere Freundin, die zu Besuch vorbeikam. »Was hältst du davon, wenn wir auf dem Balkon einen Whiskey trinken und eine Zigarre rauchen?«

Noras Gesicht hellte sich auf. »Ich habe noch nie eine Zigarre probiert.«

Mir wäre lieber gewesen, sie würde ihre Lippen um etwas anderes schließen, aber das musste mir reichen … zumindest vorerst.

19. Kapitel

Nora

Ich blies sechs Rauchringe hintereinander in die Luft. »Hast du das gesehen?«

Becks Augen waren auf meine Lippen gerichtet. Er stöhnte. »Du machst mich echt fertig.«

»Wenn du mal an etwas anderes denken würdest als an Sex, könntest du vielleicht erkennen, dass ich ein echtes Talent zum Zigarrenrauchen habe.«

»Du hast durchaus Talente …«

Ich lachte und sah mich um. »Deine Wohnung ist toll. Dein Balkon ist größer als meine ganze Wohnung.«

»Hast du einen anderen Grundriss als Gram? Ihre Wohnung ist nicht so klein.«

»Oh. Ja, sie hat eine Zweizimmerwohnung und ich nur ein Studio.«

Er nickte.

»Ich wette, der Sonnenuntergang ist unglaublich von hier oben.«

»Das ist er. Du solltest bleiben und ihn dir ansehen.«

Der Whiskey hatte meine Schultern gelockert, und ich genoss die Brise. Wieder paffte ich an meiner Zigarre und blies weitere Rauchringe aus. »Vielleicht mach ich das.«

»Der Sonnenaufgang ist noch besser. Du solltest für beides bleiben.«

Ich lachte. »Langsam, Cross. Langsam.«

»Ich gebe mir Mühe.«

Beck nahm einen Zug von seiner Zigarre, und mein Blick fiel auf seine Lippen, die das Ende umschlossen. Ich zwang mich, wegzuschauen, bevor er es bemerken konnte.

»Ist das der Grund, weshalb du aus New York wegziehst?«, fragte er. »Weil es ein kleines Vermögen kostet, eine größere Wohnung zu mieten?«

»Nein. Der Platz stört mich eigentlich nicht. Ich will einfach näher bei meinem Vater sein.«

»Du hast gesagt, du würdest ausziehen, wenn dein Mietvertrag ausläuft? Wann ist das?«

»Am Ende des Sommers.«

Wir genossen ein paar Minuten die Stille. Ich fand es nur selten angenehm, nicht zu reden, und es war schön.

»Also, worüber wolltest du mit mir sprechen?«, fragte ich schließlich.

»Hmmm?«

»Als du mich gebeten hast zu bleiben, sagtest du, du wolltest etwas mit mir besprechen.«

»Oh.« Er sah auf mein fast leeres Whiskeyglas. »Willst du noch einen?«

»Oh-oh. Du willst mich betrunken machen, bevor du mit mir redest. Das hört sich nicht gut an.«

»Ich will dich nicht betrunken machen. Ich versuche nur, ein guter Gastgeber zu sein.«

Ich war skeptisch, aber neugierig. »Was hast du auf dem Herzen?« Ich legte den Kopf in den Nacken, nahm einen tiefen Zug von der Zigarre und blies erneut Rauchringe in die Luft.

»Ich hatte auf einen besseren Gesprächseinstieg gehofft. Da es aber so aussieht, als käme der nicht, sage ich es jetzt einfach.«

Nun war ich wirklich neugierig. »Okay …«

»Ich muss unbedingt noch mal mit dir vögeln.«

Ich bildete gerade meinen vierten Rauchring und atmete versehentlich ein, anstatt aus. Sofort begann ich zu würgen. Zigarrenrauch ist nicht zum Einatmen gedacht.

Beck beugte sich vor und legte seine Hand auf meinen Rücken. »Geht es? Möchtest du etwas Wasser?«

Ich schüttelte den Kopf. Nach einer Minute brannte meine Kehle zwar noch immer, und meine Augen tränten, aber ich konnte ein paar Worte herausbringen. »Warum sagst du das?«

Er schien verwirrt. »Weil es wahr ist?«

Ich schüttelte den Kopf. »Erstens gibt es eine nettere Art, eine Frau zu fragen, ob sie mit dir schläft, und zweitens, wie wäre es mit einer kleinen Vorwarnung, wenn du so etwas sagst?«

»Ich habe dir ja gesagt, dass ich auf einen besseren Einstieg gehofft hatte. Du hast mich gezwungen, es dir zu sagen.«

»Ach, jetzt ist es also meine Schuld, dass du ein Schwein bist und unpassende Dinge sagst?«

Beck richtete den Blick auf meinen Mund und beugte sich näher zu mir heran. »Wow. Ja, lass uns streiten.«

Ich stieß ihn an, damit er sich in seinem Stuhl zurücklehnte, und brachte etwas Abstand zwischen uns. »Diese Diskussion hatten wir doch schon. Ich habe dir gesagt, dass es für mich nicht der richtige Zeitpunkt für eine Beziehung ist.«

»Für mich auch nicht.«

»Du willst also nicht mit mir zusammen sein, sondern nur … was, mich ficken?«

»Genau.«

»Beck …«

»Hör mir erst zu. Ich habe mir ein paar Notizen dazu gemacht. Ich wusste, dass es keine einfache Diskussion werden würde.«

»Du hast dir Notizen gemacht?«

»Ja. Das macht man um zwei Uhr morgens, wenn man nicht schlafen kann, weil man ständig daran denken muss, wie es sich angehört an, als eine Frau in einem Restaurant auf deiner Hand gekommen ist.« Beck nahm sein Handy vom Tisch und scrollte. »Okay, erstens: Keiner von uns beiden will eine Beziehung. Zweitens: Du ziehst am Ende des Sommers auf die andere Seite des Landes. Die Vereinbarung, die ich vorschlage, bezieht sich also auf eine ziemlich begrenzte Zeitspanne. Drittens: Ich fühle mich zu dir hingezogen. Stark zu dir hingezogen. Und ich glaube, dir geht es genauso. Viertens: Wir haben das Auto bereits zur Probe gefahren, wir wissen also schon, dass es ein schönes Auto ist. Keine Enttäuschungen. Fünftens …« Beck hielt inne und sah mir in die Augen. »Ich will dich unbedingt. Seit dem Restaurant kann ich nicht mehr richtig schlafen – ständig muss ich an das zarte Wimmern denken, das du von dir gibst, wenn du kommst.«

Er legte das Handy zurück auf den Tisch. Ich beugte mich vor und blickte auf das Display. Er hatte tatsächlich eine Liste erstellt. Allerdings sah es so aus, als stünden darauf mehr als nur fünf Punkte. »Was steht noch auf dieser Liste?«

»Nichts.«

Ich streckte die Hand aus. »Darf ich mal sehen?«

Beck blickte mir ein paar Herzschläge lang in die Augen. Dann griff ich schnell nach dem Handy.

»Sechstens: Der beste Blowjob aller Zeiten.« Ich hob meinen Blick zu ihm. »Du scheinst ein paar Punkte vergessen zu haben.«

»Du hast gerade gesagt, ich sei ein Schwein, also habe ich versucht, höflicher zu sein.«

Ich schmunzelte und las weiter. »Siebtens: Phänomenale Titten. Ich will sehen, wie sie auf und ab wippen, wenn sie mich reitet.«

Ich ließ das Handy sinken. »Du bist wirklich ein dreizehnjähriger Junge.«

Nach den letzten beiden Punkten hätte ich wahrscheinlich aufhören sollen zu lesen. Doch das tat ich nicht. Und es war der letzte Punkt, der mich umhaute.

Achtens: *Sie lässt mich vergessen.*

Seufzend nagte ich an meiner Unterlippe und dachte nach. Ich hatte seit dem Abend im Restaurant auch nicht aufhören können, an ihn zu denken. Verdammt, vielleicht sogar seit dem ersten Kuss, den wir mitten in einem Streit getauscht hatten. »Ich darf mich nicht an dich binden …«

»Wir beschränken es auf Sex. Keine romantischen Spaziergänge am Strand.«

Warum zog ich es überhaupt in Erwägung? Unterm Strich wurde es jeden Tag schwieriger. Und wenn ich mit Beck zusammen war, ganz gleich ob wir Sex hatten oder nicht, dachte ich nicht an den Rest meines Lebens – er schaffte es tatsächlich, mich vergessen zu lassen. »Ich muss darüber nachdenken.«

»Okay …«

»Aber wenn wir uns dafür entscheiden, möchte ich nicht, dass Louise davon erfährt. Ich glaube, wir würden ihr irgendwie Hoffnungen machen.«

»In der Regel spreche ich nicht mit meiner Großmutter über Sex.«

Ich schüttelte lächelnd den Kopf. »Ich kann nicht fassen, dass ich überhaupt darüber nachdenke.«

Beck beugte sich vor und legte eine Hand auf mein Knie. Mit dem Daumen strich er über die Innenseite meines Beins und trieb Schockwellen durch meinen Körper. »Wie wär's mit einer Wiederholung der Restaurant-Szene?« Seine Hand wanderte weiter nach oben. »Du weißt schon, um dir die Entscheidung zu erleichtern.«

Schnell legte ich eine Hand auf seine und hielt ihn auf. »Ich glaube, das möchte ich allein entscheiden.«

Er schmollte. »Schade.«

»Apropos, ich sollte mich auf den Weg machen. Ich habe Louise versprochen, mich um die weitere Reiseplanung zu kümmern. Ich weiß nicht, ob sie es dir schon erzählt hat. Sie will am Fünfzehnten, am Tag nach ihrem Arzttermin, wieder aufbrechen, sofern er ihr grünes Licht gibt.«

Beck machte ein skeptisches Gesicht. »Ich weiß, es geht ihr gut, aber ich glaube nicht, dass sie schon kräftig genug ist. Das ist bereits in einer guten Woche.«

»Ich bin ganz deiner Meinung. Darum habe ich ihr vorgeschlagen, es langsam angehen zu lassen und vielleicht zuerst einen weniger abenteuerlichen Punkt auf ihrer Liste abzuhaken.«

»Was soll das sein? Klettert ihr auf den Sears Tower?«

»Nein. Wir besuchen Charles Tote.«

»Wer ist Charles Tote?«

»Ihre erste Liebe.«

»Sie hat meinen Großvater mit zweiundzwanzig geheiratet.«

»Und?«

»Willst du damit sagen, dass sie vorher in einen anderen verliebt war?«

»Ja.«

»Und nach sechzig Jahren, von denen sie vierzig mit meinem Großvater verheiratet war, denkt sie immer noch so sehr an diesen Kerl, dass ein Besuch bei ihm auf ihrer Bucket List steht?«

Ich zuckte die Achseln. »Ich glaube, sie hat starke Schuldgefühle seinetwegen.«

»Warum hat sie Schuldgefühle?«

»Sie lernten sich mit dreizehn kennen und waren sofort voneinander hingerissen. Aber es waren die Fünfzigerjahre, damals war vieles noch sehr anders. Man musste einem Mädchen den Hof machen, und er brauchte die Erlaubnis ihrer Eltern. Die beiden hatten geplant, mit sechzehn Jahren ein Paar zu werden, aber eine Woche vor Charles' Geburtstag erkrankte er an Polio. Der Impfstoff war neu und nicht weit verbreitet.«

»Mist.«

»Ja. Offenbar saß er anschließend im Rollstuhl und war von der Hüfte abwärts gelähmt. Louise war das egal, aber ihr Vater verbot ihr, sich mit einem Mann zu treffen, der seiner Ansicht nach nicht in der Lage wäre, für sie zu sorgen. Sie schlich sich hinaus, um ihn zu besuchen, aber wie Louises Vater hielt auch Charles es für keine gute Idee, dass sie ein Paar wurden. Louise war am Boden zerstört und sagte ihm, dass sie warten würde, bis er seine Meinung änderte. Sie blieben eng befreundet, aber ein Jahr später erzählte er ihr, dass er bei der Physiotherapie eine andere kennengelernt und sich in sie verliebt habe. Das brach ihr das Herz.«

»Und diesen Kerl will sie besuchen?«

»Jahre später, nachdem sie deinen Großvater kennengelernt hatte, fand sie heraus, dass Charles niemandem bei der Physiotherapie begegnet war. Er wusste nur, dass sie ihn nie verlassen würde, wenn er nicht etwas unternahm, also erfand er eine Beziehung. Im Nachhinein sagte Louise, dass sie das irgendwie geahnt habe, es aber trotzdem akzeptiert und ihm die Schuld für ihre Trennung gegeben habe. Und ein Teil von ihr war erleichtert, als ihre Beziehung zu Ende ging, nachdem ihr klar geworden war, wie hart es sein würde, sich um ihn zu kümmern.«

»Verdammt. Das ist schwer.«

»Ja. Dein Großvater war die Liebe ihres Lebens, also war am Ende alles richtig. Aber sie und Charles haben sich vor einem Dutzend Jahren auf Facebook wiedergetroffen. Er hat schließlich geheiratet und hatte ein schönes Leben, aber sie würden sich gern wiedersehen. Seine Frau ist schon fast so lange tot wie dein Großvater. Er lebt in einer Seniorenresidenz und kann sich kaum noch fortbewegen, deshalb würde sie ihn gern besuchen.«

Beck schüttelte den Kopf. »Ich fasse es nicht, dass ich diese Geschichte nie gehört habe.«

»Ich glaube nicht, dass sie oft daran gedacht hat. Aber wenn man anfängt, über seine eigene Sterblichkeit nachzudenken, kommen viele Dinge aus der Vergangenheit hoch.«

Er starrte mich lange Zeit an. »Ich bin froh, dass sie dich hat. Und ich bin froh, dass ich dich habe – auch aus anderen Gründen, außer dass du toll blasen kannst.« Er zwinkerte mir zu. »Ich brauchte eine Erinnerung daran, wie wenig Zeit ihr wahrscheinlich noch bleibt. Ich weiß, das klingt lächerlich, aber ich glaube, ich habe es überhaupt erst vor Kurzem akzeptiert.«

»Das klingt nicht lächerlich. Bei solchen Sachen hat jeder sein eigenes Tempo.«

»Wo wohnt Charles?«

»In Utah. Wir hatten auch darüber gesprochen, zum Bryce Canyon zu fahren. Das war etwas von meiner Liste. Aber wir sehen, wie es ihr geht.«

Beck nickte.

Ich legte meine Zigarre in den Aschenbecher. »Ich gehe jetzt. Es tut mir leid, dass ich die hier vergeudet habe.«

»Ich nicht. Ich zünde sie später wieder an, wenn ich an dich denke und meine Lippen genau dorthin lege, wo deine waren.«

Ich lächelte. »Schwein.«

»Denk über das nach, worüber wir gesprochen haben. Ich würde lieber das Richtige in den Mund nehmen.«

20. Kapitel

Beck

»Bitte sag, dass du gerade einen Witz liest.« Mein Bruder Jake schlenderte ins Büro und erwischte mich dabei, wie ich in mein Handy tippte. »Denn du grinst wie ein verknalltes Schulmädchen.«

»Was willst du, Jake? Ich habe eine Menge zu erledigen.«

Wie üblich ignorierte er mich und ließ sich auf einem der Besucherstühle nieder. Er deutete mit dem Kinn auf mein Handy. »Mit wem schreibst du?«

»Das geht dich nichts an.«

Er grinste. »Es ist diese Nora, stimmt's? Sie ist heiß, Alter.«

Ich biss die Zähne zusammen. Es ärgerte mich, dass mein Bruder sie überhaupt angesehen hatte.

Er zeigte auf mein Kinn. »O ja. Es hat dich schlimm erwischt. Ganz bestimmt ist sie es. Wie ist es eigentlich mit ihr? Ist sie Single?«

»Ja.« Ich zog meinen Stuhl an den Schreibtisch und legte mein Telefon weg. »Also, warum bist du gekommen?«

»Ich hab dir den neuen Prospekt zur Durchsicht geschickt. Der vorherige war veraltet, und es fehlten einige unserer wichtigsten Investoren. Außerdem war er langweilig, und es standen zu viele Wörter auf einer Seite.«

»Es ist ein Dokument, das die Leute über das Unternehmen informiert. Natürlich enthält es viele Worte. Es ist informativ.«

»Ja, aber man braucht weniger Wörter auf einer Seite und mehr Stichpunkte. Die Menschen meiner Generation haben die Aufmerksamkeitsspanne einer Mücke. Wir möchten Informationen gern in kleinen Häppchen serviert bekommen. Unsere Gehirne sind auf TikTok und Snapchat gepolt. All deine langweiligen Informationen stehen drin. Aber sie sind schneller und leichter zu verdauen. Und wir brauchen auch mehr schöne Bilder.« Er grinste. »Ach, da fällt mir ein, ich hätte mich selbst auf eine der Seiten setzen sollen.«

Ich schüttelte den Kopf. »Von mir aus. Ich sehe es mir heute Mittag an.«

Jake legte die Füße auf meinen Schreibtisch und verschränkte die Hände hinter dem Kopf. »Also, um auf diese Nora zurückzukommen. Warum hast du noch keinen Schritt gemacht, wenn sie Single ist?«

Ich runzelte die Stirn.

Jakes Augen weiteten sich, und sein Lächeln wuchs. »Heiliger Strohsack. Sie hat dich zum Teufel geschickt, stimmt's?«

»Sie hat mich nicht zum Teufel geschickt, wenn du es unbedingt wissen willst. Wir haben … etwas Zeit miteinander verbracht.«

»Du meinst, ihr hattet Sex?«

Ich rollte mit den Augen. »Ja, Jake.«

»Aber du magst sie. Das sehe ich. Ich hab beobachtet, wie du sie im Krankenhaus angeschaut hast, und jedes Mal, wenn du von ihr sprichst, hast du dieses alberne Lächeln im Gesicht.«

»Es ist ganz gut, wenn man die Leute mag, mit denen man Sex hat …«

Jake schüttelte den Kopf. »Nein. Das ist es nicht. Du magst

sie *richtig.* Warum ist es also nur eine einmalige Sache gewesen? Warum fragst du sie nicht, ob sie mit dir ausgeht, und siehst, wie es weitergeht?«

Das Einzige, was Jake noch lieber mochte, als in den Spiegel zu schauen, war Klatsch. Er würde keine Ruhe geben. Ich seufzte. »Sie will keine Beziehung, was für mich in Ordnung ist. Ich hab zu viel zu tun. Also halten wir es einfach.« Ich fügte nicht hinzu, dass Nora sich noch nicht einmal auf eine rein körperliche Beziehung eingelassen hatte. Unser Gespräch bei mir zu Hause war drei Tage her. Wir hatten uns Nachrichten wegen Louise geschickt, aber keiner von uns hatte das Thema angesprochen. Ich wollte nicht verzweifelt wirken, auch wenn ich tatsächlich verzweifelt auf ihre Entscheidung wartete.

»O Mist. Du machst also genau das, was du bei Frauen so schrecklich findest.«

Ich blinzelte. »Wovon redest du?«

»Du sagst den Frauen ganz offen, dass du keine Beziehung willst. Sie stimmen einem lockeren Arrangement zu, und nachdem ihr ein paar Mal Sex hattet, wollen sie mehr. Das nennt man die Lockvogeltaktik.«

Das tat ich nicht. Oder doch? Würde ich mehr nehmen, wenn Nora es mir anbieten würde? Ja. Aber das bedeutete nicht, dass ich nicht auch nur Sex haben konnte. Zur Hölle, ich war der König der reinen Sex-Beziehung.

»Das mache ich nicht.«

Jake schüttelte den Kopf. »Ohne Verpflichtungen funktioniert nicht, wenn einer von euch Gefühle für den anderen hat.«

»Ich mag sie, aber sie macht mich auch manchmal verrückt. Ich habe keine Gefühle für sie.«

»Klar, Mr Ich-habe-Herzchen-in-den-Augen-wenn-ich-ihr-texte. Aber egal. Das ist nicht mein Problem.«

»Gibt es sonst noch etwas zu besprechen, oder ist die Dear-Abby-Ratgeberstunde vorbei? Ich habe reichlich zu tun.«

»Wer ist Abby?«

»Herrgott«, brummte ich und deutete auf die Tür.

»Raus aus meinem Büro.«

Jake ging. Aber seine Worte nagten den ganzen Vormittag an mir. Ich hatte mich bestimmt mehr als einmal bei ihm über eine Frau beschwert, mit der ich eine lockere Beziehung begonnen hatte und die sich plötzlich über unsere Vereinbarung beschwerte. Ich erinnerte mich, dass ich dieses Gespräch erst vor ein paar Monaten über eine Frau namens Piper geführt hatte, mit der ich mich damals traf. Als ich ihr sagte, dass ich nicht an mehr interessiert sei, und sie daran erinnerte, dass sie dasselbe von sich behauptet hatte, war sie sauer geworden und hatte gesagt, sie habe gehofft, ich würde meine Meinung ändern. War es das, was ich mit Nora machte?

Seien wir ehrlich, ich mochte sie. Und zum ersten Mal seit langer Zeit wollte ich mehr – sie kennenlernen, mit ihr zu Abend essen, neben ihr aufwachen, vielleicht einfach sehen, wohin das zwischen uns führte. Irgendwie fühlte es sich richtig an, mit ihr zusammen zu sein.

Mein Handy summte auf dem Schreibtisch, und ich war dankbar für die Unterbrechung. Ich würde es niemals zugeben, aber Jake hatte recht. Ich benahm mich wie ein verknalltes Schulmädchen. Ich musste mich zusammenreißen und mich wieder auf die Arbeit konzentrieren. Vielleicht war es das Beste, dass Nora das Arrangement, das ich vorgeschlagen hatte, vergessen zu haben schien.

Auf die Kopfschmerzen konnte ich gut verzichten.

Doch dann drehte ich mein Handy um und las die eingegangene Nachricht.

Nora:
Ich habe über deine … Vereinbarung nachgedacht.

Mein Herz begann zu hämmern. Das nervte mich zwar, doch ich tippte bereits eine Antwort.

Beck:
Und …

Nora:
Wie du so eloquent gesagt hast, ich würde auch gern mit dir vögeln. Also, ich bin dabei.

Mir lief das Wasser im Mund zusammen wie einem ausgehungerten Hund, der ein brutzelndes Steak serviert bekommt.

Beck:
Wann kann ich dich sehen?

Nora:
Ist dich sehen ein Code für ausziehen?

Beck:
Das ist der Code für Wie weit kannst du die Beine spreizen? Ich kann es kaum erwarten, deine Muschi zu lecken.

Die Punkte begannen zu hüpfen, dann blieben sie stehen. Es dauerte gut dreißig Sekunden, bis sie sich wieder bewegten.

Nora:
Schöne Worte sind nicht so dein Ding, oder?

Ich tippte gerade an einer Antwort, als eine zweite Nachricht eintraf.

Nora:
Aber ja, ich kann es auch kaum erwarten, dass du das tust …

Ich löschte, was ich getippt hatte, zu ungeduldig, um Zeit zu verlieren.

Beck:
Was machst du jetzt gerade? Ich kann zu dir kommen.

Nora:
LOL. Ruhig, Cowboy. Ich bin gerade mit Louise im Nagelstudio. Ich dachte eher an morgen Abend.

Selbst die Erwähnung meiner Großmutter konnte meine Lust nicht lindern.

Beck:
Wie wäre es mit heute Abend?

Nora:
So gierig?

Beck:
DU. HAST. KEINE. AHNUNG.

Nora:
Ich hab gerade so laut gelacht, dass sich die Frau, die sich neben mir die Nägel machen lässt, total erschreckt hat.

Ich stellte es mir vor – das Lächeln auf ihren vollen Lippen und wie hinreißend sie mit einem kleinen Leuchten in den Augen aussah, wenn sie über meine Nachricht lachte.

Beck:
Also heute Abend?

Nora:
Gut, Mr Ungeduldig. Aber ich habe noch ein paar Dinge zu erledigen. Es geht erst später.

Beck:
Wie du willst. Sag mir, wo und wann, und ich werde da sein.

Nora:
Ich würde eigentlich lieber zu dir kommen.

Maddie war die nächsten drei Tage bei ihrer Mutter. Meiner Großmutter ging es gut, und sie war heute Morgen mit Bitsy in ihre Wohnung zurückgekehrt. Nicht einmal das kleine bellende Ungeheuer würde uns also stören, und ich konnte Nora meine volle Aufmerksamkeit schenken.

Beck:
Ist mir recht. Um wie viel Uhr?

Nora:
Ich könnte so gegen zehn da sein.

Beck:
Ich kann's kaum erwarten. Bis dann.

Nora:
Oh, und Beck, wir müssen zuerst reden. Ich finde, wir sollten ein paar Grundregeln festlegen.

Beck:
Na schön. Aber es wird schwer, mit meinem Schwanz in deinem Mund zu reden. Also sollten wir es vielleicht als Zweites tun.

Nora:
Schwein.

Beck:
Wir werden ja sehen, wer von uns derjenige ist, der quiekt, wenn ich dich in die Finger kriege.

Sie schickte ein Schweine-Emoji zurück, anschließend war Ruhe.

Ich würde wohl heute auf dem Heimweg an der Apotheke anhalten, um mir Aspirin zu besorgen. Denn ganz gleich, ob es sich zu starken Kopfschmerzen entwickelte oder nicht, ich wollte es auf keinen Fall versäumen.

Der Pförtner rief an, um mir mitzuteilen, dass ich Besuch hatte, und plötzlich bekam ich ganz feuchte Hände. Es war verdammt lange her, dass eine Frau das bei mir bewirkt hatte. Und ich wusste nicht, ob es mir gefiel. Da es schon spät war und Nora wahrscheinlich schon zu Abend gegessen hatte, hatte ich meine Assistentin gebeten, eine Aufschnittplatte zu bestellen. Sie hatte gefragt, ob es für ein Date sei oder für meine gelegentliche Kartenrunde, für die sie schon ein paar Mal etwas geordert hatte. Normalerweise fand ich es toll, dass meine Assistentin mitdachte. Für unseren letzten Kartenabend hatte sie nicht nur Essen bestellt, sondern auch eine Auswahl an Zigarren und Whiskey besorgt, sowie ein halbes Dutzend Untersetzer aus Holz mit Zigarrenhalter. So konnten die Jungs während des Spiels die Getränke abstellen und die Zigarren weglegen. Doch als ich jetzt zum Esstisch hinübersah, fand ich es etwas übertrieben. Gwen hatte nicht nur die Aufschnittplatte geschickt, sondern auch gekühlten Wein, ein Blumenarrangement und Kerzen.

Als ich hörte, wie im Flur die Fahrstuhltüren auseinanderfuhren, beschleunigte sich mein Herzschlag. Doch als ich die Tür öffnete und sie sah, verschlug es mir fast den Atem.

Es geht nur um Sex, Cross. Es ist kein Date.

Zum Glück war ich der König des Pokerface.

Nora sah umwerfend aus – viel stärker zurechtgemacht als erwartet. Sie trug ein gelbgrünes, schlichtes, langes Seidenkleid mit schmalen Trägern. Dazu hochhackige Schuhe mit Knöchelriemchen. Ihr dickes blondes, normalerweise glattes Haar war in Locken hochgesteckt, und so stark geschminkt hatte ich sie noch nie gesehen. Ich konnte den Blick nicht von ihren scharlachroten Lippen lösen. Vielleicht war dies ja doch ein Date …

»Ruhig, Junge«, sagte sie. »Ich hab mich nicht für dich so angezogen. Ich hatte vorher ein heißes Date.«

Meine Begeisterung erhielt jäh einen Dämpfer. *Sie hatte vorher ein verdammtes Date?*

Nora warf einen Blick auf mein Gesicht und lachte. Sie stellte sich dicht vor mich und tätschelte mir die Brust. »Das Date war mein Vater, Mr Cool.«

»Ich dachte, dein Vater lebt in Kalifornien?«

»Tut er auch. Aber er ist für ein paar Tage zu Besuch. Wir haben uns um sieben eine Oper in der Met angesehen. Deshalb bin ich so schick angezogen und konnte erst so spät kommen.«

Meine Schultern entspannten sich. »Oh.«

Sie grinste. »Du hättest dein Gesicht sehen sollen. Es sah aus, als wolltest du jemanden verprügeln.«

»Und das findest du lustig?«

Sie tippte mit ihren Nägeln gegen meine Brust. »Ja.«

Ich legte eine Hand um ihren Nacken, drückte ihn sanft und zog sie an mich. »Dafür wirst du bezahlen, Sutton. Und jetzt gib mir diesen verdammten Mund.«

Ich küsste sie, und sie öffnete begierig die Lippen. Der Stress des Tages fiel beinahe augenblicklich von mir ab. Ihre Titten drückten gegen mich, und sie gab dieses leise Stöhnen von sich, das mich verrückt machte. Man sagt, dass Dinge, die Angst und Stress lindern, oft süchtig machen – wie Xanax und Alkohol. Das verstand ich jetzt.

Nora löste ihren Mund von meinem. »Willst du in der Tür über mich herfallen oder mich hereinbitten?«

Ich klemmte ihre Unterlippe zwischen meine Zähne und zupfte kräftig daran. »Die Tür ist okay für mich.«

Sie kicherte und stieß gegen meine Brust. »Lass uns reingehen, du Steinzeitmensch.«

Ich öffnete widerwillig die Tür und ließ sie eintreten. Allerdings wurde ich für mein gentlemanhaftes Verhalten mit einem Blick auf ihren Hintern belohnt, der in diesem Kleid phänomenal aussah.

Ich frage mich, ob sie mich durch die Hintertür hereinlassen würde.

Ich räusperte mich und verdrängte den Gedanken aus meinem Kopf – vorerst. Nora legte ihre Clutch auf den Esszimmertisch, der mit dem Wein im Kühler, mit den Blumen und den Kerzen viel zu romantisch wirkte.

»Was ist das alles?«, fragte sie.

»Ich war mir nicht sicher, ob du schon zu Abend gegessen hast. Also habe ich was ausgesucht, das du naschen kannst.«

»Das war sehr aufmerksam.« Sie wandte sich kurz wieder dem Tisch zu. »Und die Blumen und der Wein?«

Ich schob die Hände in die Hosentaschen. »Das war meine Assistentin.«

Nora lächelte. »Ist das ein schüchterner Blick? Der ist irgendwie süß. Hätte nicht gedacht, dass du den auch auf Lager hast.«

»Klugscheißer. Nachdem ich das alles hingestellt hatte, wurde mir klar, dass es ein bisschen zu viel ist für … du weißt schon, für unsere Zwecke.«

»Du meinst, für nur Sex?«

»Ja.«

»Wenigstens hast du eine gute Assistentin.«

»Allerdings. Möchtest du ein Glas Wein von meinem romantischen Arrangement?«

Nora lächelte. »Klar.«

Ich nahm die Flasche aus dem Kühler und ging in die Küche, um sie zu entkorken.

Nora setzte sich auf einen Stuhl auf der gegenüberliegenden Seite der Kücheninsel. »Also, ich finde, wir sollten ein paar Grundregeln festlegen, bevor wir weitermachen.«

Ich schob ihr ein Glas Wein hin und schenkte mir ebenfalls eins ein. »Schieß los. Ich mag Regeln.«

»Wirklich?«

»Ja, natürlich. Es macht keinen Spaß, sie zu brechen, wenn man sie nicht kennt.«

»Beck …«

»Entspann dich. War nur ein Scherz.« Ich nippte an meinem Wein und zuckte die Achseln. »Ich bin bereit. Erzähl mir, was du auf dem Herzen hast.«

»Okay, ich schätze, solche Vereinbarungen scheitern oft daran, dass man unmerklich die Grenzen immer weiter verschiebt. Irgendwann blickt einer von beiden zurück und stellt fest, dass die Sex-Beziehung in eine echte Beziehung übergegangen ist. Es geht also darum, ein paar Grundregeln aufzustellen, damit wir nicht über eine Sex-Beziehung hinausgehen.«

»Gut. Also, wie lauten die Regeln?«

»Erstens: Es sei denn, wir sind mit Louise zusammen, sollten wir unsere gemeinsame Zeit auf Sex beschränken.«

»Du kommst also rein, ich ziehe dich aus, und sobald wir fertig sind, verschwindest du?«

Sie lachte. »Vielleicht nicht ganz so dramatisch, eher so, dass wir uns nicht vorher zusammen einen Film ansehen oder anschließend die Nacht zusammen verbringen.«

Das gefiel mir nicht, aber ich verstand, warum sie diese Regel aufstellte. Vielleicht war das der Punkt, an dem ich mit meinen früheren, angeblich unverbindlichen Beziehungen gescheitert war.

»Okay. Was noch?«

»Keine Dates. Keine Restaurants, kein Kino oder so.«

»In Ordnung.«

»Kein Geplauder am Telefon oder Austausch von Textnachrichten, es sei denn, es geht um Louise oder wir vereinbaren einen Termin für ein Treffen.«

Das war hart. Ihre Nachrichten versüßten mir den Tag. »Gut.«

»Ich glaube, wir sollten auch versuchen, die Zuneigung zu begrenzen. Kein Händchenhalten, keine Blumensträuße. Überhaupt keine süßen Gesten.«

»Warte mal, ist es süß, wenn ich dir kurz Zeit lasse, Luft zu holen, während ich dein Gesicht ficke? Ich finde, es ist ein schmaler Grat zwischen umsichtig und süß.«

»Wer ist jetzt der Klugscheißer?«

»Sind wir fertig?«

»Eine letzte Sache noch. Ich denke, normalerweise sind solche Verhältnisse nicht monogam. Sie laufen eher nach dem Motto *Was ich nicht weiß, macht mich nicht heiß*. Aber wir hatten bereits Sex ohne Kondom, also sollten wir auf Sex mit anderen verzichten, es sei denn, du willst wieder eins benutzen. Sich mit anderen zu verabreden, ist natürlich in Ordnung.«

Der Gedanke, dass sie mit irgendjemandem vögelte oder auch nur mit einem anderen Mann ausging, machte mich wütend. Diese Regel konnte ich also am leichtesten akzeptieren.

Ich nickte. »Abgemacht.«

Sie nippte an ihrem Wein, setzte ihn dann ab und strich mit dem Finger über den Rand des Glases. Sie sah mich unter ihren dichten Wimpern hervor an. »Das war's. Also … wir können anfangen, wann immer du bereit bist.«

Ohne sie aus den Augen zu lassen, kippte ich den Rest meines Weins hinunter und ging um die Kücheninsel herum. Ich hob sie vom Stuhl hoch, warf sie über eine Schulter und trug sie in mein Schlafzimmer. Kurz hatte ich erwogen, sie auf dem Tresen zu nehmen, aber die Vorstellung, wie sie mit gespreizten Beinen auf meinem Bett lag, war zu verlockend, um darauf zu verzichten. Sie kicherte, und das Geräusch traf mich direkt ins Herz. In meinem Schlafzimmer ließ ich sie dicht vor der Bettkante wieder herunter und setzte sie ab, dann ging ich zu einem ungefähr drei Meter entfernten Stuhl und setzte mich.

»Was machst du?« Sie lachte.

»Zieh dich für mich aus.«

Das Lächeln in ihrem Gesicht verwandelte sich. Sie mochte es, wenn ich im Schlafzimmer die Kontrolle übernahm.

Nora griff nach hinten und öffnete langsam den Reißverschluss ihres Kleides. Als ich hörte, wie sich jedes einzelne Zähnchen löste, hätte ich am liebsten den Stoff in Fetzen gerissen. Ich musste mich an den Armlehnen des Stuhls festhalten, um ruhig sitzen zu bleiben, während sie sich die dünnen Träger von den Schultern streifte und den seidigen Stoff auf den Boden gleiten ließ. Als sie nur in Stöckelschuhen dastand, die ihre Fesseln umschlossen, und in einem schwarzen trägerlosen Spitzen-BH mit passendem Slip, hätte sie nicht erotischer aussehen können. Doch dann hob sie das Kinn und trotzte dem Unbehagen, das sie vermutlich empfand, wenn sie sich so zur Schau stellte. Daraufhin richtete sich mein auf Halbmast hängender Schwanz stolz zu voller Größe auf.

»Du bist wunderschön.« Meine Stimme klang angestrengt und etwas zittrig. »Dreh dich um. Ich will die Rückseite sehen.«

Sie machte eine langsame Drehung. Verdammt, wie gern wäre ich dieser schmale Streifen ihres Strings, der zwischen ihren fantastischen Pobacken klemmte. Ich leckte mir über die Lippen, die ganz trocken geworden waren. »Setz dich auf die Bettkante.«

Allein zu sehen, wie diese Frau meinen Anweisungen folgte, hätte mich fast zum Höhepunkt gebracht. Dies war ein Geschenk, das sie mir machte.

Nora setzte sich mit geschlossenen Beinen auf den Rand der Matratze.

Ich strich mir mit dem Daumen über die Unterlippe.

»Ich würde gern eine Regel zu deiner Liste hinzufügen.«

»Welche?«

»Du darfst dich nicht anfassen, es sei denn, wir sind zusammen. Ich will nicht, dass du dich selbst befriedigst. Ich will, dass du mich anrufst, wenn dir danach ist. Oft.«

Sie schluckte und nickte.

»Danke. Jetzt spreiz die Beine.«

Ihre Augen flackerten und verdunkelten sich, aber sie tat, wie ihr geheißen.

»Weiter.«

Mit den Händen schob sie ihre Knie auseinander, bis es nicht mehr weiter ging.

»Jetzt berühre dich selbst. Reibe durch den Slip über deinen Kitzler.«

Ihr Blick zuckte zu meinen Augen. Es sah aus, als wollte sie es ablehnen, doch stattdessen hielt sie meinen Blick fest, während sie mit einer Hand über ihren Slip fuhr und begann, mit kreisförmigen Bewegungen ihren Kitzler zu streicheln. Nach ein paar Sekunden schloss sie die Augen und öffnete die Lippen, und ich beobachtete, wie sich ihr Brustkorb immer schneller hob und senkte.

Fuck.

Wie um alles in der Welt sollte ich mich nicht in diese Frau verlieben? Sie war das ganze Paket, mit einer großen, sexuell offenen Schleife oben drauf.

Ich sah ihr zu und rieb durch die Hose meinen Schwanz. Nora bog den Rücken durch und ließ den Kopf nach hinten sinken. Als ihre Kreise schneller wurden und sie zu stöhnen begann, wusste ich, dass es nicht mehr lange dauern würde. Also stand ich auf, ging zwischen ihren Schenkeln auf die Knie, riss ihr den Slip von den Beinen und verschlang ihre Scham, als wäre sie meine erste Mahlzeit seit Monaten. Ich leckte und saugte, schob meine Zunge in ihre süße Öffnung und trank jeden Tropfen ihres Saftes.

Nora strich mit den Fingern durch mein Haar und grub die Nägel in meine Kopfhaut. »Beck …«

Ich griff nach oben, drückte sie nach unten und vergrub mein ganzes Gesicht in ihr. Ich hätte hier ertrinken können und wäre als glücklicher Mann gestorben. Als sie kam, leckte ich sie weiter, während sie sich wand und bebte und noch lange, nachdem sie sich aufs Bett hatte zurückfallen lassen. Ich verschwendete keinen Tropfen ihres süßen Saftes und ließ rein gar nichts ins Laken sickern.

Als ich fertig war, wischte ich mir mit dem Handrücken den Mund ab und ließ meinen steifen Schwanz los. Ich wusste, wie warm und feucht sie war, und konnte es kaum erwarten, in sie einzutauchen und mein Nirwana zu finden.

Als ich auf sie stieg, öffnete Nora flatternd die Lider. Ein zufriedenes, der Welt entrücktes Grinsen erschien in ihrem schönen Gesicht. »Hallo«, sagte sie.

Meine Lippen zuckten. »Hi.«

»Das kannst du *wirklich* gut.«

»Vielen Dank.«

»Ich weiß nicht, inwieweit ich jetzt noch mitmachen kann.« Sie bewegte den Kopf und blickte auf ihren rechten Arm, der auf dem Bett ausgestreckt lag. »Meine Glieder fühlen sich an wie Gelee.«

»Ist schon okay. Ich mach das schon.«

Sie grinste. »Danke. Ich schulde dir was.«

»Darauf komme ich gern schon sehr bald zurück.«

Ich griff nach unten und umschloss meinen Schwanz, führte ihn zwischen ihre Beine und drang in sie ein. Auch wenn ich nur mit der Spitze in ihr war, war ich froh, dass sie schon gekommen war, denn das würde peinlich schnell gehen. Ich hatte vergessen, wie eng sie war.

Mit geschlossenen Augen drang ich weiter in sie ein und spürte, wie sie sich weich um mich zusammenzog. So wie es sich anfühlte, könnte der heutige Abend an die Spitze der Liste meiner besten sexuellen Erfahrungen schießen, und dabei war ich noch nicht einmal ganz in ihr und noch nicht gekommen. Das sollte etwas heißen.

Ich drang tiefer in sie ein und dehnte sie Zentimeter für Zentimeter, bis meine Eier ihren Hintern berührten. Nora sah mit verhangenem Blick zu mir hoch und rang um Atem, und ich beschloss, hier zu bleiben und mich nicht zu bewegen. Vielleicht für immer.

Doch dann bog sich Nora mir entgegen, drückte ihre Lippen auf meine, und ich verlor mich in ihrem Kuss. Auch auf die Gefahr hin, dass ich mich wie eine totale Pussy anhöre, alles andere trat in den Hintergrund. Und ich begann, erneut die Hüften zu bewegen und glitt in sie hinein und wieder heraus. Sie war so nass. Einfach phänomenal. Aber erst musste sie noch einmal kommen. Es spielte keine Rolle, dass sie erst vor fünf Minuten einen Orgasmus gehabt hatte und ich bereit war, meine Ladung wie eine Kanone zu verschießen. Ich musste sie befriedigen, musste ihr gefallen.

Also packte ich ihr Knie und hob es an, um in einem neuen Winkel in sie einzudringen. Ihr Gesichtsausdruck wechselte von befriedigt zu *ups, es geht wieder los*. Schließlich schob ich eine Hand zwischen uns und massierte ihren Kitzler, während ich weiter in sie eindrang. Noras Muskeln begannen zu pulsieren – sie zog sich derart fest um mich zusammen, dass ich spürte, wie sie zuckte und meinen Schwanz molk.

Sie stöhnte, als ihr Orgasmus einsetzte, und rief immer wieder meinen Namen.

Und …

Da war es.

Nirwana.

Der Himmel.

Das nächste Mal musste ich es mit dem Handy aufnehmen, damit ich es mir den ganzen Tag über anhören konnte. Vor allem, wenn ich nicht mit ihr reden durfte.

Seltsamerweise hatte es mich nie erregt, wenn eine Frau beim Sex meinen Namen schrie. Aber bei Nora war es fast besser als mein eigener Höhepunkt. Es gab mir ein warmes, weiches Gefühl, und zugleich kam ich mir wie der König des Dschungels vor.

Als ihre Spannung nachließ, steigerte ich mein Tempo, kam selbst und füllte sie unendlich mit meinem Saft. Danach zuckte und krampfte mein Körper tief in ihr. Als die Realität wieder zu mir durchdrang, sah ich auf und vergewisserte mich, dass es Nora gut ging. Wieder hatte sie ein breites, seliges Lächeln im Gesicht.

Ich lächelte zurück. »Hi.«

Ihr Lächeln wurde breiter. »Selber hi.«

Ich lachte und zog mich aus ihr zurück, auch wenn ich am liebsten in ihr geblieben wäre. »Eine Minute. Ich hole dir ein Handtuch.«

Ich kam mit einem feuchten und einem trockenen Tuch zurück. Nora hatte sich nicht von der Stelle gerührt. Da ich die Sauerei angerichtet hatte, fand ich, es sei das Mindeste, sie auch aufzuwischen. Doch als ich zwischen ihre Beine blickte, sah ich, wie mein Sperma aus ihr herauslief.

»O fuck«, stöhnte ich. »Das ist das Schärfste, was ich je gesehen habe.«

Nora stützte sich auf die Ellbogen, aber ich hielt sie auf. »Nein, beweg dich nicht. Ich will zusehen, wie es auf natürliche Weise herauskommt.«

Sie errötete. »O mein Gott. Das ist total schräg, und wahrscheinlich sollte es mir peinlich sein. Aber es ist so sexy, wie du mich ansiehst, dass es mir völlig egal ist.«

Mein Schwanz war noch nicht ganz erschlafft, und als ich zusah, wurde ich wieder hart. Ich konnte nicht den Blick abwenden, als mein Saft aus ihrer Muschi und die Spalte hinunterlief, die zu ihrem Hintern führte. Als das Sperma in die Nähe ihrer Rosette troff, tauchte ich einen Finger hinein und verstrich es. Noras Augen weiteten sich, als ich mein Sperma in sie einmassierte und gegen ihre Öffnung stieß.

»Ist das tabu?«, fragte ich.

Sie biss sich auf die volle Unterlippe. »Ich hab das noch nie gemacht. Jedenfalls nicht ganz. Mein Ex und ich, wir … haben es einmal versucht, aber es hat zu sehr weh getan.«

»Das klingt nicht nach einem Nein …« Ich tauchte meinen nassen Finger hinein, nur die Spitze. Nora keuchte, entspannte sich aber, als ich begann, sanft zu pumpen. »Tut das weh?«

Sie schüttelte den Kopf.

»Nicht heute Abend. Keine Eile. Wir werden uns Zeit nehmen. Vielleicht nur ab und zu eine kleine Massage, um dich darauf vorzubereiten.« Ich stieß ein wenig weiter hinein, nicht einmal bis zum Knöchel. Sie krampfte sich um mich zusammen … doch nach einer Minute entspannte sie sich wieder. »Du musst lernen, mir zu vertrauen. Du musst wissen, dass ich es langsam angehe und mich um dich kümmere.«

Sie nickte. »Okay.«

Ich ließ noch eine Minute verstreichen, glitt sanft hinein und hinaus. Ihr Körper entspannte sich so weit, dass ich weiter in sie hätte eindringen können, aber ich wollte nichts überstürzen. Also ließ ich meinen Finger herausgleiten und säuberte sie ordentlich. Als ich fertig war, ging ich ins Bad. Als ich wieder herauskam, war Nora aufgestanden und bereits halb angezogen.

»Was machst du da?«

»Ich ziehe mich an …«

»Du bist erst seit einer halben Stunde hier.«

Sie lächelte halbherzig. »Ich weiß. Aber das ist doch nur Sex, also …«

»Im Ernst? Du willst so aus der Tür rennen? Soll ich dir auch etwas Geld zuwerfen?«

Nora kniff die Augen zusammen. »Sei kein Arsch, Beck. Das war unsere Abmachung.«

Ja, wir hatten vereinbart, nur Sex zu haben, aber es fühlte sich … falsch an. Trotzdem hielt ich mich zurück, aus Angst, ich könnte sie gleich zu Anfang vergraulen.

»Gut.« Ich stöhnte. »Lass mich dich wenigstens nach Hause fahren.«

Sie schloss den Reißverschluss ihres Kleides. »Ich nehme mir ein Uber.«

Ich fuhr mir mit einer Hand durchs Haar. Es war das erste Mal in meinem Leben, dass ich mich benutzt fühlte. Das gefiel mir nicht besonders. Ich holte tief Luft. »Wann kann ich dich wiedersehen?«

»Bald.«

»Wie wäre es mit einer konkreten Antwort?«

»Mein Vater ist nur für ein paar Tage in der Stadt, also werde ich viel mit ihm unterwegs sein.« Sie strich sich mit den Fingern durchs Haar wie mit einem Kamm. »Wir haben eine Menge vor. Museen, ein Theaterstück, ein französisches Restaurant mit einem siebengängigen Degustationsmenü … Ein Mal essen wir sogar mit Louise zu Mittag. Ich freue mich schon so darauf, dass sie sich kennenlernen.«

Toll! Meine Großmutter darf mit Nora essen, aber ich nicht.

Sie kam zu mir, stellte sich auf die Zehenspitzen und küsste mich auf die Lippen. »Du schmollst ja.«

»Nein, tue ich nicht.«

Doch, total.

»Ich rufe dich an, okay?«

Nicht einmal eine Minute später war sie aus der Tür. Ich lehnte meine Stirn dagegen und lauschte auf das Geräusch des Fahrstuhls, der kam und ging.

Dieser unverbindliche Mist wird nicht so einfach, wie ich dachte.

21. Kapitel

Beck

»N?«

Nora blinzelte mich an. »Warum denke ich, dass du absichtlich falsch rätst, nur damit ich weitermache?«

Weil du eine kluge Frau bist.

Dass sie mit dem Finger ein Wort auf meinen Rücken schrieb, war ein neues Spiel zwischen uns geworden. Oder es war ihre Version eines Spiels, das ich vor einer Woche begonnen hatte, als ich sie festhielt und mit meiner Zunge an ihrer Muschi das Wort KÖSTLICH buchstabierte. Sie hatte versucht, sich zu revanchieren, indem sie ein Wort auf meinen Schwanz leckte, aber ich kam nie über den ersten Buchstaben hinaus, ohne ihr meinen Schwanz in den Hals zu schieben. Also fing sie an, mit ihrem Fingernagel Wörter auf meinen Rücken zu schreiben. Es fühlte sich toll an, aber das war nicht der Grund, warum ich so tat, als könnte ich die Buchstaben nicht erraten. Sondern weil sie aus der verdammten Tür rennen würde, sobald wir fertig waren. Ich musste nehmen, was ich von Nora kriegen konnte.

»Ich bin zu ehrgeizig, um dich gewinnen zu lassen. Mach das noch mal.«

Sie sah nicht so aus, als würde sie mir glauben, dennoch

malte sie zum dritten Mal den Buchstaben M auf meinen Rücken.

»O?«, fragte ich.

Lachend schlug sie mir auf den Rücken. »Jetzt weiß ich, dass du Quatsch erzählst. Du kannst doch nicht ein M mit einem O verwechseln.«

Ich legte einen Arm um ihre Taille und drehte uns so, dass sie auf mir lag. Nora schrie auf, aber sie lächelte. Ich strich ihr eine Haarsträhne von der Wange. »Ich will dich morgen sehen.«

»Ich werde in Utah sein.«

»Du weißt, was ich meinte.« Es war nach Mitternacht, also würden sie und Gram theoretisch morgen abreisen. Aber ich wollte sie vorher noch einmal sehen. »Dann heute Abend.«

»Ich muss packen. Wir haben einen frühen Flug und müssen um fünf Uhr morgens am Flughafen sein.«

»Das Packen dauert höchstens eine Stunde. Ich möchte mit dir ausgehen.«

Nora versuchte, sich aus meinem Griff zu winden. »Ich habe zu viel zu tun.«

»Ich schicke Gwen rüber, um für dich zu packen.«

»Gwen? Deine Assistentin?«

Ich nickte. »Sie kann auch alle Besorgungen für dich erledigen. Wir können in das französische Restaurant gehen, in dem du mit deinem Vater warst und das dir so gut gefallen hat.«

»Beck …«

Ich kannte diesen Ton, und dieses Gesicht. So klang sie und sah sie jedes Mal aus, wenn ich versuchte, die Regeln ein oder zwei Zentimeter zu verschieben – wenn ich versuchte, sie dazu zu überreden, über Nacht zu bleiben, anstatt wegzurennen, bevor mein Schwanz ganz schlaff war, sich mit mir zum Mittagessen zu treffen und zwar zum Essen und nicht nur auf einen

Quickie oder einfach so ein paar Nachrichten mit mir zu tauschen.

»Ein Abendessen. Du fährst morgen für zwei Wochen weg. Wenn du zurückkommst, bleibt nicht mehr viel Zeit, bevor du nach Kalifornien ziehst.«

Verdammt … da war wieder dieses Sodbrennen. Ich musste mich unbedingt beim Arzt durchchecken lassen. Das hatte ich in letzter Zeit ziemlich oft gehabt.

Nora knabberte an ihrer Unterlippe. Zum ersten Mal schien es, als würde sie tatsächlich in Erwägung ziehen, ihre dummen Regeln zu brechen. »Das Restaurant war wunderbar. Allerdings wirst du nie eine Reservierung bekommen. Meine musste ich fast drei Monate im Voraus machen.«

»Wenn ich uns einen Tisch besorgen kann, kommst du dann mit?«

»Ist der Besitzer ein Kunde oder so etwas, und du weißt schon, dass du uns da reinbringen kannst?«

»Nein. Keine Ahnung, wer der Besitzer ist.«

»Gut. Aber ich sage nur Ja, weil du nie einen Tisch bekommen wirst.«

Falls nötig, würde ich das verdammte Restaurant kaufen. Ich lächelte. »Ich hole dich um acht ab.«

»Du hast noch nicht einmal versucht, eine Reservierung zu bekommen.«

»Das wird kein Problem sein.«

Nora seufzte. »Du bist dermaßen arrogant.«

»Selbstbewusst, nicht arrogant.«

»Wie auch immer. Du wirst an meine Worte denken, wenn du keinen Tisch bekommst. Ich sage dir, es ist unmöglich. Und unser Dinner-Deal gilt nur für dieses Restaurant. Kein Chez Coucou, kein gemeinsames Abendessen.«

Ich grinste. »Das Einzige, was ich später verspeisen werde, ist ein Sieben-Gänge-Menü und dich zum Nachtisch.«

»Ich habe gerade mit John Morlin gesprochen.« Gwen schüttelte den Kopf. »Kein Glück. Er hat auch keine Verbindung zum Chez Coucou, um dir einen Tisch zu besorgen.«

»Mein Gott. Versuch's bei Alan Fortunato. Ihm gehören ein Haufen Clubs. Der muss doch Verbindungen haben.«

»Das habe ich schon. Und bei Trey Peterson habe ich es auch versucht. Er kann dir einen Tisch im La Mer besorgen. Das hat einen Michelin-Stern. Einer der Besitzer ist stiller Teilhaber in einem seiner Clubs.«

Ich fuhr mir mit der Hand durchs Haar und sah auf die Uhr in der Ecke meines Computers. Es war schon fast vier. »Das La Mer kommt nicht in Frage. Geh alle unsere alten Kunden durch. Sieh nach, ob es jemanden gibt, an den ich nicht denke und der eine Verbindung hat.«

Gwen zuckte die Achseln. »Okay. Soll ich im La Mer reservieren, nur für den Fall?«

Ich runzelte die Stirn. »Nein. Es muss das Chez Coucou sein.«

»Wer geht ins Chez Coucou?« Mein Bruder Jake spazierte in mein Büro, als meine Assistentin es gerade verließ.

Ich schüttelte den Kopf. »Niemand. Ich hab zu tun. Was ist los?«

Wie üblich pflanzte mein Bruder seinen Hintern in einen der Besucherstühle. Er lehnte sich zurück, sodass die Vorderbeine vom Boden abhoben. »Weißt du, dass du mir jedes Mal, wenn ich in dein Büro komme, sagst, dass du zu tun hast?«

»Das liegt daran, dass ich immer beschäftigt bin.«

»Du wirst noch einen Herzinfarkt bekommen, wenn du

nicht lernst, dich zu entspannen. Ich habe gerade einen neuen Meditationskurs begonnen. Du solltest mal mitkommen.«

Das erinnerte mich daran, dass ich einen Termin beim Kardiologen wegen meines Sodbrennens machen musste. »Ich brauche keine Meditation. Sag mir, warum du gekommen bist, damit ich weiterarbeiten kann. Ich entspanne mich, indem ich etwas erledige, nicht indem ich die Augen schließe, während irgendein Hippie einen Gong schlägt.«

»Wusstest du, dass Gram einen alten Freund besuchen wollte?«

Ich seufzte. Er würde nicht aus meinem Büro verschwinden. »Ja, wusste ich.«

»Nora sagte, er wohnt in der Nähe des Bryce Canyon. Ich bin in Utah Ski gefahren und habe ihn einmal vom Flugzeug aus gesehen. Sah wunderschön aus.«

Ich sah ihn aus schmalen Augen an. »Wann hast du mit Nora gesprochen?«

»Beim Mittagessen.«

»Du warst mit Nora mittagessen? Mit Gram und Nora, meinst du?«

Jake grinste und zeigte mit dem Finger auf mich. »Ich würde wirklich gern sagen, dass ich nur mit Nora essen war. Aber ich fürchte, du könntest über den Tisch springen und mich verprügeln, also werde ich dich nicht verarschen. Ja, ich habe heute mit Gram und Nora zu Mittag gegessen.«

Bin ich die einzige Person in der verdammten Familie, mit der Nora nicht essen will?

»Du magst sie wirklich, stimmt's?«, fragte Jake.

»Das habe ich nicht gesagt.«

»Das musstest du auch nicht. Ich kann es in deinem Gesicht sehen.«

Auf dem Schreibtisch summte mein Handy. Es war ein Kunde, den ich heute Morgen angerufen hatte, um zu fragen, ob er mich ins Chez Coucou bringen könne. Seine Assistentin hatte gesagt, er sei in Übersee. Ich nahm das Gespräch an. »Hey, Robert. Danke, dass Sie mich zurückrufen.«

»Kein Problem. Ich bin gerade dabei, in ein Flugzeug zu steigen, ich habe also nicht viel Zeit.«

»So wichtig ist es eigentlich nicht. Wenn ich Sie aber schon an der Strippe habe, haben Sie vielleicht eine Verbindung zum Chez Coucou? Ich versuche, eine Reservierung zu bekommen, aber in den Laden kommt man schwerer rein als in das verdammte Fort Knox.«

»Nein. Aber haben Sie es bei Alan Fortunato versucht?«

»Ja, kein Glück.«

»Tut mir leid, Mann.«

»In Ordnung. Danke, dass Sie mich von unterwegs angerufen haben.«

»Wenn Sie es schaffen, einen Platz zu bekommen, sagen Sie mir Bescheid, ob es den Hype wert ist.«

»Das mach ich.«

Seufzend warf ich mein Handy auf den Schreibtisch.

Jake war immer noch da. »Warum musst du heute Abend ins Chez Coucou?«

»Das geht dich nichts an.«

»Okay. Aber ich kann dich wahrscheinlich reinbringen«, erwiderte er nonchalant.

Ich kniff die Augen zusammen. »Wie?«

»Ich habe mit Brett Sumner zusammen studiert. Das ist der Manager.«

Er schlug sich mit der Faust auf die Brust. »Phi Sigma Kappa Brüder. Er würde alles für mich tun.«

»Warum zum Teufel hast du das nicht gesagt? Hast du nicht gehört, wie ich mit Gwen darüber gesprochen habe, als du hereinkamst?« Ich deutete auf das Handy, das Jake ständig in der Hand hielt. »Ruf an und frag, ob ich einen Tisch für zwanzig Uhr dreißig bekommen kann.«

»Für wie viele Personen?«

»Für zwei.«

»Wie heißt die andere Person, mit der du zu Abend essen wirst?«

»Reservier einfach auf meinen Namen.«

Jake grinste. »Wenn du willst, dass ich anrufe, muss ich den Namen der anderen Person wissen.«

»Wozu, verdammt?«

»Weil du ziemlich scharf auf diese Reservierung zu sein scheinst. Du lehnst inzwischen ja sogar Kunden ab, darum weiß ich, dass du sicher keinen von ihnen beeindrucken willst. Ich vermute, es ist eine Frau. Und ich bin neugierig, wer dich so verrückt macht.«

Ich tippte mit dem Finger auf sein Handy. »Mensch, ruf einfach an.«

Sein Grinsen wurde breiter. »Nicht wenn du mir nicht sagst, wen du beeindrucken willst.«

»Ich versuche nicht, jemanden zu beeindrucken. Ich … brauche nur die Reservierung. Kannst du das für mich tun?«

»Es ist Nora, oder?«

Ich hatte keine Zeit für den Quatsch von meinem Bruder. »Ja, es ist Nora. Jetzt ruf schon an.«

»Sie hat mir beim Mittagessen erzählt, dass sie vielleicht mit einem Freund zum Abendessen dorthin geht.«

»*Warum hast du mich dann gezwungen, dir zu sagen, wer es ist?*«

Sein Lächeln wuchs sich zu einem breiten Grinsen aus. »Ich wollte nur hören, dass du es zugibst.«

»Mach den verdammten Anruf.«

Jake nahm das Handy und wischte ein paar Sekunden lang auf dem Display herum, bevor er es ans Ohr hielt.

»Hey, Brett. Was geht, Mann?«

Ich hörte mir ein paar Minuten lang die eine Seite eines ziemlich albernen Gesprächs an, bevor er endlich nach meiner Reservierung fragte.

»Hör zu, mein großer Bruder will eine Frau beeindrucken. Er braucht heute Abend um halb neun einen Tisch bei dir. Kannst du das für mich arrangieren?«

Ich wartete viel, viel, viel zu gespannt auf die Antwort.

Jake grinste. »Du bist der Beste, Mann. Ich bin dir was schuldig.« Er hörte zu und lachte dann. »Geht klar. Das mach ich bald.«

Mein Bruder beendete das Gespräch und lächelte selbstgefällig. »Erledigt.«

»Danke.«

»Ihr zwei haltet also, was immer zwischen euch läuft, geheim? Da Nora nicht erwähnt hat, dass du ihr *Freund* bist, und du versucht hast, den Namen deiner Verabredung geheim zu halten. Dann ist die Sache nicht mehr ganz so locker?«

Ich antwortete nicht, jedenfalls nicht verbal.

Jake las die Antwort jedoch in meinem Gesicht. »Oh. Sorry. Das ist ätzend.«

Mein Bruder war normalerweise der letzte Mensch, mit dem ich über Frauen sprach. Aber in einem Moment der Schwäche ließ ich meinen Schutz fallen. »Ja, das ist es.«

»Sie zieht am Ende des Sommers weg, richtig?«

»Ja.«

»Bei manchen Leuten klappt es mit einer Fernbeziehung.«

»Es ist ein bisschen mehr als das.«

Jake nickte. Schließlich landete er wieder mit allen vier Stuhlbeinen auf dem Boden. »Ich lasse dich weiterarbeiten.«

Als er bereits an der Tür war, hielt ich ihn auf. »Hey, Jake?«

Er drehte sich um.

»Danke, dass du mir die Reservierung besorgt hast.«

»Kein Problem. Viel Spaß.«

Ich nickte. »Hey. Warum bist du überhaupt in mein Büro gekommen?«

Er ließ sein jungenhaftes Lächeln aufblitzen. »Um dir unter die Nase zu reiben, dass ich mit Nora zu Mittag gegessen habe. Ich weiß, wie sehr du auf sie stehst – ich wusste es sogar, bevor du es wusstest.«

22. Kapitel

Nora

»Ich kann immer noch nicht glauben, dass du einen Tisch bekommen hast.«

Beck zwinkerte mir zu, und ein weiteres Stück der Frostschicht, die mein Herz umschloss, schmolz dahin. Es war gut, dass ich am Morgen abreiste, denn das war schön – einen Gentleman zu haben, der mir die Tür aufhielt, den Stuhl für mich herauszog, mir sagte, dass ich schön aussehe. Versteht mich nicht falsch, ich mochte auch Becks andere Seite – die nicht gentlemanlike war: Wenn er mir eher den Reißverschluss als die Tür öffnete, mich an den Haaren zog, anstatt mir den Stuhl herauszuziehen, und mir sagte, ich solle mich selbst befriedigen, und nicht, wie schön ich aussah. Aber ich hatte schon lange kein Date mehr gehabt, und es fühlte sich gut an, außerhalb des Schlafzimmers besonders behandelt zu werden.

»Also, ich habe das Gefühl, dass wir in den letzten Wochen viel Zeit miteinander verbracht haben.« Ich nippte an meinem Wein und beobachtete Beck über den Rand meines Glases hinweg. Er war immer aufmerksam, aber heute Abend war der Blick, mit dem er mich beobachtete, irgendwie noch leidenschaftlicher als sonst, falls das überhaupt möglich war. »Womit wirst du dich beschäftigen, während ich weg bin?«

»Erstens haben wir gar nicht so viel Zeit miteinander verbracht.«

»Wir haben uns während der letzten zwei Wochen an fünf von sieben Abenden gesehen.«

»Ja, aber jedes Mal nur für eine Stunde. Wenn man das addiert, ist das weniger als ein Arbeitstag, den ich im Büro verbringe.«

»Oh. Na, denk an all die Dates in normaler Länge, die du haben kannst, wenn ich weg bin.« Schon während ich das sagte, grummelte mein Magen.

Beck war gerade dabei, sein Weinglas zum Mund zu führen, und hielt auf halber Strecke inne. »Ich hatte nicht vor, jemanden zu daten.« Er legte die Stirn in Falten. »Und du?«

Ich musste gestehen, dass ich kein Verlangen nach einem Date hatte. In den letzten Jahren waren Dates nur ein Mittel zum Zweck gewesen. Ab und an hatte ich gern Sex. Also machte ich bei Drinks Small Talk oder hörte einem Börsenmakler zu, der mir bei einem überteuerten Abendessen erzählte, wie viel Geld er verdiente. Aber den Dating-Teil vermisste ich nicht. Andererseits war auch keiner der Männer, mit denen ich ausgegangen war, so wie Beck gewesen.

Ich zuckte die Achseln und versuchte, lässig zu wirken. »Nein, aber … was passiert, passiert halt. Ich will nicht, dass du das Gefühl hast, dass der heutige Abend – dass wir zusammen essen – irgendetwas ändert.«

Beck schürzte die Lippen. »Wie wäre das möglich, nachdem du mich doch schon fünfhundert Mal daran erinnert hast, dass ich für dich nichts weiter als ein Fick bin?«

»Darauf haben wir uns geeinigt.«

»Ja, ich weiß. Aber ich bin kein Hund, der alles anspringt, das Beine hat. Ich glaube, ich überstehe die zwei Wochen, die du weg bist.«

»Du musst nicht so sauer werden. Ich wollte nur sagen, dass es mich nicht stören würde, wenn du … du weißt schon.«

Becks Blick glitt über mein Gesicht, als ob er nach etwas suchte. Dann blinzelte er. »Es würde dich nicht stören, wenn ich … was, Nora? Sag es, wenn es dich nicht stört.«

Ich stöhnte. »Ich glaube, wir wissen beide, wovon ich spreche. Ich muss es ja nicht so krass sagen.«

Beck beugte sich vor. »Aber das möchte ich gern. Es würde dich nicht stören, wenn ich was tue? Eine andere Frau ficken? Vielleicht mein Gesicht zwischen ihren Beinen vergraben, so wie ich es bei dir mache? Das würde dich nicht stören, stimmt's?«

Ich spannte den Kiefer an. »Das ist in Ordnung.«

»Wirklich? Vielleicht kann ich mit einem Date hierhergehen. Sie anschließend mit zu mir nehmen und ihr meinen Schwanz zum Nachtisch servieren.«

Ich nahm mein Weinglas in die Hand. »Tu, was du willst.«

»Alles klaaar.« Er nickte. »Okay. Weil es dir egal ist, was ich tue. Es ist alles nur, du weißt schon, zwanglos.«

Ich zuckte die Achseln und wandte den Blick ab. Die Luft zwischen uns knisterte. Ich spürte Becks wütenden Blick auf mir, aber ich konnte ihn nicht ansehen. Jedenfalls noch nicht.

Schließlich durchbrach er die stille Spannung. »Nora, sieh mich an.«

Ich richtete den Blick wieder auf ihn, und er sah mir eine Weile fest in die Augen. Nach einer Minute schüttelte er den Kopf. »Scheiß drauf. Ich bin vieles, aber ich bin kein Lügner. Also lehne ich mich jetzt mal aus dem Fenster und bin ehrlich – vielleicht zum ersten Mal, seit du mich an jenem Abend in der Bar geküsst hast.« Er beugte sich näher zu mir. »Ich will nicht, dass du mit jemand anderem vögelst. Oder den Schwanz eines anderen lutschst. Und bei dem Gedanken, dass ein anderer Mann dich berührt …« Er wandte einen Moment den Blick ab, bevor er mir wieder in die Augen sah. »… könnte ich handgreiflich werden, Nora. Und ich bin kein gewalttätiger Mann. Du sitzt also da und tust so, als wäre es dir scheißegal, was ich tue, solange du weg bist. Aber ich werde ehrlich sein. Denn auch wenn es gegen deine Regeln verstößt, ist es mir lieber, du bist sauer auf mich, weil ich ehrlich war, als dass du dich freust, wenn ich dich anlüge.«

Ich öffnete den Mund und schloss ihn wieder, weil ich nicht wusste, was ich sagen sollte.

Beck warf seine Serviette auf den Tisch und stand auf. »Ich gehe zur Toilette. Trink deinen Wein aus, und wenn ich zurückkomme, können wir weiter so tun, als würde es uns nichts ausmachen.«

Bevor ich etwas sagen konnte, entfernte er sich vom Tisch. Er blieb fast zehn Minuten lang weg, und ich fragte mich schon, ob er mich vielleicht hier sitzen gelassen hatte. Doch dann kehrte er zurück. Die Wut war aus seinem Gesicht gewichen, und ich kam mir dumm vor.

Beck rückte mit dem Stuhl an den Tisch heran. »Es tut mir leid. Ich hätte nicht so weit gehen sollen.«

Ich hielt eine Hand hoch. »Nein, mir tut es leid. Du hast recht. Es würde mich stören, wenn du mit einer anderen Frau zusammen wärst.«

»Das Lustige ist, dass ich in solchen Situationen normalerweise in deiner Position bin – dass ich das Gefühl habe, bei einem Deal über den Tisch gezogen worden zu sein.«

Ich schüttelte den Kopf. »Ich werde mit niemandem zusammen sein, solange ich weg bin. Und ich will auch nicht, dass du mit jemand anderem zusammen bist.«

»Danke.« Sein Lächeln hellte sich auf. »Wir sollten diese neue Vereinbarung irgendwie förmlich besiegeln. Wie wäre es, wenn ich dich unter dem Tisch fingere?«

Als er mir wieder zuzwinkerte, flatterten Schmetterlinge in meinem Bauch. Danach kehrten wir irgendwie zur Normalität zurück. Wir aßen sieben exquisite Gänge, ohne dass unser Gespräch abflaute. Ich erzählte Beck von meiner bevorstehenden Reise mit Louise nach Utah, vom Mittagessen mit seinem lebenslustigen Bruder und davon, dass ich an diesem Nachmittag die letzten Änderungen an meinem neuesten Bildband vorgenommen hatte. Er erzählte mir von einigen Geschäften, an denen er gerade arbeitete. Nachdem er die Rechnung bezahlt hatte, stand er auf und reichte mir die Hand, um mir aufzuhelfen. Sobald ich auf den Beinen war, zog er mich an sich.

»Und war der heutige Abend so schlimm? Hat es dich umgebracht, mit mir zu essen?«

»Nein.« Ich lächelte. »Ehrlich gesagt, habe ich es genossen.«

»Gut.« Er küsste mich auf die dominante Art, die er auch im Schlafzimmer an den Tag legte, und ich bekam leicht weiche Knie.

Draußen hob Beck den Arm, um ein Taxi anzuhalten. »Wie wäre es, wenn wir zu dir fahren, damit du nicht so spät nach Hause kommst, wenn du so früh fliegst.«

»Ähm … Da herrscht ein ziemliches Durcheinander.«

Er legte die Hand an meine Wange. »Wenn du unter mir bist, könnte das Haus abbrennen und ich würde es wahrscheinlich nicht bemerken.«

»Ein anderes Mal vielleicht?«

Beck warf mir einen Blick zu. »Wenn ich dich abholen will, lässt du das auch nicht zu. Allmählich glaube ich, du verheimlichst mir etwas. Bist du sicher, dass du nicht verheiratet bist?«

Mist. Ich zwang mich zu einem Lächeln und schlang die Arme um seinen Hals. »Ganz bestimmt nicht verheiratet. Ich bin nur … heute Abend nicht bei mir, okay?«

Er musterte mich skeptisch, nickte aber. »Wie wäre es, wenn du zurückkommst?«

Da ich den Abend nicht ruinieren wollte, indem ich jetzt Nein sagte, entschied ich, dass ich diese Hürde auch nehmen konnte, wenn es so weit war. »Klar. Klingt nach einem Plan.«

23. Kapitel

Beck

Fünf Tage später sah ich mir zum vierten Mal dasselbe Bryce-Canyon-Video auf Noras Blog an und checkte heute zum zehnten Mal mein Handy.

Immer noch keine Antwort von ihr. Seit sie weg war, hatten wir jeden Tag getextet, aber seit gestern Morgen herrschte absolute Funkstille. Zuerst wurden meine Nachrichten als zugestellt, aber nicht als gelesen angezeigt, und jetzt nicht einmal mehr als zugestellt. Vielleicht war ihr Telefon kaputt. Ich sollte mich wohl ohnehin mal direkt bei Gram melden. Nachdem ich Maddie ins Bett gebracht hatte, schenkte ich mir ein Glas Whiskey ein und setzte mich auf die Couch.

Gram ging nach dem dritten Klingeln ran.

»Hallo. Wie geht es meinem Lieblingsmädchen?«

»Oh, nur sehr beschäftigt.« Ich konnte es nicht genau zuordnen, aber irgendetwas an ihrer Stimme kam mir seltsam vor.

»Beschäftigt? Was habt ihr in den letzten zwei Tagen gemacht?«

»Ach, so dies und das.«

Meine Großmutter war nicht schüchtern. Wenn man mit ihr telefonierte, dauerte es normalerweise keine fünf Sekunden, ehe sie eine sarkastische Bemerkung machte oder einem einen Spruch reindrückte. »Geht's dir gut?«

»O ja. Großartig. Ging mir nie besser.«

Wieder Schweigen.

»Und Nora? Ist bei ihr alles okay? Ich habe ihr ein paar Nachrichten geschickt, aber sie hat nicht geantwortet.«

»Sie fühlt sich nur … ein bisschen unwohl.«

Ich richtete mich auf. »Ist sie krank?«

»Wahrscheinlich nur zu viel Wein gestern Abend.«

Ich ließ die Schultern hängen. Na toll. *Jetzt stelle ich mir vor, wie sie an der Bar sitzt und auf einen Tinder-Trottel wartet.*

Gram schwieg erneut. Diesmal konnte ich auf der anderen Seite Hintergrundgeräusche wahrnehmen. Es klang wie eine Durchsage, beispielsweise am Flughafen.

»Wo bist du?«

»Nur in meinem Hotelzimmer.«

»In deinem Zimmer? Was war das für eine Durchsage?«

»Ach, das muss der Fernseher gewesen sein.«

Warum hatte ich das Gefühl, dass sie mir Unsinn erzählte?

»Ich muss Schluss machen, Schatz«, sagte Gram.

»Warum so eilig, wenn du nur in deinem Zimmer herumsitzt?«

»Ich brauche meinen Schönheitsschlaf.«

Ich wurde das Gefühl nicht los, dass etwas nicht stimmte. Aber ich kannte meine Großmutter. Wenn ich sie bedrängte, würde sie auflegen.

»Würdest du mir einen Gefallen tun?«

»Was?«

»Schreib mir morgen früh eine Nachricht und sag mir, dass es dir und Nora gut geht.«

»Mach dir keine Sorgen um uns. Uns geht es gut, Schatz.«

»Würdest du das bitte für mich tun?«

Sie seufzte. »Natürlich. Gute Nacht, Beck.«

Nachdem ich aufgelegt hatte, leerte ich meinen Whiskey und schenkte mir einen zweiten ein. Ich war unruhig und hoffte, er würde mich entspannen. Aber das tat er nicht.

Die ganze Nacht wälzte ich mich im Bett hin und her und schaute am nächsten Tag ein Dutzend Mal auf mein Handy. Doch die vereinbarte Nachricht von Gram traf nicht ein. Beim Abendessen war ich mit meiner Geduld am Ende, also schickte ich zuerst Nora eine Nachricht.

Beck:
Hallo. Gram sagte, dir ging es gestern nicht gut. Ich wollte nur hören, ob es heute besser ist?

Ich starrte auf das Display und wartete darauf, dass die Nachricht von »Gesendet« auf »Zugestellt« wechselte. Aber das tat sie nicht. *Was zum Teufel?* Wie schlecht konnte es einem von zu viel Wein gehen, dass man zwei Tage lang nicht einmal sein Handy aufladen konnte? Anstatt noch weitere Spielchen zu spielen, scrollte ich zu Grams Kontakt und drückte auf Anrufen. Es klingelte zweimal, dann landete ich auf der Mailbox, was bedeutete, dass meine Großmutter mich dorthin geschickt hatte. Wäre sie nicht in der Nähe ihres Handys gewesen, hätte es ein paar Mal mehr geklingelt. Und wenn ihr Telefon ausgeschaltet gewesen wäre, wäre die Mailbox direkt angesprungen.

Ich knurrte das Telefon an, dann warf ich es auf den Küchentresen. Leider hatte ich nicht bemerkt, dass meine Tochter den Flur heruntergekommen war.

»Was ist denn los, Daddy?«

»Nichts, mein Schatz.«

Sie machte genau das gleiche Gesicht wie ihre Mutter, wenn man ihr Blödsinn erzählte, und ich musste lächeln. Ich hob Maddie hoch und drehte sie auf den Kopf.

Sie kicherte. »Daddy, was machst du?«

»Ich versuche, deine finstere Miene in ein Lächeln zu verwandeln.« Ich schüttelte sie ein paar Mal, als ob die Schwerkraft ihre Mundwinkel in die andere Richtung ziehen könnte. Und es funktionierte, denn als ich meine Tochter wieder auf die Beine setzte, lächelte sie.

»Was möchtest du zum Abendessen essen?«, fragte ich. Samstagabends bestellten wir immer etwas.

Sie hüpfte auf und ab. »Sushi und eine Açai-Bowl.«

Ich lachte. Als ich klein war, war McDonald's das Tollste. Die Kinder heute waren anders.

»Du willst das Gleiche wie beim letzten Mal?«

»Ja, bitte.«

Ich tippte mit meinem Zeigefinger auf ihre Nasenspitze. »Kriegst du.«

»Daddy, kannst du die Bilder, die ich heute gemacht habe, auf dein Laptop laden? Ich möchte etwas aussuchen, um es Nora zu schicken.«

Meine Tochter arbeitete gerade an ihrem Fotografie-Abzeichen. Heute waren wir durch die ganze Stadt gelaufen, damit sie Graffiti fotografieren konnte, wie bei Noras Projekt.

»Klar, aber ich zeige dir, wie man das macht. Ich habe schon mein Pfadfinderinnen-Fotoabzeichen.«

Maddie kicherte. »Daddy, du warst nie bei den Pfadfinderinnen.«

»Woher weißt du das?«

»Weil du ein Junge bist!«

Ich lächelte. »Hol deine Kamera, Süße. Ich zeige dir, wie man sie hochlädt, und dann kannst du dir die Fotos nach dem Abendessen ansehen, bevor deine Mutter dich abholt.«

»Okay, Daddy!« Sie hüpfte den Flur hinunter.

Nachdem ich unser Abendessen bestellt hatte, versuchte ich es erneut bei Gram. Wieder das Gleiche: zweimal Klingeln und dann die Mailbox. Also schickte ich ihr eine Nachricht.

Beck:
Wie geht es dir und Nora heute?

Es vergingen fast zwei Stunden, bis mein Telefon den Eingang einer Nachricht meldete. Maddie und ich waren bereits mit dem Essen fertig, und sie war in ihrem Zimmer und packte ihre Sachen für die Fahrt zu ihrer Mutter.

Gram:
Uns geht's gut.

Skeptisch blickte ich wieder auf mein Handy.

Beck:
Warum schickst du mich dann ständig auf die Mailbox? Und warum ist Noras Telefon aus?

Ich beobachtete, wie die Punkte anfingen, herumzuspringen, dann für ein paar Minuten stehen blieben. Dann bewegten sie sich schließlich wieder.

Gram:
Du solltest nicht kommen. Aber ich weiß,
dass du nie auf mich hörst.

Was zum Teufel?

Beck:
Willst du mir sagen, dass ich zu euch fliegen
soll? Was ist denn los?

Gram:
Ich sage dir nichts. Aber ich weiß, wie du
sein kannst.

Irgendetwas stimmte nicht.

Beck:
Wo ist Nora im Moment?

Es folgte eine weitere lange Pause, bevor eine Antwort kam.

Gram:
Sie ruht sich aus.

Erholte sie sich immer noch von einem Kater? Zwei Tage lang?

Vergiss es. Ich drückte auf Anrufen, anstatt eine weitere Nachricht zu schreiben. Nach zweimaligem Klingeln schaltete sich erneut die Mailbox ein. Dabei hatte sie das Handy offensichtlich noch vor zwei Sekunden in der Hand gehabt. Ich fing an, eine »Was zum Teufel ist da los?«-Nachricht zu schreiben, als eine weitere von Gram eintraf.

Gram:
Ich kann jetzt nicht reden.

Beck:
WARUM NICHT? WAS IST LOS?

Gram:
Wir sehen uns morgen, falls du kommst.

Ich hatte keine Ahnung, was los war, aber das würde ich herausfinden, denn als Nächstes buchte ich den ersten Flug nach Utah, den ich bekommen konnte.

»Haben Sie ein Auto für mich?« Ich stand am Schalter der Autovermietung am Cedar City Regional Airport in Utah.

»Haben Sie keine Reservierung?«, fragte der Mann auf der anderen Seite.

»Nein.«

»Ich sehe nach.« Er klickte eine Minute lang auf seiner Tastatur herum, dann sah er wieder auf. »Ich habe nur SUVs.«

»Das ist perfekt.«

»Okay. Und wann werden Sie den Wagen zurückbringen?«

Ich hatte keinen blassen Schimmer. »Kann ich ihn bis morgen buchen und bei Bedarf anrufen und verlängern?«

»Natürlich.«

Ich hatte die Reiseroute meiner Großmutter und wusste daher, in welchem Hotel sie wohnte. Im Flugzeug fiel mir jedoch ein, dass sie mir mit der Find-My-App auch Zugang zu ihrem Standort gegeben hatte. Als ich im Mietwagen saß, stellte ich daher das GPS auf ihren genauen Standort ein, anstatt die Adresse des Hotels nachzusehen. Es waren zweiundachtzig Meilen bis zu ihr, aber die Straßen waren gut befahrbar, sodass mich das Navi schon nach etwas über einer Stunde vom Highway hinunterführte. Nach ein paar Kilometern auf einer viel befahrenen Straße sollte ich links abbiegen … auf den Parkplatz des Cannon Memorial Hospital.

Was soll das?

Mein Herz begann zu rasen. War meine Großmutter im Krankenhaus? Warum zum Teufel wollte sie mir das nicht sagen? Das GPS zeigte an, dass ich mein Ziel erreicht hatte, aber ich hatte keine Ahnung, wo ich von hier aus hinsollte. Ich parkte in der Nähe des Haupteingangs und ging zum Informationsschalter.

»Hallo. Ich möchte eine Patientin besuchen, aber ich weiß nicht, welche Zimmernummer sie hat.«

Eine ältere Frau in einem rosafarbenen Blazer mit der Aufschrift Ehrenamtliche lächelte. »Wie lautet der Name?«

»Louise Aster.«

Sie tippte in den Computer. »Ich habe hier niemanden mit dem Namen Aster. Aber es ist bereits nach elf. Könnte sie heute entlassen worden sein?«

Ich öffnete die Find-My-App auf meinem Handy und aktualisierte sie. Meine Großmutter war eindeutig irgendwo hier im Krankenhaus. Vielleicht wurde sie gerade von der Station heruntergebracht, auf der sie gelegen hatte. Achselzuckend zeigte ich auf die Tür, durch die ich gerade gekommen war. »Vielleicht. Würde sie hier herauskommen, wenn sie jetzt entlassen würde?«

Die Frau nickte. »Normalerweise ja.«

Ich sah mich in der Lobby um. Von meiner Großmutter war keine Spur zu sehen. »Okay. Danke.« Ich wollte schon gehen, als mir ein Gedanke kam. »Ach, was ist mit Nora Sutton – Eleanor Sutton?«

Die Frau tippte wieder in ihren Computer. »Ms Sutton liegt auf der Intensivstation, Bett vier.«

Es war wie ein Schlag in die Magengrube. »Können Sie mir sagen, wie ich dorthin komme?«

Sie zeigte auf eine Reihe von Aufzügen. »Fahren Sie mit den östlichen Aufzügen in den dritten Stock und biegen Sie rechts ab. Sie können es nicht verfehlen.«

»Danke.«

Als ich mit dem Aufzug nach oben fuhr, klopfte mir das Herz bis zum Hals. Es dauerte keine dreißig Sekunden, doch als ich ausstieg, war mein Magen total verkrampft. Ich wandte mich nach rechts und ging schnell auf eine Doppeltür zu, die mit »Intensivstation« beschriftet war.

Die Station war ein großer, offener Raum mit einer Insel für das Pflegepersonal in der Mitte, die Zimmer waren mit Glaswänden voneinander getrennt. Ich ging auf den ersten Menschen in Uniform zu, den ich sah. Er war am Telefon, aber das hielt mich nicht auf.

»Nora Sutton. Bett vier?«

Der Mann wies mir die Richtung und widmete sich wieder seinem Gespräch. Als ich zu dem Bett ging, auf das er gezeigt hatte, musste ich zweimal hinschauen. Meine Güte. War das überhaupt Nora? Ich trat noch etwas näher. Nora sah überhaupt nicht aus wie Nora. Sie war blass, sah winzig aus und war an jede Menge Monitore angeschlossen. Als ich hereinkam, stellte eine Krankenschwester gerade eines der Geräte ein.

Sie lächelte höflich. »Hallo.«

Ich konnte den Blick nicht von Nora abwenden, um der Krankenschwester die Höflichkeit zu erweisen, sie beim Sprechen anzusehen. »Geht es ihr gut?«

»Ms Sutton geht es so gut, wie man es in ihrem Zustand erwarten kann.«

»Ihrem Zustand? Wie ist ihr Zustand?«

Die Krankenschwester musterte mich von oben bis unten, und ihr freundliches Lächeln wurde zurückhaltend. »Es tut mir leid. Wer sind Sie? Sind Sie mit Ms Sutton verwandt?«

Ein rotes Schild an der Wand über Noras Kopf erregte meine Aufmerksamkeit. *Keine Reanimation. Warum zur Hölle hängt das da?*

Ich erhob meine Stimme. »Was ist mit Nora passiert?«

»Sir, ich muss Sie bitten, nach draußen zu gehen.«

»Bea, das ist mein Enkel«, ertönte eine vertraute Stimme hinter mir. »Er gehört zu mir.«

Ich drehte mich um und sah meine Großmutter mit einem Becher Kaffee in der Hand. Ihr Gesicht war ernst, und dunkle Schatten lagen unter ihren Augen. Sie sah aus, als hätte sie schon lange nicht mehr geschlafen.

»Gram, was zum Teufel ist hier los? Was ist mit Nora passiert?«

Meine Großmutter und die Krankenschwester tauschten einen Blick aus, dann deutete Gram über ihre Schulter. »Setzen wir uns doch ins Wartezimmer und unterhalten uns ein paar Minuten?«

Ich starrte lange auf Noras reglosen Körper, bevor ich meiner Großmutter schließlich aus der Intensivstation in ein leeres Zimmer am Ende des Flurs folgte.

Gram setzte sich auf einen orangefarbenen Plastikstuhl und klopfte auf den Platz neben sich. Aber ich war zu aufgewühlt, um mich zu setzen, und raufte mir die Haare. »Was zum Teufel ist hier los, Gram? Geht es Nora gut? Geht es *dir* gut?«

Sie lächelte traurig. »Mir geht es gut, mein Schatz.«

»Hattet ihr einen Unfall oder so?«

Sie schüttelte den Kopf. »Nein, kein Unfall. Nora geht es nicht gut, Beck. Es steht mir nicht zu, es dir zu sagen. Sie wollte nicht, dass jemand von ihrem Zustand erfährt. Aber da du hier bist … wirst du es wohl ohnehin erfahren.«

»Zustand? Welcher Zustand?«

»Nora hat ein kardiales Rhabdomyosarkom, einen bösartigen, wiederkehrenden Tumor, der in ihr Herz eindringt.«

»Hat? Sie hat mir erzählt, dass sie einen Tumor hatte, aber der wurde entfernt und sie war geheilt.«

»Sie hat schon einige Operationen hinter sich. Der Tumor kommt immer wieder. Genau wie bei ihrer Mutter. Und die jetzigen Tumore sind inoperabel.« Gram machte ein ernstes Gesicht. »Es ging ihr wirklich gut, aber vor zwei Tagen erlitt sie einen Herzinfarkt.«

Meine Augen weiteten sich. »Einen Herzinfarkt?«

Gram nickte. »Sie hält sich wacker. Aber die Ärzte haben sie in ein künstliches Koma versetzt. Sie werden sie wahrscheinlich noch ein paar Tage in diesem Zustand lassen.« Gram hielt mir ihre Hand hin. Da sich mein Kopf drehte, nahm ich sie und setzte mich.

»Warum hat sie es mir nicht gesagt?«

»Wahrscheinlich, weil sie ihre Privatsphäre haben wollte. Ich weiß, ihr denkt, man würde es euch nicht anmerken, aber ich kann sehen, dass zwischen euch beiden etwas gewachsen ist. In letzter Zeit strahlt sie, wenn sie eine Nachricht schreibt, und ihre Augen leuchten. Aber ich weiß, dass sie das nicht geplant hatte. Nora wollte niemanden Neues kennenlernen, um ihn nicht zu verletzen, wenn …«

Ich schluckte. »Wenn was? Willst du damit sagen, dass sie stirbt?«

Meine Großmutter drückte meine Hand. »Nora wohnt nicht in meinem Haus, Liebling. Wir haben uns bei einem Treffen der Gruppe *Leben am Ende des Lebens* kennengelernt.«

Ich bekam keine Luft mehr. Die faden braunen Wände um mich herum rückten näher. Ich zog an meinem Hemdkragen, obwohl er nicht eng um meinen Hals saß. »Ich brauche Luft.«

Die Farbe wich aus dem Gesicht meiner Großmutter. »Ich hole eine Krankenschwester.«

»Nein. Ich brauche nur Luft.« Ich stand auf. »Ich bin gleich wieder da.«

Meine Großmutter stand auf. »Ich komme mit.«

»Nein.« Ich schüttelte den Kopf. »Ich brauche ein paar Minuten.«

Sie zögerte, nickte dann jedoch. »Ich warte hier auf dich.«

Keine Ahnung, wie ich in den Aufzug gekommen oder durch die Flure gelangt bin, aber plötzlich war ich draußen. Ich stützte mich mit den Händen auf den Knien ab und atmete gierig die Luft ein, als wäre sie mir stundenlang vorenthalten worden.

In meinem Kopf drehte sich alles so sehr, dass ich dachte, der Joghurt, den ich im Flugzeug gegessen hatte, würde mir wieder hochkommen. Ich musste so schlecht aussehen, wie ich mich fühlte, denn eine Frau in Krankenhausuniform kam auf mich zu.

»Sir, geht es Ihnen gut? Brauchen Sie medizinische Hilfe?«

Ich schaffte es, den Kopf zu schütteln. »Mir geht's gut. Ich brauchte nur etwas frische Luft.«

»Sind Sie sicher?«

Das war ich nicht, und es sah nicht so aus, als würde sie einfach gehen, also zwang ich mich, mich aufzurichten. Ich nickte wieder. »Mir geht's gut. Hab nur gerade schlechte Nachrichten erhalten.«

»Das tut mir leid. Es gibt eine Kapelle am Ende des Flurs im ersten Stock, falls das helfen sollte.«

»Danke.«

Nachdem sie wieder hineingegangen war, beschloss ich, einen Spaziergang zu machen. Ich wollte nicht, dass noch jemand anhielt und mich ansprach. Zum Glück gab es einen Rundweg um das Gebäude, denn ich war nicht in der Lage, mir einen eigenen Weg zu suchen.

Während ich ging, ergab so vieles auf einmal einen Sinn.

Dass Nora mich nie in ihre Wohnung gelassen hatte. Sie wohnte nicht im selben Haus wie meine Großmutter und kannte sie nicht von dort.

Dass Nora keine Beziehung wollte. Sie gab lieber, als dass sie nahm. Sie wollte sich nicht auf jemand Neues einlassen, weil sie ihn nicht verletzen wollte, wenn …

Ich schluckte.

Die Narbe auf ihrer Brust.

Dass sie ihren leiblichen Vater kennenlernen wollte.

Ihre Freundschaft mit meiner Großmutter. Nora hatte gesagt, dass einiges, das sie unternahmen, auch ihre Ideen waren. Es war nicht nur die Bucket List meiner Großmutter. Es war auch Noras.

So viele Hinweise, ich konnte nicht fassen, dass ich nicht zwei und zwei zusammengezählt hatte. Wie zum Teufel hatte ich nicht sehen können, dass die zwei mehr als nur Freundschaft verband?

Nachdem ich so viele Antworten erhalten hatte, stellten sich mir ganz neue Fragen.

Wie viel Zeit bleibt ihr noch?

Gibt es keine Behandlungsmöglichkeiten?

War sie bei allen Experten, die es gibt?

War sie schon im Mass General? Was ist mit London und Berlin? Erst kürzlich hatte ich einen Artikel gelesen, in dem es hieß, dass die Kardiologie dort zukunftsweisend sei.

Kann ich einen Hubschrauber nehmen, um uns nach New York zurückzufliegen? Oder brauche ich ein Flugzeug?

Als ich neue Kraft spürte, beschleunigte sich mein Schritt um das Krankenhaus. Ohne Details zu kennen, wurde mir klar, dass die Zeit, die ich mir gerade nahm, Zeit sein konnte, die Nora brauchte. Also joggte ich zurück zum Eingang. Nach ein paar Sekunden wurde aus dem Joggen ein echter Sprint. Ich rannte durch die Eingangstür, ignorierte den Security-Menschen, der mich aufforderte, langsamer zu gehen, und hastete den Flur hinunter zu den Aufzügen. Auch als ich dreimal auf den Knopf drückte, kam kein Aufzug, also suchte ich die nächstgelegene Treppe und eilte sie zwei Stufen auf einmal nehmend hinauf.

Meine Großmutter wartete vor dem kleinen Zimmer, in dem wir uns unterhalten hatten. Ich blieb stehen und zeigte auf die Türen der Intensivstation.

»Bei wie vielen Experten war sie schon? Wer ist ihr Hausarzt? Wir müssen sie so schnell wie möglich nach New York zurückverlegen lassen. In dieser kleinen Klitsche hier bekommt sie nicht, was sie braucht und …«

Meine Großmutter legte einen Finger auf meine Lippen und brachte mich zum Schweigen.

»Was sie *braucht*, ist Frieden. Es spielt keine Rolle, wo sie ist. Die Ärzte hier sind sehr aufmerksam und sorgen dafür, dass sie sich wohlfühlt.«

»Dass sie sich wohlfühlt? Nein. Sie braucht Experten.«

»Beck …«

»Nichts Beck. Sie ist nicht einmal dreißig. Sie ist jung und gesund. Es muss doch etwas geben, was man für sie tun kann.«

Gram machte eine skeptische Miene. »Sie hatte in zehn Jahren drei Operationen am offenen Herzen und ebenso viele Chemotherapien. Die Tumore sind mit aller Macht zurückgekehrt, und sie befinden sich an einer Stelle, an der sie nicht entfernt werden können.«

»Wer sagt das? Irgendjemand muss das doch in Ordnung bringen können.«

»Man kann nicht alles im Leben in Ordnung bringen, Liebling. Und Nora hat ihre Wünsche sehr klar formuliert. Sie will keine weiteren Behandlungen. Sie möchte nach ihren Vorstellungen sterben.«

Es fühlte sich an, als hätte mir jemand die Rippen gebrochen und *mein* Herz herausgerissen. Kopfschüttelnd zerrte ich mein Handy aus der Hosentasche. »Ich muss ein paar Anrufe tätigen. Jemanden finden, bei dem sie noch nicht gewesen ist, jemanden, der ihr helfen kann.«

»Das Einzige, was du tun musst, ist, für sie da zu sein und sie in ihren Entscheidungen zu unterstützen.«

»Nein.« Ich googelte bereits nach dem Leiter der Herzchirurgie im Mass General. »Ich kann nicht zusehen, wie zwei geliebte Menschen sterben, weil sie meinen, es sei an der Zeit zu gehen!«

Das Gesicht meiner Großmutter wurde weich. Einen Moment lang war ich mir nicht sicher, warum.

Sie hob eine Hand und legte sie auf ihr Herz. »Du hättest dich nicht in sie verlieben sollen, Beck.«

Ich erstarrte. War ich in sie verliebt?

Fuck.

24. Kapitel

Beck

Stunden später wollte ich mir am liebsten die Haare ausreißen. Ich hatte zwei Ärzte gefunden, die bereit wären, sich Noras Krankenakte einzusehen, aber hier in Utah wollte mir niemand helfen.

Nicht die Krankenschwester.

Nicht der Arzt.

Nicht das Arschloch aus der Verwaltung, das mir gedroht hat, mich durch den Sicherheitsdienst vom Gelände entfernen zu lassen, wenn ich nicht aufhörte, das Personal zu belästigen.

Das Schlimmste aber war, dass mir nicht einmal meine Großmutter helfen wollte.

Ich fühlte mich hilflos. Nutzlos. Machtlos.

Irgendwie hatte ich mich vor einer halben Stunde in die Kapelle verirrt. Ich saß in der letzten Reihe und starrte auf eine Statue von Jesus am Kreuz, die über dem Altar hing, als ein Mann meine Gedanken unterbrach.

»Ist der Platz neben Ihnen frei?«, fragte er.

Ich war der Einzige in dieser verdammten Kapelle. Rechts und links des Gangs standen sechs oder acht leere Bänke. Gereizt drehte ich mich um. »Setzen Sie sich verdammt noch mal irgendwo …« Als ich das Kollar sah, unterbrach ich mich.

»Scheiße. Tut mir leid, Vater.« Ich schüttelte den Kopf. »Und entschuldigen Sie meine Ausdrucksweise.«

Er lächelte. »Schon gut. Aber darf ich mich neben Sie setzen?«

Ich war nicht in der Stimmung zu reden, schon gar nicht mit jemandem, bei dem ich erst nachdenken musste, bevor ich sprach. Dennoch rutschte ich ein Stück, damit er nicht über mich hinwegsteigen musste.

Seufzend nahm er Platz und streckte mir die Hand hin. »Pater Kelly. Kelly ist mein Vorname, nicht mein Nachname.«

Ich ergriff seine Hand. »Wie geht es Ihnen, Pater?«

»Meine Knie schmerzen, ich brauche eine Hüftprothese, und meine Sekretärin benutzt noch immer die Schreibmaschine, obwohl ein sehr guter Computer auf ihrem Schreibtisch steht.« Er lächelte. »Aber so wie es aussieht, geht es mir momentan besser als Ihnen.«

Ich lächelte halbherzig, sagte aber nichts und hoffte, er würde den Hinweis verstehen.

Doch das tat er nicht.

»Haben Sie jemanden verloren?«, fragte er.

Ich schüttelte den Kopf.

»Ist jemand krank?«

Ich nickte.

Wir schwiegen eine ganze Weile. Ich war katholisch erzogen worden, war aber nicht gläubig. Abgesehen von Hochzeiten war ich das letzte Mal bei der Beerdigung meiner Mutter in einer Kirche gewesen. Ich war mir ziemlich sicher, dass das auch das letzte Mal für Gram gewesen war. Die kleine Kapelle hier im Krankenhaus wirkte friedlich, aber als ich neben dem Priester saß, wurde ich immer gereizter. Ich drehte mich zu ihm um.

»Wie kann Gott zulassen, dass junge Menschen sterben?«

»Ich weiß es nicht. Der Glaube kann nicht alles erklären oder rechtfertigen. Aber wenn man es zulässt, kann er Trost spenden.«

»Wie?«

»Nun ja, Ihr Glaube gibt Ihnen die Gewissheit, dass es Ihren Lieben gut geht, nachdem sie gegangen sind. Dass sie sogar glücklich sind.«

»Wie können sie glücklich sein, wenn sie nicht mit den Menschen zusammen sind, die ihnen wichtig sind?«

Er lächelte. »Wir werden alle eines Tages wiedervereint sein. Wenn Sie das akzeptieren können und sich auf Ihren Glauben stützen, kann er Ihnen helfen, nach dem Verlust eines geliebten Menschen zu heilen.«

»Ich hatte immer den Eindruck, dass Menschen an ein Leben nach dem Tod glauben, weil sie mit ihrem eigentlichen Leben nicht zurechtkommen.«

Anstatt verstimmt zu sein, lächelte der Priester noch breiter. »Und ich vermute, dass viele nicht an ein Leben nach dem Tod glauben wollen, weil sie befürchten, womöglich woanders zu landen.« Er zeigte mit zwei Daumen nach unten.

Ich lachte. »Da haben Sie recht.«

»Erzählen Sie mir von der geliebten Person, die im Krankenhaus liegt.«

Ich starrte zum Altar hinauf. »Sie ist schön und stur. Klug. Kreativ. Ein bisschen draufgängerisch. Sie urteilt nicht über andere und freundet sich mit einigen ziemlich ungewöhnlichen Typen an. Sie ist ein guter Mensch und kümmert sich sehr um die Menschen, die sie liebt.«

»Das klingt wunderbar.«

Ich seufzte und fuhr mir mit einer Hand durchs Haar. »Das

ist sie. Und dummerweise habe ich erst begriffen, wie toll sie ist, als es schon zu spät war.«

»Sie ist aber noch bei uns?«

Ich nickte.

»Dann ist es nicht zu spät. Vielleicht sind Sie jetzt hier, um ihr in der Zeit der Not Trost zu spenden. Es kann beängstigend für Menschen sein, in ihren letzten Tagen allein zu sein. Vielleicht können Sie ihr in dieser Zeit helfen, was wiederum Ihnen Trost spenden wird, wenn Sie eines Tages zurückblicken.«

»Ich weiß nicht, wie ich das schaffen soll.«

»Konzentrieren Sie sich auf ihre Bedürfnisse. Sei es, dass Sie ihr die Hand halten, wenn sie Angst hat, oder dass Sie sich ihren Lieblingsfilm ansehen, den Sie eigentlich nicht mögen. Versuchen Sie, sie nicht mit Ihren Ängsten zu belasten. Und vor allem: Sorgen Sie dafür, dass sie weiß, was Sie für sie empfinden.«

Ich schluckte. All das hatte Nora für meine Großmutter getan – sich auf ihre Bedürfnisse konzentriert, ihr gezeigt, dass sie keine Angst hatte. Herrgott noch mal, und ich hatte ihr deshalb nur das Leben schwer gemacht. Ich hatte es total vermasselt. Ich hatte zugelassen, dass mein Egoismus den Entscheidungen meiner Großmutter im Wege stand. Anders als Nora hatte ich sie nicht an die erste Stelle gesetzt.

Mir stiegen Tränen in die Augen. Pater Kelly legte mir eine Hand auf die Schulter. »Es ist nie zu spät, der Mann zu sein, der Sie sein sollten.«

»Es ist fast Mitternacht«, sagte ich zu meiner Großmutter. Seit ich heute Nachmittag von der Kapelle zurückgekommen war, hatten wir auf Stühlen rechts und links von Noras Bett gesessen. »Willst du nicht ein bisschen schlafen?«

Sie setzte sich auf, als wollte sie mir widersprechen, also erstickte ich diesen Versuch gleich im Keim.

»Sie braucht dich jetzt. Und wenn du im Bett neben ihr liegst, weil du erschöpft bist und nicht auf dich aufgepasst hast, nützt du ihr nichts.«

Gram machte ein skeptisches Gesicht, nickte aber.

»Ich setze dich ab und komme zurück. Sie wollen sie erst nach der Morgenvisite extubieren und versuchen, sie aufzuwecken. Bis dahin wird also wahrscheinlich nicht viel passieren.«

»Was ist mit dir?«

»Ich kann überall schlafen. Und ich bin nicht krank.«

»Okay.« Gram nahm Noras Hand und schloss für einen Moment die Augen. Ich war mir ziemlich sicher, dass die Frau, die seit zwanzig Jahren nicht mehr in der Kirche gewesen war, gerade ein kleines Gebet sprach. Es schien, als wären wir beide heute unserem Glauben so nahe wie schon lange nicht mehr. Gram schob ihre Handtasche über die Schulter, hielt dann aber inne. »Warte mal eine Sekunde.«

Sie stellte ihre Handtasche ans Fußende des Bettes und kramte darin herum, bis sie etwas in Zeitungspapier Eingewickeltes fand und es mir reichte. »Das ist ihr Dankbarkeitsglas. Nur für den Fall, dass sie aufwacht, bevor ich zurück bin, und eine Erinnerung braucht.«

Diese beiden wunderbaren Frauen trugen Glasgefäße voller Erinnerungen mit sich herum, an denen sie sich festhalten konnten, wenn sie sonst nichts mehr hatten. Es war schwer, meine Tränen zu unterdrücken.

Bis ich Gram am Hotel abgesetzt hatte und wieder im Krankenhaus war, war es fast ein Uhr morgens. Die Nachtschwester stellte gerade etwas an den Maschinen ein, als ich hereinkam.

»Irgendwelche Veränderungen?«, fragte ich.

Sie lächelte höflich. »Nein. Aber in solchen Situationen sind keine Nachrichten gute Nachrichten. Morgen ist ein großer Tag für sie, wenn sie die Medikamente absetzen und sie aufwachen lassen.«

Ich nickte.

Nachdem die Krankenschwester einige Werte notiert hatte, rollte sie ihren mobilen Laptop-Tisch und ihren Stuhl in das nächste gläserne Patientenzimmer. Ich beschäftigte mich wieder mit der Sache, mit der ich mich fast den ganzen Tag beschäftigt hatte – wenn ich nicht gerade mit meiner Großmutter sprach oder Nora anstarrte –, und recherchierte über das kardiale Rhabdomyosarkom. Ich hatte viel über diese seltene Krebsart gelernt, unter anderem, dass sie manchmal vererbt wurde. Noras Mutter war in ihren frühen Dreißigern an dieser Krankheit gestorben. Ich hatte auch gelesen, dass die Fünf-Jahres-Überlebensrate nur bei elf Prozent lag, und Nora hatte die Diagnose vor mehr als zehn Jahren erhalten – sie hatte also bereits gegen die Statistik gewonnen. Aber drei Operationen am offenen Herzen hatten es geschwächt, und dieses Mal waren die Tumore, die zurückgekommen waren, nicht operabel.

Es vergingen noch ein paar Stunden, und irgendwann verschwamm die Schrift vor meinen Augen, also legte ich das Handy auf das Essenstablett. Mein Blick fiel auf das Dankbarkeitsglas, das in der Nähe stand, und ich musste lächeln. Ich nahm es in die Hand.

Die Krankenschwester von vorhin kam wieder herein und wechselte Noras Infusionsbeutel. Sie deutete auf das Einmachglas in meinen Händen.

»Was ist das?«

Ich lächelte traurig. »Nur ein paar Dinge, an die Nora sich erinnern möchte.«

Die Krankenschwester nickte, als hätte sie verstanden. Vielleicht tat sie das, schließlich arbeitete sie hier und war tagtäglich von schwerkranken Menschen umgeben. Nachdem sie die Infusionsbeutel an dem Ständer gewechselt hatte, sah sie mich an. »Sie kann nicht antworten, aber ich glaube, sie kann Sie hören.«

Ich runzelte die Stirn.

Sie blickte noch einmal auf das Glas. »Es könnte sie ein bisschen trösten.«

Nachdem sie gegangen war, dachte ich darüber nach, was Pater Kelly gesagt hatte. *Vielleicht sind Sie hier, um ihr in einer Zeit der Not Trost zu spenden.*

Das Abdrehen des Deckels fühlte sich an, als ob ich in Noras intimste Gedanken eindringen würde. Doch nachdem ich den ersten gefalteten Zettel herauszogen hatte, überwand ich dieses Gefühl schnell.

1. Juni – ich bin dankbar, dass ich heute zwei Tickets für Harry Styles ergattern konnte.

Ich schmunzelte und nahm Noras Hand. Ich las ihn ihr laut vor, bevor ich einen weiteren herauszog.

20. Juni – Der Sonnenaufgang über den Smoky Mountains

9. Juni – Der Duft von frischen Gardenien

17. Juni – Die Möglichkeit, die Antworten auf alles googeln zu können. Übrigens, Google hatte recht, und Tequila Tuesdays hat die besten Tacos in Virginia.

Ich lächelte.

9. Juni – Ich bin dankbar für William Sutton, den besten Vater, den sich ein Mädchen nur wünschen kann.

In meinem Hals bildete sich ein Kloß, als mir klar wurde, dass sie an dem Tag über ihren Vater geschrieben hatte, an dem wir ihren leiblichen Vater auf den Bahamas getroffen hatten.

Ich holte die Zettel heraus und las sie ihr fast eine halbe Stunde lang vor. Ein paar einfache Zettel trafen mich wie ein Schlag in die Magengrube – wie der, in dem von Pfützen und Regenstiefeln die Rede war. Und einige brachten mich zum Lachen – wie der Zettel, den sie letztes Jahr zu Thanksgiving geschrieben hatte und auf dem notiert war, sie sei froh, kein Truthahn zu sein. Aber einer ließ mich erstarren.

22. Mai – Ich bin dankbar, einem Mann begegnet zu sein, der mich daran erinnert hat, was Liebe ist.

Der 22. Mai war der Tag, an dem wir uns kennengelernt hatten.

25. Kapitel

Beck

»Wie viele Stunden sind es jetzt schon?«

Gram tätschelte meine Hand. »Wir sollten nicht so genau darauf achten. Der Arzt hat gesagt, dass es bei manchen Menschen bis zu einem ganzen Tag dauern kann, bis sie nach dem Absetzen der Medikamente wieder aufwachen.«

Ich sah zu Nora hinüber. Sie hatte sich nicht gerührt, seit sie den Beatmungsschlauch entfernt und die Beruhigungsmittel abgesetzt hatten. Das war heute Morgen gegen acht Uhr gewesen, und jetzt war es draußen bereits dunkel. Gram versuchte, positiv zu bleiben, aber je mehr Zeit verstrich, desto mehr konnte ich die Besorgnis auch in ihren Augen erkennen. Außerdem hatte sie nichts mehr gegessen, seit sie gegen zehn Uhr zurückgekommen war.

»Du musst etwas essen«, sagte ich.

»Ich habe keinen Appetit.«

Ich auch nicht, aber wenn ich Gram zwingen wollte, für sich zu sorgen, musste ich das auch tun. »Wie wäre es mit einer Suppe? Ein paar Blocks entfernt habe ich einen Imbiss gesehen.«

Gram nickte. »Okay.«

»Hühnersuppe mit Nudeln?«

»Klar.«

»Ich bin so schnell wie möglich zurück.«

Was eine fünfzehnminütige Besorgung hätte sein sollen, dauerte fast eine Stunde, weil der Kassenautomat im Krankenhausparkhaus nicht funktionierte und sich eine Autoschlange hinter der Schranke gebildet hatte, die sich erst nach dem Bezahlen eines Tickets öffnete. Dann war der Imbiss innen wegen Renovierungsarbeiten geschlossen, und ich musste in einer langen Schlange am Drive-in warten. Als ich dann zum Krankenhaus zurückkam, konnte ich nirgendwo mehr parken, da die Parkgarage wegen des defekten Automaten geschlossen war.

Noch immer fluchend trat ich in Noras Zimmer, verstummte jedoch abrupt, als ich in zwei wunderschöne grüne Augen sah.

»Du bist wach.«

Gram lächelte. »Sie ist aufgewacht, ein paar Minuten, nachdem du weg warst.«

Noras Stimme klang erschöpft. »Warum bist du hier?«

Ich beugte mich vor und küsste sie auf die Stirn. »Weil du hier bist.«

Sie seufzte. »Beck …«

Gram sah zwischen uns hin und her und stand auf. »Ich muss zur Toilette.«

Ich setzte die Tüte mit den Suppen ab und nahm auf dem Stuhl neben Noras Bett Platz. »Wie geht es dir?«

»Müde.«

Ich grinste. »Na, das kann aber eigentlich nicht sein. Du hast drei verdammte Tage lang geschlafen.«

»Ich muss mir wohl keine Sorgen machen, dass du mich anders behandelst, nur weil ich krank bin …«

Ich zwinkerte ihr zu. »Niemals.«

Nora musterte mich einen Moment. »Wie viel weißt du?«

»Genug, dass ich jetzt Rhabdomyosarkom buchstabieren kann, nachdem ich es so oft bei Google eingegeben habe.« Ich wischte ihr eine Haarsträhne aus dem Gesicht. »Warum hast du es mir nicht erzählt?«

»Am Anfang, weil ich mich normal fühlen wollte. Ich wollte einen One-Night-Stand haben, der mich wie eine Frau ansieht und nicht wie eine kranke Frau.«

»Und später? Als wir mehr als nur ein One-Night-Stand wurden?«

Sie schluckte. »Ich wollte dir nicht wehtun. Ich dachte, wir würden Schluss machen, bevor du es herausfindest. Du solltest irgendwann einfach genug von mir haben, so wie es dir mit allen anderen Frauen seit deiner Scheidung gegangen ist.«

Ich stutzte. »Aber du bist nicht wie die anderen, also konnte dein Plan von Anfang an nicht funktionieren.«

Nora standen Tränen in den Augen. »Es tut mir leid.«

»Was tut dir leid?«

»Ich hätte mich nicht mit dir einlassen dürfen. Dann wäre es einfacher gewesen, wenn …« Sie wandte den Blick ab.

Ich schluckte. »Nora?«

Sie sah mich wieder an. Ich legte ihr die Hände auf die Wangen, um sicher zu sein, dass sie mir auch zuhörte. »Lieber möchte ich mich in dich verlieben und verletzt werden, als mich nie auf dich eingelassen zu haben.«

Die Tränen, die sie zurückzuhalten versucht hatte, liefen ihr nun über das Gesicht. Ich wischte sie mit meinen Daumen fort und rückte näher, sodass sich beinahe unsere Nasen berührten.

»Und damit das klar ist«, sagte ich, »ich habe mich in dich verliebt.«

Weitere Tränen liefen ihr über die Wangen, aber anstatt sie

wegzuwischen, versuchte ich, ihre Stimmung zu ändern. Ich drückte meine Lippen auf ihre, bis ich spürte, wie die Spannung aus ihrem Körper wich.

Als ich von ihr abrückte, lächelte sie. »Du hast gesagt, ich war drei Tage weg, das heißt, ich habe mir so lange nicht die Zähne geputzt.«

»Das ist mir scheißegal, Süße. Putz dir nicht die Zähne. Rasiere dich nicht. Dusch dich nicht. Ich will dich trotzdem.« Ich nahm ihre Hand, ließ sie vom Bett gleiten und führte sie zu meinem wachsenden Ständer. Noras Augen weiteten sich. Aber das Funkeln in ihnen war wieder da. »Total egal, Baby.«

»Deine Großmutter kann jeden Moment hereinkommen.«

»Meine Großmutter wird nicht so schnell zurück sein. Sie musste nicht auf die Toilette. Ich kenne sie. Sie lässt uns Zeit für uns.« Ich wackelte mit den Augenbrauen. »Ich könnte für einen Quickie zu dir unter die Decke kriechen.«

»Wage es ja nicht«, sagte sie lächelnd.

Pater Kelly hatte gesagt, dass meine Aufgabe vielleicht darin bestand, Nora Trost zu spenden, aber in diesem Moment wusste ich, dass das nicht stimmte. Meine Aufgabe war es, dafür zu sorgen, dass ihr Gesicht bis zum Ende so aussah wie jetzt, ganz gleich, wann dieser Zeitpunkt kommen würde.

Leider wurden wir von einer Krankenschwester unterbrochen, die Noras Werte messen wollte. Dann kehrte Gram zurück, und ein paar Minuten später kam der Kardiologe zu uns.

»Willkommen zurück.« Er lächelte und reichte Nora die Hand. »Ich bin Dr. Wallace. Ich habe Sie mehrmals am Tag besucht, aber Sie waren keine besonders gute Gastgeberin und nicht sehr gesprächig.«

Nora lächelte. »Freut mich, Sie kennenzulernen, Dr. Wallace.«

Er führte eine kurze Untersuchung durch und tippte in sein

iPad. »Ihre Vitalwerte sind gut. Wenn ich mir die Zahlen ansehe, würde ich nicht vermuten, dass Sie erst vor paar Tagen einen schweren Herzinfarkt erlitten haben. Andererseits sind die meisten Menschen, die einen solchen Herzinfarkt erleiden, dreißig Jahre älter als Sie.«

Nora setzte sich im Bett auf. »Wann kann ich gehen?«

»Meine Güte. Ich habe Sie gerade erst kennengelernt, und schon können Sie es kaum erwarten, hier wegzukommen.« Er lächelte. »Ich würde Sie gern noch ein oder zwei Tage zur Beobachtung hierbehalten. Wenn Sie so weit sind, dürfen Sie in den nächsten zwölf Stunden aufstehen und gehen, und dann sehen wir, wie schnell Ihre Kraft zurückkommt. Derweil können wir über Ihre Behandlungsmöglichkeiten sprechen.«

»Oh …« Nora schüttelte den Kopf. »Ich möchte keine Behandlung mehr.«

Dr. Wallace nickte. »Ms Aster hat uns bei Ihrer Einlieferung Ihre Patientenverfügung gegeben, und ich habe mit Ihren Ärzten in New York gesprochen, um einen besseren Eindruck von Ihrer Vorgeschichte zu bekommen. Aber Sie sollten wissen, dass Sie durch Ihren Herzinfarkt und den Krankenhausaufenthalt auf der Transplantationsliste nach oben rücken.«

»Sie ist eine Kandidatin für eine Transplantation?«, fragte ich.

Der Arzt sah zwischen Nora und mir hin und her. »Es tut mir leid. Dieses Gespräch sollten wir unter vier Augen führen. Ich wollte damit nur andeuten, dass wir die Dinge besprechen sollten, wenn Sie sich dazu in der Lage fühlen.«

Nora zwang sich zu einem Lächeln. »Ich bin ein bisschen müde.«

Mein Gefühl sagte mir, dass das nicht stimmte und sie nur das Gespräch beenden wollte, aber es funktionierte.

Dr. Wallace nickte erneut. »Ja, natürlich. Ich werde eine Echokardiografie und ein EKG anordnen, sowie einige neue Blutuntersuchungen. So können wir uns ein besseres Bild davon machen, wo wir stehen. Ich komme morgen früh wieder vorbei, um zu sehen, ob Sie bereit sind, darüber zu reden.«

Nach allgemeinem Bedanken und Verabschieden waren wir wieder zu dritt. Die Stille wurde immer lauter, bis ich sie nicht mehr ertrug.

Ich warf die Hände in die Luft. »Kann mir bitte jemand erklären, warum du aufhörst zu kämpfen, wenn es noch weitere Optionen gibt? Denn anscheinend bin ich der Einzige in diesem Raum, der nicht zu diesem Club gehört.«

Gram schielte zu mir herüber. »Nicht so laut. Ganz gleich, ob du über dreißig bist und ich im Sterben liege, ich versohle dir den Hintern.«

Ich blies die Backen auf und atmete kopfschüttelnd wieder aus. »Ich brauche eine Minute. Ich mache einen Spaziergang.«

»Hey.«

Als ich die Augen öffnete, sah Nora mich an. Ich musste eingenickt sein, während sie geschlafen hatte. Ich setzte mich auf und wischte mir über die Wange.

Nora lächelte. »Auf der anderen Seite.«

Mist. Ich rieb mir die andere Wange, aber das Grinsen auf Noras Gesicht sagte mir, dass ich meine Zeit verschwendete. »Da ist gar nichts, oder?«

»Nein.«

Ich lachte. »Wie spät ist es?«

Noras Blick wanderte zu der Uhr an der gegenüberliegenden Wand. Ich wusste nicht, ob ich sie bis jetzt überhaupt bemerkt hatte. »Fast drei Uhr morgens.«

Ich sah mich um. Die Räume der Intensivstation waren alle aus Glas, aber bei Nora war jetzt zum Teil ein Vorhang vorgezogen. Es war das erste Mal, dass ich mir nicht wie in einem Aquarium vorkam.

»Viel gemütlicher«, sagte ich.

»Die Krankenschwester sagte, mein Freund würde sehr gut aussehen, und hat dann den Sichtschutz vorgezogen.«

»Ach ja?« Ich streckte mich und stand auf. »Ich werde ihr Blumen mitbringen müssen. Rutsch rüber. Du nimmst das Bett in Beschlag.«

Nora lächelte und rückte zur Seite. Das blöde Krankenhausbett war natürlich viel zu schmal, sodass meine rechte Schulter über der Kante hing. Aber es war der beste Platz seit Tagen. Ich stupste Nora an, damit sie sich ein wenig aufsetzte, legte meinen Arm um sie und zog sie an mich. »Komm her.«

Sie legte ihren Kopf an meine Brust und sah zu mir hoch. »Danke, dass du gekommen bist«, flüsterte sie.

»Natürlich.«

Sie lächelte traurig. »Ich glaube, ich werde meinen Umzugstermin nach Kalifornien vorverlegen.«

»Auf wann?«

»Sobald ich mich dazu in der Lage fühle.«

Panik stieg in mir auf. »Warum ziehst du um? Alle deine Ärzte sind in New York.«

»Ich halte es einfach für das Beste.«

»Für wen? Für mich oder für dich?«

Sie sah weg. »Für mich.«

Ich wusste nicht, ob ich ihr glaubte, aber es war nicht der richtige Zeitpunkt, um zu streiten. Ich seufzte. »Darf ich dir ein paar Fragen zu deiner Gesundheit stellen? Ich meine, nach all dem, was ich in den letzten Tagen gelesen habe, fühle ich mich fast qualifiziert, selbst zu operieren. Aber ich würde es gern aus deiner Sicht verstehen.«

Nora nickte. »Ich habe dir ja erzählt, dass meine Mutter gestorben ist, als ich noch klein war. Sie hatte ein kardiales Rhabdomyosarkom. Manche Menschen bekommen nur einmal einen Tumor, aber andere, wie wir, bekommen viele, und sie kommen immer wieder. Die meisten Fälle sind nicht erblich, aber manche Menschen haben genetische Faktoren wie wir.«

»Wann hast du die Diagnose erhalten?«

»Am Tag nach meinem Abschlussball. Ich hatte große Probleme, Luft zu bekommen. Es fühlte sich an, als würde jemand auf meiner Brust sitzen, aber ich hatte auf dem Abschlussball getrunken, also sagte ich zunächst nichts. Ich dachte, es sei der schlimmste Kater der Welt. Ein paar Tage später war ich so erschöpft, dass ich nicht einmal mehr laufen konnte. Mein Vater William brachte mich in die Notaufnahme, und man nahm mich auf. Die Diagnose wurde am nächsten Morgen gestellt. Ich erhielt Chemo und Bestrahlung, und ein paar Monate später war ich in Remission. Die Mehrheit der Patienten mit einem lokalisierten Rhabdomyosarkom kann geheilt werden. Aber bei mir kam es zwei Jahre später wieder. Und der Tumor brachte Freunde mit. Da wurde ich zum ersten Mal operiert – mit zwanzig Jahren am offenen Herzen. Die Tumore mussten reseziert, herausgeschnitten werden. Ich glaube, danach ging es mir drei Jahre lang gut. Dann folgte eine weitere Operation. Und dann, ein Jahr später, war der Krebs wieder da. Ich hatte in den letzten zehn Jahren drei OPs am offenen Herzen und drei Runden Chemo und Bestrahlung.«

»Mein Gott.«

»Das letzte Mal kam der Krebs nur sechs Monate nach der

letzten Operation zurück, und die Tumore sind nicht resektabel. Meine Chirurgen beschrieben sie als Efeu, der sich um ein Spalier wickelt, nur dass das Spalier mein Herz ist. Sie sind einfach so verwachsen, dass sie inoperabel sind.«

»Dr. Wallace erwähnte eine Transplantation. Dass du auf der Liste nach oben rückst?«

Nora seufzte. »Ich habe Blutgruppe 0. Sie hat die längste Wartezeit für ein Spenderherz. Bei der Blutgruppe AB beträgt sie im Durchschnitt weniger als einen Monat. Bei Typ 0 ist es weit über ein Jahr. Selbst mit einem höheren Status auf der Liste ist es unwahrscheinlich, dass es jemals dazu kommen wird. Zudem beträgt die durchschnittliche Überlebensrate bei Menschen mit meiner Art von Schädigung nach einer Transplantation nur sechzehn Monate.«

»Du sagst immer Durchschnitt, aber gibt es Menschen, die ein erfülltes Leben führen? Die mit siebzig oder achtzig noch gesund sind?«

Nora strich mir über die Wange. »Ich habe mich mit meinem Schicksal abgefunden. Ich möchte die Zeit genießen, die mir noch bleibt. Es tut mir leid, dass es schwer für dich sein wird. Aber es tut mir nicht leid, dass ich dir begegnet bin, Beck.«

Meine Stimme brach, als ich ihr in die Augen sah. »Nora, ich liebe dich. Ich darf dich nicht verlieren.«

»Ach, Beck. Du solltest dich doch nicht in mich verlieben.«

Ich schüttelte den Kopf. »Ich konnte es nicht verhindern. Das war völlig aussichtslos. Dass ich mich in dich verliebe, war unvermeidlich.«

26. Kapitel

Nora

»Mir geht's gut. Ich komm schon klar.« Ich schlug Becks Hand weg, als ich mich vier Tage später vor dem Eingang aus dem Rollstuhl hochstemmte. Ich fühlte mich schwach, aber ich war noch nie so bereit gewesen, das Krankenhaus zu verlassen. In den letzten zehn Jahren hatte ich viel zu viel Zeit in Krankenhäusern verbracht. Ich schloss die Augen und atmete tief ein. Frische Luft. Etwas, das ich den größten Teil meines Lebens für selbstverständlich gehalten hatte.

Beck stand pflichtbewusst an meiner Seite, als ich zum wartenden Auto hinüberging. Er öffnete die Tür und beobachtete mit Argusaugen, wie ich auf den Beifahrersitz stieg. Als ich saß, zog er den Sicherheitsgurt heraus und begann, mich anzuschnallen.

»Könntest du vielleicht so tun, als hätte ich keinen Herzinfarkt gehabt? Du behandelst mich wie eine Fünfjährige. Ich kann das allein.«

Beck grinste. »Dir ist hoffentlich klar, dass du trotzdem emanzipiert bist, auch wenn du einem Mann erlaubst, dir zu helfen, insbesondere, wenn dieser Mann sich um dich kümmern will, weil er in dich verliebt ist.«

Und da war es wieder – verliebt in mich. Es war, als wäre der

Korken aus der Flasche, und jetzt passte er nicht mehr hinein. Ich hatte Beck nicht gesagt, dass auch ich ihn liebte, aber er hatte es mir in den letzten Tagen mindestens ein halbes Dutzend Mal gesagt.

Ich streckte ihm die Zunge heraus. Beck musterte sie und stöhnte. »Ich vermisse diesen Mund. Das werden lange vier bis sechs Wochen.«

Beck schnallte mich an, und als er sich wieder aufrichten wollte, griff ich nach seinem Hemd. »Der Arzt hat gesagt, kein Sex für vier Wochen, aber es gibt noch andere Dinge als Sex …«

»Netter Versuch. Ich habe den Arzt gebeten, Sex zu definieren. Dazu gehören alle Aktivitäten, die den Puls zu sehr in die Höhe treiben. Bei uns bedeutet das wahrscheinlich auch, dass wir uns nicht streiten dürfen, denn das ist meist unser Vorspiel.«

Ich schmollte.

Beck lachte, schloss die Tür und joggte zur Fahrerseite. Die Fahrt zum Hotel dauerte nur zwanzig Minuten. Vor ein paar Tagen hatte ich Louise gebeten, mich aus meinem Zimmer auszuchecken und meinen Koffer in ihres zu stellen. Es hatte keinen Sinn, für ein Hotel zu bezahlen, wenn ich im Krankenhaus lag. Bevor Beck mich abholte, hatte ich ihn gebeten, ein neues Zimmer für mich zu buchen, und das hatte er getan. Als wir im Hotel eintrafen, ging Beck jedoch direkt zu den Aufzügen, obwohl ich eigentlich erst einchecken musste.

»Ich muss zur Rezeption und meine Tasche von Louise holen.«

»Nein, musst du nicht. Deine Tasche ist schon in meinem Zimmer. Ich habe uns eine Suite besorgt. Und wir essen mit Gram zu Mittag.«

Ich blieb stehen. »Ich glaube nicht, dass das eine gute Idee ist, Beck.«

»Nun, du solltest dich besser schnell daran gewöhnen, denn ein Nein akzeptiere ich nicht.«

»Beck …«

Er legte die Hände auf meine Schultern. »Ich hab genug von deinen Regeln. Ich verstehe, dass du mich beschützen wolltest. Du wolltest nicht, dass ich dir zu nahekomme, damit ich nicht verletzt werde. Aber das ist jetzt vorbei. Es ist egal, ob wir in getrennten Zimmern wohnen oder ob du in meinem Bett liegst. Ich bin bei dir, und ich gehe nirgendwohin.«

»Aber …«

Beck unterbrach mich, indem er mir einen Kuss auf die Lippen drückte. Es dauerte keine zwei Sekunden, und ich schmolz dahin. So standen wir eine ganze Weile mitten in der Lobby. Als wir uns endlich voneinander lösten, vermisste ich den Krankenhausrollstuhl, denn mir war schwindelig. Als ob er es spürte, hielt Beck mich fest.

»Ein Zimmer«, erklärte er mit Nachdruck. »Ich will dich neben mir haben. Und wenn du denkst, dass ich dich nur beobachten will, um mich zu vergewissern, dass es dir gut geht, dann hast du eine zu hohe Meinung von mir. Ich will dich nackt neben mir haben, deinen Körper an meinen gepresst, auch wenn ich dich noch nicht haben kann.«

Wie konnte ich bei einer solchen Erklärung Nein sagen? Also holte ich tief Luft und nickte.

»Gut. Dann lass uns nach oben fahren. Meine Großmutter erwartet uns nämlich zum Mittagessen, und vorher möchte ich dich noch eine Weile für mich haben.«

Beck sagte, er habe uns eine Suite gebucht, aber er hatte nicht erwähnt, dass es die Präsidentensuite war. Unser Zimmer nahm das gesamte oberste Stockwerk des Hotels ein. Es hatte deckenhohe Fenster, die einen Blick auf eine Bergkette boten, einen Flügel, einen Esstisch mit mindestens einem Dutzend Plätzen und einen internen Aufzug, mit dem man ins Schlafzimmer im zweiten Stock gelangte.

»Heiliger Strohsack.« Ich ging zu den Fenstern. »Ich glaube, ich will nicht wissen, was dieses Zimmer kostet.«

Beck trat hinter mich, schob mein Haar zur Seite und küsste meine Schulter. »Das spielt keine Rolle. Du bist es wert.«

Ich drehte mich um und schlang die Arme um seinen Hals. »Danke. Und ich meine nicht, weil du alles stehen und liegen gelassen hast und ins Krankenhaus gekommen bist, oder weil du für dieses verrückte Zimmer so viel Geld ausgibst. Ich meine, dass du so bist, wie du bist, und dass du irgendwie immer spürst, wann du drängen kannst und wann du dich zurückziehen musst.«

Beck strich mit den Händen über meinen Rücken. »Komm schon. Gehen wir nach oben und bringen dich vor dem Mittagessen noch für ein oder zwei Stunden ins Bett. Der Arzt hat gesagt, du brauchst Ruhe.«

Ich hob eine Augenbraue. »Wenn wir zusammen im Bett liegen, ist es normalerweise alles andere als ruhig.«

»Vertrau mir.« Er stöhnte. »Aber das wird nicht leicht.«

Doch allein mich anzuziehen und das Krankenhaus zu verlassen, um in dieses schicke Zimmer zu kommen, hatte mich ausgelaugt. Beck legte die Arme um mich und hielt mich so fest, dass es mir vorkam, als hätte ich keine Sorgen mehr auf der Welt. Oder vielleicht, als hätte ich welche, aber er würde sie für mich halten, während ich mich von allem erholte. Beinahe sofort fiel ich in einen tiefen Schlaf. Als ich aufwachte, war Beck nicht mehr neben mir. Ich hörte ihn irgendwo in der Ferne reden und stützte mich auf die Ellbogen, um zu lauschen.

»In Ordnung, gut. Und wende dich an Phillip Matthews. Er

ist der CEO von Sloan Kettering. Seiner Tochter gehört ein Unternehmen für medizinische Produkte. Ihr Vater war einer der Investoren. Ich habe ihr vor ein paar Jahren geholfen, ihre beiden größten Konkurrenten zu schlucken. Ihr Vater ist ein guter Mann. Er war sehr dankbar für unsere Arbeit und sagte mir, ich solle nicht zögern, ihn anzurufen, wenn ich jemals etwas brauche. Darauf muss ich jetzt zurückkommen. Versuch, einen Telefontermin mit ihm zu vereinbaren, dann übernehme ich.«

Einen Moment lang war es still, dann …

»Ich überlege noch, wann ich sie zurückbringen kann. Ich melde mich wieder. Und gut gemacht, dass du einen Termin mit dem Arzt aus Großbritannien bekommen hast. Ich freue mich darauf, morgen mit ihm zu sprechen.«

Ich schloss die Augen. Ich hätte wissen müssen, dass Beck nicht so leicht aufgeben würde. Er war viel zu entschlossen, um zu akzeptieren, dass es keinen Weg gab, mich zu heilen. Ich hatte mir eingeredet, er würde hinnehmen, dass ich keine Behandlung mehr wollte, weil ich ihn dann nicht mehr wegstoßen müsste. Aber er würde es nie akzeptieren. Ich lehnte mich zurück und starrte an die Decke.

Ich hatte gedacht, meine Hoffnungen und Träume auf eine Zukunft loszulassen, sei das Schwerste, was ich je würde tun müssen. Aber Beck loszulassen, könnte noch schwieriger sein. Tränen brannten mir in den Augen, und mein Herz fühlte sich schwer an.

Zehn Minuten später kehrte Beck ins Schlafzimmer zurück. Er hatte kein Hemd an, und der Gedanke, dass ich nie mehr mit den Fingern über sein Sixpack streichen konnte, war schmerzhaft.

Er lächelte. »Du bist ja wach. Wie fühlst du dich, Schlafmütze?«

Ich streckte die Arme über den Kopf und tat so, als hätte ich sein Gespräch nicht mitgehört. »Gut. Wo warst du?«

»Ich hatte ein paar Telefonate zu erledigen.«

Ich zwang mich zu einem Lächeln. »Ah, okay. Um wie viel Uhr ist das Mittagessen mit Louise?«

»Ich habe ihr gesagt, dass ich ihr eine Nachricht schicke, wenn du bereit bist.«

»Okay.« Ich schob die Decke weg. »Ich gehe unter die Dusche.«

»Willst du Gesellschaft?«

Ich schüttelte den Kopf. »Heute nicht.«

Das Lächeln in Becks Gesicht erstarb, aber er nahm es gelassen. »Lass die Tür einen Spalt offen, damit ich dich hören kann, falls du etwas brauchst, okay?«

»Danke.«

Noch bevor ich mich überhaupt von Beck getrennt hatte, trauerte ich unter der Dusche schon über seinen Verlust. Während das heiße Wasser über meinen Körper strömte, breitete sich eine unendliche Leere in mir aus. Tränen schnürten mir die Kehle zu, aber ich drängte sie zurück. Ich hatte genug geweint. Aber was noch wichtiger war: Beck kannte mich mittlerweile ziemlich gut, und ich wollte ihm keine geschwollenen Augen und ein gerötetes Gesicht erklären müssen. Also riss ich mich irgendwie zusammen.

Doch Beck war aufmerksamer denn je. Dafür, dass er einst das falsche Baby aus der Kita mit nach Hause genommen und zwei Tage lang den falschen Hund in seiner Wohnung behalten hatte, entging ihm jetzt nichts mehr.

»Alles in Ordnung?«, fragte er, als ich nach fast einer Stunde endlich aus dem Bad kam. Ich hatte mir die Haare getrocknet, aber nicht die Energie gehabt, mich zu schminken.

»Ja. Ich bin nur müde. Mein Akku ist viel schneller leer als sonst.«

»Na, das war zu erwarten. Dein Körper braucht Zeit, um sich zu erholen. Ich habe Louise gesagt, dass wir sie um eins unten im Hotelrestaurant treffen. Aber wir können uns auch etwas kommen lassen und zu dritt auf dem Zimmer essen, wenn du nicht gehen willst – oder auch ganz absagen.«

»Ehrlich gesagt … Hättest du etwas dagegen, wenn ich mit Louise allein zu Mittag esse?«

Beck machte ein langes Gesicht.

»Es tut mir leid. Ich wollte dich nicht verärgern. Aber ich will sehen, wie es ihr geht, und sie wird mir gegenüber offener sein, wenn du nicht dabei bist. Sie will dich beschützen.«

Beck schürzte die Lippen. »Ja, natürlich. Wie du willst.«

»Ich bringe dir etwas zum Mittagessen mit.«

Er schüttelte den Kopf. »Ist schon gut. Ich lasse mir was aufs Zimmer bringen. Ich muss sowieso noch arbeiten.«

Ich gab ihm einen Kuss auf den Mund. »Danke für dein Verständnis. Es wird nicht allzu lange dauern.«

Unten im Hotelrestaurant wartete Louise bereits auf mich. Als ich auf den Tisch zukam, stand sie mit einem strahlenden Lächeln auf.

»Endlich kann ich eine richtige Umarmung bekommen. Diese verdammten Kabel und Monitore haben gestört.«

Ich umarmte meine Freundin. Zu diesem Zeitpunkt konnte jede Umarmung zwischen uns die letzte sein, darum wollte ich, dass es eine schöne Umarmung war.

Als wir uns schließlich voneinander lösten, waren Louises Augen tränenfeucht.

»Na, wir haben es also wieder geschafft«, sagte ich. »Entgegen allen Erwartungen.«

Sie nickte. »Wir lassen uns nicht so leicht unterkriegen.«

Ich lachte, und wir setzten uns.

Louise nahm die Stoffserviette vom Tisch und legte sie auf ihren Schoß. »Ich dachte, Beck würde sich zu uns gesellen?«

»Das wollte er. Aber ich habe ihn gefragt, ob wir allein zu Mittag essen könnten.«

»Geht er dir bereits auf die Nerven? Er war schon immer ziemlich bestimmend.«

Ich lächelte. Diese bestimmende Art gehörte zu den Seiten, die ich an ihm mochte. »Ich wollte hören, wie es dir geht. Als du im Krankenhaus warst, war das hart für mich. Wenn wir unterwegs sind und Unsinn machen, ist es leicht, so zu tun, als wäre unsere Uhr noch nicht abgelaufen. Aber wenn man seine Freundin im Krankenhaus an alle möglichen Maschinen angeschlossen sieht, dann wird einem die Zukunft auf eine wirklich alarmierende Weise bewusst.«

»Ich weiß, was du meinst. Es war nicht leicht, eine so lebhafte junge Frau, die ihr ganzes Leben noch vor sich hat, dort liegen zu sehen und zu wissen, wie krank sie ist …« Louise schüttelte den Kopf. »Es war deutlich schwieriger, als ich es mir vorgestellt hatte. Nach dieser Erfahrung kann ich besser verstehen, wie mein Enkel sich fühlt. Denn ich weiß nicht, ob ich, wenn ich nicht dasselbe durchmachen würde wie du, nicht auch der Meinung wäre, du solltest für mehr Zeit kämpfen. Es scheint einfach nicht fair zu sein, dass das alles ist, was du bekommst. Selbst ich habe fast achtzig Jahre gehabt.«

Ich griff über den Tisch und drückte ihre Hand. »Deshalb müssen wir das Beste aus der uns verbleibenden Zeit machen. Morgen sollte ich fit genug sein, um Charles zu besuchen.«

»Ich muss Charles im Moment nicht sehen. Ich habe ihm schon gesagt, dass wir in ein paar Tagen zoomen könnten, wenn ich wieder in New York bin. Selbst *ich* denke, dass du dich mehr als nur einen Tag ausruhen solltest.«

»Nein, ich kann fahren …«

»Ich habe ihm bereits abgesagt. Ich bin nicht mehr mit dem Herzen dabei.«

»Das tut mir leid.« Ich sah ihr in die Augen. »Meine Zeit ist gekommen, Louise. Der Herzinfarkt war eine Warnung. Ich werde früher als geplant nach Kalifornien zurückkehren, um bei William zu sein, wenn es zu Ende geht. Das ist das Einzige, worum er mich gebeten hat: dass er sich um mich kümmern darf, wenn es so weit ist.« Ich schluckte. »Es ist fast so weit.«

»Oh, mein Schatz …« Louise stand von ihrem Stuhl auf und umarmte mich erneut. Als sie sich wieder setzte, weinten wir beide. »Wie ätzend«, sagte sie.

Die Art, wie sie das sagte, brachte mich zum Lachen. Ich wischte mir die Tränen von den Wangen. »Du bist der einzige Mensch auf der Welt, der mich zum Lachen bringen kann, obwohl ich dir gerade sage, dass ich nicht mehr lange zu leben habe.«

»Es ist mir eine Ehre, dieser Mensch für dich zu sein, Eleanor.«

Der Kellner kam, um unsere Bestellung aufzunehmen, und die Unterbrechung sorgte für etwas dringend benötigte Leichtigkeit. Wir hatten kaum einen Blick auf die Speisekarte geworfen, also bestellte ich einen Salat, hauptsächlich aus Gewohnheit.

Louise unterbrach mich. »Magst du dieses Kaninchenfutter eigentlich lieber als Rippchen oder gebackene Makkaroni mit Käse?«

Ich zuckte die Schultern. »Nein. Aber ich versuche, ausgewogen zu essen. Mittags nehme ich eine gesunde Mahlzeit zu mir und abends, was ich möchte.«

»Ich würde sagen, du solltest dir jetzt keine Sorgen mehr um deine Ernährung machen und jede Mahlzeit genießen.«

Ich sah den Kellner an. »Können Sie meine Bestellung bitte in überbackene Makkaroni mit Käse ändern?«

Er lächelte. »Natürlich.«

Ich hielt ihm die Speisekarte hin. »Ach … kann ich auch die Rippchen bekommen?«

»Bravo«, sagte Louise.

Meine Augen waren definitiv größer als mein Magen gewesen, und ich konnte keine der beiden Mahlzeiten aufessen. Aber sie waren beide köstlich, viel besser als Salat. Als der Kellner die Rechnung brachte, beschloss ich, Louise anzuvertrauen, wie es um Beck und mich stand.

»Louise, ich mag deinen Enkel wirklich gern.«

»Ich bin mir ziemlich sicher, dass er dasselbe für dich empfindet. Es ist lange her, dass dieser Mann jemandem sein Herz geöffnet hat.«

Ich seufzte. »Das ist das Problem. Ich wollte nie, dass das mit uns passiert, dass er verletzt wird.«

»Liebe kann man nicht planen.«

»Nein, das ist sicher richtig. Und in einem anderen Leben wäre ich überglücklich. Ich fühlte mich vom ersten Moment an zu Beck hingezogen, aber ich habe mich in den Mann verliebt, der hinter all der Arroganz steckt. Beck ist nicht so, wie ich dachte, als ich ihn kennenlernte. Ich war unvorsichtig, weil ich dachte, er sei eine sichere Nummer – ein Mann, in den ich mich nie verlieben würde.«

Louise lächelte. »Manche Männer sind Wölfe im Schafspelz. Mein Enkel ist ein Schaf, das sich als Wolf verkleidet hat.«

»Das ist eine sehr gute Analogie.«

»Ich kenne meinen Enkelsohn gut. Er lässt nicht viele Menschen an sich heran, aber wenn er es tut, dann gibt er alles – sein Herz, seine Seele und alles, was er hat.«

Ich sah sie nachdenklich an. »Das ist genau der Grund, warum ich mich jetzt zurückziehen muss. Ich weiß nicht, wie lange ich noch habe, aber jeder Tag macht es am Ende nur schwerer. Er sollte nicht erleben müssen, wie wir beide sterben.«

»Ich weiß es zu schätzen, dass du dir Sorgen um ihn machst. Aber ich glaube, es ist zu spät, ihn vor einem gebrochenen Herzen zu bewahren.«

»Vielleicht. Aber etwas Zeit und Abstand zwischen uns werden helfen.«

Louise nickte. »Ich werde dich bei allem unterstützen.«

»Ich danke dir. Sobald ich in Kalifornien bin, wird es leichter sein. Aber ich glaube, ich muss die Sache mit ihm beenden, wenn wir wieder in New York sind.«

»Mach dir keine Sorgen. Du hast mein Wort, dass ich auf ihn aufpasse, wenn das passiert«, sagte Louise.

Ich lächelte traurig. »Und du hast mein Wort, dass ich auf ihn aufpassen werde.« Ich sah auf. »Für immer.«

27. Kapitel

Beck

Ich hasste es, meine Großmutter da mit hineinzuziehen. Aber nach vier Tagen in New York war zwischen Nora und mir irgendwie alles anders. Mir blieb keine andere Wahl, als anzurufen und nachzuforschen.

»Hallo. Wie geht es dir?«

»Wenn ich einen Schwanz hätte, würde ich mit ihm wedeln.«

Ich lächelte. »Hast du heute was vor?«

»Nippen und malen. Kann es kaum erwarten.«

»Was ist das?«

»Es ist ein Malkurs, bei dem man Wein trinkt. Ich gehe mit meiner Freundin Lucille hin. Sie hat einen Laden mit einem männlichen Aktmodell gefunden. Wein, nackte Männer, die nicht wie verschrumpelte Pflaumen aussehen, und meine Freundin – viel besser geht es nicht.«

Das war meine Chance. »Lucille? Warum gehst du nicht mit Nora hin? Das wäre doch auch etwas für sie.«

»Sie hatte was anderes vor.«

»Was?« Kaum waren die Worte aus meinem Mund, wusste ich, dass ich einen Fehler begangen hatte. Wenn Gram merkte, dass ich nach Informationen stocherte, würde sie ihre Lippen so fest verschließen wie eine Muschel.

»Das musst du Nora fragen, nicht mich.«

Ich fuhr mir mit einer Hand durchs Haar. »Es ist schwer, eine Person etwas zu fragen, die nicht zurückruft.«

»Wahrscheinlich hat sie zu tun.«

»Was zu tun?«

»Beck …«

»Gut«, brummte ich. »Viel Spaß mit deinem nackten Mann.«

»Den werde ich ganz bestimmt haben.«

Nachdem ich aufgelegt hatte, kam mein Bruder in mein Büro. Ich hatte ihn noch nicht über alles informiert, was in Utah passiert war, über Noras Gesundheitszustand.

»Das muss ich dir erzählen …« Wie üblich ließ er sich in meinem Besucherstuhl nieder und lehnte sich darin zurück, als läge er zu Hause in einem Polstersessel von La-Z-Boy. »Vor ein paar Nächten hat mich um ein Uhr morgens diese Frau angerufen und mich angebrüllt.«

»Was hattest du angestellt?«

»Nichts. Sie hatte sich verwählt. Aber wir haben uns vier Stunden lang unterhalten.«

Ich schüttelte den Kopf. »Mit dir stimmt was nicht.«

»Wieso? Sie hat mich auf Italienisch beschimpft. Das war verdammt sexy.« Mein Bruder blinzelte. Sein Blick glitt über mein Gesicht. »Hast du abgenommen? Deine Augen liegen irgendwie so tief in deinem Schädel.«

»Danke.«

»Nein, wirklich. Du siehst nicht so heiß aus.« Er deutete mit dem Daumen über seine Schulter auf die Tür hinter sich. »Bist du krank? Ich will mich nämlich nicht anstecken und meine Verabredung mit meiner verrückten Anruferin morgen Abend verpassen.«

Ich seufzte. »Nein, ich bin nicht derjenige, der krank ist.«

Jake runzelte die Stirn. »Geht es Gram nicht gut? Ich hab gestern Abend noch mit ihr gesprochen, und sie klang ziemlich fröhlich.«

»Doch, es geht ihr gut.«

»Ich versteh nicht. Wer ist dann krank?«

Ich musste unbedingt mit jemandem reden, abgesehen von meiner Großmutter. Jake war jünger und nicht gerade der reifste Mensch auf der Welt, aber ich hatte keine Ahnung, wie ich mich Nora gegenüber verhalten sollte, und brauchte eine objektive Meinung. Ich deutete auf meine Bürotür. »Könntest du die Tür schließen?«

»Du meinst von außen?«

Darüber musste ich lächeln. »Nein, ob du es glaubst oder nicht, ich meine tatsächlich von dieser Seite.«

»O Mist.« Er stand auf. »Der große Bruder will mir ein Geheimnis anvertrauen. Ich glaube nicht, dass das passiert ist, seit du mich zur Geheimhaltung verpflichtet hast, nachdem mich der Nachbarshund gebissen hatte – wobei das Geheimnis darin bestand, dass ich jetzt halb Hund und halb Mensch sei.«

Ich schüttelte den Kopf. »Du hast einen Monat lang beim Pinkeln das Bein gehoben und angefangen, an Scheiße zu schnüffeln. Du bist so leichtgläubig.«

Jake schloss die Tür und kehrte zu seinem Platz zurück. Diesmal saß er aufrecht, vielleicht schenkte er mir sogar seine ganze Aufmerksamkeit. »Was gibt's?«, fragte er. »Was ist los?«

Ich wusste nicht, wie ich anfangen sollte, also redete ich nicht lange um den heißen Brei herum. »Nora hat Gram nicht kennengelernt, weil sie im selben Gebäude wohnen. Sie haben sich bei einem Treffen von *Leben am Ende deines Lebens* kennengelernt. Das ist eine Selbsthilfegruppe. Sie sind dort beide Mitglied.«

Er zog verwirrt die Brauen zusammen, dann riss er die Augen auf. »Nora stirbt?«

In den nächsten zwanzig Minuten erzählte ich Jake die ganze Geschichte – von ihren Operationen, der Diagnose und dem Herzinfarkt, den sie in Utah erlitten hatte.

»Verdammt. Und man kann gar nichts tun? Sie ist doch noch so jung.«

»Ich habe sechs Ärzte konsultiert, allesamt erstklassige Experten auf ihrem Gebiet. Sie sagen alle, ihre einzige Chance sei eine Herztransplantation. Aber die Wartezeit ist lang, und die Überlebensrate nach der Operation für jemanden mit ihrer Krankheit gering. Als ich den Termin vereinbart habe, hatte ich gehofft, dass Nora mit den Ärzten sprechen würde, aber sie ist wie Gram. Sie hat sich entschieden, die ihr verbleibende Zeit zu genießen und sich keinen weiteren Operationen oder Behandlungen zu unterziehen.«

»Mann …« Jake schüttelte den Kopf. »Das tut mir echt leid. Ich weiß, dass du sie magst, und sie und Gram scheinen sich ziemlich nahezustehen.«

Ich sah meinem Bruder in die Augen. »Wir waren öfter zusammen. Ich bin in sie verliebt.«

»O fuck.«

Wir schwiegen für ein paar Minuten. Jake brauchte Zeit, um alles zu verarbeiten, und ich, um meine Emotionen in den Griff zu bekommen.

»Jedenfalls«, sagte ich. »Sie hält mich jetzt auf Abstand. Seit wir aus Utah zurück sind, hat sie sich zurückgezogen. Sie denkt, sie hat nicht mehr viel Zeit und will mich nicht verletzen. Ich habe ihr Freiraum gelassen, weil ich Angst habe, dass sie sich sonst ganz von mir abwendet. Aber ich weiß nicht, wie ich mit der Situation umgehen soll. Ich meine, wenn sie recht hat und sie nicht …« Ich hielt inne und schluckte. »Wenn sie nicht mehr viel Zeit hat, möchte ich die Zeit, die ihr noch bleibt, mit ihr verbringen.«

»Warum zum Teufel sitzt du dann hier?«

»Das hab ich dir doch gerade gesagt. Ich habe Angst, wenn ich sie dränge, schlägt sie mir endgültig die Tür vor der Nase zu.«

»Wann hast du sie das letzte Mal gesehen?«

»Vor vier Tagen, als ich sie zu Hause abgesetzt habe. Ich wollte sie überreden, mit zu mir zu kommen. Sie ist immer noch schwach. Aber sie wollte zu sich. Am nächsten Morgen hab ich sie angerufen, und sie sagte, sie müsse arbeitsmäßig einiges aufholen. Am nächsten Tag hatte sie eine andere Ausrede. Seit zwei Tagen ruft sie mich nicht einmal mehr zurück.« Ich raufte mir die Haare. »Ich werde noch wahnsinnig.«

»Das klingt, als hätte sie die Tür bereits geschlossen. Was hast du also zu verlieren, wenn du sie drängst?«

Da hatte er recht. Ich nickte.

»Weißt du, was ich denke?«

»Was?«

»Du bist viel schlauer als ich. Du weißt, dass die einzige Antwort lautet, ihr Druck zu machen. Aber du hast Angst, dass es das Ende ist, wenn du das tust, und sie sich immer noch nicht rührt. Solange du hier unglücklich herumsitzt, musst du dich dieser Möglichkeit nicht stellen. Du kannst so tun, als ob es noch nicht vorbei wäre.«

Verdammt. Er hatte recht. Natürlich wusste ich, was ich zu tun hatte. Ich war nur zu feige, weil ich Angst hatte, sie würde meine schlimmste Befürchtung bestätigen – dass es vorbei war.

Mein Bruder sah mich an, dann grinste er breit. »Du hast gerade begriffen, dass ich recht habe, stimmt's?«

»Halt die Klappe.«

Er lachte. »Das verstehe ich als ein Ja.«

Mein Bruder beugte sich mit ernster Miene vor. »Es tut mir leid, Mann. Ich hab mich gefreut, dass du dich tatsächlich für jemanden interessierst. Sag Bescheid, wenn ich irgendetwas tun kann. Ich werde mich mehr um Gram kümmern, damit du Zeit für Nora hast. Du bist zwar das goldene Enkelkind, aber ich bin sowieso unterhaltsamer.«

»Danke, Jake.«

Auf dem Weg nach draußen blieb Jake an der Tür stehen. »Gram und Nora, das wird nicht leicht.«

Ich nickte. »Ich weiß. Aber die beiden sind jeden harten Tag wert, und noch viel mehr.«

Ich stand vor Noras Haus und las die Namen auf den Klingelschildern. Zum Glück wusste Google, wo sie wohnte, denn ich hatte es nicht gewusst. Das Stadthaus im West Village schien besser zu ihr zu passen als das Hochhaus meiner Großmutter.

Ich schüttelte meine Hände aus und atmete ein paar Mal tief ein und aus. Ich hatte spontane Besuche immer gehasst und konnte mich nicht erinnern, dass ich das als Erwachsener jemals jemandem zugemutet hätte. Aber nach dem Gespräch mit meinem Bruder hatte ich Nora noch zweimal angerufen, und sie ließ mir keine andere Wahl. Ich war nicht einmal sicher, ob sie zu Hause war. Schlimmer, ich wusste nicht, ob sie mich hereinlassen würde, wenn sie es wäre.

Trotzdem drückte ich die Klingel für 2D. Während ich wartete, schoss eine Ladung Adrenalin durch meine Adern.

»Hallo?«

Ich stieß einen erleichterten Seufzer aus. »Hier ist Beck.«

»Oh. Ähm … Okay.« Ein Summer ertönte, und die Haustür

ging auf. Nora wartete im zweiten Stock in der halb geöffneten Wohnungstür.

Ich lächelte.

Sie nicht.

»Es tut mir leid«, sagte ich. »Ich hasse es auch, wenn Leute einfach unangekündigt vorbeikommen. Aber du hast mich nicht zurückgerufen.«

Nora seufzte. »Ich war beschäftigt.«

Als ich oben an der Treppe ankam, rührte sie sich nicht von der Stelle.

»Darf ich reinkommen?«

Sie zögerte, aber schließlich nickte sie.

Ich machte nur zwei Schritte in ihre Wohnung, dann erstarrte ich. Die Küche war voller Umzugskartons. »Was ist das alles?«

Sie senkte den Blick. »Ich packe. Ich habe meinen Umzugstermin vorverlegt.«

»Auf wann?«

Nora schaute mich nicht an, und ich wusste, dass die Antwort mir einen Stich ins Herz versetzen würde.

»Auf Montag.«

»Montag? Das heißt, in drei Tagen?«

Sie nickte.

Ich hatte das Gefühl, keine Luft mehr zu bekommen. »Wolltest du mir das überhaupt erzählen?«

»Natürlich.«

»Wann?«

Nora hielt den Blick weiter gesenkt.

Ich war so wütend und verletzt, dass ich mich kaum beherrschen konnte. Ich legte die Hände auf ihre Wangen und zwang sie, mir in die Augen zu sehen. »Wann, Nora? Wann wolltest du es mir sagen? Nachdem du bereits weg warst? Wolltest du mir eine verdammte Postkarte schicken?«

Ihre Augen füllten sich mit Tränen. »Ich weiß es nicht. Ich hatte … noch nicht darüber nachgedacht.«

»Warum? Warum ziehst du jetzt schon um?«

»Das war immer der Plan. Das wusstest du von Anfang an.«

»Aber warum so früh?«

»Weil es an der Zeit ist.« Tränen strömten ihr über das Gesicht. »Ich habe meinem Vater versprochen, am Ende zurückzukommen.«

»Aber es muss nicht das Ende sein, Nora. Ich habe mit einigen Ärzten gesprochen, und du hast eine Chance. Lass dich wenigstens auf die Liste setzen.«

Nora wich zurück, und meine Hände lösten sich von ihren Wangen.

»Du solltest gehen, Beck.«

»Nein.«

»*Bitte*, Beck. Es ist schon schwer genug.«

Ich fiel vor ihr auf die Knie. Tränen liefen mir über das Gesicht. »*Bitte*, Nora.« Meine Stimme brach. »Lass dich einfach auf die Liste setzen. Wenn du es nicht für dich tun willst, tu es für mich. Für Louise. Für William.«

Sie schüttelte den Kopf. »Bitte geh.«

»Nora, *bitte*. Ich werde dir die besten Ärzte und den besten Chirurgen besorgen. Ist es legal, irgendwo ein Herz zu kaufen? Das ist mir völlig egal. Wenn es sein muss, kaufe ich dir eins auf dem Schwarzmarkt. Lass mich nur nicht im Stich. Ich tue alles, was du willst«, flehte ich. »*Bitte, Liebling*.«

Sie brach schluchzend zusammen. Es brachte mich um, sie so zu quälen, aber ich wusste keinen anderen Weg, zu ihr durchzudringen. Allerdings konnte ich auch nicht einen halben Meter danebenstehen und zusehen, wie sie zusammenbrach. Also zog ich sie in meine Arme. Ein paar Sekunden lang wehrte sie sich, doch dann gab sie nach und ließ sich in meinen Armen fallen. Ihre Schultern bebten, und im Raum wurde es unheimlich still. Ich wusste genau, was kommen würde. Aber das half mir kein bisschen, mich darauf vorzubereiten. Die Stille wurde von dem schrecklichsten Geräusch durchbrochen, das ich je in meinem Leben gehört hatte. Es war mehr als nur ein Heulen; es war der erschütternde Ausdruck purer Qualen. So wie die richtige Tonlage Glas zerspringen lassen kann, zersprang mein Herz in eine Million Stücke.

»Nicht weinen, Nora. Ich liebe dich. Bitte weine nicht.«

Aber sie hörte nicht auf. Und ich auch nicht. Eine gefühlte Ewigkeit standen wir in der Küche und weinten uns die Augen aus dem Kopf. Schließlich verebbte unser Schluchzen jedoch zu einem Schniefen, und unsere Körper beruhigten sich. Ich kam mir wie ein egoistischer Mistkerl vor.

»Es tut mir leid, dass ich dich so aufgewühlt habe. Ich weiß einfach nicht, wie ich da durchkommen soll.« Ich zwang mich, in ihr gequältes Gesicht zu sehen. »Es tut mir leid, Nora.«

Sie schluckte und räusperte sich. »Hast du es ernst gemeint, als du sagtest, du würdest alles tun, was ich will?«

»Natürlich.«

Nora sah mir in die Augen. »Dann musst du mich gehen lassen.«

28. Kapitel

Nora

»Ihr Herzschlag ist langsam, aber das ist in diesem Stadium der Krankheit und nach dem, was Sie letzten Monat durchgemacht haben, zu erwarten. Das ist wahrscheinlich der Grund, warum Sie sich etwas schlapp fühlen«, sagte Dr. Hammond. »Na ja, das und der L.A.-Smog.«

Ich lächelte. »Okay.«

»Wie lange ist der Herzinfarkt her?«

»Morgen sind es sechs Wochen.«

Dr. Hammond notierte etwas in meine neue Akte und sah mich lächelnd an. »Sie sind wirklich das Ebenbild Ihrer Mutter.«

»Mein Vater sagt das Gleiche.«

»Wie geht es Ihrem Vater?«

»Ganz gut. Er tut so, als wäre alles in Ordnung, aber ich weiß, wie hart es für ihn sein muss, dass eine Person, die wie meine Mutter aussieht, das Gleiche wie sie durchmacht.«

Dr. Hammond nickte. »Ganz bestimmt.«

Er war der Kardiologe meiner Mutter gewesen. Ich ließ mich zwar nicht mehr behandeln, aber ich brauchte trotzdem Nachschub von den ganzen Medikamenten, die ich einnahm, um weiter atmen zu können. Und ich dachte, es wäre vielleicht einfacher, zu jemandem zu gehen, der sich mit meiner Krankheit auskannte. Nicht jeder Kardiologe hatte Erfahrung mit ihr, weil sie so selten war.

»Alles andere sieht gut aus.« Dr. Hammond schloss meine Akte. »Ihre Lunge ist frei, Ihr Blutdruck ist dank der Medikamente, die Sie einnehmen, stabil, und Ihr EKG war unverändert gegenüber dem letzten, das Ihr Arzt in New York geschickt hat.«

»Toll.«

»Sie können Ihre normalen Aktivitäten wieder aufnehmen. Übertreiben Sie es nicht mit dem Sport und achten Sie darauf, nicht außer Atem zu kommen. Sex ist auch wieder erlaubt, und Sie dürfen wieder arbeiten.«

Als er das Wort Sex aussprach, fühlte sich meine Brust hohl an. Es war eine ganze Viertelstunde her, dass ich das letzte Mal an Beck gedacht hatte.

»Okay, danke.«

»Und wir sehen uns in drei Monaten wieder hier, um zu sehen, ob wir die Medikation anpassen müssen.«

In drei Monaten.

In letzter Zeit empfand ich jeden Hinweis auf ein Datum in der Zukunft als bedrückend. Würde ich dann überhaupt noch da sein?

Zurück zu Hause, war mein Vater noch nicht von der Arbeit zurück. Er hatte Wäsche im Trockner gelassen, also faltete ich sie zusammen und ging dann in sein Schlafzimmer, um sie wegzuräumen. Ich sah mich um. Das Zimmer hatte sich seit meiner Kindheit kaum verändert – dieselben dunklen Nussbaummöbel, dieselben weißen Holzjalousien, sogar ein dunkelbrauner Bademantel hing an der Rückseite der Tür, die in das kleine Bad führte. Auf der Kommode standen gerahmte Fotografien, die sich seit zwanzig Jahren nicht verändert hatten. Ich nahm das erste Foto in die Hand, das mir ins Auge fiel. Es zeigte meine lachende Mutter an ihrem und Williams Hochzeitstag. Eine kleine Perlenkrone saß auf ihrem Kopf, der Schleier, der daran befestigt gewesen war, war längst fort; es war das Ende der Feier. In ihrem ganzen Gesicht war Torte verschmiert. Nach Moms Tod hatte ich Dutzende Male ihr Hochzeitsalbum durchgeblättert. Bilder zeigten, wie sie eine dreistöckige Torte anschnitten und Mom Dad ein riesiges Stück ins Gesicht drückte.

Beim Betrachten des Fotos schnürte sich mir die Kehle zu. Ich stellte es zurück auf die Kommode und nahm ein anderes. Es zeigte Mom und William beim Spaziergang am Strand, ich saß als Zweijährige auf Williams Schultern. Sie sahen so glücklich aus. Es war nicht leicht, ohne Mutter aufzuwachsen, aber ich war froh, dass meine Mutter eine Familie gehabt hatte – wenn auch nur für kurze Zeit. Ich hatte immer davon geträumt, einen Haufen Kinder zu haben, wahrscheinlich weil ich als Einzelkind aufgewachsen war. Doch es sollte nicht sein.

»An dem Tag hast du mir in den Nacken gepinkelt.« Dads Stimme ließ mich aufschrecken. Ich hatte ihn nicht hereinkommen hören. Er lehnte lässig im Eingang zum Schlafzimmer und lächelte.

»Das hab ich nicht …«

»Doch, das hast du. Wir gingen spazieren, und plötzlich spürte ich diese Wärme. Zuerst dachte ich, es sei Schweiß. Es war ein ziemlich warmer Tag.«

»Warum hast du das noch nie erwähnt?«

Dad zuckte die Achseln. »Ich weiß nicht. Wir haben wohl nie über das Foto gesprochen. Aber du warst ja erst zweieinhalb und bist früh aufs Töpfchen gegangen. Es war keine große Sache. Ich bin einfach schwimmen gegangen, und wir haben unseren Spaziergang beendet.«

Ich starrte noch ein paar Sekunden lang auf das Bild, dann stellte ich es zurück. »Darf ich dich etwas fragen, Dad?«

»Alles.«

»Bist du seit Moms Tod mit jemandem ausgegangen?«

Er nickte. »Hier und da. Es ist schön, ab und zu in Gesellschaft zu sein, ins Kino oder in ein Restaurant zu gehen.«

Ich lächelte. »Das freut mich.«

Seit ich wieder zu Hause wohnte, hatte ich viel über den Tod meiner Mutter nachgedacht. Aber ich hatte mir auch Gedanken über die Folgen für William gemacht. Damals war ich noch so klein gewesen. Ich konnte mich nicht erinnern, wie es für ihn gewesen war.

»Es muss schwer für dich gewesen sein, nachdem Mom gestorben war …«

Dad kam ins Zimmer, setzte sich auf die Bettkante und klopfte auf den Platz neben sich. »Was hast du wirklich auf dem Herzen, mein Schatz?«

»Was meinst du?«

Er tippte mir mit dem Finger an die Schläfe. »Seit du hier bist, hockst du zu Hause und bist ständig in Gedanken. Ich weiß, was du durchmachst, ist kaum zu ertragen, aber es ist mehr als das. Das merke ich.«

Ich lehnte meinen Kopf an die Schulter meines Vaters. »Dir kann ich nie etwas vormachen.«

»Geht es um diesen Mann, von dem du mir erzählt hast? Beck?«

Ich seufzte. »Ich vermisse ihn sehr.«

»Dann besuche ihn. Oder lass ihn herkommen. Wir haben jede Menge Platz. Vielleicht könnte ich mir sogar vorstellen, endlich davon abzusehen, dass du die Tür zu deinem Zimmer offen lassen musst, wenn ein Junge zu Besuch ist.«

Ich lächelte. »Ich kann nicht. Ich will es ihm nicht noch schwerer machen.«

Dad drehte sich um und sah mich an. »Ihm? Bitte erzähl mir nicht, dass du dich von einem Mann fernhältst, der dich mag, weil du glaubst, er würde dadurch irgendwann leichter darüber hinwegkommen.«

Als ich nicht reagierte, schüttelte Dad den Kopf. »Nora, ich würde ein Leben voller Traurigkeit für eine Minute länger mit deiner Mutter in Kauf nehmen. Das Leben ist keine mathematische Gleichung. Manchmal überwiegen zweiundvierzig gute Tage hundert schlechte.«

»Ich weiß ... aber wenn du und Mom euch nie verliebt hättet, wärst du jetzt wahrscheinlich verheiratet und hättest jemanden an deiner Seite. Du hättest ein erfüllteres Leben gehabt.«

»Und wenn ich noch einmal die Wahl hätte – vier Jahre mit deiner Mutter und abschließend einige einsame Jahre, oder keine Zeit mit deiner Mutter und dafür nie einsam –, ich würde mich für deine Mutter entscheiden. Das ist nicht einmal eine Frage. Ich würde mich jedes Mal für sie entscheiden. Deine Mutter war die Liebe meines Lebens. Nicht jeder hat das Glück, die Richtige zu finden. Ich hatte es, und darüber bin ich froh, ich empfinde kein Bedauern.«

»Ach, Dad ...« Tränen stiegen mir in die Augen, und ich warf meine Arme um seine Schultern und umarmte ihn. »Deine Liebe zu Mom war eine Inspiration für mich. Sie ist wunderschön.«

»Dann lass dich von der Inspiration leiten, Herzchen.«

»Ich kann nicht. Das mit Beck und mir ist etwas anderes. Du warst schon mit Mom verheiratet und bis über beide Ohren in sie verliebt, als sie das letzte Mal krank wurde. Für dich war es zu spät. Für Beck ist es noch nicht zu spät.«

Mein Vater schüttelte den Kopf. »Ich habe mich sofort Hals über Kopf in deine Mutter verliebt.« Er streichelte mein Haar. »Du hast einige schwere Entscheidungen getroffen und erwartest, dass jeder sie respektiert. Aber du erlaubst diesem Beck nicht, ebenfalls seine eigene Entscheidung zu treffen. Du triffst sie für ihn.«

Am nächsten Abend klingelte um acht Uhr mein Telefon. Ich lächelte, als ich den Namen auf dem Display aufleuchten sah.

»Hey, Louise. Wie geht es dir?«

»Meine Uhr tickt noch. Also ist es wohl ein guter Tag.« Sie klang so schwungvoll wie immer, aber etwas war komisch. Louise klang fast atemlos.

»Keuchst du?«

»Nur meine Allergien«, sagte sie. »Maddie und ich haben heute an ihrem Garten-Abzeichen gearbeitet. Der Pollenflug muss sehr stark gewesen sein.«

»Oh.« Ich seufzte. »Wie geht es Maddie?«

»Heute kam sie mit einem Bild aus der Schule nach Hause. Sie hatte einen Haufen Leute gezeichnet, aber nur sich selbst beschriftet: Prinzessin Maddie. Die Lehrerin trug ihr als Hausaufgabe auf, auch die anderen Personen zu beschriften. Ich half ihr dabei und zeigte auf die Person, die auf dem Bild neben ihr stand. Die Figur war doppelt so groß wie sie selbst, also nahm ich an, dass es ihr Vater sei. Ich fragte: ›Wenn du eine Prinzessin bist, wer könnte das sein?‹ Sie sagte, es sei ihr Vater. Also fragte ich sie, wie sein Titel laute, wenn sie eine Prinzessin sei? Ist er dann ein König? Sie dachte lange darüber nach. Und antwortete dann mit todernster Miene. ›Nein, dann ist er ein Diener.‹«

»O mein Gott.«

»Ich machte mir vor Lachen fast in die Hose. Dann half ich ihr, Diener zu buchstabieren, damit wir ihn richtig bezeichnen konnten.«

Ich lachte. »Na, klar.« Ich schwieg ein paar Herzschläge lang. »Und wie geht es Beck?«

»Er schlägt sich so durch«, sagte Louise. »Er arbeitet wieder zu viel. Wenn er nicht im Büro oder an seinem Laptop sitzt, bläst er Trübsal. Ich glaube, er vermisst dich mehr, als er zugibt.«

Das Gefühl beruhte auf Gegenseitigkeit. »Es tut mir leid, dass er leidet, Louise.«

»Du brauchst dich nicht zu entschuldigen, mein Schatz. Ich verstehe das.« Sie begann zu husten, ein trockener Husten, der eine ganze Weile anhielt.

»Das hört sich nicht gut an, Louise.«

»Das sind nur die Allergien.«

»Vielleicht. Aber wenn es morgen früh nicht besser ist, solltest du das untersuchen lassen.«

Sie wechselte übergangslos das Thema. »Ich habe eine E-Mail von Frieda bekommen, unserer Freundin von den Bahamas. Sie wollte wissen, wie es uns geht, aber sie hat mir auch das Rezept für die süßen kleinen Fladenbrote geschickt, die wir so gern gegessen haben, als wir dort waren. Sie heißen Johnny Cakes. Du musst sie unbedingt probieren. Ich leite dir das Rezept weiter.«

Ich lächelte. »In Ordnung, das mach ich.«

Wir unterhielten uns noch eine halbe Stunde, aber als das Gespräch zu Ende war, hörte es sich an, als wäre Louise einen Marathon gelaufen.

»Ich glaube wirklich, du solltest dieses Keuchen untersuchen lassen«, sagte ich ihr.

»Mal sehen. Du weißt doch, dass ich Lungenkrebs habe.«

»Vielleicht brauchst du nur wieder so etwas Einfaches wie ein Steroid.«

Es war schwer, jemanden dazu zu bewegen, zum Arzt zu gehen, wenn man selbst nicht behandelt werden wollte. Aber ich tat mein Bestes. Nachdem wir uns schon verabschiedet hatten und ich gerade das Gespräch beenden wollte, hörte ich Louise meinen Namen schreien.

»Eleanor!«

Ich hielt das Telefon wieder an mein Ohr. »Ja?«

»Keine von uns weiß, wann wir das letzte Mal miteinander reden, darum wollte ich dir nur sagen, dass ich dich liebe.«

Ich schluckte. »Ich liebe dich auch, Louise.«

Am nächsten Morgen beschloss ich, einen Strandspaziergang zu machen. Ich konnte die Melancholie, die mich seit meiner Abreise aus New York verfolgte, nicht abschütteln und hoffte, dass mir ein wenig Sonne und Meer guttun würden. Nach ein paar Kilometern stieß ich auf einen Felsvorsprung. Es war an der Zeit, umzukehren, aber erst wollte ich mich dort eine Weile hinsetzen.

Ich starrte auf den Pazifik, schloss die Augen und zwang mich, an all das Gute in meinem Leben zu denken, während ich dem Meeresrauschen lauschte. Normalerweise half das, aber heute wurde ich das Gefühl nicht los, dass mir der Tod bevorstand. Nach ein paar Minuten erhob ich mich und ging zurück. Als ich fast wieder am Ausgangspunkt angelangt war, klingelte mein Handy – eine Nummer aus Manhattan. Ich kannte sie nicht, nahm das Gespräch aber dennoch an.

»Hallo?«

»Hi. Nora?«

Die Stimme kam mir bekannt vor, aber ich konnte sie nicht zuordnen. »Ja?«

»Hier ist Jake Cross.«

Ich blieb stehen. »Hey, Jake. Wie geht es dir? Ist alles okay?«

Er schwieg eine ganze Weile, und mein Herz begann zu rasen.

»Jake?«

»Gram hatte wieder einen Schlaganfall, Nora. Einen schlimmen.«

»O nein.« Ich fasste mir an die Brust.

»Es geht ihr nicht gut. Die Ärzte sagen, sie hat keine Hirnfunktion mehr. Im Grunde halten sie sie nur am Leben, damit wir uns von ihr verabschieden können. Das wollen wir heute Abend tun, falls sie nicht … du weißt schon. Der Priester wird ein paar Worte sagen und dann …«

Tränen liefen mir über die Wangen. »O mein Gott. Es tut mir so leid, so, so leid.«

»Danke. Ich weiß, zwischen dir und Beck ist es … was auch immer, aber ich dachte, du würdest vielleicht kommen wollen, um dich zu verabschieden und für ihn da zu sein. Und für sie.«

»Meinst du, Beck wäre damit einverstanden?«

»Ich glaube nicht, dass Beck in der Lage ist, zu wissen, was er braucht. Er hat sie gefunden. Er weiß nicht einmal, dass ich dich anrufe, Nora. Er ist vollkommen am Ende, und ich dachte …« Er atmete lautstark ins Telefon. »Ich weiß nicht, was ich dachte. Aber ich hatte das Gefühl, ich sollte dich anrufen.«

»Ich bin froh, dass du es getan hast. In welchem Krankenhaus liegt sie?«

»Lenox Hill.«

Ich nickte. »Ich werde mein Bestes tun, um da zu sein.«

29. Kapitel

Nora

Als Beck aufblickte und mich in der Tür stehen sah, blinzelte er. »Nora? Was machst du hier?«

Ich lächelte traurig und ließ den Blick zu seinem Bruder wandern, der auf der anderen Seite des Bettes saß. »Ein kleines Vögelchen hat gerufen.«

Beck strich sich mit der Hand durchs Haar. »Das wusste ich nicht.«

Ich trat ins Zimmer und umarmte zuerst Jake, dann ging ich um das Bett herum auf die andere Seite. Kurz waren wir etwas verlegen, doch dann ließ Beck sich von mir umarmen. »Es tut mir so leid, Beck.«

»Ich gehe nach unten und hole mir einen Kaffee«, sagte Jake. »Wollt ihr auch etwas?«

»Nein, danke«, sagte ich. Beck schüttelte den Kopf.

Als wir nur noch zu zweit waren, blickte ich auf die Monitore. »Hat sich etwas verändert, seit Jake mich heute Morgen angerufen hat?«

»Nein.«

Ich starrte auf Louise hinunter. »Sie sieht friedlich aus.«

Beck nickte. »Das stimmt.« Er sah zu mir hinüber und fing meinen Blick auf. »Wie ist Kalifornien?«

Ich zwang mich zu einem Lächeln. »Sonnig.«

»Wie geht es dir?«

»Ziemlich gut.«

Wieder nickte er. Ein paar lange Momente vergingen, in denen wir einfach Louise ansahen.

»Als meine Mutter gestorben ist,« sagte Beck leise, »war ich voller Wut. Ich wollte nicht darüber reden und machte mir Luft, indem ich mich prügelte. Innerhalb von zwei Monaten war ich auf dem Heimweg von der Schule in vier Prügeleien verwickelt. Gram fand, dass ich ein Ventil brauchte. Die meisten Leute würden ihr Kind beim Karate anmelden oder es zu einem Box-Kurs schicken, um seine Wut zu kanalisieren.« Lächelnd schüttelte er den Kopf. »Aber nicht Gram. Gram brachte einen Baumstumpf, einen Hammer und Nägel mit nach Hause. Im Nachhinein weiß ich nicht einmal, woher sie diesen riesigen Baumstumpf hatte – das Ding muss knapp einen Meter Durchmesser gehabt haben –, oder wie sie ihn in unsere Wohnung in Midtown Manhattan geschafft hat. Doch sie erklärte mir, wenn ich wieder wütend aufwachte, sollte ich einen Nagel aus der Schachtel nehmen und ihn in den Stumpf schlagen, bis ich mich besser fühlte. Ich glaube, wir haben drei oder vier große Schachteln mit Nägeln verbraucht. Aber irgendwann hörte ich auf zu hämmern. Eines Tages kam ich von der Schule nach Hause, und alle Nägel waren aus dem Stumpf gezogen worden. Gram sagte, ich solle mich neben den Baumstumpf setzen und ließ mich mit dem Finger über die Löcher fahren. Sie sagte, das passiert, wenn man seine Wut an anderen auslässt – sie hinterlässt Narben. Und die an Menschen gehen nicht so leicht weg. Heute Morgen ging sie nicht an ihr Telefon, also bin ich zu ihr gefahren, um nach ihr zu sehen. Sie muss geahnt haben, was passiert, denn als ich sie fand, stand ein Einmachglas voller rostiger Nägel auf ihrem Nachttisch und darunter lag ein Notizzettel. *Nur für den Fall, dass du die wieder brauchst.*« Becks Augen funkelten. »So viele Nägel kann es auf der Welt gar nicht geben, dass sie mir helfen könnten, über sie hinwegzukommen.«

»Oh, Beck.« Ich konnte meine Tränen nicht zurückhalten, verschränkte meine Finger mit seinen und drückte sie. »Ich kenne sie erst seit Kurzem, aber sie hat einen großen Einfluss auf mein Leben gehabt. Ich kann mir kaum vorstellen, wie schwer es für dich sein muss.«

»Ich bin froh, dass du gekommen bist«, flüsterte er. »Sie hätte dich hier haben wollen.«

Ich lehnte meinen Kopf an seine Schulter. »Ich bin auch froh, dass ich gekommen bin.«

Er lächelte durch den Schmerz, der ihm ins Gesicht geschrieben stand, und blickte auf Louise hinunter. »Die Ärzte und Schwestern schienen alle überrascht, dass sie so lange durchgehalten hat. Jetzt weiß ich, warum.«

»Warum?«

»Sie hat auf dich gewartet.«

Nicht einmal eine Stunde, nachdem ich im Krankenhaus eingetroffen war, starb Louise May Aster um 22:04 Uhr. Die Ärzte mussten nicht eingreifen, Louises Atemzüge verlangsamten sich einfach, bis sie schließlich gar nicht mehr atmete.

Die Krankenschwester schlug vor, dass sich jeder von uns einen Moment Zeit nehmen sollte, um sich allein von Louise zu verabschieden. Ich war die Erste, Beck und Jake gingen nach draußen.

Ich sprach ein kleines Gebet, dann hielt ich ihre Hand. »Der Tod beendet ein Leben, aber keine Freundschaft«, sagte ich zu ihr. »Deshalb hoffe ich, dass du auf der anderen Seite auf mich wartest, in einem Wingsuit aus Gummi oder mit einem Fallschirm auf dem Rücken, bereit, für Aufruhr zu sorgen. Ich liebe dich, Louise.«

Jake war der Nächste. Beck und ich beobachteten durch das Glas, wie er eine Weile sprach, sich dann hinunterbeugte und seine Großmutter auf die Wange küsste, bevor er wieder herauskam.

Ich wusste, dass es für Beck nicht einfach werden würde. Er war so ein großer, starker Mann, jemand, von dem man sich nicht vorstellen konnte, dass er die Kontrolle verlor. Doch das tat er. Und während ich ihn durch die Scheibe beobachtete, spürte ich seinen Schmerz in meiner Brust. Becks Schultern zitterten, aber es sah aus, als versuchte er, sich zu beherrschen, sich zusammenzureißen. Doch er verlor den Kampf, und alles brach aus ihm heraus. Beck beugte sich vor, umarmte den Körper seiner Großmutter und schluchzte lange. Als er schließlich aufstand und hinausging, fühlte ich mich genauso gebrochen, wie er aussah.

»Verdammt.« Jake zog seinen Bruder in seine Arme, und Beck war kaum in der Lage, die Umarmung zu erwidern. Als sie sich trennten, war ich an der Reihe. Ich schlang meine Arme um Beck und hielt ihn fest. Nach ein paar Sekunden versuchte er, sich von mir zu lösen, aber ich ließ ihn nicht los. Schließlich gab er nach, und plötzlich weinte er wieder und sank mit all seinem Gewicht an mich.

Ich hielt ihn fest, als ob unser beider Leben davon abhinge, bis es unmöglich war, zu unterscheiden, wessen Tränen auf den Boden flossen, weil wir beide so sehr weinten.

»Was kann ich tun?« Ich rückte von ihm ab und wischte ihm mit dem Ärmel meiner Bluse die Nässe von den Wangen. »Willst du einen Spaziergang machen? Vielleicht hilft dir etwas frische Luft?«

Beck starrte auf den Boden und schüttelte den Kopf.

»Vielleicht ein Drink?«

»Mir geht es gut.«

»Nein, das stimmt nicht, Beck. Lass dir helfen. Was brauchst du?«

Er hielt eine ganze Weile den Kopf gesenkt. Als er wieder aufsah, waren seine Augen gerötet und geschwollen. »Hilf mir zu vergessen«, sagte er.

Der Kreis schloss sich. Das hatte ich ihm gesagt, als wir das erste Mal zusammen waren, und jetzt würde es das letzte Mal sein. Ich nickte und nahm seine Hand. »Lass uns gemeinsam vergessen.«

Bei unserer Ankunft war es dunkel in Becks Wohnung, und er machte keine Anstalten, das Licht einzuschalten. Stattdessen drückte er seine Lippen auf meine, während wir noch in der Halle waren. Auf dem Weg hierher war er still gewesen, und ich wollte nur, dass es ihm besser ging. Als unser Kuss endete, sank ich darum auf die Knie. Doch Beck überraschte mich, indem er mich wieder hochzog.

»Nicht so. Ich will keinen Quickie. Ich will mit dir Liebe machen.«

Ich trat einen Schritt zurück. »Beck …«

Er griff nach mir. »Ich weiß, was du mir zu geben bereit bist. Ich verlange nicht mehr. Ich will dir nur alles geben, was ich habe.«

»Beck.«

Er streckte die Hand nach mir aus. Ich zögerte, aber ich konnte diesem Mann unmöglich verweigern, was er brauchte.

Auch wenn es mir das Herz brechen würde, es anzunehmen und dennoch am Ende zu gehen. Also nahm ich seine Hand und folgte ihm ins Schlafzimmer.

Beck zog mich aus und ließ mich dabei nicht aus den Augen. So wie er mich ansah – so voller Leidenschaft –, wusste ich schon, bevor wir überhaupt angefangen hatten, dass der heutige Abend mich ruinieren würde.

Er hob mich hoch und trug mich zum Bett, wo er mich sanft in der Mitte absetzte. Normalerweise war Beck dominant, unverschämt dreist, doch heute Abend war er anders. Fast sanft. Er stieg auf mich, küsste die Narbe über meinem Herzen und sah mir lange in die Augen, bevor er in mich eindrang. Als er ganz in mir war, schloss ich die Augen.

»Nein. Bitte, sieh mich an.«

Ich öffnete sie wieder.

Becks Augen liefen über vor Gefühl. »Ich liebe dich, Nora. Verdammt, es ist mir egal, wie viele Tage ich bekomme, oder wie sehr ich am Ende leiden werde, ich werde es nie bereuen, dass ich dich liebe.«

Noch nie hatte jemand so etwas Schönes gesagt oder mich so angeschaut. Tränen kribbelten in meinen Augenwinkeln, während Beck in mich hinein und aus mir herausglitt, ohne unseren Blick zu unterbrechen. Ich hatte die Worte »Liebe machen« schon tausendmal in meinem Leben gehört, aber bis zu diesem Moment hatte ich sie nie verstanden. Beck war nicht nur in meinem Körper, er hatte meine Seele berührt.

Der Raum war so still, dass ich nichts hörte außer unserem Atem und dem Geräusch unserer Körper. Bald spannte Beck den Kiefer an, und ich wusste, dass er kurz vorm Höhepunkt war.

»Ich liebe dich«, stieß er hervor. »Ich liebe dich verdammt noch mal.«

Das genügte. Viel mehr konnte ich nicht ertragen. Also schlang ich meine Beine um seine Taille und presste meine Lippen auf seine. Danach gerieten wir in eine Art Rausch. Beck beschleunigte den Rhythmus und stieß fester und tiefer zu. Als ich kam, raubte mir der Orgasmus den Atem. Während sich meine Muskeln zusammenzogen, stöhnte ich bei jeder neuen Welle. Beck musste gespürt haben, dass mein Höhepunkt verebbte, denn nun stieß er hart und schnell zu und stöhnte laut auf.

Anschließend war ich völlig ausgelaugt – emotional, körperlich und geistig. Ich konnte mir nicht vorstellen, welchen Tribut der Tag von Beck gefordert hatte. Doch er glitt immer noch halb hart weiter in mich hinein und aus mir heraus.

»Wow. Das war …«

Beck beugte sich vor und presste seine Lippen auf meine. »Liebe machen, mit der Frau, die ich liebe.«

Ich wusste nicht, was ich sagen sollte, also nickte ich. »Danke. Ich glaube, mir war nicht klar, wie sehr ich das heute Abend gebraucht habe.«

»Nur heute Abend?«

»Beck …«

Er lächelte traurig. »Ich weiß. Aber können wir nur heute Abend so tun, als würdest du nicht die Flucht ergreifen, sobald es hell wird?«

30. Kapitel

Beck

»Das ist ja fast unheimlich …« Ein träges Lächeln breitete sich auf Noras Gesicht aus, dann öffnete sie die Augen. »Du weißt aber schon, dass der Schlafzimmerwürger seinen Opfern auch beim Schlafen zugesehen hat.«

»Wer?«

»Ich habe ohne Ende Serienmörder-Dokus gesehen.«

»Klingt, als ob du deine Zeit im sonnigen Kalifornien gut nutzen würdest.« Ich strich mit meinen Lippen über ihre. »Guten Morgen.«

Nora streckte die Arme über den Kopf. »Wie viel Uhr ist es?«

»Kurz nach elf.«

Ihre Augen weiteten sich, und sie stützte sich auf den Ellbogen hoch. »Wirklich? Ich kann nicht fassen, dass ich so lange geschlafen habe.«

»Nun, an der Westküste ist es erst acht Uhr morgens. Wahrscheinlich hast du dich noch nicht umgestellt.«

»Ach ja.« Sie nickte. »Das stimmt. Wie lange bist du schon wach?«

Ich wusste nicht, ob ich überhaupt geschlafen hatte. Ich zuckte die Schultern. »Eine Weile.«

»Hast du mich etwa die ganze Zeit angestarrt?«

Meine Mundwinkel zuckten. »Ich bin aufgestanden, habe Kaffee gekocht und dann mit meinem Bruder über die Beerdigung gesprochen.«

»Oh.« Sie ließ sich zurück ins Bett fallen, drehte sich auf die Seite und schob die Hände unter die Wange. »Hat Louise … mit euch darüber gesprochen, was sie wollte?«

»Nein, wir haben nicht darüber gesprochen. Aber sie hat Jake und mir einen Brief hinterlassen. Sie will keine Totenwache, das hielt sie für morbide. Stattdessen will sie, dass wir an ihrem einjährigen Todestag eine Party zur Feier des Lebens veranstalten.« Ich schüttelte den Kopf. »Ich glaube, sie wusste, dass ich ihr das Leben schwer machen würde, wenn sie mir das alles erzählt hätte, also hat sie es sich für den Zeitpunkt aufgehoben, an dem ich nicht mehr widersprechen konnte.«

Noras Lippen verzogen sich zu einem hinterhältigen Lächeln. »Genau deshalb hat sie es dir nicht gesagt.«

»Du wusstest es also?«

Sie nickte. »Wirst du ihre Wünsche respektieren?«

»Natürlich. Welche Wahl bleibt mir denn? Auch wenn ich das Gefühl habe, *irgendetwas* tun zu müssen. Ich weiß nur noch nicht, was.«

»Dir wird sicher etwas einfallen.« Sie hielt sich den Mund zu und zog die süße kleine Nase kraus. »Ich brauche unbedingt eine Zahnbürste. Und danach einen Kaffee. Ist noch welcher da?«

Ich hatte mir Sorgen gemacht, dass sie aus der Tür stürmen würde, sobald sie die Augen geöffnet hatte. Aber es sah nicht so aus, als hätte sie es eilig. Jedenfalls noch nicht.

»Ich habe gerade eine frische Kanne aufgebrüht. Extra stark, so wie du ihn magst.«

»Danke.«

»Hast du schon einen Rückflug gebucht?«

Sie nickte. »Um neun Uhr abends.«

Toll, nur zehn Stunden, um sie zum Bleiben zu überreden.

Nora putzte sich die Zähne und kippte zwei Becher Kaffee hinunter, als wäre es die Medizin, die sie brauchte, um gesund zu werden. Danach fragte sie, ob sie duschen dürfe. Während sie im Bad war, setzte ich mich mit dem Papier, das ich gestern aus Grams Wohnung mitgenommen hatte, auf die Couch. Es war ihre Bucket List. Sie hatte auf ihrem Beistelltisch gelegen, neben dem Einmachglas mit den rostigen Nägeln. Keine Ahnung, warum ich sie in meine Tasche gestopft hatte, aber seither hatte ich sie fünfmal gelesen. Es war eigentlich nur eine Liste von Dingen, die sie noch tun wollte – alles bis auf einen Punkt war durchgestrichen.

Regenbogenfälle in Watkins Glen

Es machte mich traurig, dass sie nicht dazu gekommen war, ihre Liste zu beenden. Dass ich, nachdem Nora zurück nach Kalifornien gezogen war, nicht zusammen mit ihr hingefahren war. Aber ich hatte mich in die Arbeit gestürzt, um den Schmerz über Noras Weggang zu verdrängen, und egoistischerweise war ich nicht schnell genug wieder zu mir gekommen. *Man denkt immer, man hätte mehr Zeit …*

Nora kam frisch geduscht und geföhnt aus dem hinteren Teil der Wohnung. Noch immer die Liste in der Hand, blickte ich zu ihr hoch, dann wieder auf das Papier, und hatte plötzlich eine Idee – die mehr als ein Problem lösen würde.

»Ich glaube, ich weiß jetzt, wie ich Grams Tod ehren werde.«

»Wie?«

Ich hielt die Liste hoch. »Ich werde die hier zu Ende bringen.«

Nora nahm das Papier und überflog es. »Ihre Bucket List?«

Ich nickte und stand auf.

»O wow. Das ist eine tolle Idee, Beck.«

Ich lächelte. »Schön, dass du das sagst. Denn ich möchte, dass du mitkommst.«

Sie schüttelte den Kopf. »Oh. Das wiederum ist keine gute Idee.«

»Warum nicht? Sprechen gesundheitliche Gründe dagegen?«

»Nein … aber …«

»Du hast das hier alles mit ihr durchgezogen. Wünschst du dir nicht, ihr hättet es gemeinsam beenden können?«

»Natürlich, aber …« Sie zeigte zwischen uns hin und her und seufzte. »Ich will dir nicht wehtun, Beck.«

»Warum solltest du mir wehtun? Ich bin über dich hinweg.«

Sie kniff die Augen zusammen. »Ach ja?«

Ich zuckte die Schultern. »Eigentlich war es gar nicht so schwer, über dich hinwegzukommen.«

»Was du nicht sagst? Was war das dann gestern Abend?«

»Ich musste eine Zeit lang den Kopf abschalten. Um zu vergessen. Dieses Bedürfnis kennst du doch, oder?«

»Du hast Liebe mit mir gemacht, Beck. Das war kein Vögeln.«

»Es war ein emotionaler Tag.«

Sie warf mir einen Seitenblick zu. »Das glaube ich dir nicht.«

»Weil du egozentrisch bist.«

Ihre Augen funkelten. »Ich bin egozentrisch?«

»Na, du denkst, über dich könnte man nicht hinwegkommen.«

Sie schüttelte den Kopf. »Beck …«

Ich lege meine Hände auf ihre Schultern. »Komm mit. Es sind nur viereinhalb Stunden mit dem Auto. Wir könnten an einem Tag hinfahren und am nächsten zurück. Es dauert nicht lange. Ich habe das Gefühl, das tun zu müssen – für mich und für Gram. Aber ich finde, du solltest diese Liste auch beenden, Nora.«

Sie knabberte an ihrer Unterlippe. »In der Gegend war ich noch nie …«

»Dann lass uns hinfahren. Wir können morgen oder übermorgen aufbrechen.«

Es sah so aus, als würde sie es in Erwägung ziehen. »Zwischen uns würde sich dadurch nichts ändern, Beck. Nach unserer Rückkehr würde ich wieder nach Kalifornien fliegen.«

Ich zuckte die Schultern und log mit zusammengebissenen Zähnen. »Das ist kein Problem.«

Sie verzog die Lippen.

»Ich glaube, Gram hätte sich gefreut, dass wir das zusammen tun«, sagte ich.

Nora blinzelte. »Das ist hinterhältig. Du weißt ganz genau, dass ich nicht Nein sagen kann, wenn du es so ausdrückst.«

Ich grinste unwillkürlich von einem Ohr zum anderen. »Ich kümmere mich um alles.«

31. Kapitel

Nora

»Es muss ein ganz besonderer Wasserfall sein, wenn er es auf Louises Liste geschafft hat.«

Beck sah kurz zu mir herüber und richtete den Blick dann wieder auf die Straße. Wir hatten etwa vier Stunden Fahrt hinter uns. »Ich glaube, es geht weniger um den Wasserfall als vielmehr um die Erinnerungen, die sie mit dem Ort verbindet.«

»Ich wusste nicht, dass sie schon einmal dort gewesen ist. Wir haben viel über die anderen Punkte auf unserer Liste gesprochen, denn die meisten davon erforderten eine Menge Vorbereitungen. Da dieser Punkt mit dem Auto zu erreichen war und es sich um einen kurzen Trip handelte, haben wir eigentlich nie darüber gesprochen.«

»Watkins Glen war ein besonderer Ort für meine Großeltern. Sie haben da oben eine kleine Hütte. Dorthin fahren wir.«

»Wirklich? O mein Gott! Warum hat Louise es dann nicht ganz oben auf ihre Liste gesetzt?«

»Weil sie seit Gramps Tod nicht mehr dort gewesen ist. Seine Asche wurde in dem Wasserfall verstreut. So viele gute Erinnerungen mit dem Ort verbunden sind, einige waren wohl auch hart. Und ich glaube, sie dachte, sie hätte mehr Zeit. Doch ja, ganz bestimmt.«

Ich seufzte. »Ja. Das verstehe ich.«

Beck schwieg eine Weile. »Mein Großvater hat meiner Großmutter an dem Wasserfall einen Heiratsantrag gemacht. Zwei Mal.«

»Hat sie beim ersten Mal Nein gesagt?«

Er schüttelte den Kopf. »Nein. Sie hat seinen Antrag zwei Mal angenommen. Ein erstes Mal, als sie zweiundzwanzig waren, und das zweite Mal mit zweiundsechzig.«

»Du meinst, er hat sie gebeten, ihr Gelübde zu erneuern?«

»Ich denke, theoretisch haben sie das wohl getan. Obwohl Gramps dachte, er würde ihr zum ersten Mal einen Antrag machen. Gramps hatte früh einsetzenden Alzheimer.«

»Ich wusste, dass er an Alzheimer gestorben ist, aber ich wusste nicht, dass er so jung daran erkrankt war.«

Beck nickte. »Er war erst achtundfünfzig, als er die Diagnose erhielt. Mit einundsechzig brachte Grams ihn in eine Einrichtung, weil sie ihn nicht mehr rund um die Uhr so beaufsichtigen konnte, wie es nötig gewesen wäre. Er verließ mitten in der Nacht, wenn sie schlief, die Wohnung, oder ließ den Herd an. Gram besuchte ihn jeden Tag und machte Ausflüge mit ihm. Als sich der Tag seines Heiratsantrags zum vierzigsten Mal jährte, nahm Gram ihn noch mal zu den Wasserfällen mit. Er wusste nicht mehr, dass sie seine Frau war, aber er genoss ihre Besuche. Den Leuten im Pflegeheim erzählte er, sie sei seine Freundin.« Beck starrte lächelnd vor sich hin. »Als sie ihn zu den Wasserfällen mitnahm, sagte er ihr, dass er sich in sie verliebt habe. Dann ging er auf ein Knie nieder und machte ihr einen Antrag.«

»O mein Gott, Beck.« Ich streckte die Arme aus. »Ich habe eine Gänsehaut. Das ist das Süßeste, was ich je gehört habe.«

Er lächelte. »Ich war damals erst elf oder zwölf. Aber ich erinnere mich, dass Gram am nächsten Tag all ihre Freunde und ihre Familie in die Hütte einlud. Sie ließ einen Pfarrer kommen, und die beiden heirateten im Pavillon im Garten. Gramps hatte keine Ahnung, dass er die Frau heiratete, mit der er bereits vierzig Jahre lang verheiratet war, aber er hörte den ganzen Tag nicht auf zu lächeln.« Beck lachte. »Damals fand ich das Ganze irgendwie schräg. Jahre später ist mir erst klar geworden, wie besonders dieser Tag war und was für eine unglaubliche Ehe sie hatten. Ein Mann, der sich nicht mehr an seine Frau erinnerte, verliebte sich ein zweites Mal in sie.«

»Wow. Das ist eine unglaubliche Geschichte. Allerdings, wenn es jemand schaffen konnte, dass sich ein und derselbe Mann zweimal in sie verliebte, dann Louise. Sie war etwas ganz Besonderes.«

Beck nickte. »Ja. Das war sie.«

Kurz darauf erreichten wir die Hütte. Sie war rustikal und klein. Sie bestand tatsächlich aus Holzstämmen, was ich nicht erwartet hatte, aber alles andere wäre inmitten der plätschernden Bäche, der hohen Bäume und der üppigen Natur fehl am Platz gewesen. Beck sagte, es sei schon eine Weile niemand mehr hier gewesen, was den herunterhängenden Fensterladen erklärte, die zwei umgestürzten Schaukelstühle auf der Veranda und diverse Ranken, die sich an der Haustür hinaufwanden. Die Einfahrt war mit kleinen Kieselsteinen ausgelegt, die unter den Reifen knirschten, als wir parkten.

Ich atmete die frische Luft tief in meine Lunge ein. »Es riecht unglaublich hier oben.«

Beck sah sich um und nickte. »Ich hatte ganz vergessen, wie abgelegen dieser Ort ist.«

Das Innere sah aus wie aus einem Film. Die Möbel waren mit Laken abgedeckt, und an einigen der hohen Balken hingen Spinnweben. Ein riesiger Steinkamin nahm fast eine ganze

Wand des Wohnzimmers ein, und eine Leiter führte zu einem Boden im ersten Stock.

»Es ist wohl wirklich schon eine Weile her«, sagte Beck. »Hast du Lust, heute zu den Wasserfällen zu gehen, oder willst du dich lieber ausruhen und morgen früh aufbrechen?«

»Lass uns heute hingehen. Vielleicht können wir die Möbelbezüge abnehmen, den Staub und die Spinnweben wegwischen und die Fenster offen lassen, damit die Hütte durchlüften kann, solange wir weg sind.«

»Klingt gut.«

Beck und ich machten uns an Arbeit. Als wir fertig waren, stiegen wir wieder ins Auto, um das kurze Stück zum Watkins Glen State Park zu fahren. Vom Parkplatz zu den Wasserfällen musste man ein ganzes Stück wandern, aber sie waren jeden Schritt wert. Ich hatte einen Wasserfall erwartet, keine Wasserfälle. Neunzehn einzelne Wasserfälle stürzten durch eine atemberaubende Schlucht. Steintreppen schlängelten sich bis zum Grund, und natürliche Brücken verbanden die verschiedenen Wasserfälle miteinander. Es wirkte wie eine Szene aus einem Märchen.

»Wie geht es dir? Willst du noch eine Pause machen?«, fragte Beck. Er hatte auf dem Weg hierher bereits auf zwei Pausen bestanden.

Ich war nicht müde, dennoch überprüfte ich auf der Apple Watch meinen Puls. »Mir geht's gut. Wir können weitergehen.«

Unten am Grund der Schlucht zeigte Beck auf eine natürliche Nische. »Dort hat Gramps ihr den ersten Antrag gemacht. Das zweite Mal war oben auf dem Gipfel. Er hat es nicht mehr nach unten geschafft.«

»Ich verstehe, warum dieser Ort so besonders ist. Er ist magisch, Beck.«

Er sah zu mir herunter, nahm meine Hand und verschränkte unsere Finger miteinander. »Das ist er. Ich bin froh, dass wir gekommen sind.«

Ich drückte seine Finger. »Ich auch.«

»Komm.« Er deutete mit dem Kopf auf eine Stelle. »Setzen wir uns ein bisschen da drüben hin.«

Wir setzten uns nebeneinander auf eine Steinmauer, beobachteten die Wasserfälle und wiesen uns gegenseitig auf alles Mögliche hin – bis Beck auf die Uhr sah.

»Wir sollten wohl den Rückweg antreten«, sagte er. »Bald wird es dunkel, und ich habe keine Ahnung, wie lange der kleine Laden in der Stadt geöffnet hat. Wir müssen etwas zu essen besorgen.«

»Okay.« Ich sah mich noch einmal um, dann betrachtete ich mein Spiegelbild im Wasser unter uns. »Warte. Wir müssen uns etwas wünschen.«

Beck sah mich verwirrt an. »Etwas wünschen?«

Ich nickte. »Louise meinte, immer, wenn das Wasser so klar ist, dass man sein Spiegelbild sehen könne, müsse man sich etwas wünschen.« Ich zeigte auf das Wasser. »Sieh doch.«

Der Hauptwasserfall hatte sich etwas verlangsamt, sodass sich das Wasser beruhigt hatte und unser Spiegelbild in der Sonne glasklar zu erkennen war.

Beck lächelte. »Das klingt ganz nach Gram.«

Ich schloss die Augen, atmete tief durch und wünschte mir etwas, was ich mir schon lange nicht mehr gewünscht hatte. Als ich die Augen öffnete, starrte mich Beck an.

»Du sollst dir etwas wünschen.«

»Das habe ich.« Er sah mir in die Augen. »Ich weiß genau, was ich will, also hat es nicht lange gedauert.«

Meine Brust schnürte sich zusammen. Ich hatte das Gefühl,

dass wir uns beide dasselbe gewünscht hatten. Etwas, das einfach unmöglich war.

»Was würde auf deiner Liste stehen?«, fragte ich.

Bei unserer Rückkehr in die Hütte hatte Beck ein knisterndes Feuer im Kamin angezündet, und wir hatten es uns davor auf dem Boden bequem gemacht. Seit wir die Wasserfälle verlassen hatten, war er ziemlich still gewesen.

»Es tut mir leid. Was hast du gesagt?«

»Ich habe gefragt, was auf deiner Bucket List stehen würde, wenn du eine hättest.«

Beck setzte sich auf. Er nahm die Weinflasche vom Couchtisch und füllte unsere Gläser nach. »Um über diese Frage nachzudenken, brauche ich noch ein Glas.«

Ich lächelte. »Ja, die ist nicht ohne.«

Er nippte an seinem Wein. »Ich glaube, meine wäre nicht so abenteuerlich wie die von dir und Gram, aber wahrscheinlich würden viele Reisen draufstehen. Beruflich war ich schon an vielen Orten, aber zum Vergnügen nur an wenigen.«

Ich nippte ebenfalls an meinem Wein. »Wie zum Beispiel?«

»Zum Stierkampf in Spanien. Auf den griechischen Inseln. Zur Weinprobe in der Toskana.«

»Interessant. Mach weiter.«

»Sitzplätze im Parkett bei einem Spiel zwischen den Knicks und den Celtics, bei dem die Knicks gewinnen. Vorzugsweise ein Endspiel. Plätze an der Fünfzig-Yard-Linie bei einem Superbowl-Spiel zwischen den Giants und den Patriots, bei dem die Giants gewinnen.«

Ich lächelte. »Du bist ein Vollblut-New-Yorker. Im Grunde willst du nur, dass die New Yorker Teams alle Bostoner schlagen?«

Seine Mundwinkel zuckten. »So ungefähr.«

»Was noch?«

»Mit dem Wohnmobil quer durch Amerika fahren. Die Nordlichter in Island sehen.« Er grinste. »Einen Joint mit Snoop Dogg rauchen.«

Ich lachte. »Rauchst du überhaupt Gras?«

»Nein, aber mit Snoop Dogg würde ich es tun.«

»Sonst noch was?«

Er zuckte die Achseln. »Eine Safari in Afrika. Flugstunden nehmen. Auf dem Inka-Pfad am Machu Picchu in Peru wandern.«

»Klingt alles gut.«

Beck blickte ins Feuer. »Aber weißt du was?«

»Was?«

»Ich würde sie alle aufgeben, um den Rest meiner Tage mit dir zu verbringen.«

»Beck …«

»Ich weiß. Ich weiß, ich weiß. Diese Reise ändert nichts, und wenn wir zurück sind, fliegst du. Aber du hast gefragt, und das ist die verdammte Wahrheit.«

Ich lächelte traurig und lehnte meinen Kopf an Becks Schulter. »Ich hoffe, du findest jemanden, Beck.«

Er lehnte seinen Kopf an meinen. »Das hab ich schon, Herzchen. Das hab ich schon.«

Kurze Zeit später stand er auf. »Ich möchte etwas nachsehen.«

»Was?«

»Meine Großeltern haben sich in der Nacht ihrer ersten Verlobung gegenseitig Briefe geschrieben. Gram hat den Brief, den sie meinem Großvater geschrieben hatte, bei seiner Trauerfeier vorgelesen. Sie waren auf der Rückseite ihres Hochzeitsfotos versteckt, das oben auf dem Dachboden hängt. Ich frage mich, ob der, den Gramps geschrieben hat, noch da ist.«

Beck kletterte die Leiter zum Dachboden hinauf und kam mit einem verstaubten, gerahmten Hochzeitsfoto in Schwarz-Weiß wieder herunter.

Ich nahm es. Ich hatte nie ein Foto von Louise gesehen, auf dem sie so jung gewesen war. »Sie war wunderschön. Und du siehst deinem Großvater so ähnlich – das gleiche männliche, markante Kinn.«

»Dreh es um. Mal sehen, ob der Brief noch da ist.« Ich drehte den Rahmen um und bog die Zacken, die die Holzunterlage festhielten. Und tatsächlich, da war ein Umschlag, auf dem Louise stand. Ich nahm ihn und strich mit dem Finger darüber. »Das wurde vor sechzig Jahren geschrieben.«

»Öffne ihn«, forderte Beck mich auf.

»Sollen wir das wirklich tun? Es ist ein privater Brief von einem Mann an die Frau, die er liebt.«

»Ich finde schon. Gram hat ihren bei seiner Trauerfeier vor hundert Leuten vorgelesen. Sie würde wollen, dass es jemand liest, wenn sie es selbst nicht mehr kann.«

»Bist du sicher?«

Er nickte. »Ich bin mir sicher. Sie war stolz auf ihre Liebe.«

»Okay.« Ich hielt Beck den Umschlag hin. »Aber du liest ihn.« Er holte tief Luft und nickte. Das Briefpapier war vergilbt, und die Tinte verblasst, aber der Brief war noch lesbar.

Beck räusperte sich.

Meine liebste Louise,
ich habe heute versucht, mich an den genauen Moment zu erinnern, in dem ich mich in dich verliebt habe. Aber wenn ich zurückdenke, kann ich das nicht. Denn es ist nicht nur

ein Mal passiert. Es passiert jeden Tag, jedes Mal verliebe ich mich glücklich wieder aufs Neue in dich. Anstatt dir also zu erzählen, wann es passiert ist, sage ich dir lieber, warum ich dich liebe. Ich liebe dich, weil das Einzige, was mit deiner großen Klappe mithalten kann, dein großes Herz ist. Ich liebe dich, weil du furchtlos bist und dich nicht vor dem fürchtest, was als Nächstes kommen könnte. Stattdessen freust du dich darauf, alle Hindernisse zu überwinden, die sich dir in den Weg stellen. Ich liebe dich, weil du schön bist, aber an manchen Tagen vergisst, in den Spiegel zu schauen. Ich liebe dich, weil ich mich mit dir überall zu Hause fühle, ganz gleich, wo wir sind. Meine Liebe zu dir ist so groß, dass mein Herz überläuft – ich liebe dich, weil du mich zu einem besseren Menschen machst.
Du bist alles für mich. Und selbst das fühlt sich wie ein zu kleines Wort an.
Für immer dein,
Henry

Ich griff mir ans Herz. »Wie romantisch.«

»Ja.« Beck schüttelte den Kopf. »Verdammt. Das war wunderschön.«

Ich sah auf. »Ich hoffe, Louise hat es gehört.«

Beck nickte. »Das hat sie. Weißt du, bevor wir hergefahren sind, hatte ich ein schlechtes Gewissen, dass Gram nicht ein letztes Mal herkommen konnte, dass sich nicht alle Wünsche auf ihrer Liste erfüllt haben. Aber sie hätte jederzeit herkommen können. Weißt du, was ich denke?«

»Was?«

»Sie wusste, dass wir herkommen würden. Und sie wollte, dass wir diese Zeit hier haben. Um uns daran zu erinnern, was

Liebe ist. Ich weiß, dass du mich liebst, auch wenn du dich weigerst, es zu sagen.«

Ein Schmerz drückte auf meine Brust. Ich wollte Beck sagen, dass ich ihn von ganzem Herzen liebte und dass ich diese Erinnerung nicht brauchte. Aber was würde das nützen? Am Ende würde es alles nur noch schwieriger machen.

Das Ende.

Es rückte jeden Tag näher.

Beck sah mich voller Hoffnung an. Es tat mir körperlich weh, diese Hoffnung erneut zu zerstören. Doch ich tat es, denn ein bisschen Schmerz jetzt war besser, als an meiner Seite zu sitzen, wenn ich auf dem Sterbebett lag. Ich wollte nicht, dass er am Ende so allein war wie William – auch wenn William sagte, er würde nichts bereuen.

»Es tut mir leid, ich liebe dich nicht.«

»Doch, das tust du. Du bist nur zu feige, es zuzugeben.«

32. Kapitel

Beck

Aus Tagen wurden Wochen und aus Wochen Monate. Seit vierundachtzig Tagen hatte ich Nora weder gesehen noch ihre Stimme gehört oder auch nur eine Nachricht von ihr gelesen. Und es war noch immer kein bisschen leichter geworden. Doch mein Verlust war ein doppelter: Gram und Nora. Manchmal vergaß ich, dass Gram tot war. Nur für einen Sekundenbruchteil – zum Beispiel, wenn Maddie etwas tat oder sagte, von dem ich wusste, dass es Gram gefallen hätte, und ich sie anrufen wollte, um es ihr zu erzählen. Doch dann fiel es mir schlagartig wieder ein.

Diese Situationen hinterließen jedes Mal eine Leere in mir, die sich durch nichts füllen ließ – ganz gleich, wie viel ich arbeitete oder trank, wenn ich schließlich mitten in der Nacht nach Hause kam.

Und dann war da Nora, die mein Herz so fest im Griff hatte, dass ich das Gefühl hatte, ich sollte einen Kardiologen aufsuchen. Ich war nicht mehr wütend auf sie, weil sie mich verlassen hatte. Jetzt war ich nur noch wütend auf die Welt im Allgemeinen.

Mein Bruder schaute in meinem Büro vorbei, den Riemen seiner Ledertasche schräg über der Brust, die Tasche auf dem Rücken.

Ich warf einen Blick auf die Uhr an der Wand. »Ist das nicht selbst für dich etwas früh?«

Er schlenderte herein und stützte sich auf die Lehne eines Besucherstuhls. »Bin auf dem Weg zum Drucker.«

Ich nickte. »Schönen Abend noch.«

Doch mein Bruder verstand den Hinweis nicht. Wie immer. Jake legte den Kopf schief. »Du solltest heute Abend mitkommen.«

Ich hob fragend eine Braue. »Wohin?«

»Auf einen Drink. Ich treffe mich mit ein paar Freunden vom College. Ryan und Big Ed. Erinnerst du dich an sie?«

Vage. Ich schüttelte den Kopf. »Danke. Aber ich habe noch eine Menge zu tun.«

»Seit du von deinem Trip in den Norden zurück bist, arbeitest du achtzehn Stunden am Tag. Du müsstest doch inzwischen alles aufgeholt haben.«

»Es ist eine arbeitsreiche Zeit.«

Jake sah mich an, als wollte er sagen: *So ein Quatsch.* »Ein Drink.«

»Ich glaube nicht.«

Er seufzte und zog etwas aus der hinteren Hosentasche. »Mir wäre es lieber, ich müsste das nicht tun. Aber du lässt mir keine andere Wahl.« Jake reichte mir einen Umschlag über den Schreibtisch, auf dem nichts stand.

»Was ist das?«

»Eine Nachricht von Gram.«

»Was redest du da?«

»Sie hat uns beiden Briefe hinterlassen, wie du weißt.«

Ich nickte.

»Tja, in meinem war noch einer für dich drin. Sie wies mich an, ihn dir zu geben, wenn ich es für nötig halte.«

»Was steht drin?«

»Ich habe nicht die leiseste Ahnung. Ich habe ihn nicht geöffnet.«

Ich riss den Umschlag auf. Beim Anblick von Grams schräger Handschrift breitete sich erneut große Leere in meiner Brust aus. Der Brief war nur einen Absatz lang.

Mein liebster Beckham,
krieg deinen Hintern hoch. Wenn du diesen Brief liest, dann deshalb, weil du Trübsal bläst, zu viel arbeitest und wahrscheinlich zu viel trinkst. Mit meinen achtundsiebzig Jahren dachte ich, ich hätte alle Lektionen gelernt, die ich lernen müsste. Aber es stellte sich heraus, dass es eine gab, die ich gern früher gelernt hätte: LEBEN. *Shit happens. Geschäfte kommen nicht zustande. Menschen sterben. Wir haben nur ein Leben, das darf man nicht damit vergeuden, sich an der Vergangenheit festzuhalten. Reiß dich zusammen und sieh nach vorn. Keine Ausreden. Wenn du es schon nicht für dich tun willst, dann tu es wenigstens für mich.*
Ich liebe dich, du Sturkopf.
Los jetzt, mach irgendeinen Unsinn mit deinem Bruder. Das kann er gut.
In Liebe, Gram
PS: Verschließe diesen Brief und gib ihn Jake zurück. Ich ahne, dass er ihn dir mehr als ein Mal geben muss.

Als ich den Brief zu Ende gelesen hatte, schüttelte ich den Kopf, doch ich musste lächeln. *Selbst aus dem Jenseits ärgert sie mich noch.*

Jake stand da und wartete. »Was steht drin?«

»Sie will, dass ich auf deinen Arsch aufpasse.« Ich stand auf und schnappte mir mein Sakko, das über der Stuhllehne hing. »Komm schon. Trinken wir was.«

Ich wollte nur nach Hause und schlafen, auch nachdem sich eine hübsche Brünette mit ihrem Weinglas an der Bar zu mir gesellte.

»Hi. Ich bin Meghan.«

»Beck.« Ich nickte.

Schüchtern legte sie den Kopf schief. »Darf ich dich zu einem Drink einladen, Beck?«

Ich hielt mein volles Glas hoch. »Hab noch. Danke.«

Die Frau blickte auf meine linke Hand. »Verheiratet, trägst aber keinen Ring?«

Ich nippte an meinem Whiskey. »Nope.«

»Schwul?«

»Eindeutig nicht.«

Sie runzelte die Stirn. »Oh … okay. Dann liegt es wohl an mir. Schon verstanden.« Sie nahm ihr Glas, und mir wurde klar, dass ich mich wie ein Idiot benommen hatte.

»Es liegt ganz sicher nicht an dir«, sagte ich schnell. Und das stimmte. Sie war zierlich, hatte einen gebräunten Teint, große blaue Augen, volle Lippen und jede Menge gefährlicher Kurven. »Du bist wunderschön.«

Mit einem Lächeln drehte sie sich wieder zu mir um. »Danke. Das tröstet mein angeschlagenes Ego, etwas jedenfalls.« Meghan nippte an ihrem Wein. »Es ist eigentlich nicht meine Art, Männer in einer Bar anzusprechen. Das bringt sie zu leicht auf falsche Ideen. Aber du siehst traurig aus, also dachte ich mir, was soll's.«

»Es tut mir leid. Die letzte Zeit war nicht gerade leicht.«

Sie stützte sich mit den Ellbogen auf die Bar. »Frisch getrennt?«

Ich war mir nicht sicher, ob ich das mit Nora als Trennung bezeichnen würde. Dennoch nickte ich. »Ja.«

»Was ist passiert?«

Auf gar keinen Fall wollte ich irgendjemandem von Noras Krankheit erzählen. Darum konzentrierte ich mich auf den Teil, bei dem ich nicht wie ein Baby heulen musste. »Sie ist nach Kalifornien gezogen.«

Meghan nickte. »Fernbeziehungen sind schwierig. Mein Ex-Mann hat es mit seiner Geliebten versucht. Aber irgendwann wurde es ihm zu viel, er hat seinen Kram gepackt und ist nach Miami gezogen.« Sie zwinkerte mir zu, und ich lächelte.

»Das tut mir leid.«

»Muss es nicht. Unsere Ehe war sowieso zu Ende. Aber trotzdem danke.« Meghan seufzte. »Meine Trennung ist zwei Jahre her. Und deine?«

»Vierundachtzig Tage.«

Sie hob eine Augenbraue. »Nicht, dass du die Tage zählen würdest.«

Ich lächelte. »Auf gar keinen Fall.«

Mein Bruder Jake kam zu uns. Nachdem er einen Blick auf Meghan geworfen hatte, blühte er sofort auf.

Er schlang einen Arm um meinen Nacken und streckte die Hand aus. »Hi. Ich bin der lässige Bruder, Jake. Wie heißt du?«

Meghan lachte und schüttelte ihm die Hand. »Meghan. Freut mich, dich kennenzulernen, Jake.« Sie sah wieder zu mir. »Ich wusste nicht, dass du mit jemandem hier bist. Lass mich raten, er hat dich hergeschleppt?«

Ich verzog den Mund. »So ähnlich.«

Kurz nach unserer Ankunft hatten Jake und seine Freunde sich zu einer Gruppe von Frauen gesellt, die aussahen, als wären sie noch auf dem College. Ich lehnte es ab, mich ihnen anzuschließen, und hoffte, mich früh davonschleichen zu können. Gram hatte mich mit ihrem Brief moralisch unter Druck gesetzt, aber ich fand, ich war ihrer Aufforderung jetzt lange genug nachgekommen.

»Wir gehen um die Ecke ins The Next zum Tanzen«, sagte Jake zu Meghan. »Wollt ihr zwei nicht mitkommen?«

Meghan machte ein nachdenkliches Gesicht. »Ich glaube nicht, dass dein Bruder Lust dazu hat?«

Jake schlug mir gegen die Brust. »Natürlich hat er das. Stimmt's, Becksy-Boy?«

»Eigentlich nicht, *Jakesy-Boy.*«

»Ach, komm schon. Sei nicht immer so ein Spielverderber. *Denk an den Brief …*«

Ich hörte Grams Stimme in meinem Kopf. *Krieg deinen Hintern hoch. Wir haben nur ein Leben, das darf man nicht damit vergeuden, sich an der Vergangenheit festzuhalten. Reiß dich zusammen und sieh nach vorn.*

Verdammt. Ich seufzte. »Gut.«

»Na, das ist aber keine Art, deine neue Freundin Meghan einzuladen, oder, großer Bruder?«

Meghans Augen funkelten. Sie genoss das Scharmützel zwischen Jake und mir.

»Hast du Lust, mit meinem nervigen Bruder und mir in einen blöden Club zu gehen?«

Sie grinste. »Das klingt wunderbar.«

Zehn Minuten später war ich in einem Nachtclub. Die Housemusic war so laut, dass ich kaum meine Gedanken hören konnte. Jake und seine Freunde waren bereits auf der Tanzfläche, während Meghan mit mir an der Bar stand.

Ich zeigte auf die Gruppe von Idioten und beugte mich zu ihr, musste aber trotzdem schreien. »Tanz ruhig mit!«

»Kommst du auch?«, schrie sie zurück.

»Ich habe nicht genug Alkohol getrunken, um meinen Hintern da rauszubewegen.«

Sie grinste und winkte den Barkeeper heran. »Das müssen wir ändern!«

Meghan bestellte Shots mit dem Namen Mind Erasers. Der Name klang zwar übel, aber sie schmeckten nur nach süßem Kaffee. Nach drei Shots fragte ich mich allerdings, ob ich nicht vielleicht einen Gang zurückschalten sollte. Ich trank zwar gern einen Whiskey, aber ich kippte normalerweise keine Shots oder drei Drinks an einem Abend.

»Was ist da drin?« Ich zeigte auf das leere Shotglas.

»Wodka, Kaffeelikör und etwas Club Soda. Die sind köstlich, oder?«

»Schmeckt gut. Aber ich glaube, allmählich merke ich sie. Ich bin nicht wirklich ein harter Trinker.«

Sie lächelte. »Heißt das, du bist bereit zu tanzen?«

Mein erster Impuls war, abzulehnen, aber warum eigentlich nicht? Was war schon ein Tanz? Also nickte ich und nahm ihre Hand. »Scheiß drauf, komm.«

Aus einem Tanz wurden zwei, und aus zwei wurde mehr als eine Stunde. Als wir aufhörten, waren Meghan und ich verschwitzt und fröhlich.

»Du hast was drauf, alter Grübler«, sagte sie.

»Du auch.« Ich lächelte.

Auf der Tanzfläche hatten wir uns ein bisschen aneinander gerieben, doch als sie jetzt ihre Brüste an mich drückte, fühlte es sich anders an.

»Ich habe immer festgestellt, dass Männer, die gut tanzen können, auch gut im Bett sind.« Meghan fuhr sich mit der Zunge über ihre Oberlippe. Sie war wirklich verdammt sexy.

»Ach ja?«

Sie legte die Arme um meinen Hals. »Wenn du lockerlässt, bist du lustig. Aber ich mag auch deine grüblerische Seite. Warum verschwinden wir nicht von hier? Ich weiß, du bist gerade nicht offen für eine Beziehung, aber ich mag dich. Wir könnten doch einfach eine Nacht Spaß haben.«

Es war fast unmöglich, ein solches Angebot von einer Frau wie Meghan auszuschlagen. Vor sechs Monaten hätten wir schon längst in den Laken getanzt. Und ich hätte sie sehr gern gevögelt. Aber das hätte sich angefühlt, als würde ich Nora betrügen. Natürlich war das dumm, denn Nora redete nicht einmal mehr mit mir. Ich hatte keine Ahnung, was zum Teufel sie da draußen in Kalifornien trieb. Soweit ich wusste, war sie wieder bei Tinder auf der Suche nach One-Night-Stands. Aber ich konnte es trotzdem nicht.

Ich nahm Meghans Hand und führte sie zu meinem Mund, um sie zu küssen. »Du bist unglaublich. Und wenn ich nicht noch an jemandem hängen würde, käme es mir vor, als hätte ich im Lotto gewonnen.« Ich schüttelte den Kopf. »Aber ich kann einfach nicht.«

»Wow.« Meghan lächelte. »Das ist das erste Mal, dass ich einen Korb bekomme.«

»Das glaube ich dir. Und ich bin mir auch sicher, dass ich ein verdammter Idiot bin und es wahrscheinlich bereuen werde.« Ich küsste sie auf die Wange. »Aber ich gehe nach Hause.«

»Hat mich gefreut, dich kennenzulernen, Beck.«

»Mich auch.« Nachdem ich ein paar Schritte gegangen war, rief Meghan nach mir, und ich drehte mich noch einmal um.

»Wenn du Lust hast, treffen wir uns in drei Monaten hier wieder.«

Ich lächelte. »Mach's gut, Meghan.«

Kurze Zeit später legte ich mich ins Bett. Ich hatte gerade die Augen geschlossen, als mein Handy auf dem Nachttisch klingelte. Es war ein Uhr morgens, darum nahm ich an, es sei Jake, der mir die Hölle heiß machen wollte, weil ich gegangen war, ohne mich zu verabschieden. Anstatt mich wieder von Schuldgefühlen unter Druck setzen zu lassen, drehte ich mich um und ignorierte es. Doch als es ein zweites Mal klingelte, griff ich danach.

Die Nummer war nicht von hier, und ich nahm das Gespräch an.

»Ich hoffe, es ist wichtig«, sagte ich.

»Hi. Ähhh … spreche ich mit Beck Cross?«

»Ja. Wer ist da?«

»Mein Name ist William Sutton.«

Ich schoss hoch, mein ganzer Körper war in höchster Alarmbereitschaft. »Was ist passiert? Geht es Nora gut?«

Er schwieg ein paar quälende Sekunden lang, und mein Herz setzte aus.

»Sie liegt auf der Intensivstation. Ich sollte Sie nicht anrufen, bis …« Er hielt wieder inne. »Aber ich glaube, sie braucht Sie.«

Ich sprang aus dem Bett und zog mir die Hose an. »Wo liegt sie?«

»Im Cedars-Sinai, in L.A.«

»Bleiben Sie bei ihr, bis ich da bin? Ich weiß nicht, wie schnell ich einen Flug bekomme, aber ich fahre jetzt zum Flughafen.«

»Ich gehe nirgendwohin. Wir sehen uns, wenn Sie kommen.«

33. Kapitel

Beck

Als ich auf die Doppeltüren der Intensivstation zustürmte, hielt mich im Flur davor ein Mann auf.

»Beck?«

»William?«

Er nickte und streckte mir die Hand hin. »Danke, dass Sie gekommen sind.«

»Natürlich.« Dummerweise hatte ich ihn bei seinem Anruf nicht nach seiner Nummer gefragt. Als ich die zurückrief, die in meiner Anrufliste erschien, war ich in der Telefonzentrale des Cedars-Sinai gelandet. Er musste vom Krankenhaus aus angerufen haben, und dort durfte mir niemand etwas sagen, ganz gleich wie oft ich es versuchte. Unnötig zu sagen, dass ich mich in den neun Stunden, die schließlich zwischen Williams Anruf und meiner Ankunft verstrichen, zu Tode gesorgt hatte. Ich dachte die ganze Zeit, es würde das Schlimmste passieren, bevor ich eintraf. Und jetzt stand William im Flur und war nicht bei ihr … Ich schluckte. »Geht es ihr gut?«

William nickte. »Ungefähr so wie bei meinem Anruf. Die Krankenschwestern wechseln geraden einen der Ports, deshalb haben sie mich gebeten, eine Viertelstunde rauszugehen.«

Ich fuhr mir mit der Hand durchs Haar. »Okay.«

Er lotste mich von der Intensivstation fort. »Der Kaffee aus dem Automaten hier ist ganz okay. Wie wäre es, wenn ich uns zwei hole?«

Ich nickte. Es kostete mich all meine Willenskraft zu warten, während er Zahlen in den Automaten eintippte und uns zwei Becher Kaffee besorgte. Aber William sah genauso erschöpft aus, wie ich mich fühlte, vermutlich brauchte er ein paar Minuten Ruhe. Er reichte mir einen Pappbecher. »Bitte. Schlamm mit Milch.«

»Danke.«

»Also …« Er seufzte. »Wie ich schon am Telefon sagte, hat meine Tochter sich sehr klar ausgedrückt, als sie mir Ihre Nummer gab. Ich durfte sie nur benutzen, falls sie …«

Ich legte ihm eine Hand auf die Schulter. »Ich verstehe schon. Sie brauchen es nicht auszusprechen. Ich glaube, das könnte ich auch nicht.«

Er lächelte traurig. »Danke.«

»Was ist passiert? Hatte sie einen weiteren Herzinfarkt? Oder hat sich ihr Zustand in den letzten zweieinhalb Monaten einfach verschlechtert?«

William zog die Brauen zusammen. »Wissen Sie nichts von der Operation?«

»Operation?«

Er schloss die Augen. »Ich werde meine Tochter umbringen.«

»Was für eine Operation?«

»Nora hatte vor vier Tagen eine Herztransplantation. Kurz davor hat sie mir gesagt, sie habe es Ihnen erzählt. Ich hatte keine Ahnung, dass Sie es nicht wussten.«

Mein Gehirn hing noch am ersten Satz fest. »Nora hatte eine Transplantation?«

Er nickte.

»Aber sie stand nicht einmal auf der Liste.«

»Bis vor ein paar Monaten nicht. Eines Tages erhielt sie eine FedEx-Sendung mit einem Brief darin. Sie hat sich den ganzen Tag in ihrem Zimmer eingeschlossen und geweint. Am nächsten Morgen kam sie heraus und erklärte mir, sie habe es sich anders überlegt und einen Termin bei ihrem Kardiologen vereinbart, um sich auf die Liste setzen zu lassen.«

Gram. Es konnte nicht anders sein. »Wissen Sie, von wem der Brief war?«

»Ich dachte, von Ihnen. Aber offensichtlich habe ich mich getäuscht.«

Das war jetzt nicht mehr wichtig. »Sie haben also die Transplantation durchgeführt? Sie hat ein neues Herz?«

William lächelte. »Ein gesundes, das stark schlägt. Sie hat die Operation gut überstanden, und das war der riskanteste Teil. Die Chancen, dass sie die Operation übersteht, standen etwa fünfzig-fünfzig. So wie die Tumore lagen, war es kompliziert, die Gefäße wieder anzuschließen. Aber diesen Kampf hat sie schon mal gewonnen.«

»Was ist dann passiert?«

»In der Arterie neben der Lunge hat sich ein Blutgerinnsel gebildet. Nach der OP hatte man sie zwei Tage ins künstliche Koma versetzt, damit ihr Körper heilen konnte. An dem Nachmittag, an dem die Beruhigungsmittel abgesetzt wurden, hatte sie Probleme, selbstständig zu atmen. Sie hängt jetzt an einem Beatmungsgerät.« Er rieb sich den Nacken. »Und es ist eine Infektion aufgetreten. Es sieht nicht besonders gut aus.«

Verdammt.

Verdammt.

Verdammt!

»Könnten wir vielleicht nachsehen, ob wir wieder zu ihr reindürfen? Ich möchte sie unbedingt sehen.«

»Klar.« Ihr Vater legte mir eine Hand auf den Arm. »Aber ich sollte Sie warnen, sie sieht nicht gut aus. Durch das Blutgerinnsel ist sie angeschwollen, und sie hat Maschinen mit lauter Warntönen und allem möglichen Schnickschnack, die die ganze Arbeit für sie erledigen. Das ist schwer mitanzusehen.«

Ich schluckte. »Okay.«

Alle Warnungen der Welt hätten mich nicht auf das vorbereiten können, was ich in Noras Zimmer vorfand. Wenn William mich nicht zum Bett geführt und die Hand seiner Tochter genommen hätte, wäre ich wahrscheinlich vorbeigegangen und hätte gedacht, es sei jemand anderes. Nora sah schrecklich aus. Ihre Haut war blass, ein dicker Schlauch steckte in ihrem Hals und war mit Klebeband in ihrem Gesicht befestigt, ein weiterer kleinerer Schlauch führte in ihre Nase.

Ich konnte mich nicht von der Tür wegbewegen. Schließlich kam William zu mir und legte mir eine Hand auf die Schulter. »Wenn es zu viel ist, verstehe ich das.«

»Nein. Nein. Es tut mir leid. Es ist nur …«

»Ich wollte sowieso mit den Schwestern sprechen.« Er deutete auf das Bett. »Ich lasse Sie ein paar Minuten allein. Sie sagen, dass sie uns vielleicht hören kann, deshalb habe ich mit ihr gesprochen.«

Ich zwang mich, Williams Platz an Noras Bett einzunehmen. Was würde ich nicht dafür geben, jetzt mit ihr zu tauschen. Warum mussten die Frauen, die ich liebte, immer so viel ertragen, während ich selten auch nur eine Erkältung bekam?

Ich beugte mich zu ihr hinunter und küsste sie sanft auf die Stirn.

»Hey, Schönheit.« Ich schüttelte den Kopf. »Ich kann nicht

fassen, dass du dich hast operieren lassen und es mir nicht gesagt hast. Ich sollte wütend auf dich sein, aber ich bin zu verdammt froh, dass du das Risiko eingegangen bist.« Ich strich ihr das Haar aus dem Gesicht. »Ich wusste, dass du furchtlos bist. Du bist der stärkste Mensch, den ich kenne. Eine Frau, die mit Haien schwimmt und aus Flugzeugen springt, lässt sich nicht von einem kleinen Blutgerinnsel aufhalten. Du wirst das durchstehen, Süße. Ich will ehrlich sein, auf dem Weg hierher hatte ich schreckliche Angst, weil ich nicht wusste, was zum Teufel los ist. Ich habe einige ziemlich düstere Gedanken zugelassen. Aber du hast jetzt einen Engel, der über dich wacht. Und auch wenn ich daran gezweifelt habe, dass die Ärzte dich mir zurückbringen können. Ich habe keinen Zweifel daran, dass Louise das schaffen kann.«

Ein paar Minuten später kam William zurück. »Alles okay?«

»Jetzt schon.« Ich lächelte und nahm Noras Hand. »Ich war mir noch nie in meinem Leben bei etwas so sicher. Sie wird es schaffen.«

William erwiderte mein Lächeln. »Wenn sie erfährt, dass ich Sie angerufen habe, wird sie mir die Hölle heiß machen.«

»Ist schon okay. Ich wette, Sie würden sich riesig freuen, wenn sie sauer wäre.«

Er lachte. »Ja, das stimmt.«

In den folgenden achtundvierzig Stunden änderte sich nicht viel. Nora erhielt starke Blutverdünner, um weitere Gerinnsel zu verhindern, und eine hohe Dosis Antibiotika, um die Infektion zu behandeln. Irgendwann bekam sie erneut Fieber, aber ihr medizinisches Team hatte das im Griff. Die Ärzte warnten jedoch, ihr Herzschlag habe sich verlangsamt – wahrscheinlich aufgrund der Infektion –, und die Chancen, dass sie es schaffen würde, wurden mit jedem Tag geringer.

Ich hatte William überredet, nach Hause zu gehen und sich eine Weile auszuruhen, aber nur unter der Bedingung, dass ich eine Pause einlegen würde, wenn er zurückkam. Das wollte ich zwar nicht, aber ich wollte auch mein Wort gegenüber ihrem Vater, den ich gerade erst kennengelernt hatte, nicht brechen. Ich dachte, ich könnte eine Weile in meinem Mietwagen pennen, damit ich immer noch in der Nähe war.

William kam zurück und sah etwas wacher aus, und als ich gerade gehen wollte, kam eine ältere Frau herein. Sie war stark geschminkt und lächelte über das ganze Gesicht. Es passte zu ihrem fröhlichen rosa Blazer und den Aufklebern auf dem Wagen, den sie schob.

»Guten Morgen.« Sie blieb in der Tür stehen. »Ich bin einer der freiwilligen Engel.«

William und ich nickten. »Guten Morgen.«

»Ich habe einen Wagen voller guter Sachen, falls die Herren etwas brauchen. Ich habe Mini-Deos, Zahnbürsten, Zahnpasta, sogar einen Rasierapparat und Rasiercreme, falls Sie sie benötigen. Außerdem ein paar Bücher und Zeitungen. Wir wissen, dass die Familie nicht gern weggeht, deshalb bringen wir Ihnen das Nötigste. Was kann ich Ihnen geben?«

William schüttelte mit einem höflichen Lächeln den Kopf. »Ich brauche nichts, aber vielen Dank.«

»Ich auch nicht.«

»Okay.« Sie griff in eine Schachtel oben auf ihrem Wagen und zog etwas Kleines in Plastik Eingewickeltes heraus. »Aber ich lasse Ihnen das hier. Man kann nie genug Leute haben, die über einen wachen.« Sie trat in den Raum und streckte die Hand aus.

William nahm entgegen, was immer es war. »Danke.«

»Ich bin bis drei Uhr hier. Wenn Sie es sich anders überlegen und etwas brauchen, drücken Sie einfach die Null auf dem Krankenhaustelefon und sagen, sie sollen Thelma hochschicken.« Sie winkte und schob ihren Wagen weiter.

Ich sah William an. »Was hat sie Ihnen gegeben?«

Er öffnete die Faust. »Eine kleine goldene Brosche. Es ist ein Engel, der ein Herz hält.« Er drehte sie um. »Auf der Rückseite steht ein Gebet, das Gebet für die Schutzpatronin der Kranken – die Heilige Louise.«

»Die Heilige … Louise?«

William nickte.

Ich sah auf und schloss lächelnd die Augen. Die Anstecknadel mit dem Engel hätte schon gereicht, um mich zu überzeugen, aber Thelma und Louise? Das war ganz der Humor meiner Großmutter.

34. Kapitel

Beck

»Außerdem mag ich Kalifornien nicht. Ist mir zu sonnig. Es ist wie eine Person, die immer lächelt. So jemandem kann man einfach nicht trauen.«

Zwei Tage später beschloss ich, meine Vorgehensweise zu ändern. Nora war immer noch nicht aufgewacht. Sie hatten den Beatmungsschlauch entfernt und alle Beruhigungsmittel abgesetzt, aber sie lag einfach weiter leblos da. Es war drei Uhr morgens, und ich war neben sie ins Bett gestiegen und erzählte ihr, in welchen Punkten ich nicht mit ihr einer Meinung sei. Ihr zu sagen, wie sehr ich sie liebte, hatte nicht funktioniert. Betteln auch nicht. Also versuchte ich, sie zu wecken, indem ich sie ärgerte.

»Und achtundsiebzigjährige Frauen sollten keine Wingsuit-Sprünge machen.« Ich blickte auf den Monitor und hoffte auf – ich weiß nicht, was – ein Flackern, ein Stottern … irgendetwas. Aber nichts passierte. »Und die Yankees sind das beste Team im Baseball. Vierzig Wimpel und es werden immer mehr. Das Einzige, wofür deine Dodgers gut sind, ist das kleine sexy T-Shirt, das du zum Schlafen trägst.«

Mindestens eine Stunde lang zählte ich weitere Sachen auf, von denen ich wusste, dass sie sie auf die Palme bringen würden. Keine Veränderung. Als ich gähnte, gönnte ich meinen Augen schließlich eine Pause.

Ich hatte keine Ahnung, wie lange ich gedöst hatte, als ich von einem Flüstern aufwachte.

»Candy fax«, sagte die Stimme.

Ich öffnete die Augen, und als ich sah, dass Nora mich anblickte, fielen sie mir fast aus dem Kopf.

»Herrgott. Du bist aufgewacht.«

»Candy fax«, flüsterte sie wieder. »Do sider.« Sie schluckte und berührte ihre Kehle. »Trocken.«

»Natürlich. Du hattest fast eine Woche lang einen Schlauch im Hals. Herrgott. Träume ich gerade, oder bist du wirklich wach?«

Sie bedeutete mir mit einem Finger, mich zu ihr zu beugen.

»Sandy«, flüsterte sie mir ins Ohr.

Ich rückte von ihr ab, um sie anzusehen. »Ah, sandig. Meinst du, deine Kehle fühlt sich sandig an?«

Sie schüttelte den Kopf und bedeutete mir erneut, mich zu ihr zu beugen.

»Koufax.«

Ich legte die Stirn in Falten. »Sandy Koufax? Der alte Spieler der Dodgers?«

Sie nickte und flüsterte erneut. »Jackie Robinson. Duke Snider.«

Mir blieb der Mund offen stehen. Sie zählte die besten Spieler der L.A. Dodgers auf, um meine Bemerkung zu widerlegen, dass die Yankees das beste Team der Geschichte seien. *Sie hat mich gehört.*

Sie lockte mich erneut mit dem Finger und flüsterte mir wieder ins Ohr.

»Wingsuit-Springen ist sicherer als nachts in Manhattan die Straße hinunterzugehen.«

Ich fing an zu weinen wie ein kleines Kind. »Du bist wach. Du bist wirklich wach.«

Sie lächelte. »Ich bin kein Feigling.«

»Nein, Süße. Das bist du ganz bestimmt nicht. Du bist die mutigste Frau der Welt. Aber wie fühlst du dich? Hast du Schmerzen?«

»Als würde ein Elefant auf meiner Brust sitzen.«

»Das ist wahrscheinlich normal, aber ich hole lieber den Arzt.« Ich wollte mich vom Bett rollen, aber Nora packte mein Hemd.

»Fünf Minuten.«

»Du willst, dass ich fünf Minuten warte, bis ich den Arzt hole?«

Sie nickte.

Ich rollte mich auf die Seite und sah sie mit großen Augen an. »Ich kann nicht fassen, dass du wach bist. Du hast eine verdammte Herztransplantation überlebt.«

Nora runzelte die Stirn. »Es kann viel schiefgehen.«

»Es kann immer viel schiefgehen. So ist das Leben. Es gibt viele Chancen, viele Höhen und Tiefen.«

»Selbst wenn ich den Rest überstehe, werde ich jung sterben, Beck.«

Ich legte die Hände auf ihre Wangen. »Ich nehme jeden Tag, den wir bekommen können. Es geht nur um die Qualität, nicht um die Quantität. Ich bin lieber eine Weile glücklich mit dir als ein Leben lang unglücklich ohne dich.«

Tränen liefen ihr übers Gesicht. »Das hat mein Vater auch über meine Mutter gesagt. Ich liebe dich, Beck. Es tut mir leid, dass ich es dir nie gesagt habe, aber ich habe dich fast von Anfang an geliebt.«

»Ich wusste es, auch ohne dass du es gesagt hast, Süße.« Ich lächelte. »Aber es zu hören, ist schon verdammt schön.« Ich legte eine Hand um mein Ohr und beugte mich zu ihr. »Vielleicht solltest du es noch einmal sagen.«

»Ich liebe dich, Beck. Ich liebe dich, ich liebe dich, ich liebe dich.«

»Es ist eindeutig besser, es zu hören.«

»Es tut mir leid, dass ich dich verletzt habe. Ehrlich.«

»Das ist mir egal. Aber ich wünschte, du hättest mir erzählt, dass du dich auf die Liste hast setzen lassen und zur OP bereit warst. Dann wäre ich die ganze Zeit hier gewesen.«

»Das weiß ich. Deshalb habe ich es dir nicht gesagt. Ich wollte nicht, dass du dir Hoffnungen machst und ich dich wieder verletze, wenn ich es nicht schaffe.«

»Darüber sprechen wir, wenn es dir besser geht. Wenn du von mir erwartest, dass ich deine Entscheidungen akzeptiere, musst du auch meine Entscheidung akzeptieren, mit dir durch dick und dünn zu gehen.«

Sie lächelte traurig. »Das hat mein Vater auch gesagt.«

»William ist ein kluger Mann.«

Sie sah sich im Zimmer um. »Ist er hier?«

»Er ist gegen Mitternacht gegangen, um etwas zu schlafen. Wahrscheinlich ist er bald zurück. Wir haben angefangen, uns abzuwechseln. Aber ich sollte ihn anrufen. Er würde wollen, dass ich ihn aufwecke, damit er zurückkommen kann.«

»Okay.«

»Ich sollte jetzt wohl auch die Krankenschwester holen«, sagte ich. »Aber noch eine Sache: Was hat dich dazu gebracht, deine Meinung zu ändern und dich auf die Transplantationsliste setzen zu lassen?«

»Louise.«

»Durch etwas, was sie gesagt hat?«

Nora schüttelte den Kopf. »Durch etwas, das sie getan hat. Ungefähr zehn Minuten nachdem Jake angerufen hatte, um mir zu sagen, dass Louise gestorben war, rief ein Arzt von UNOS an. Louise hat versucht, mir ihr Herz zu hinterlassen.«

Ich zog die Brauen zusammen. »Wie meinst du das?«

»Offenbar ist sie zu einem Kardiologen gegangen, um mit ihm die Möglichkeit zu erörtern, dass sie ihr Herz ganz gezielt jemandem spendet. Sie hatte Krebs, also ist es nicht das ideale Organ für eine Transplantation, aber sie hat sich bei UNOS als Spenderin registrieren lassen, nur für den Fall, dass wir übereinstimmen könnten.«

»Und war es der Fall?«

Nora schüttelte den Kopf. »Nein. Aber die Tatsache, dass Louise mir ihr Herz schenken wollte, hat mich tief berührt. Als ich aus New York zurück war, kam auch ein Brief. Sie muss gewusst haben, dass das Ende nah war, denn sie schrieb ihn ein paar Tage vor ihrem Tod und ließ ihn mir nach ihrem Tod von einem ihrer Freunde schicken. Deine Großmutter hat mir buchstäblich und im übertragenen Sinne ihr Herz geschenkt. An dem Tag rief ich meinen Arzt an und ließ mich auf die Liste setzen.«

»Mein Gott.«

Nora nickte. »Ich weiß. Es ist eine Menge zu verdauen.«

»Nein, das ist es nicht. Ich meinte die Ehrenamtliche.«

»Welche Ehrenamtliche?«

Ich setzte mich auf und griff nach dem tragbaren Essenstablett, das zu unserem provisorischen Nachttisch geworden war, und nahm die kleine Anstecknadel, die die Frau vor ein paar Tagen hiergelassen hatte. Der kleine Engel hielt ein Herz vor sich. »Vor ein paar Tagen ist eine Ehrenamtliche hier vorbeigekommen. Ich war an dem Morgen ziemlich unruhig, weil ich zum ersten Mal seit meiner Ankunft das Krankenhaus verlassen wollte. Aber ich wusste, wenn ich mich nicht ausruhen würde, würde es dein Vater auch nicht tun, und er brauchte etwas Schlaf. Die Ehrenamtliche hat diese Anstecknadel für dich hiergelassen und gesagt, dass wir nie zu viele Engel haben könnten, die über uns wachen. Auf der Rückseite steht das Gebet der Heiligen Louise. Ich hatte keine Ahnung, dass die Heilige Louise die Schutzpatronin der Kranken ist. Es gab mir den Trost, den ich brauchte, um für ein paar Stunden wegzugehen. Aber dieser kleine Engel hält dir buchstäblich sein Herz hin.«

Nora schlug sich eine Hand vor den Mund. »Louise hat mir ihr Herz geschenkt, als wir uns kennenlernten, und am Ende hat sie versucht, es mir zu überlassen. Das ist sie. Das ist unsere Louise.«

»Wow.« Ich fuhr mir mit einer Hand durchs Haar. »Wenn das keine Botschaft aus dem Jenseits ist, weiß ich es auch nicht.«

Sieben Wochen später fuhren Nora und ich zum Arzt zu einem weiteren Check-up. Es war der große Termin – bei dem es um die *Wiederaufnahme aller regelmäßigen Aktivitäten* ging. Und es gab ganz sicher eine Aktivität, auf die ich mich mehr als auf andere freute.

In den letzten Monaten war ich abwechselnd drei und vier Tage pro Woche in Kalifornien gewesen. Nur wenn ich Maddie hatte, war ich zu Hause gewesen. Noras Arzt wollte, dass sie so lange in der Nähe blieb, bis sie die Entwarnung bekam, und der große Tag könnte heute sein. Ich ging mit Nora zur Beifahrerseite des Autos und öffnete ihr die Tür, dann joggte ich zur Fahrerseite. Sobald ich eingestiegen war, drückte ich auf den

Knopf, um das Verdeck herunterzulassen. Ein paar Tage, nachdem Nora entlassen worden war, hatte ich meinen beschissenen Mietwagen gegen ein Cabrio eingetauscht. Sie musste sich viel ausruhen, aber im Haus wurden wir beide verrückt, also fingen wir an, lange Autofahrten zu unternehmen, und wenn das Verdeck unten war, fühlten wir uns lebendig und frei.

Ich setzte meine Sonnenbrille auf, und Nora stieß mich mit dem Ellbogen an.

»Da hat sich wohl jemand an den täglichen Sonnenschein gewöhnt«, neckte sie.

»Es ist nicht so schlimm, wie ich dachte, aber ich mag meine Stadt ein bisschen weniger fröhlich und zynischer.«

»Wie deine Persönlichkeit.« Nora lachte.

Die Praxis ihres Arztes befand sich im Cedars-Sinai. Ich setzte Nora am Haupteingang ab und kümmerte mich darum, den Wagen zu parken. Der Parkplatz war voll, und es dauerte eine Weile. Als ich schließlich die Treppe hinaufkam, ging sie bereits auf die Tür zu, die zu den Untersuchungsräumen führte. Ich joggte, um sie einzuholen.

»Da bist du ja«, sagte sie. »Ich dachte schon, du hättest mich sitzen lassen.«

»Nein, das lasse ich mir nicht entgehen. Am liebsten sehe ich zu, wie du dir den Untersuchungskittel anziehst.«

Sie lächelte. »Perversling.«

Ich lehnte mich dicht zu ihr. »Du hast ja keine Ahnung. Du solltest ein bisschen Angst haben, wenn der Arzt dir heute die Erlaubnis zum Sex gibt. Es gibt eine Menge perverser Dinge, die ich mit dir anstellen will. Ich kann es kaum erwarten.«

Eine Krankenschwester kam vorbei, und Nora zischte: »Hör auf.«

»Das wirst du später auch sagen. Denn wenn ich dich erst

einmal unter mir habe, werde ich so schnell nicht aufhören.« Ich grinste.

Im Untersuchungsraum schloss eine Krankenschwester Nora an eine Reihe von Kabeln an und machte schnell ein EKG. Dann kam ihr Chirurg, Dr. Meachum, herein und machte ein Ultraschallbild ihres Herzens, gefolgt von einer kurzen Untersuchung. Er hielt sein Stethoskop länger als gewöhnlich auf ihre Brust, was mich leicht in Panik versetzte. Als er fertig war, wickelte er es um seinen Hals.

»Klingt alles perfekt. Das EKG ist unauffällig, das Ultraschallbild zeigt keine Schwellungen oder postoperative Anomalien.«

Ich stieß einen hörbaren Atemzug aus, und beide sahen zu mir herüber.

»Sorry.« Ich hob die Hand. »Ich war wohl etwas beunruhigt.«

Er lächelte, nahm Noras Akte und wandte sich wieder an sie. »Also, wie weit sind wir jetzt, sieben Wochen?«

»Seit der Entlassung«, korrigierte ich. »Achteinhalb seit der OP.«

Dr. Meachum lächelte wieder. »Richtig. Okay, gut, ich habe mir die Werte des Herzmonitors angesehen, den Sie letzte Woche getragen haben. Sie sind in dieser Zeit ein wenig spazieren gegangen und haben leichte Übungen gemacht, richtig?«

Nora nickte. »Genau.«

»Großartig. Auch da sah alles wunderbar aus.«

Nora tat gern so, als wäre ich der Einzige, der bei diesen Besuchen nervös war, aber ich sah, wie sich ihre Schultern entspannten. »Also kann ich wieder alle normalen Aktivitäten aufnehmen?«, fragte sie.

Dr. Meachum nickte. »Ich wüsste nicht, was dagegenspricht.«

Sie redeten ein paar Minuten, dann fragte er, ob sie noch Fragen habe. Nora schüttelte den Kopf, aber ich hob die Hand.

»Darf ich ein paar Fragen stellen?«

»Natürlich.« Dr. Meachum schloss die Akte und legte sie beiseite.

»Also, normale Aktivität, das schließt Sex ein, richtig?«

Er lächelte. »Ja.«

»Ich will nicht zu explizit werden, aber ich möchte sichergehen, dass Nora nichts passieren kann.«

»O Gott«, sagte Nora.

»Es gibt keine unangemessene Frage, wenn es um die Sicherheit meiner Patientin geht. Was haben Sie auf dem Herzen?«

»Ich habe mich gefragt, ob der Sex auf die Missionarsstellung beschränkt sein sollte – Sie wissen schon, Nora unten, damit sie sich nicht zu sehr anstrengen muss?«

»Nein. Wir haben bereits leichte Aktivitäten getestet, also können Sie tun, worauf Sie Lust haben. Ein kleines Workout beim Sex ist absolut in Ordnung.«

»Was ist mit den Brüsten? Soll ich mich vom Brustbereich fernhalten?«

Dr. Meachum lächelte. »Solange Nora keine Beschwerden an den Rippen oder der Narbe verspürt, können Sie alle Bereiche miteinbeziehen, die Sie möchten.«

Ich lächelte. »Ich mag sie wirklich alle.«

»Beck!«

Der Arzt lachte. »Schon in Ordnung. Es waren lange acht Wochen. Ich verstehe das.«

»Acht*einhalb*«, bemerkte ich.

»Viel Spaß. Eine Herztransplantation ist wie die Chance auf ein zweites Leben. Nutzen Sie jeden Moment.«

Nachdem der Arzt hinausgegangen war, schloss ich die Tür

hinter ihm ab. Nora sah auf, als sie das Schnarren des Schlüssels hörte.

»O nein …« Sie streckte ihre Hand aus. »Denk nicht einmal daran, Cross. Wir werden es nicht hier tun.«

Ich legte meine Hand um ihren Nacken. »Ich wollte nur einen Kuss, um die gute Nachricht zu feiern. Aber deine Gedanken gefallen mir, böses Mädchen.« Ich presste meine Lippen auf ihre und vergaß für einen Moment, wo wir waren. Es war nicht leicht, mich zu beherrschen. Aber ich zog mich zurück, bevor sie es tat. Mit dem Daumen wischte ich über Noras Unterlippe und deutete dann auf die Tür. »Lass uns hier verschwinden, damit ich dich an anderen Stellen küssen kann.«

Nora sah mich mit verträumtem Blick an und biss sich auf die Unterlippe. »Wäre es seltsam, ein Hotelzimmer eine halbe Stunde von zu Hause entfernt zu nehmen? Mein Vater wird bald nach Hause kommen.«

Ich holte mein Handy aus der Hosentasche und scannte die E-Mails, bis ich fand, wonach ich suchte, dann reichte ich Nora das Telefon.

Sie legte die Stirn in Falten, doch als sie die Nachricht las, glättete sich ihre Haut. »Du hast schon reserviert?«

»Ja. Ein kleines Hotel am Strand, etwa eine halbe Stunde von hier. Ich dachte, wir könnten uns auf dem Weg dorthin ein bisschen streiten. Als Vorspiel sozusagen.« Ich zwinkerte ihr zu.

Epilog

Nora

Sieben Monate später

»Ich habe ein Geschenk für dich.«

Beck stellte den Besen ab und grinste anzüglich. »Ach ja? Ich habe mich schon den ganzen Tag darauf gefreut, es auszupacken.«

»Ich muss dich leider enttäuschen, ich habe ein richtiges Geschenk für dich.«

Er schmollte, und ich musste lachen. »Warte hier. Ich bringe es dir.«

Beck und ich hatten in der letzten Woche jeden Abend im neuen Büro gearbeitet, um es für den großen Tag morgen vorzubereiten. Aber er wusste nichts von dem anderen Projekt, an dem ich jetzt schon seit Monaten arbeitete. Was als kleine Idee begonnen hatte, war viel größer geworden, als ich erwartet hatte. Weil ich es nicht mehr tragen konnte, lag mein Geschenk jetzt auf einer Sackkarre im Schrank und war mit einem Laken abgedeckt. Ich kippte die Sackkarre und schob das zweihundert Pfund schwere Werk der Liebe in den Raum nebenan.

Beck zog die Augenbrauen hoch. »Was zum Teufel ist das?«

»Dein Geschenk. Es ist selbst gemacht.«

»Ich bin neugierig …«

Als ich die Sackkarre vor ihm abstellte, war ich plötzlich nervös. Was, wenn er verärgert war, dass ich ihn nicht gefragt hatte, bevor ich seine Sachen benutzte? Jetzt war es wohl zu spät, sich darüber Gedanken zu machen. Ich deutete auf die leere Rückwand. »Ich dachte, es könnte dort hinpassen – natürlich nur, falls es dir gefällt.«

Morgen war die große Eröffnung von Louises Liste – ein gemeinnütziges Programm nach dem Vorbild von Make-A-Wish, das unheilbar kranken Erwachsenen, die sich ihre Bucket List erfüllen wollten, finanzielle Unterstützung und Hilfe bei der Planung anbot. Beck und ich gaben morgen Abend eine Benefizveranstaltung in den neuen Büroräumen. Am darauffolgenden Montag würde die Website online gehen, und die Büroangestellten würden ihre Arbeit aufnehmen.

»Wenn du es gemacht hast, gefällt es mir ganz bestimmt«, sagte Beck.

Das Komische daran war, dass an dieser Aussage viel Wahres war. Beckham Cross liebte mich auf eine Art, die ich nicht für möglich gehalten hatte – selbstlos und von ganzem Herzen. Manchmal beunruhigte mich das, denn obwohl es mir seit meiner Operation im letzten Jahr gesundheitlich sehr gut ging, kämpfte ich bereits gegen die Statistik.

Ich atmete tief ein und nahm das Laken ab, um ihm mein Werk zu zeigen. Das Schild stand auf der Seite, sodass Beck ein paar Sekunden brauchte, um es zu lesen und zu begreifen. Seine Augen weiteten sich. »Sind das die Nägel …?«

Ich nickte. »Ich hoffe, es macht dir nichts aus, dass ich sie benutzt habe.«

Ich hatte die rostigen Nägel aus dem Einmachglas genommen – die, die Louise Beck vor mehr als zwei Jahrzehnten in einen Baumstumpf hatte schlagen lassen, um ihm eine Lektion zu erteilen – und sie benutzt, um ein großes Louises-Liste-Holzkastenschild herzustellen. Der Rand des Schildes und der große Schriftzug in der Mitte bestanden aus den rostigen Nagelköpfen. Es hatte einen rustikalen Look, aber ich fand, dass es ziemlich toll geworden war, wenn ich das so sagen durfte.

Als Beck das Schild anstarrte, stiegen ihm Tränen in die Augen. »Es ist wunderbar. Es ist richtig, ihre Lebensweisheiten hier auszustellen. Sie wäre so stolz auf dich, für alles, was du für die Eröffnung dieses Ortes getan hast, Süße.«

»Sie wäre stolz auf uns. Ohne dich hätte ich das nicht geschafft.«

Beck legte seine Hände an meine Wangen. »Meine Großmutter hat mir zu Lebzeiten viele Geschenke gemacht, aber das beste bist du.«

Am nächsten Abend eröffneten wir Louises Liste mit einer großen Party. Beck fuhr mit Jake früh ins Büro, um das Schild anzubringen, bevor die ersten Gäste kamen. Ich brauchte eine Ewigkeit, um etwas später ein Uber zu bekommen, und so traf ich zur gleichen Zeit wie die ersten Gäste ein. Da die große Eröffnungsparty auch eine Spendenaktion war, hatte Beck einige seiner Kunden eingeladen. Dazu mussten die zwei älteren Männer gehören, die ich noch nie gesehen hatte und mit denen er bei meinem Eintreffen in einer Ecke stand. Ich nutzte den Moment, den Anblick meines Mannes im Smoking zu genießen, bevor er mich bemerkte. In Anbetracht der Tatsache, dass wir seit meiner Operation so gut wie zusammenlebten, hätte ich gedacht, dass es inzwischen langweilig geworden wäre, ihn anzuschauen. Aber irgendwie war es das nicht. Beckham Cross raubte mir noch immer den Atem.

Äußerlich war er eine Augenweide – markantes Kinn, volle Lippen, groß, dunkel und unbestreitbar gut aussehend. Auf den ersten Blick eine echte Zehn. Aber alles andere machte ihn zu einer Zwölf – seine aufrechte und selbstbewusste Haltung, die kultivierte Art, wie er tagsüber bei der Arbeit sprach, und sein Dirty Talk, der nur mir vorbehalten war. Und wie beides im Schlafzimmer miteinander verschmolz – bei dem Gedanken überlief ein Kribbeln meinen Körper.

Als ob er meinen Blick bemerkt hätte, wandte sich Beck von dem Gespräch ab, in das er gerade vertieft war. Er suchte den Raum ab, bis sein Blick meinem begegnete. Ich beobachtete, wie er ihn nach unten wandern ließ, mein königsblaues Kleid musterte und ihn dann wieder nach oben gleiten ließ. Er verzog die Lippen zu einem teuflischen Grinsen, und ich wusste, dass er mir ohne Worte sagte, dass ich dieses Kleid für ihn angezogen hatte. Natürlich.

Beck entschuldigte sich bei seinen Gesprächspartnern. Wenn er mit zielstrebigem Gang auf mich zukam und nur Augen für mich hatte, war das für mich immer wie ein Vorspiel. Vor allem, wenn er seine große Hand um meinen Nacken legte und mich küsste.

Als er sich von meinen Lippen löste, war mir schwindelig.

»Du siehst umwerfend aus.« Beck lehnte seine Stirn an meine. »Danke, dass du ausgerechnet heute diese Farbe trägst.«

Ich lächelte. »Ich dachte, du freust dich, wenn ich Blau trage. Vor allem, wenn ich darunter nichts anhabe.«

Beck stöhnte. »Ich wusste, ich hätte das Bad schalldicht isolieren lassen sollen.«

Zum Glück wurden wir unterbrochen. Jake legte den Arm um die Schultern seines Bruders, ohne sich darum zu scheren, dass wir immer noch eng zusammenstanden.

»Was habt ihr vor?« Er drängte sein grinsendes Gesicht zwischen uns.

»Hau ab. Ich bin beschäftigt«, brummte Beck.

»Das funktioniert ja nicht einmal im Büro.« Er lachte. »Hier ganz bestimmt nicht.«

Ich lachte und trat einen Schritt zurück. »Hi, Jake. Du siehst elegant aus heute Abend.«

Er zeigte sein typisches schiefes Grinsen mit den Grübchen. »Besser als Beck, stimmt's?«

»Du weißt, dazu äußere ich mich nicht. Aber ich kann dir berichten, dass Maddies Pfadfinderführerin mich angehalten hat, als ich sie gestern nach dem Truppentreffen abgeholt habe. Sie hat mich gefragt, ob der hübsche Onkel, der sie letzte Woche abgeholt hat, Single ist.«

Nach sechsundzwanzig Abzeichen hatte Maddie vor ein paar Monaten beschlossen, bei den Brownies mitzumachen. Sosehr sie es genossen hatte, mit ihrem Vater Abzeichen zu sammeln, so liebte sie es nun, dies mit Mädchen in ihrem Alter zu tun.

Beck verdrehte die Augen, und Jake straffte sich noch etwas mehr. »Die Rothaarige?«

»Ja. Miss Rebecca.«

»Dann werde ich wohl meine Lieblingsnichte nächste Woche mal wieder von den Pfadfindern abholen.«

»Deine *einzige* Nichte«, brummte Beck.

Jake klopfte seinem Bruder auf die Schulter. »Hört sich an, als wäre da jemand eifersüchtig, dass die hübsche Pfadfinderleiterin nicht an ihm interessiert ist. Sei nicht sauer. Das gibt nur noch mehr Falten, alter Mann.«

Ein paar weitere Gäste trafen ein, und schon bald war die Party in vollem Gange. Ich war froh, dass ich Jake mit der Organisation des Unterhaltungsprogramms beauftragt hatte.

Ein DJ und ein paar junge Tänzer waren genau das, was wir brauchten, um die Stimmung an einem Tag aufrechtzuerhalten, der sonst eher traurig gewesen wäre. Um zehn Uhr floss der Alkohol in Strömen, und die Leute unterzeichneten fröhlich Schecks. Ich konnte nicht fassen, wie viel Geld bereits gespendet worden war. Anfang der Woche hatte Beck mich gefragt, ob ich heute Abend eine Rede halten wollte. Da er so etwas viel besser konnte als ich, hatte ich abgelehnt und ihm vorgeschlagen, er solle das übernehmen. Als die Musik verstummte und Beck in die Mitte des Raumes trat, war es offenbar so weit.

»Darf ich alle um ihre Aufmerksamkeit bitten?«, fragte Beck.

Die Gäste bildeten einen Kreis um ihn, und das Stimmengewirr verstummte.

»Ich möchte mich bei allen bedanken, die heute Abend gekommen sind. Wie die meisten von Ihnen bereits wissen, wurde Louises Liste von meiner verstorbenen Großmutter, Louise Aster, angeregt. Als sie erfuhr, dass ihr Krebs zurück war und eine Behandlung ihre Krankheit nicht mehr heilen konnte, beschloss sie, die ihr verbleibende Zeit in vollen Zügen zu genießen. Das war meine Gram. Sie war nicht zu bremsen.« Beck sah lächelnd zu seinem Bruder hinüber. »Gott weiß, dass ich es versucht habe, stimmt's, Jake?«

»Das hast du«, bestätigte Jake. »Und eine Zeit lang habe ich es genossen, Grams Liebling zu sein, weil du sie so genervt hast.«

Gelächter hallte durch den Raum.

Beck nickte und deutete mit dem Daumen auf seinen Bruder. »Das ist kein Witz. Jedenfalls, als Gram starb, hinterließ sie meinem Bruder und mir einen Brief, in dem stand, dass sie weder eine Totenwache noch eine traurige Beerdigung haben wollte. Stattdessen wollte sie eine Party zu ihren Ehren – eine Feier ihres Lebens zum einjährigen Todestag.« Er hielt inne und lächelte. »Ich glaube, ihre genauen Worte waren: ›Wenn ihr euren Hintern hochkriegt und euch an mich erinnern könnt, ohne in Selbstmitleid zu baden.‹ Tja, heute ist es ein Jahr her, und ich glaube, es gibt keinen besseren Weg, Louise Aster zu ehren, als mit der Gründung dieser Stiftung, zu der Sie alle heute Abend so großzügig beigetragen haben. Aber ich bin nicht derjenige, der das alles verwirklicht hat. Sondern eine ganz besondere Dame.« Er drehte sich zu mir um. »Nora, würdest du bitte herkommen?«

Ich hasste es, im Rampenlicht zu stehen, aber alle sahen mich an, also trat ich in die Mitte des Raumes zu Beck. Er nahm meine Hand. »Danke, dass du dieses wunderschöne Vermächtnis für meine Großmutter geschaffen hast. Ich weiß, dass sie jetzt lächelnd auf uns hinuntersieht. Wobei, wenn ich es mir recht überlege, tut sie das wahrscheinlich nicht. Sie fragt sich vielmehr, warum zum Teufel ich das hier nicht schon früher getan habe …«

Alles, was danach kam, schien in Zeitlupe zu passieren. Beck ging auf ein Knie hinunter, und die Menschenmenge um uns trat in den Hintergrund. Als ich begriff, was passieren würde, legte ich eine zitternde Hand auf meinen Mund.

»Eleanor Rose Sutton, du bist in mein Leben getreten, als ich eigentlich entschlossen war, unglücklich zu sein. Ich wünschte mir nichts sehnlicher, als mich in Selbstmitleid zu suhlen und zu leiden, aber in deiner Nähe war das unmöglich. Selbst eine Nachricht von dir hellte meinen Tag auf und zauberte mir ein Lächeln ins Gesicht. Und das … Tja, und das nervte mich nur noch mehr.«

Ich lachte. »Das stimmt.«

»Du bist der freundlichste, liebevollste und leidenschaftlichste Mensch, dem ich je begegnet bin. Du bist von innen genauso schön wie von außen. Du hast mir gezeigt, was Leben ist, und jetzt, nachdem ich weiß, was wichtig ist, weiß ich nicht, wie ich die ersten vierunddreißig Jahre ohne dich überstanden habe.« Er griff in seine Jacketttasche und zog eine schwarze Samtschachtel heraus. »Ein paar Wochen lang habe ich nach dem perfekten Ring für dich gesucht. Ich wollte den größten und besten Diamanten, den ich finden konnte. Aber nichts fühlte sich richtig an. Und dann wurde mir klar, dass es daran lag, dass nichts richtig war. Dieser Ring ist für dich bestimmt.«

Beck öffnete die Schachtel, und ich erkannte sofort, was sich darin befand. *Louises Verlobungsring*. Mir stiegen Tränen in die Augen.

»Du bist meine beste Freundin, meine Geliebte und meine Welt, Nora. Ich bin mir absolut sicher, dass ich dich als Frau nicht verdiene, aber ich verspreche dir, wenn du mich heiratest, werde ich mich jeden einzelnen Tag bemühen, ein Mann zu sein, der deiner würdig ist. Du hast mich gelehrt, wie kostbar das Leben ist, und ich möchte keine Minute mehr ohne dich an meiner Seite verschwenden. Willst du mich heiraten, Nora?«

Ich beugte mich vor und drückte meine Stirn an seine. »Ich bin so glücklich, Beck, aber ich weiß nicht, wie viel Zeit wir haben werden.«

»Wenn wir beide hundert Jahre alt werden, ist das nicht genug«, sagte er. »Eine Ewigkeit mit dir wäre nicht genug. Aber ich nehme, was ich kriegen kann.«

Tränen liefen mir über die Wangen, und ich nickte. »Okay.«

»Okay, du willst mich heiraten?« Das Lächeln, das sein

Gesicht erhellte, war vielleicht der süßeste Teil seines Antrags – mein sonst so selbstbewusster Mann brauchte Bestätigung.

»Ja, ich werde dich heiraten. Wie könnte ich nicht? Dies ist schon das *zweite* Herz, das sich in dich verliebt hat.«

Dank

Mein Dank gilt

– den Leserinnen. Ihr habt mir eine Karriere geschenkt, von der ich vor Jahren nur habe träumen können. Ich danke euch, dass ihr mich schon über ein Jahrzehnt mit eurer Begeisterung unterstützt. Ich fühle mich geehrt, dass so viele von euch immer noch dabei sind, und hoffe, dass wir noch viele Jahrzehnte zusammen haben werden!

Penelope – Die Frau, die meine neurotische Seite mehr erträgt als mein Mann! Danke, dass du das Yin zu meinem Yang bist.

Cheri – Danke für die Jahre voll echter Freundschaft und Lachen.

Julie – Lackiere dir die Zehennägel! Fire Island, wir kommen! Endlich!!!

Luna – Danke für deine Freundschaft und unerschütterliche Loyalität.

Meiner fantastischen Facebook-Lesergruppe, Vi's Violets – mehr als 25 000 kluge Frauen (und ein paar tolle Männer), die Bücher lieben! Ihr bedeutet mir die Welt und inspiriert mich jeden Tag. Vielen Dank für all eure Unterstützung.

Sommer – Danke, dass du oft herausfindest, was ich will, noch bevor ich es selbst weiß.

Meiner Agentin und Freundin Kimberly Brower – Danke, dass du meine Partnerin bei diesem Abenteuer bist!

Jessica, Elaine und Julia – Danke, dass ihr alle Ecken und Kanten geglättet und mich zum Strahlen gebracht habt!

Kylie und Jo von Give Me Books – ich weiß nicht einmal, wie ich vor euch zurechtgekommen bin, und ich hoffe, dass ich es nie herausfinden muss! Vielen Dank für alles, was ihr tut.

Allen Bloggerinnen und Bloggern – Danke, dass ihr immer da seid.

Alles Liebe

Vi

Autorin

Vi Keeland ist eine New-York-Times-Bestsellerautorin. Sie hat ihre große Liebe mit sechs Jahren kennengelernt – ein Junge mit strohblondem Haar und hellgrünen Augen schubste sie vom Fahrrad. Die Narbe an ihrem linken Knie erinnert sie täglich daran. Sie hat ihn trotzdem geheiratet und lebt mir ihm und ihren drei Kindern in New York.

Vi Keeland im Goldmann Verlag:

Mr Summer. Roman
Mr Next Door. Roman
Bad Boss. Roman
Perfect Chemistry. Roman
Just Business. Roman
Mr. CEO. Roman
Hot Client. Roman
Best Man. Roman
Mister West. Roman
Player. Roman
Bossman. Roman

(Alle auch als E-Book erhältlich)

Unsere Leseempfehlung

384 Seiten
Auch als E-Book erhältlich

384 Seiten
Auch als E-Book erhältlich

368 Seiten
Auch als E-Book erhältlich

384 Seiten
Auch als E-Book erhältlich

400 Seiten
Auch als E-Book erhältlich

368 Seiten
Auch als E-Book erhältlich

400 Seiten
Auch als E-Book erhältlich

416 Seiten
Auch als E-Book erhältlich

Dirty & Romantic:

Die prickelnden Liebesromane von Bestsellerautorin Vi Keeland.

goldmann-verlag.de

GOLDMANN